W0325088

BASTEI
LÜBBE
TASCHENBUCH

Weitere Titel des Autors:

Steels Ehre

Titel in der Regel auch als E-Book erhältlich

Über den Autor:

Iain Gale hatte immer eine Leidenschaft für Militärgeschichte. Er ist Herausgeber von *Scotland in Trust*, der Zeitschrift des National Trust for Scotland, und schreibt als Kunstkritiker für *Scotland on Sunday*. Er wohnt mit seiner Frau und ihren gemeinsamen Kindern außerhalb von Edinburgh.

Iain Gale

STEELS DUELL

Historischer Roman

Aus dem Englischen von
Dr. Holger Hanowell

BASTEI
LÜBBE
TASCHENBUCH

BASTEI LÜBBE TASCHENBUCH
Band 16 734

1. Auflage: Januar 2013

Dieser Titel ist auch als E-Book erschienen.

MIX
Papier aus verantwortungsvollen Quellen
FSC® C014496

Vollständige Taschenbuchausgabe

Deutsche Erstausgabe

Für die Originalausgabe:
Copyright © 2008 by Iain Gale
Titel der englischen Originalausgabe: »Rules of War«
Originalverlag: HarperCollins Publishers Ltd.
Originally published in the English language by
HarperCollins Publishers Ltd. under the title Rules of War

Für die deutschsprachige Ausgabe:
Copyright © 2013 by Bastei Lübbe GmbH & Co. KG, Köln
Textredaktion: Wolfgang Neuhaus, Oberhausen
Titelillustration: Illustration: © Larry Rostand
Umschlaggestaltung: Gisela Kullowatz
Satz: Urban SatzKonzept, Düsseldorf
Gesetzt aus der Garamond
Druck und Verarbeitung: GGP Media GmbH, Pößneck
Printed in Germany
ISBN 978-3-404-16734-0

Sie finden uns im Internet unter
www.luebbe.de
Bitte beachten Sie auch:
www.lesejury.de

Der Preis dieses Bandes versteht sich einschließlich
der gesetzlichen Mehrwertsteuer.

Für Alexander,
Ruaridh und India

1

Die rechte Hand fest um den Knauf seines Degens geschlossen, spähte Captain Jack Steel in den morgendlichen Nebel und lauschte in die scheinbar endlose Leere hinein. Schließlich lockerte er seinen Griff, setzte seinen Weg fort, den Degen noch in der Scheide dicht am Körper, und wartete auf den Tod. Wenn der Tod ihn ereilte, dann von vorn. Doch die einzigen Laute, die Steel bislang wahrnahm, kamen von hinten. Er spürte, dass seine Männer hinter ihm waren, auch wenn er sie nicht sehen konnte, und er wusste, dass sie ihre Musketen geladen und die Bajonette aufgepflanzt hatten. Seine Männer: Eine Kompanie der besten Infanteristen in der Armee von Queen Anne. Vielleicht die besten Fußsoldaten auf der ganzen Welt – die britischen Grenadiere.

Doch in diesem Moment bot ihm nicht einmal die Gewissheit Trost, dass seine Männer bei ihm waren. Dichter Nebel wie dieser erwies sich zwar oftmals als Freund des Soldaten, wenn ganze Armeen, in Schwaden gehüllt, vorrückten und einen Überraschungsangriff planten … und vor dem Auge des Feindes verborgen blieben. Doch Steel wusste aus bitterer Erfahrung, dass dieser wässrige graue Dunst sich allzu schnell in einen tödlichen Gegner verwandeln konnte. Bei jedem Schritt spürte er die Gegenwart des Feindes. Schon malte er sich die Kavalleristen auf ihren großen Rossen aus, die plötzlich wie Geister aus dem dichten Grau auftauchten, und hörte in Gedanken, wie die Säbel grausam durch die Luft zischten, wenn die Dragoner nach den Köpfen der Infanteristen zielten. Steel hoffte inständig, es möge bei den Trugbildern seiner Einbildung bleiben. Er sah schon überall Gespenster. Seine Kommandeure hatten ihm versichert, die Franzosen seien noch weit vom Frontabschnitt entfernt. Ganz gleich, ob dies nun stimmen mochte oder nicht, Steel wusste, dass er sich auf ebenjene Kommandeure verlassen musste ... und natürlich auf die Männer, die ihm in die Schlacht folgten. Er achtete nicht weiter auf die Furcht, die sich in seinen Magen fraß, verscheuchte die Schreckensbilder, die sein Geist hervorbrachte, und drängte unbeirrt vorwärts.

Es ging auf halb sieben zu, an einem kühlen Morgen im Mai – Pfingstsonntag –, und Steels Kompanie befand sich auf einer leichten, weitgehend kahlen Anhöhe im Grenzgebiet zwischen den Spanischen Niederlanden und Brabant. Traditionsgemäß hätte dieser Sonntag ein Tag der Ruhe und frommen Einkehr sein müssen, aber Jack Steel wusste, dass der heutige Tag nicht Gott geweiht sein würde. Seine Kompanie rückte westwärts vor, als Vorhut der Armee, und der Befehl war klar und eindeutig gewesen: »Vor dem Dorf Halt machen und Angriffsformation bilden.«

Das Problem war nur, dass Steel keinen blassen Schimmer hatte, wo dieses Dorf sich befand. Er wusste auch nicht, wo sie auf den Feind stoßen würden. Inzwischen wünschte er, dass die Gestalten, die der Nebel ihm vorgaukelte, sich als wirkliche Gegner erwiesen. Denn wenn es nach Steel ging, konnte die Schlacht nicht früh genug beginnen. Er fluchte leise vor sich hin und spie das Stück Tabak aus, auf dem er die ganze Zeit gekaut hatte. Dann lockerte er den abgegriffenen Lederriemen seiner kurzläufigen Muskete, die er sich über die Schulter gehängt hatte – ein Privileg eines Offiziers der Grenadiere. Seine Stiefel sanken in den aufgeweichten Untergrund. Besonders für einen hochgewachsenen und kräftig gebauten Mann wie Steel schien jeder Schritt schwerer zu sein als der vorhergehende.

Als unvermittelt Stimmen an sein Ohr drangen, schaute Steel angespannt nach links. Instinktiv umschloss er den Griff des Degens und zog die frisch eingefettete Klinge langsam aus der Scheide. Im wabernden Nebel tauchten zwei seiner rot uniformierten Männer auf. Offenbar wähnten sie sich weit ab von ihrem Offizier, denn der eine machte irgendeinen Scherz auf Kosten seines Kameraden. Steel entspannte sich und ließ die Waffe in die Scheide zurückgleiten. Er war im Begriff, die Männer anzusprechen, als er hinter sich eine andere Stimme vernahm. Der nordenglische Akzent des Sprechers war Steel vertraut, und auch wenn der Mann gedämpft sprach, so war der Zorn, der in den Worten mitschwang, unmissverständlich scharf.

»Leise da, ihr beiden! Ich behalte euch im Auge, ihr Tölpel. Und glaubt ja nicht, dass ich eure Namen nicht kenne!«

Steel drehte sich um und sah die große Gestalt seines Sergeants Jacob Slaughter, der aus der Gegend um Newcastle stammte. Wut zeichnete sich in den Zügen des Sergeants ab. »Bei Gott, Jacob! Sollte das nicht ein Überraschungsangriff werden? Mein Befehl lautet, bis zum Feind vorzurücken, ohne dass ein Wort gesprochen wird. Was wird jetzt aus der Überraschung? Die Franzosen werden uns zum Frühstück verspeisen. Wer, zum Teufel, sind diese beiden Männer? Gehören die zu uns? Kenne ich die überhaupt?«

Slaughter schüttelte den Kopf. »Sind beide neu, Sir. Aber die machen Euch keine Schwierigkeiten mehr, könnt Ihr Euch drauf verlassen, Sir«, grummelte er.

»Das will ich glauben, Jacob. Wenn Ihr Euch die beiden vorknöpft. Aber für all das ist es jetzt zu spät. Das werden die Männer früh genug von den Franzosen lernen. Wenn die weiter so reden, erleben sie den nächsten Morgen nicht. Ist nicht Euer Fehler. Diese Armee ist auch nicht mehr das, was sie einmal war.«

Steel wusste, dass seine Einschätzung stimmte. Dies war nicht mehr die Armee, die vor zwei Jahren bei der Schlacht von Blenheim ihre Fahnen und Bajonettspitzen tief in die Reihen der Franzosen getragen hatte. Damals hatten sich die französischen und bayerischen Verbände humpelnd ins Elsass zurückgezogen. Im Verlauf jenes blutigen Feldzuges waren die Verluste auf beiden Seiten hoch gewesen, und auch Steels Einheit – Colonel Sir James Farquharsons Regiment of Foot – war nicht verschont geblieben. Seither hatte es immer wieder Gefechte gegeben, aber von den Männern, mit denen Steel vier Jahre zuvor in den Krieg gezogen war, war kaum mehr als die Hälfte übrig geblieben. Die gefallenen Kameraden waren durch unerfahrene Rekruten ersetzt worden, von denen einige frisch aus England kamen.

Das Verhalten der beiden streitfreudigen Soldaten war typisch für die Unerfahrenheit in weiten Teilen der Truppe. Steel schüttelte den Kopf, als er kurz stehen blieb und weitere Männer im Nebel gewahrte. Er sah, wie ein Soldat auf dem morastigen Boden ausrutschte und seine Muskete und die hohe Mütze verlor, die jeder Grenadier mit Stolz trug – so unerfahren er auch sein mochte. Trotz aller Verluste wusste Steel aber auch, dass die Kameraden, die im Verlauf der letzten beiden Jahre überlebt hatten, die besten Männer waren, die man zur Zeit auftreiben konnte. Mochte Marlborough die Armee geformt haben, diese Kompanie gehörte mit Herz und Seele Jack Steel.

* * *

Müde fuhr Steel sich mit einer Hand übers Gesicht. »Ich sag Euch was, Jacob. Was diese Armee braucht, ist ein weiterer Sieg. Ein zweites Blenheim. Und das weiß auch Marlborough nur zu genau. Deshalb sind wir ja hier, in diesem verdammten Nebel.«

Aus den Schwaden schälten sich zwei große Gestalten. Offizierskameraden von Steel, die die charakteristischen scharlachroten Uniformröcke mit der blauen Abzeichenfarbe von Farquharsons Regiment trugen. Einer der beiden war ein Lieutenant Ende zwanzig, der andere ein Fähnrich von neunzehn Jahren. Anders als Steel, der sich das lange braune Haar mit einem schwarzen Seidenband im Nacken zusammenband, trugen die beiden Kameraden elegante, wallende Perücken, die ihnen bis auf die Schultern fielen.

Der Ältere der beiden sagte ein wenig außer Atem: »Jack, Gott sei Dank! Kaum was zu erkennen in dieser trüben Suppe. Hast du überhaupt eine Ahnung, wo wir sind?«

»Ausnahmsweise muss ich gestehen, dass ich genauso verwirrt bin wie du, Henry. Aber da wir uns immer in westlicher Richtung gehalten haben, nehme ich an, dass wir uns allmählich der uns zugedachten Position nähern.«

Lieutenant Henry Hansam griff in seine Rocktasche und holte eine verzierte silberne Schnupftabaksdose hervor, nahm eine Prise und fuhr fort: »Hilf mir mal auf die Sprünge, Jack. Was genau sollen wir eigentlich in diesem verfluchten Sumpfgebiet?«

Steel zog eine Augenbraue hoch, blickte Slaughter an und zwinkerte ihm zu. »Würdet Ihr dem Lieutenant den Gefallen tun, Sergeant?«

Slaughter lächelte, wusste er doch, was Steel vorhatte. Sie hatten die Schrecken von vier Kriegsjahren gemeinsam durchlebt und waren einander in so tiefer Freundschaft verbunden, dass sie wohl einzigartig war bei einem Offizier und dessen Sergeant. Mochten viele der ranghöheren Offiziere den lockeren Umgangston bei den Grenadieren mit Argwohn oder Unverständnis quittieren – es war dieses Einvernehmen zwischen einem Captain und seinem Sergeant, das dieser Kompanie innerhalb der Armee den Ruf der Unbesiegbarkeit gesichert hatte. Wann immer Steel und Slaughter in die Schlacht zogen – der Feind konnte ihnen nichts entgegensetzen, dem sie nicht gewachsen gewesen wären.

Slaughter wusste, dass Steel den gutmütigen Hansam gern neckte, und kostete die Gelegenheit nun aus, seinem Captain beizuspringen. Daher versetzte er sich in die Rolle eines respektablen Corporals.

»Nun, wie Ihr Euch gewiss erinnert, Mr. Hansam, Sir, kam der Befehl direkt vom Herzog. Und wir erhielten die Order von Lord Orkney. Rechte Flanke unter Druck setzen, sagt er. Es könnte sein, dass Ihr den Boden ein bisschen zu weich vorfinden werdet. Genau das sagte er, Sir.«

»Ein bisschen weich? Weich? Gottverdammt, Jack, wir rücken hier in einem verfluchten Marschland vor. Die Männer stecken im Schlamm fest. Weiß der Himmel, wie viele der Jungs schon ihre Waffen in diesem Sumpf verloren haben. Das ist doch Irrsinn.«

Steel lächelte. Dann wandte er sich an den jüngeren Offizier. »Williams, Ihr habt gehört, was Lieutenant Hansam sagt. Lauft los und richtet Mylord Orkney aus, er habe uns … äh … dem Irrsinn aufgeliefert. Seid so gut, Fähnrich.«

Williams erwiderte das Lächeln, blieb aber stehen.

Hansam runzelte die Stirn. »Ach, verdammt, Jack. Du weißt doch, wie ich's meine. Kein General, der bei Verstand ist, würde seine Armee in einem Sumpfgebiet wie dem hier vorrücken lassen.«

Steel musste lachen und klopfte seinem Freund auf die Schulter. »Natürlich, Henry, du hast vollkommen recht. Du und ich, wir beide wissen, dass unser Oberbefehlshaber, Seine Hoheit der Herzog von Marlborough, der brillanteste Feldherr unserer Tage ist. Sei ehrlich, würdest nicht auch du ihm bis in den Tod folgen? Jeder aus unseren Reihen würde das tun. Natürlich ist es nicht ganz nachvollziehbar, warum man die Infanterie durch ein Marschland in die Schlacht schickt. Aber wann hat Marlborough sich im Kampf je an althergebrachte Regeln gehalten? Haben wir vielleicht Blenheim auf die alte Art der Kriegsführung gewonnen? Oder am Schellenberg? Aber egal, wo zum Teufel steckt unsere Kompanie?«

Er schaute sich um und versuchte, weitere Männer aus der Grenadierabteilung in dem Nebel auszumachen. Seine Soldaten waren die größten Männer im ganzen Regiment, daher war es nicht allzu schwierig, sie auszumachen. Steel entdeckte je zwei Mann links und rechts von sich; die roten Uniformen waren sogar bei diesen schlechten Sichtverhältnissen zu erkennen. Aber weiter hinten in den wabernden Schwaden blieben nur Schemen und Stimmen. Irgendwo dort auf dem linken Flügel stapften die übrigen neun Kompanien des Regiments durch den Sumpf. Dahinter wiederum folgte der Hauptteil der alliierten Armee unter der Führung von Marlborough. Die Tradition sah vor, dass den Grenadieren die Ehre zuteil wurde, am äußersten rechten Flügel des Bataillons vorzurücken. Und da Farquharsons Männer die rechte Flanke bildeten, fand Steel sich mit seiner Kompanie ganz rechts außen wieder. Doch in diesem Moment hatte er das Gefühl, er und seine Männer könnten genauso gut auf einem anderen Kontinent sein.

Als Hansam spürte, dass die Prise in der Nase zu kitzeln begann, nieste er und sprach dann gedämpft durch sein Taschentuch. »Du hast natürlich recht, Jack. Aber wir marschieren jetzt schon seit gut zwei Stunden durch diesen elenden Nebel. Die ganze französische Armee könnte wenige Yards vor unserer Nase sein.«

Slaughter hüstelte respektvoll. »Oh, nein, Sir. Wir haben das Wort Seiner Lordschaft, dass die Franzosen noch ein gutes Stück von uns entfernt stehen. Auf der anderen Seite des Dorfes, Sir.«

»Ein Dorf?«, hakte Steel nach.

»Ja, ein Dorf. Wenn der Nebel nicht wäre, könntet Ihr es direkt dort hinten sehen.« Vage deutete der Sergeant in eine Richtung. »Das Dorf Autre-Église. Unser Zielort.«

Hansam spähte durch die Nebelschwaden. »Verdammt seltsamer Name.«

Nun meldete sich Tom Williams zu Wort, der junge Fähnrich der Kompanie, der bislang geschwiegen hatte. »Das bedeutet ›andere Kirche‹ auf Französisch, Sir.«

Hansam bedachte den jüngeren Offizier mit einem nachsichtigen Lächeln. »Habt Dank, Williams. Aber das war mir bewusst. Trotzdem, sehr aufmerksam von Euch.«

»Wo vermutet Ihr denn die erste Kirche, Tom?«, fragte Steel.

Hansam lächelte und nutzte die Gelegenheit. »Natürlich in einem anderen Dorf, Jack, ist doch klar. Autre, Autre-Église vielleicht.«

»Sehr lustig, Henry. Aber jetzt sollten wir den Kameraden folgen, findest du nicht? Es steht ihnen nicht zu, dass sie vor uns auf die Franzosen stoßen, oder?«

Während die Offiziere sich wieder den Männern aus dem Zug anschlossen und weiter über den trügerischen Untergrund stapften, musste Steel darüber nachdenken, wie sich im Leben manch ein Kreis schloss. Zwei Jahre war es her, dass er das Gemetzel von Blenheim überlebt hatte. Der blutige Feldzug in Spanien lag gerade ein Jahr zurück, aber schon fand

Steel sich auf flandrischem Boden wieder, und genau hier hatte er als junger Soldat begonnen. Die britische Armee schien sich immer in Flandern aufzuhalten. Bei dem gottverlassenen Ort Steenkerke hatte er zum ersten Mal das Schlachtengetümmel erlebt ... damals, als er noch ein Fähnrich von siebzehn Jahren war.

Seither gehörte er schon vierzehn Jahre dem Regiment an, und natürlich wusste er, warum sie wieder hier in diesem Gebiet standen. Marlborough brauchte unbedingt einen Sieg. Blenheim schien eine halbe Ewigkeit her zu sein, und die niederländischen Alliierten wurden allmählich rastlos. Im vergangenen Jahr hatten sie keine Triumphe in den nördlichen Territorien feiern können. Stattdessen endloses Marschieren. Zugegeben, sie hatten die massiv befestigten französischen Linien durchbrochen, die sich durch Flandern und Brabant zogen. Aber nie hatten sie Gelegenheit gehabt, diese Erfolge mit einem Sieg in einer offenen Feldschlacht zu krönen. Steel wusste genau, dass Marlboroughs Feinde in London erneut gegen den Herzog intrigierten. Die einzige Antwort auf diese Machenschaften war ein Sieg. Daher waren sie bis hierher marschiert, um die Franzosen zu schlagen, auch wenn es bedeutete, diesen elenden Sumpf durchqueren zu müssen. Doch Steel richtete seine Aufmerksamkeit wieder auf die Gegenwart und machte sich bewusst, dass ihre Angriffsformation bei jedem Schritt ungeordneter wurde.

Er wandte sich an seinen Sergeant. »Die Reihen geschlossen halten, Sergeant. Wir können es uns nicht leisten, Leute zu verlieren, noch ehe wir auf den Feind gestoßen sind.«

»Da habt Ihr recht, Mr. Steel.«

Steel seufzte. »Versucht doch, mich einfach nur mit ›Sir‹ anzusprechen, Jacob. Gönnt mir doch, dass ich als Captain auftreten kann.«

Nach der Schlacht von Blenheim war Steel von Marlborough persönlich zum Captain ernannt worden, aber die Ernennung war noch nicht rechtskräftig und musste noch vom Kommandeur in den Räumen der Horse Guards in London ratifiziert werden. Das alles war inzwischen zwei Jahre her, und Steel hatte die Hoffnung fast aufgegeben. Er konnte nur vermuten, dass er bei Hofe in Ungnade gefallen war, und nach dem Grund dafür brauchte er nicht lange zu suchen: Er hatte eine Geliebte in London – falls das die richtige Bezeichnung für eine Dame war, die er schon seit Langem nicht mehr liebte. Arabella Moore war eine eifersüchtige Frau, zehn Jahre älter als er, und stand der Königin gefährlich nahe. Ja, Arabella könnte durchaus dafür verantwortlich sein, dass man ihm bislang den Rang eines Captains offiziell vorenthalten hatte.

Zweifellos hatte Arabella von der romantischen Affäre erfahren, die Steel während des Blenheim-Feldzuges mit einer hübschen Bayerin gehabt hatte. Damals hatte er gehofft, mit dieser jungen Frau glücklich werden zu können. Aber jetzt war Louisa Weber unerreichbar für ihn. Bei seiner Rückkehr aus Spanien hatte er erfahren, dass sie einen Offizier der Royals geheiratet hatte. Nun, der Wahrheit halber war auch Steel ihr nicht allzu treu gewesen; daher war es vermutlich am besten so. Aber die ganze Geschichte hatte Arabellas Eifersucht geschürt und ihren immerwährenden Groll geweckt. Eins schien klar: Wenn sie ihn schon nicht haben konnte, setzte sie alles daran, dass er in der Armee keine Karriere machte.

Was, überlegte Steel, musste er jetzt wohl tun, um auch auf dem Papier die Beförderung zu bekommen, die er sich verdient hatte und nun so dringend benötigte? Die Prämien von Blenheim und alles, was er in den Gefahren des letzten Feldzuges hatte zusammenraffen können, waren schnell aufgebraucht gewesen. Schon sehr bald wäre er wieder ernsthaft verschuldet. Dann würde ihm erneut der beflissene Regimentsadjutant Major Frampton im Nacken sitzen und ihm offene Rechnungen aus der Offiziersmesse unter die Nase reiben. Steel hoffte, dass sich in der bevorstehenden Schlacht eine Gelegenheit ergab, Geld und Ruhm zu ernten. Denn seiner Erfahrung nach gab es das eine selten ohne das andere. Und keins von beidem ließ sich ohne die Gefahren erlangen, denen Steel nun so hilflos ausgeliefert war.

Denn trotz seiner Furcht vor den Phantomen im Nebel wusste er, was ihn zum Soldaten gemacht hatte: der Nervenkitzel, dem Schicksal wieder einmal entwischt zu sein. Jeden Augenblick könnte er getötet oder furchtbar verstümmelt werden, doch nach einer Schlacht stellte sich stets jene unvergleichliche Hochstimmung ein ... jener schwindelerregende Augenblick der Gewissheit, dass man dem Tod erneut ein Schnippchen geschlagen hatte.

Ja, er brauchte wieder eine Gelegenheit, um einen bleibenden Eindruck zu hinterlassen, um die Aufmerksamkeit Marlboroughs zu erregen ... vielleicht sogar die der Königin. Nur so würde er offiziell zum Captain ernannt.

Eine Stimme holte ihn ins Hier und Jetzt zurück. Slaughter spannte den Hahn seiner Muskete. »Ein Reiter, Sir. Kommt von links.«

Erneut schloss sich Steels Hand instinktiv um den Griff seines Degens. Er war bereit, die Waffe zu ziehen.

Der Kavallerist ritt geradewegs durch den Nebel auf sie zu. Steel gewahrte einen scharlachroten Uniformrock, aber da er wusste, dass auch die Franzosen ihre besten Reitereinheiten mit roten Uniformen ausstatteten, konnte er sich noch nicht entspannen. Deshalb zog er den Degen weiter aus der Scheide. Slaughter hob die Waffe und zielte. Erst als der Reiter auf zehn Yards herangekommen war, erkannten sie, dass er seinen Säbel nicht gezogen hatte. Augenblicke später fiel ihr Blick auf die grüne Kokarde, die an dem Dreispitz hing: Das vereinbarte Zeichen der Alliierten für den Feldzug. Steel wusste, dass der Mann ein junger Cornet war, ein Lieutenant der englischen Kavallerie.

Der Reiter brachte sein Pferd zum Stehen, nahm den Hut zum Gruß ab und sprach in unüberhörbar arrogantem Ton, was seine Stellung als Flügeladjutant unterstreichen sollte. »Cornet Hamilton, Sir. Aus dem Generalstab. Ich bringe Befehle von Lord Orkney für Colonel Farquharson. Könntet Ihr mich zu ihm geleiten? Wo hält er sich auf?«

Steel hatte dafür nur ein Lächeln übrig. Er deutete in den Nebel. »Ich fürchte, da können wir beide nur raten, Cornet. Ihr könnt die Befehle getrost an mich weitergeben. Captain Steel – ich kommandiere Farquharsons Grenadierkompanie.«

Hamilton schaute kritisch drein und wägte seine Optionen ab. »Also gut. Euer Regiment soll augenblicklich Halt machen, Captain. Ihr seid zu weit vorgerückt. Die Franzosen stehen unmittelbar hinter diesem Feld. Mindestens zehn Bataillone, soweit wir es abschätzen können. Ihr werdet Euch hier formieren. Keinen Schritt weiter.«

Steel nickte. »Habt Dank.« Dann wandte er sich Williams zu, der aus dem Nebel auftauchte. »Mr. Williams, haltet Ausschau nach dem Colonel. Sagt ihm, wir müssen sofort Halt machen und in Linienformation Aufstellung nehmen.«

Während der Fähnrich linker Hand in Richtung Regiment eilte, setzte Hamilton seinen Hut wieder auf und wendete sein Pferd. Steel sah, wie er langsam im Nebel verschwand, und hatte ihn bald ganz aus den Augen verloren.

* * *

Etwa hundert Yards weiter links ritt Cornet Hamilton in leichtem Trab an den Reihen der Rotröcke vorbei, die inzwischen in ihren Regimentern abwartend auf der kleinen Anhöhe standen. Als er sich den hinteren Formationen näherte, wurde der Nebel allmählich lichter. Schließlich erreichte Hamilton die Kuppe einer Anhöhe. Von dort konnte man selbst durch die grauen Wolken erahnen, dass die gesamte alliierte Armee sich weiter unten verteilt hatte. Langsam ritt er an einem Regiment niederländischer Infanterie entlang und entdeckte eine Gruppe berittener Offiziere, von denen einige versuchten, sich einen besseren Überblick mit ihren Fernrohren zu verschaffen. Rasch und möglichst unauffällig ging er die Gesichter der Herren durch und entdeckte schließlich den Mann, den er suchte. Er zügelte sein Pferd, grüßte vorschriftsmäßig und sprach den Gesuchten leise an.

Ganz in der Nähe, jedoch außer Hörweite, ließ ein Mann in scharlachrotem Uniformrock, an dem die Schärpe des Hosenbandordens zu erkennen war, seinen Blick über die Ebene schweifen. Er hatte durchdringende grüne Augen und trug einen golden verzierten Hut auf einer teuren, schulterlangen Perücke. John Churchill, der Herzog von Marlborough und Oberbefehlshaber der alliierten Armee, sprach den Offizier an, der unmittelbar neben ihm stand: William Cadogan, seinen vertrauenswürdigen Generalquartiermeister.

»Wisst Ihr, William, ich wünschte, wir wären nach Italien marschiert, wie ich es ursprünglich geplant hatte. Aber ich glaube dennoch, dass wir die Franzosen heute schlagen werden. Deshalb darf ich mich nicht beklagen. Und Ihr müsst zugeben, dass diese Felder sich eignen. Was meint Ihr, Feldmarschall Overkirk? Wird dies Euren Niederländern zusagen?«

»Wir werden die Franzosen bekämpfen, wo immer sie stehen, Euer Hoheit. Diese Position ist so gut wie jede andere, um die Klingen mit dem Feind zu kreuzen. Meine Männer werden Euch nicht enttäuschen.«

»Dessen bin ich sicher, Feldmarschall. Ich vertraue Euren Soldaten ganz und gar.« Er wandte sich wieder Cadogan zu. »Ist es nicht so, William? Wir schätzen unsere niederländischen Alliierten genauso hoch ein wie unsere eigenen Jungs, nicht wahr?«

Cadogan war im Begriff, etwas zu erwidern, wurde jedoch von einem kleinen, dunkelhaarigen Mann unterbrochen, der einen blauen Mantel im Stil eines Zivilisten trug. Er saß auf einem braunen Pferd neben dem Herzog.

Mijnheer Sicco van Goslinga, der unlängst eingetroffene niederländische Deputierte im Generalstab des Herzogs, war in Gedanken versunken. Jetzt zeichneten sich Furchen auf seiner Stirn ab. Er schüttelte den Kopf. »Es tut mir leid, Euer Hoheit, aber ich kann Eure Meinung nicht in jedem Punkt teilen. Es ist nicht ratsam, dort am rechten Flügel aufzumarschieren. Der Boden besteht vorwiegend aus Marschland. Es wäre Irrsinn, Infanterie über ein Gelände mit Hecken, Gräben und sumpfigen Stellen zu schicken. Da werdet Ihr mir doch beipflichten, Sir?«

Marlborough lächelte. »Dank für Euren Rat, Mijnheer. Ich nehme es zur Kenntnis. Und sollte es wirklich Irrsinn sein, gebe ich Euch mein Wort, dass ich sofort einen Arzt aufsuche, wenn das Unterfangen scheitern sollte.«

Cadogan war bemüht, sein Lächeln zu verbergen.

Derweil schenkte der Herzog seine Aufmerksamkeit dem Mann zu seiner Linken. »Gibt es schon Nachrichten vom rechten Flügel, Hawkins? Sind Lord Orkneys Männer auf ihren Positionen?«

Colonel James Hawkins unterbrach sein Gespräch mit

Cornet Hamilton und nickte in Marlboroughs Richtung. »Ja, Sir. Habe es eben von dem Cornet hier erfahren. Die Männer formieren sich in diesem Moment oberhalb des Dorfes. Eure rechte Flanke ist sicher, Euer Hoheit. Obwohl ich soeben von Hamilton gehört habe, dass wir die Infanterie gerade noch rechtzeitig erreicht haben. Denn sonst wären sie bereits auf die Franzosen gestoßen.«

Der Herzog lachte. »Sie werden den Gegner schon früh genug treffen, James. Das wäre im Augenblick alles.«

* * *

Eine halbe Meile weiter die Reihen entlang, rechts von Marlborough, standen wiederum Offiziere vor ihren Männern. Steel spähte über die Ebene. Endlich löste der Nebel sich auf; allmählich wurde die Landschaft sichtbar. Im Verlauf des Formierens war die Kompanie knapp fünfzig Yards zurückgefallen und befand sich auf etwas festerem Untergrund. Steels Blick fiel nun auf noch grüne Kornfelder: ein offenes, leicht hügeliges Land, fast ohne Hecken oder Mauern.

»Gutes Terrain für die Kavallerie, Jack«, ließ sich Hansam vernehmen. »Die Pferde werden ihren Spaß haben.«

»Das mag sein, Henry, aber für uns sieht's verdammt mies aus. Wir sollen das Dorf einnehmen, und soweit ich es beurteilen kann, wird die französische Artillerie loslegen, sobald wir den ersten Schritt machen. Und nirgends ein Graben, in dem man Schutz suchen kann. Nichts, um eine Kanonenkugel aufzuhalten, die sich in unsere Reihen fressen wird. Ich frage mich, ob unsere Geschütze es ihnen nicht gleichtun werden.«

Unterhalb ihrer Stellung auf der Anhöhe schlängelte sich ein Fluss durch die Kornfelder, deren junge Ähren sich sanft im Wind wiegten. Jenseits des Marschlands, das hier und da bis an die Ufer heranreichte, stand die gesamte französisch-bayerische Armee auf einer Frontlänge von vier Meilen. Weiße und blaue Uniformen, so weit das Auge reichte, hier und da unterbrochen von rot gekleideten Einheiten: einerseits die von Frankreich bezahlten irischen Söldner – die »Wild Geese« –, andererseits die Elitekavallerie von König Ludwig, die gefürchteten »Gens d'Armes«. Die ganze Schlagkraft Frankreichs. Wir haben die Linien schon in Blenheim durchbrochen, ging es Steel durch den Kopf. Warum sollte es ihnen also nicht an diesem Tag gelingen?

»Sieht ganz so aus, als wären hier noch mehr Gegner als damals in Blenheim, Sir«, meldete sich Williams zu Wort.

»Da mögt Ihr recht haben, Tom. Es heißt, König Ludwig habe eine halbe Million Männer unter Waffen.«

»Aber wir werden sie erneut schlagen, Sir. Da bin ich mir sicher.«

Steel lächelte und klopfte dem Fähnrich auf die Schulter. »Ja, Tom, da schließe ich mich Eurer Meinung an. Aber kümmert Euch jetzt um die Männer. Sie sollen nicht zu lange strammstehen. Gebt den Befehl zum Rühren.«

Während Williams sich seinen Aufgaben zuwandte, betrachtete Steel den Boden genauer. Er hatte seit einigen Minuten das Gefühl, dass sein rechter Stiefelabsatz in den weichen Untergrund einsank. Er fluchte und zweifelte an Williams' Einschätzung. Nicht auch noch hier! Das ganze Terrain war sumpfig, verdammt noch mal! Wie stellte Marlborough sich das bloß mit dem Vorrücken vor?

Steel versuchte, das Gleichgewicht zu halten, denn er wollte sich vor den Männern keine Blöße geben, als er sich ein wenig bückte und mit beiden Händen versuchte, seinen Stiefel aus dem Matsch zu ziehen, wobei er leise fluchte. Schließlich zog er ein letztes Mal kräftig und hörte, wie der Stiefel mit einem schmatzenden Geräusch freikam. Er schüttelte den Kopf, wischte mit einer Hand den gröbsten Schlamm weg und warf einen zögerlichen Blick über die Schulter.

Slaughter beobachtete ihn mit einem Grinsen. »Ihr seid wie ich, Sir. Das Frühstück war wohl zu üppig. Manchmal weiß man nicht, wann man aufhören soll. Ist immer so vor einer Schlacht. Sind die Nerven.«

»Jacob, wenn ich mal Euren Rat hinsichtlich meiner Essgewohnheiten brauche, sage ich Euch Bescheid. Es liegt am Boden, Mann. Seht Ihr das denn nicht? Alles weich. Selbst hier.«

Der Sergeant stampfte mit einem Fuß auf und schien festen Untergrund zu spüren, da der Boden nicht nachgab. »Also ich finde, hier ist's fest genug.«

Steel war nicht in der Stimmung für kleine Sticheleien. »Maul halten, Jacob. Und jetzt sorgt gefälligst dafür, dass die Jungs in Reih und Glied bleiben.« Er hielt inne und fügte versöhnlicher hinzu: »Wir müssen uns schließlich für die feindlichen Geschützführer etwas herausputzen, Jacob.«

Mit diesen Worten schaute er wieder nach vorn und suchte die feindlichen Linien mit kritischem Blick ab. In der Mitte sah er eine Rauchwolke aufsteigen, und Sekunden später durchbrach ein einzelner Kanonendonner die Stille. Steel verfolgte, wie die Kugel von den französischen Reihen aufstieg und in gebogener Flugbahn auf das alliierte Zentrum zuhielt. Hansam griff derweil in seine Tasche und holte die goldene Sprungdeckeluhr hervor, die er bei Blenheim einem toten bayerischen Offizier abgenommen hatte. Es war einer der wenigen Zeitmesser im Kreis der Regimentsoffiziere. Obwohl die Uhr nicht genau ging, stellte sie doch Hansams bedeutendstes Beutestück dar. Mit dem Daumen schnippte er den Deckel hoch.

»Ein Uhr. Wer hätte gedacht, dass die Franzmänner so

pünktlich sein würden! Was meinst du, Jack? Sagst du nicht immer, die Franzosen wären Müßiggänger? Na, meistens stimmt's wohl.« Er ließ die Uhr wieder in seiner Westentasche verschwinden.

Steel lächelte und schüttelte den Kopf. »Unterschätze nie den Feind, Henry. Den Franzosen liegt vielleicht mehr am Essen und den Frauen als am Kampf, aber wir sollten nicht vergessen, dass sie genauso gut zu kämpfen verstehen wie wir, wenn's drauf ankommt.«

Kaum war das Echo der französischen Kanone verklungen, als auch schon die Batterie aus sechs englischen Zwölfpfündern im Zentrum der Alliierten antwortete. Ein wahrer Hagel aus Eisenkugeln regnete auf die feindliche Infanterie herab. Steel hatte den Eindruck, dass die gegnerische Batterie im selben Augenblick feuerte; daher beobachtete er gebannt, wie die Kugeln kreuz und quer durch die Luft sausten und im Flug eine Art Tanz zu vollführen schienen. Diesen Flugbahnen wohnte eine nicht zu leugnende Schönheit inne. Doch der erbauliche Anblick währte nur kurz, denn die Schrecken der Wirklichkeit ließen nicht lange auf sich warten. Steel schätzte die Entfernung auf etwa 1000 Yards. Eine beachtliche Strecke, aber nicht lang genug, um die alliierten Reihen vor Unheil zu bewahren.

Zu seiner Rechten rief Slaughter grollend einen Befehl. »Ruhig Blut.«

Steel sah, wie die schwarzen Punkte der sechs Kanonenkugeln größer wurden, als sie heranflogen. Wie immer, so schien ihr Anflug sich zu verlangsamen, bis die wahre Wucht hinter den Geschossen erst auf den letzten fünfzig Yards deutlich wurde.

Wieder ließ sich ein grummelnder Sergeant vernehmen. »Ruhig bleiben, Männer.«

Die französischen Kanoniere hatten angesichts des sumpfigen Geländes hoch gezielt. Auf festem Untergrund waren die Kugeln besonders verheerend, wenn sie vor dem Feind aufschlugen und im Springen blutige Schneisen rissen, aber unter diesen Gegebenheiten zielten die Schützen direkt in die feindlichen Reihen. Zwei Kugeln flogen über die Köpfe der Kompanien hinweg, aber die vier anderen fanden ihr Ziel und hinterließen Bahnen der Verwüstung inmitten der Rotröcke. Einem Grenadier wurde der Kopf schlichtweg abgerissen – der blutige Schädel flog mitsamt Grenadiersmütze in die hinteren Reihen und traf einen weiteren Soldaten. Unmittelbar hinter Steel erbrach ein junger Rekrut seine Frühmahlzeit. Slaughter rief den Männern in den vorderen Reihen zu: »Reihen schließen! Die Reihen schließen, Männer! Schafft die Leiber dort fort. Ihr da, Jenkins. Bringt den Toten nach hinten.«

So begann es immer. Die Grenadiere standen in geordneten Reihen, ließen den Beschuss über sich ergehen und warteten auf den Befehl zum Angriff. Hier und jetzt musste sich jeder beweisen; hier zeigte sich, was einen Mann zum Soldaten machte. Steel wusste, dass es keine besseren Soldaten unter Beschuss gab als die Briten und keine besseren Männer als die Grenadiere. Nur so lernte ein jeder sein Handwerk.

Steel blickte linker Hand die Reihe entlang. In der Mitte des Regiments sah er die beiden Fahnen aus schillernder Seide, die in der Brise wehten – das blau-weiße Andreaskreuz Schottlands und die Fahne des Colonels: Das Wappen der Farquharsons auf rotem Grund, gekrönt von dem Schriftzug *Nemo Me Impune Lacessit*, »Niemand reizt mich ungestraft«. Diesen Worten werden wir heute wieder einmal Nachdruck verleihen, dachte Steel.

Vor den Standarten thronte Colonel Sir James Farquharson

auf einem schwarzen Hengst, flankiert von zwei Adjutanten. Der Colonel schwenkte seinen Degen hoch über seinem Haupt.

Sir James hat in den letzten zwei Jahren dazugelernt, ging es Steel durch den Kopf. Blutüberströmt hatte er sich bei der Schlacht um Blenheim den Respekt des Bataillons verdient. Aus dem zuvor eitlen und arroganten Colonel war ein Mann geworden, der gestählt aus der Realität des Kampfes hervorgegangen war. Ein Anführer, der sich seiner Verantwortung beim Ausheben eines Regiments bewusst war. Farquharson war schlussendlich klar geworden, dass dieses Regiment, das er aus eigener Tasche bezahlt, mit Kleidung versehen, ausgerüstet und ausgebildet hatte, kein Spielzeug war, sondern eine scharf geschliffene Kriegswaffe, ein Instrument, das man schätzte und pflegte.

Ja, sagte sich Steel, du verdienst es, unser Colonel zu sein, alter Mann, und wir haben dich verdient.

Während er zum Colonel hinüberschaute, ließ Sir James den Degen sinken und zeigte mit der Spitze auf den Feind. Über den Geschützdonner hinweg vernahm Steel den Befehl, den der Wind herübertrug. »Bataillon ... vorrücken!«

Kaum waren die Worte verhallt, stellten die sechs Trommler sich hinter den Grenadieren auf und gaben im Einklang mit den anderen Trommlern entlang der Linien dem Regiment den Rhythmus für den Angriff vor.

Steel spürte, dass die Männer hinter ihm unruhig wurden. Sie warteten auf seinen Befehl.

»Grenadiere, mir nach!«, rief er. »Packen wir sie uns, Jungs!«

Slaughter hielt die Männer mithilfe seiner Hellebarde – dem Spieß des Sergeants – auf einer Höhe und trieb die Truppe seinerseits an. »Kommt, ihr faulen Hunde! Vorwärts!

Die warten nicht auf uns. Deswegen sind wir ja hier, oder etwa nicht? Durchbrechen wir ihre Reihen!«

Das Bataillon rückte geschlossen vor. Die Trommlerjungen gaben einen langsamen Angriffsmarsch vor; die Geschwindigkeit war gerade so bemessen, dass Ordnung in den Reihen herrschte, das Schlachtfeld aber trotzdem zügig überquert wurde. Kaum schnell genug, dachte Steel und rechnete jeden Moment damit, dass die feindlichen Kanoniere sich auf die Kompanie einschossen. Nach dem ersten Geschützdonner war eine lastende Stille eingetreten, die nun jedoch von weiteren Kanonenschüssen unterbrochen wurde. Schon sirrten die Kugeln wieder mit lautem Kreischen durch die Luft. Die Trommelschläge wurden drängender und trieben die Männer voran. Der Rhythmus blieb selbst unter dem Beschuss beharrlich.

Steel schaute kurz nach links und sah, dass die gesamte Formation von Lord Orkneys Brigade über die Ebene strömte und hügelabwärts auf den Fluss zuhielt. Den müssen wir überqueren, dachte Steel. Nur das Marschland hinter uns bringen, dann geht es besser. Bis dahin müssen wir es schaffen. War das zu viel verlangt? Lieber Gott, betete er, was auch immer du bist, gewähre mir nur diesen einen Wunsch. Mach, dass wir über den Fluss kommen und es bis zu den Franzosen schaffen. Und lass mich nicht sterben. Aber wenn ich schwer getroffen werde, dann lass mich um Himmels willen auf der Stelle tot sein. Lass mich nicht als Krüppel zurück. Lass mich leben, damit ich die Schlacht zu den Feinden tragen kann. Deine Feinde, wie es immer heißt. Die Feinde der Königin. Marlboroughs Feinde. Lass mich leben, damit ich die Franzosen töten kann.

Während Steel diese finstere Litanei im Geiste vor sich hin sprach, machte er sich bewusst, dass sie es bis zum Fuß der

Anhöhe geschafft hatten und sich jetzt am Rande des Marschlandes befanden, nur noch wenige Yards vom Fluss entfernt.

Er wandte sich an Williams. »Tom, um Gottes willen, haltet die Männer zusammen. Lasst nicht zu, dass sie im sumpfigen Boden straucheln. Wir müssen die Formation halten.«

Slaughters Stimme tönte über den einsetzenden Gefechtslärm hinweg. »Aufschließen! Rechte Schulter zeigt nach vorn. Die Reihen schließen, ihr Hunde.«

Steel schaute wieder unverwandt nach vorn und murmelte weiterhin seine nutzlosen Gebete in den Hagel aus Geschossen hinein. In seinem Herzen wusste er, dass sein Schicksal vorbestimmt war ... wenn er an diesem Pfingstsonntag sterben sollte, ließe sich daran auch nichts mehr ändern. Weder durch ein Gebet, noch durch sonst etwas. Aber er wusste auch, dass er noch kämpfen konnte. Und wenn das Schicksal ihn bis zu den französischen Linien vorließe, dann würde er, verdammt noch mal, alles daransetzen, damit dieser Tag nicht sein letzter auf Erden war.

2.

Es gab einen Trick in der Schlacht, um den Körper voll zum Einsatz zu bringen, während der Geist sich von den düsteren Aussichten jeder verstreichenden Minute löste. Steel kannte diesen Kniff und hatte ihn viele Male angewendet. Aber aus einem unerfindlichen Grund entzog sich ihm der Kunstgriff an diesem Morgen. Er schwitzte inzwischen stark. Nie hatte sein Uniformrock sich schwerer angefühlt, und die Muskete, die er sich über den Rücken geschnallt hatte, schien ihn nach unten zu ziehen und seine Schritte zu verlangsamen.

Er war erleichtert, dass die eigenen Geschütze den Beschuss aufrechterhielten, aber die französische Batterie hatte keinen Augenblick geschwiegen. Und bei jedem Schritt, der ihn näher zum Feind brachte, hatte er den Eindruck, dass wieder ein rot uniformierter Kamerad in den eigenen Reihen als blutiger Klumpen am Boden liegen blieb.

Ein Stück weiter vorne links konnte er durch die dichten Pulverschwaden die hohe Gestalt von George Hamilton, des Grafen von Orkney, ausmachen – unverkennbar in dem Brustpanzer, dem Kürass. Lord Orkney hatte sich zu Fuß an die Spitze der Brigade gesetzt und schritt beherzt aus. Ein Kämpfer, der es in sich hat, dachte Steel. Ein Mann, dem jeder Offizier nacheifern würde. Orkney war nicht nur ein kluger Taktiker, er machte auch aufgrund seiner Tapferkeit von sich reden. Für Steel zählte Tapferkeit in der Schlacht fast noch mehr als die Fähigkeit militärischen Denkens.

Bislang hatten sie das sumpfige Gelände erstaunlich leicht überwunden, sodass Steel sich schon fragte, warum er an Marlboroughs Urteilsvermögen gezweifelt hatte. Natürlich hatten sie die Laufgeschwindigkeit zu Beginn nicht durchhalten können, und an einer Stelle hatte ihnen der Fluss zunächst Schwierigkeiten bereitet. Aber sie hatten ihn schließlich durchquert und sich dann ihren Weg durch die gefährlichen »Spanischen Reiter« gebahnt: eine Barriere aus horizontalen Pfählen, aus denen Bajonettspitzen in tödlichem Winkel ragten.

Inzwischen überquerten sie das Tal des Flusses Petite Gheete, der unmittelbar an dem Dorf Autre-Église vorbeifloss. Während sie sich dem Feind näherten, eröffneten französische und wallonische Scharfschützen das Feuer und dezimierten die Reihen der Rotröcke, ehe sie sich zu den eigenen Linien zurückzogen. Die meisten Schützen schienen Wallonen zu sein – Französisch sprechende Niederländer. Das Durchhaltevermögen dieser Männer ließ indes oft zu wünschen übrig und war nicht zu vergleichen mit dem bedingungslosen Eifer der französischen Infanteristen. Steel sah sich in seiner Vermutung bestätigt, als er beobachtete, wie eine ganze Kompanie Wallonen zu den französischen Linien zurückströmte.

Während die Wallonen wie die Hasen davonliefen, wogte Jubel durch die britischen Reihen. Einer der Grenadiere, Dan Cussiter, rief ihnen hinterher: »Lauft doch, ihr Tölpel! Verzieht euch bis nach Paris, ehe wir euch in den Arsch treten!«

Die Kameraden, die sich in ihrer Anspannung förmlich nach etwas sehnten, über das sie lachen konnten, stimmten in den Jubel mit ein, bis sich die donnernde Stimme des Sergeants vernehmen ließ. »Das reicht jetzt. Ihr seid selbst schneller in Paris, als ihr glaubt. Aber nicht, wenn ihr aus der Reihe tanzt. Bald ist Zeit genug zum Jubeln, Jungs.«

Es war entscheidend, jetzt die Disziplin aufrechtzuerhalten, damit die Männer in ihrer Freude über den Rückzug der wallonischen Infanterie nicht die Linien verließen, um womöglich den Fliehenden nachzusetzen. Denn Steel wusste, was sie oben auf der kleinen Anhöhe erwartete: die volle Streitmacht der französischen Kampflinien. Als die Grenadiere allmählich festen Boden unter den Füßen spürten, versuchte Steel, gegen seine innere Unruhe anzukämpfen. Und während er das tat, hörte er von weiter links einen Befehl von Major Charles Frampton: »Bataillon halt! Linienformation. Bereit machen zum Angriff.«

Der Befehl wurde von den anderen Offizieren weitergegeben, worauf die Soldaten gleichzeitig stehen blieben. Sie waren noch gut hundert Yards von den Franzosen entfernt, aber Steel war klar, dass dies nur ein Zwischenstopp sein konnte.

Er schaute sich nach Slaughter um. »Auf Befehl vorrücken, Sergeant!«

Ein Geschoss flog an seinem Kopf vorbei und grub sich in die Reihen hinter ihm. Einem Grenadier, Donaldson, einem netten Jungen aus Edinburgh, quollen die Gedärme aus dem Unterleib, einem anderen Burschen – Ned Tite – wurde ein Bein abgerissen. Als der Mann sich unter Schmerzen auf dem Boden wand und mit seinen Schreien die Kameraden verunsicherte, bedeutete Steel dem Sergeant, dafür zu sorgen, dass der Verwundete nach hinten gebracht wurde.

Lange konnten sie hier nicht mehr warten. Sie hatten schon genug aushalten müssen. Als hätte man seine Gedanken erhört, ertönte ein neuer Befehl aus dem Zentrum der Linie.

»Bataillon fertig machen zum Vorrücken. Bajonette nach vorn!«

Die mit Stahlklingen versehenen Musketen, die die Männer bislang mit den Läufen nach oben gehalten hatten, wurden nun vorgestreckt, bis sie waagerecht zum Boden waren.

»Bataillon ... vorrücken!«

Abermals meldeten sich die Trommeln zurück, diesmal allerdings mit einem weniger lauten Rasseln. Es war mehr ein Klopfen, aber wenn die Feinde Königin Annes diesen Rhythmus einmal gehört hatten, erinnerten sie sich mit kalter Furcht im Herzen an das, was folgen würde. Mit grimmiger Entschlossenheit nahm das Bataillon die Anhöhe, obwohl die Kanonenkugeln weiterhin auf die Reihen herabregneten und Schneisen hinterließen wie eine riesige Sense im reifen Kornfeld. Als die Grenadiere die ersten Häuser des kleinen Dorfes Autre-Église erreichten, wurde jedem klar, dass die Franzosen nicht untätig herumgesessen hatten.

Jede Straße, jede noch so kleine Gasse, war verbarrikadiert worden, mit allem, was das Dorf zu bieten hatte: Hauptsächlich Möbel aus den Häusern und sonstiges Hab und Gut, das den Einwohnern lieb und teuer gewesen war und jetzt zu praktischen Zwecken missbraucht wurde. Die Barrieren waren zwar hastig errichtet worden, dafür aber von erfahrenen Soldaten, soweit Steel das auf die Schnelle beurteilen konnte. Tische und Stühle hatte man zusammengebunden und durch jede noch so schmale Öffnung Bajonette und Degen gesteckt – eine mit Klingen gespickte Abwehr, die kein Durchkommen zulassen sollte.

Hinter den Befestigungen warteten die Franzosen. Als die Grenadiere wie eine Woge gegen die hölzernen Barrikaden brandeten, gaben die weiß uniformierten Soldaten ihre tödlichen Salven ab. Aber das reichte nicht, um die Flut aus Rot aufzuhalten. Steel sah eine Möglichkeit, die Barriere zu überwinden, setzte einen Fuß auf ein Tischbein und sprang oben auf die Befestigung. Unter sich gewahrte er einen sonnengebräunten Franzosen, der mit dem Bajonett nach ihm stach, aber Steel war zu schnell für den Mann, wehrte den Stoß mit dem Degen ab und ließ die rasiermesserscharfe Klinge auf den Kopf des Gegners niedersausen. Die Schneide fraß sich durch den schwarzen Dreispitz und die Schädeldecke.

In Jubelstimmung drehte Steel sich kurz zu seinen Rotröcken um. »Mir nach, Grenadiere! Wir sind drin, Jungs. Tod den Franzosen!«

Steel wusste gut ein halbes Dutzend Männer hinter sich, als er sich über die Barriere schwang und in einem Gedränge aus weiß uniformierten Infanteristen landete. Die Männer waren derart verblüfft, dass zwei von ihnen sogar die Musketen fallen ließen und ins Dorf liefen. Von den Verbleibenden mussten es drei mit Steels Männern aufnehmen. Matt Taylor, ein Corporal und zudem Apotheker der Kompanie, benutzte seine Muskete wie einen Kriegshammer und schlug einem Gegner den Kolben gegen den Unterkiefer. Steel zuckte unwillkürlich zusammen, als er hörte, wie der Knochen brach. Doch er durfte sich nicht ablenken lassen, denn schon sah er sich dem größten Burschen in diesem Abschnitt gegenüber, einem hünenhaften Kerl mit Schnauzbart, offensichtlich ein Sergeant. Denn er setzte seinen Sponton wie eine Sense ein und grinste, als er sah, dass Steel ihn nicht mit dem Degen erreichen konnte. Steel ließ sich dennoch auf ein Fechtduell mit ungleichen Waffen ein, zielte nach dem hölzernen Schaft der Hellebarde und wich jedem Stoß mit geschickten Schritten aus.

Der Hüne schlug indes zu unkoordiniert mit der spitzen Pike nach Steel, der die Waffe des Mannes wie einen Degen behandelte. Nach einem Ausfallschritt nach links nutzte er eine Lücke in der Defensive des Gegners, machte den entscheidenden Satz nach vorn und stieß dem Franzosen den Degen in die Brust. Der Mann hatte noch zum Schlag ausgeholt, hielt wie gelähmt inne und starrte den hochgewachsenen britischen Offizier entgeistert an. Das Blut quoll ihm aus dem Mund, als er tot zu Boden sank.

Steel zog die Degenspitze aus der Brust des Toten und verschaffte sich einen Überblick. Weiter links war es anderen Grenadieren gelungen, ins Dorf einzudringen. Die französischen und wallonischen Linien wurden immer weiter zurückgedrängt. Steel wandte sich an seine Leute. »Das Dorf ist unser! Gut gemacht, Jungs!« Dann hielt er Ausschau nach Slaughter und entdeckte ihn wenige Schritte entfernt. »Die Männer sollen einen Moment verschnaufen, Sergeant. Aber stellt Wachen auf. Die kommen zurück. Verlasst Euch drauf.«

Slaughter warf ihm ein Grinsen zu. »Das war ein guter Kampf, Sir. Habt Ihr gesehen, wie die davongerannt sind?«

»Ja, sie sind auf und davon. Aber wir haben bei dem Angriff ganz schön bluten müssen. Wie sehen unsere Verluste aus, Jacob?«

»Schwer zu sagen, Sir. Ich weiß, dass einige der Jungs schon bergab zu Boden gingen, und ich schätze, dass wir noch einmal halb so viele im Gefecht verloren haben.«

»Das dachte ich mir.« Steel war ernüchtert.

Dennoch, nach Steels Dafürhalten musste man bei einem Frontalangriff mit dreißig Prozent Verlust rechnen; ein Drittel davon wiederum würde es wohl nicht überlebt haben. Also zehn Tote allein aus seiner Kompanie, und der Tag war noch jung. Wer, so überlegte er, mochte alles gefallen sein? War Williams getroffen worden? Oder Hansam? Steel wischte sich mit dem Ärmel den Schweiß von der Stirn und schaute sich um. Seine Befürchtungen bestätigten sich nicht, denn aus einer nahe gelegenen Straße löste sich in diesem Augenblick der junge Fähnrich. Er hatte eine Schnittwunde am Arm; sein Ärmel war blutgetränkt, sein Gesicht auffallend blass.

»Tom? Seid Ihr schwer verwundet?«

»Nicht schlimm, Sir. Ein Kratzer. War ein französischer Offizier. Ich hab ihn ins Jenseits befördert. Eigentlich schade. War ein guter Fechter.«

Er zuckte zusammen, als der Schmerz im Arm in den Vordergrund trat, war aber um ein Lächeln bemüht. Steel ahnte, dass die Wunde zwar tief, aber nicht lebensbedrohlich war.

»Ich schicke Euch nach hinten, Tom. Lasst Euch verbinden, ehe die Wunde sich entzündet. Den Arm wollt Ihr doch noch ein Weilchen behalten, oder?«

Williams nickte und zog sich in Richtung der hinteren Reihen zurück.

»Aus dem wird noch was«, meinte Slaughter und sah dem Fähnrich nach. »Könnte eines Tages General sein.«

»Wenn er so lange überlebt, Jacob.«

Von weiter links kam eine hochgewachsene Gestalt auf sie zu – ein ranghöherer Offizier. Die markanten Gesichtszüge von Lord Orkney waren unverkennbar. Blut klebte an seinen Breeches, und er hatte seine Schärpe im Getümmel verloren. Ansonsten war der jung gebliebene, vierzigjährige General offenbar unverletzt.

»Sergeant, lasst die Männer antreten. Offizier naht.«

»Offizier kommt, Jungs. Stillgestanden!«

Die Grenadiere strafften die Schultern und stellten sich in drei Reihen auf.

Orkney nickte Steel zum Gruß zu. »Gut gemacht, Captain.«

»Habt Dank, Lord Orkney. Aber ich muss mich bei meinen Männern bedanken. Bei meinen Grenadieren, Sir.«

Orkney musterte Steel und sah ihm in die Augen. »Captain Steel, nicht wahr? Der Held von Blenheim? Nun, wer auch immer Anspruch auf den Ruhm hat, Ihr habt es heute so gut gemacht wie damals. Wir haben das Dorf, und ich bin nicht gewillt, es leichtfertig aus der Hand zu geben. Ich habe Euren Colonel in der Mitte der Stellung gelassen. Trommelt Eure Grenadiere zusammen und begebt Euch zu den First Guards und General Fergussons Regiment. Positioniert Euch am Rand des Dorfes, so nah wie möglich an den französischen Linien. Eure Männer sollen Barrikaden errichten. Wenn die Franzmänner wiederkommen, was sie gewiss beabsichtigen, dann wollen wir es ihnen mit gleicher Münze heimzahlen, wie?«

»Ganz recht, Mylord. Ihr könnt Euch auf uns verlassen.«

Orkney war im Begriff, Steel weiter zu gratulieren, als beide Männer sahen, dass fünf Reiter aus Richtung der Alliierten herankamen. Sie alle trugen die eleganten und prächtigen Uniformen des Generalstabs und schienen persönliche Berater zu sein. Ein Anblick, den es auf dem Schlachtfeld nicht alle Tage gab.

»Was haltet Ihr davon, Captain Steel? Eine Gruppe junger, stadtbekannter Gentlemen, die gekleidet sind, als erwartete man sie bei Hofe? Bei Gott! Sehe ich da etwa rote Absätze? Was hat das zu bedeuten?«

»Ich weiß es nicht, Mylord. Aber ich wage die Behauptung, dass wir es bald erfahren werden.«

Die Reiter hielten vor Lord Orkney an. Die beiden ersten stiegen ab. Steel kannte einen von ihnen: Benjamin Harley, ein Flügeladjutant von Marlborough. Der junge Mann zelebrierte eine übertrieben tiefe Verbeugung vor Orkney. Als er zu sprechen anhob, klang seine Stimme unerwartet leise, was nicht recht zu dem Lärm des Gefechts zu passen schien, das außerhalb des Dorfes weitergeführt wurde.

»Mylord. Ihr sollt unverzüglich vom Feind ablassen und Euch zweihundert Yards zurückziehen.«

Orkneys buschige Brauen schnellten hoch. Seine Augen weiteten sich, und sein Gesicht nahm die Farbe seines scharlachroten Uniformrocks an. Einen Moment lang war er sprachlos. Schließlich – der Berater wartete geduldig – fand er seine Stimme wieder. »Ablassen vom Feind? Rückzug? Seid Ihr von Sinnen, Sir? Wir haben das Dorf erobert. Dieser Boden hier gehört uns. Und, so Gott will, gehört uns am Ende des Tages auch der Sieg. Ich werde nicht zurückweichen, Sir. Auf gar keinen Fall.« Den letzten Worten wohnte unüberhörbare Verachtung inne. »In wessen Namen bringt Ihr mir diesen Befehl, Sir?«

Der Berater setzte ein selbstgefälliges Lächeln auf. »Ich handele auf Geheiß Lord Marlboroughs, Mylord. Es ist sein ausdrücklicher Wunsch, dass Ihr Euch möglichst rasch vom Feind zurückzieht und zu Eurem Ausgangspunkt zurückkehrt.«

Orkney sah den Mann ungläubig an. Einen Moment lang glaubte Steel, der General würde den jungen Berater schlagen. Und auch in Steel regte sich Unmut. Das war wirklich ein starkes Stück. Dem Herzog vertraute er, würde ihm bis ans Ende der Welt folgen. Aber einen Befehl von einem jungen Flügeladjutanten entgegenzunehmen, ohne weitere Erklärungen, widerstrebte selbst Steel. Zumal der Befehl glatter Unfug zu sein schien. Orkney machte einen Schritt auf den Berater zu.

Steel sah, dass der junge Mann mit der Hand seinen Degenknauf umschloss. Das roch nach Ärger. Jetzt war nicht die Zeit für derartige Auseinandersetzungen. Rasch meldete sich Steel zu Wort: »Sir – wenn die Order direkt vom Herzog kommt, denkt Ihr dann nicht, dass es vernünftig wäre, den Befehl zu befolgen? Ganz gleich, wie ärgerlich das für Euch ist?«

Orkney wandte sich mit feurigem Blick Steel zu. »Captain Steel, Euren Rat brauche ich nicht. Ich ... und Ihr, Steel, wir beide haben gute Männer auf dem Weg hierher verloren. Diese Männer ließen ihr Leben für dieses Dorf. Wollt Ihr diese Soldaten verhöhnen? Wir ziehen uns nicht zurück. Wie könnt Ihr Euch auf diesen Irrsinn einlassen? Wir sind hier die Sieger, verdammt. Wir haben unser Ziel erreicht. Und wir halten diese Stellung. Ich gebe keinen Zoll breit davon preis, selbst wenn Mylord Marlborough es so wünscht.«

»Mylord, nie würde ich einen meiner Männer verhöhnen, Sir«, beteuerte Steel, »sei er tot oder lebendig. Aber es ist ein Befehl, Lord Orkney.«

Der Graf hatte sich nun wieder unter Kontrolle und wandte sich erneut dem Adjutanten zu, der sehr blass aussah. »Was ist Sinn und Zweck dieses Vorhabens? Die Einsatzregeln besagen klar, dass es die Pflicht jedes Kommandeurs ist, die Schlacht zu gewinnen. Und da wird nicht nach Lust und Laune klein beigegeben, sobald Boden erobert wurde. Aus welchem Grund könnte Lord Marlborough den Wunsch verspüren, mich zum Rückzug zu bewegen?«

Inzwischen waren auch die anderen Adjutanten von ihren Pferden gestiegen. Einer von ihnen, der ein wenig älter als Harley zu sein schien, trat vor und ergriff das Wort. »Entschuldigt, meine Herren. Lieutenant Greville Bennett, Mylord. Es handelt sich um keinen Rückzug im herkömmlichen

Sinne, Lord Orkney. Vielmehr um einen *taktischen* Rückzug.«

Orkney schlug sich mit der Faust in die Handfläche der anderen Hand. »Taktischer Rückzug?« Er spie die Worte verächtlich aus. »Marlborough schickt mir fünf seiner schmucken Jungen, um mir das mitzuteilen? Um mich zum Rückzug aufzufordern! Denn es bleibt ein verdammter Rückzug, Mann, Taktik hin oder her. Nichts anderes. Warum sollte ich ...«

Abermals schnellte Harleys Hand nervös zu seinem Degen. Steel schickte sich bereits an, sich zwischen die Kontrahenten zu stellen, als aus einer Seitenstraße zwei weitere Reiter kamen. Einer von ihnen war unverkennbar William Cadogan, die rechte Hand des Herzogs von Marlborough, seines Zeichens Generalquartiermeister. An seiner Seite ritt ein anderer Offizier, der etwas beleibter als Cadogan war und älter aussah. Steel erkannte ihn auf den ersten Blick: Colonel Jack Hawkins, einer der ältesten Freunde des Herzogs, war dem Generalstab in beratender Funktion zugeordnet. Es war Hawkins gewesen, der Steels Beförderung vorangetrieben hatte. Einen besseren Mentor als den Colonel konnte er sich kaum wünschen, doch er hatte Hawkins schon seit Wochen nicht mehr zu Gesicht bekommen.

Hawkins und Cadogan ritten bis zu Orkney und stiegen ab. Cadogan begrüßte den vor Zorn bebenden General mit einem Lächeln. »Aber, aber, George. Ihr seht aus, als hättet Ihr Euch wieder einmal vergessen. Bleibt ruhig. Habt Ihr denn nicht die Instruktionen des Herzogs erhalten? Ihr sollt Euch zurückziehen und neu formieren, Mylord.«

Orkney schien zu schwanken. Er schüttelte ungläubig den Kopf. »Sagt mir nicht, William, dass es der Wahrheit entspricht, was dieser ... Junge hier zu melden hat. Soll ich tatsächlich dieses Dorf preisgeben? Das ist mein Sieg, Cadogan. Wir halten diese Stellung. Schaut Euch doch um.«

»Ich fürchte, dass der Befehl gilt, George. Ihr müsst wissen, Ihr seid einfach zu gut für uns und die Franzosen. Tatsache ist, dass Eure Attacke nie mehr war als eine Ablenkung, damit der Marschall seine Reserven aus dem Zentrum abzieht.«

Orkneys ohnehin ungesunde Gesichtsfarbe schien noch eine tiefere Färbung anzunehmen. »Ablenkung? Meine Attacke eine Ablenkung? Ich gebe Seiner Hoheit eine Ablenkung, verlasst Euch drauf. Sagt das diesen Männern dort, die tot auf den Feldern und den Barrikaden liegen. Sagt ihnen, warum sie sterben mussten, bei Gott.«

Cadogan schüttelte den Kopf. Dann nickte er und war im Begriff, dem Grafen beschwichtigend eine Hand auf die Schulter zu legen, doch Orkney wich einen halben Schritt zurück. »Ich weiß, George, ich weiß. Aber Tatsache ist, dass der Herzog es nicht für klug hielt, Euch oder irgendeinen seiner Kommandeure zu informieren ...«

Orkney lachte trocken auf. »Nicht klug? Gottverdammt, William! Wann ist es denn überhaupt klug, anzugreifen?«

Eine französische Batterie auf einer Anhöhe hinter dem Dorf hatte offenbar die Gruppe Offiziere auf der Straßenkreuzung der Siedlung entdeckt und die Entfernung abgeschätzt. Denn nun schlugen die Kanonenkugeln gefährlich nah bei den Herren ein; Splitter von Pflastersteinen flogen durch die Luft.

Cadogan ergriff erneut das Wort, diesmal in förmlicherem Ton: »Lord Orkney, die Wahrheit ist, dass Ihr keine Kavallerie als Unterstützung habt. Schaut hinter das Dorf. Seine Hoheit hat sämtliche Reiter ins Zentrum beordert, um den Feind anzugreifen und zu vertreiben. Und so wird es kommen. Überzeugt Euch selbst. Ihr seid isoliert – wenn Ihr hierbleibt, wird man Euch einkesseln. Ihr müsst Euch zurückziehen, mein Freund, und zwar unverzüglich. Es tut mir aufrichtig leid.«

Orkney rieb sich über die Perücke und fuhr sich mit der Hand durchs Gesicht. Schließlich blickte er den jungen Adjutanten an und nickte. »Also gut. Ich werde tun, was Ihr verlangt. Aber nur, weil Ihr direkt von Seiner Hoheit kommt und weil Lord Cadogan mich bittet. Teilt dem Herzog mit, dass ich in Kürze bei ihm sein werde, und falls ich feststellen muss, dass Ihr Euch geirrt habt, so werde ich nicht zögern, Euch dafür zur Rechenschaft zu ziehen, Gnade Euch Gott.«

Als Cadogan dem General lächelnd auf die Schulter klopfte, trat Hawkins an Steel heran. »Die beiden sind alte Freunde, Jack«, erklärte er mit einem Lächeln. »Ich versichere Euch, der Rückzug widerspricht all unseren Erfahrungen. Dennoch ergibt es Sinn, ja, die Idee ist vielleicht sogar brillant. Die Gentlemen werden sich gewiss bei einem Glas Wein versöhnen, wenn wir Marschall Villeroi erst einmal geschlagen haben.«

»Demnach sieht es so aus, dass wir siegen?«

»Kommt, Jack, ich wäre ein törichter Mann, wenn ich das sagen würde, nicht wahr? Während Ihr dieses Dorf eingenommen habt, hat dorthinten auf der Ebene ein großes Kavalleriegefecht stattgefunden. General Overkirk hat die französischen Reiter zurückgedrängt. Doch jetzt kommt der kritische Moment. Wenn dieses nächste Manöver so verläuft, wie der Herzog es sich vorstellt, dürfen wir uns, denke ich, bald als Sieger betrachten. Es ist gut, dass ich Euch gefunden habe, Jack, obwohl Euch das auch ein Ordonnanzoffizier hätte mitteilen können. Die Guards sollen hier bis zum letzten Moment im Dorf bleiben, damit der Rückzug nicht auffällt. Ihr und alle anderen Grenadiere der Brigade unter Lord Orkneys Kommando werden fortan im Zentrum benötigt, denn genau dort planen wir einen Großangriff. Begebt Euch mit Eurer Kompanie zu den Niederländern. Ich werde derweil mit Colonel Farquharson sprechen. Ihr werdet einem gewissen Major van Cutzem der niederländischen Infanterie zur Seite gestellt.«

»Ihr seid hier, um Befehle weiterzugeben? Colonel Hawkins, ich weiß, dass Ihr zu Höherem berufen seid.«

»In der Tat, Jack, Ihr habt ganz recht. Ich habe Euch für ein besonderes Vorhaben vorgemerkt. Mehr darf ich nicht dazu sagen. Da ich Euch schon gut zwei Wochen nicht mehr gesehen habe, wollte ich mich bloß davon überzeugen, ob Ihr noch am Leben seid. Passt auf Euch auf, Jack, denn in Kürze werde ich Eure Hilfe brauchen.«

Orkney war längst auf dem Weg zu seinem Stab, und als Hawkins sich wie Cadogan in den Sattel schwang, warf er noch einen Blick über die Schulter. »Oh, und Jack, ich habe ganz vergessen, Euch viel Glück zu wünschen. Aber es scheint Euch ja immer hold zu sein.«

Steel nickte mit einem Lächeln auf den Lippen. Obwohl die feindlichen Geschütze den Beschuss aufrechterhielten und die Kugeln in die nahe gelegenen Häuser krachten, schritt Steel zu Slaughter und den angetretenen Grenadieren.

»Die Männer sollen sich rühren, Sergeant.«

Hansam kam auf Steel zu und sah ihn erwartungsvoll an. »Und? Greifen wir an?«

Steel schaute zu Boden und ritzte Muster mit der Degenspitze in den Dreck. »Nein, wir ziehen ab.«

»Den Franzosen nach, Sir? Ist die Schlacht denn schon entschieden?«, wollte Slaughter wissen.

»Noch nicht ganz, Jacob. Wir sollen zurück und uns dann

links halten, nicht mehr nach vorn. Unser neues Ziel ist das Zentrum.«

Hansam hatte dafür nur Kopfschütteln übrig, lachte dann und holte seine Schnupftabaksdose aus der Tasche.

»Was?«, kam es ungläubig von Slaughter. »Nach allem, was wir geschafft haben? Die Anhöhe? Das Dorf? Und all die Toten?«

»So lauten unsere Befehle. Wir werden einem niederländischen Bataillon zugeteilt. Wenn ich Ihr wäre, Sergeant, würde ich das als Ehre empfinden.«

Steel erkannte jetzt die Logik in Marlboroughs Strategie, doch er konnte immer noch nicht verstehen, warum der Herzog seinen Plan nicht Lord Orkney anvertraut hatte. Der Zorn des Generals war da nur nachvollziehbar. Wenn man einen überzeugenden Scheinangriff auf der Flanke des Feindes plante, um die Reserve herauszulocken, war es dann fair, wenn man die eigenen Soldaten in dem Glauben vorrücken ließ, der Angriff sei ernst gemeint? Aber was war in dieser neuen Art der Kriegsführung noch fair, dachte Steel, wenn jeder Kampf neue Überraschungen bereithielt. Das war ihm bereits in Bayern vor der Schlacht von Blenheim klar geworden. Seither hatte er ab und an Anzeichen dafür gesehen, dass Einstellungen sich änderten. Gewisse Einflüsse bestimmten das Handeln der Briten in jedem Schauplatz des gegenwärtigen Konflikts, von Flandern über Spanien bis nach Portugal.

Er hörte auf, Striche auf den Boden zu ritzen, und hob den Blick. »Bringt die Jungs raus, Sergeant. In Dreierreihen. Aber möglichst weitab vom Feind. Wir wollen ja den französischen Geschützführern kein einladendes Ziel bieten.«

Slaughter, der den Befehl zum Rückzug immer noch nicht verwunden hatte und innerlich kochte, ließ seine Wut jetzt an den Grenadieren aus. »Ihr habt den Offizier gehört, Männer. In Dreierreihen zum Abmarsch antreten! Und konzentriert euch, verdammt! Du da, Sullivan, pass auf deine Schritte auf, verflucht noch mal! Ich sagte, Bewegung!« Um zu unterstreichen, dass Eile geboten war, trieb er einen besonders langsamen Grenadier mit dem Spieß an. Ein Mann wie ein Baum, aber ohne viel Verstand. »Komm schon, Milligan, du Nichtsnutz. Wir wollen doch nicht, dass du zu spät zum nächsten Tanz kommst, oder? Geben wir den Franzmännern ihr Dorf zurück. Los, Beeilung jetzt, Jungs. Wir wollen sie nicht warten lassen.«

Sie marschierten linker Hand davon, folgten dem Verlauf einer schmalen Straße und verließen das Dorf in südwestlicher Richtung. Doch auch wenn sie nicht den Weg nahmen, den sie gekommen waren, so sahen sie dennoch die toten Kameraden am Boden liegen. Slaughter entging nicht, dass die jungen Männer nervöse Blicke auf die Leichen warfen. »Augen geradeaus. Ein bisschen schneller da, Tarling! Die Franzies werden nicht den ganzen Tag auf uns warten. Und du willst doch kein Bajonett im Arsch haben, oder?«

Während sie die leichte Böschung hinunterstapften und auf das Zentrum der alliierten Linien zuhielten, merkte Steel, dass sie in einer kleinen Senke liefen und daher für den Feind nicht sichtbar waren, obwohl das Gelände insgesamt recht exponiert lag. Es war unwahrscheinlich, dass die Franzosen ahnten, was Marlborough vorhatte; von einem Schwenk des rechten Flügels ins Zentrum konnten sie nichts wissen. Ein Blick nach links verriet ihm, dass die Regimentsstandarten jedes Bataillons von Lord Orkneys Brigade nach wie vor an Ort und Stelle wehten.

Auf Geheiß des Herzogs war eine Einheit bewusst im Dorf geblieben, sodass die Franzosen in einiger Entfernung davon ausgehen mussten, dass mehrere Bataillone die leichte Anhöhe bei der Siedlung in dichter Formation hielten. Und Steel machte sich bewusst, wie brillant der Plan war. In diesem Moment erkannte er, dass er zu Recht Vertrauen in den Herzog gesetzt hatte. Selbst Orkney würde sich bald wieder beruhigen. In Kürze hätte der Herzog das zahlenmäßige Übergewicht im Zentrum des Schlachtfelds: ein nicht zu unterschätzender Vorteil. Und dann würden sie ja sehen, was passierte.

Weiter vorn konnte Steel jetzt die Flanke des niederländischen Bataillons ausmachen. Die blau gewandeten Soldaten standen kerzengerade da, obwohl sie sich dem unablässigen Feuer der französischen Kanonen ausgesetzt sahen. Steel entdeckte den Offizier und bedeutete seinen Männern, weiter zu marschieren.

Major Henk van Cutzem war ungefähr genauso groß wie Steel und hatte sein langes blondes Haar, wie Steel, im Nacken zusammengebunden. Allerdings war seine Haarpracht so üppig, dass man auf die Entfernung meinte, der Major trage eine Perücke. Seine Oberlippe zierte ein dünner Schnurrbart, und Steel glaubte, ein flüchtiges Lächeln auf den Lippen des Majors gesehen zu haben. Er nickte zum Gruß. »Captain Steel?«, fragte der Niederländer in tadellosem Englisch.

»Major.«

»Willkommen. Ihr könnt Euch mit Euren Männern rechts von uns eingliedern.«

Steel verbeugte sich. »Es ist mir eine Ehre, Major. Habt Dank. Aber ich nehme Euren Grenadieren nur ungern den Platz weg.«

»Im Gegenteil, Captain Steel. Die Ehre ist ganz auf meiner Seite. Euer Ruf eilt Euch voraus. Ihr seid ein Held, ein wahrer

Achilles. Es heißt, in Blenheim hättet Ihr Eure Kompanie geführt, um Eure Regimentsstandarte zu retten – aus den Händen der französischen Kavallerie. Meinen Respekt, Sir. Und es war wirklich die Leibgarde von König Ludwig?«

Steel nickte.

»Ihr seid mit Infanterie gegen Kavallerie losgezogen, um die Fahne zu retten?«

»Ich führte einen Zug Grenadiere an, Major.«

»Verstehe, Captain. Aber das entspricht nicht den Regeln des Krieges. Es widerspricht jeglicher Logik. Warum habt Ihr das getan?«

»Eine Frage der Ehre. Ich wollte es nicht hinnehmen, dass die Franzosen sich mit unserer Standarte davonmachten.«

»Verstehe. Die Ehre.« Der Major hielt inne. »Glaubt Ihr an Ehre, Mr. Steel?«

Steel durchzuckte es, als er mit »Mister« angesprochen wurde, da man so nur einen Lieutenant anreden durfte. Er war jedoch davon überzeugt, dass der Niederländer dies nicht verletzend gemeint hatte. Gleichwohl rief es ihm schmerzlich in Erinnerung, dass die bei Blenheim hart erkämpfte Beförderung nach wie vor nur ein Titularrang war.

»Ja, ich glaube mit ganzem Herzen daran, Major. Warum kämpfen wir sonst, wenn nicht der Ehre wegen? Für die Ehre unseres Regiments. Die Ehre unseres Landes und unserer Monarchie. Und nicht zuletzt für unsere eigene Ehre.«

Van Cutzem nickte und lächelte. »Sicher, Captain. Wir kämpfen für die Ehre. Obwohl ich natürlich in die Schlacht ziehe, um meine Heimat vor den Franzosen zu bewahren. Da wir gerade von unseren Gegnern sprechen, ich glaube, dass wir Zeuge der Ehre werden.«

Auf der anderen Seite der Felder, vor den in Reih und Glied angetretenen weiß uniformierten Franzosen, standen zwei

Offiziere. Auf die Entfernung vermochte Steel den Rang der Männer nicht zu erkennen. Während er und der Niederländer zur feindlichen Infanterie hinüberspähten, zogen die beiden Offiziere ihre Degen. Mit fließenden Bewegungen entboten sie mit den Klingen den traditionellen Gruß der Fechter, ehe sie die Waffen erst zur linken, dann zur rechten Seite sinken ließen. Dann schoben sie die Degen zurück in die Scheiden und deuteten eine förmliche Verbeugung in Steels und van Cutzems Richtung an.

Steel nickte zum Gruß und wollte gerade einen Scherz machen, als der Niederländer einen Schritt vortrat und seinen Hut abnahm. Dann verbeugte sich der Major übertrieben tief, sodass sein üppig wallendes Haar fast den Boden berührt hätte, schwenkte den Hut mit ausladender Geste und richtete sich wieder auf.

Steel quittierte den vornehmen Gruß mit einem Lächeln und musterte den Niederländer. Van Cutzem drehte sich zu Steel um. »Erheitert Euch etwas, Captain?«, kommentierte er Steels Lächeln.

»Glaubt Ihr wirklich, dass so etwas hilft? All dies? Wir sind doch wohl hier, um die Franzosen zu bekämpfen, oder? Um sie zu töten. Natürlich werden wir ihnen Schonung gewähren, wenn sie uns darum bitten. Aber warum haltet Ihr Euch mit diesem theatralischen Getue auf?«

»Ihr entbietet nie den förmlichen Gruß? Nie? Ich bin überrascht, Mr. Steel. Wenn Ihr die Ehre so hoch achtet, wie Ihr behauptet, dann müsste dies doch auch Platz in Eurem Ehrenkodex haben.«

»Ich halte nicht viel davon, sich vor dem Feind zu verbeugen, Major.«

»Dann ist es der Stolz, den Ihr hochhaltet, nicht die Ehre.«

Steel lachte. »Stolz. Ehre. Bitte keine Wortspielereien, Major. Ich weiß, wofür ich kämpfe, und Ihr wisst es auch. Aber wenn Ihr Eure kleine Scharade weiterführen wollt, dann bitte. Ich schaue gern zu, wie bei einem Spiel. Recht amüsant, aber das ist kein Krieg.«

Van Cutzem starrte ihn an und errötete. Kurz darauf antwortete er, richtete den Blick jedoch zu Boden. »Krieg? Wisst Ihr, was Krieg ist, Steel? Ich werde Euch sagen, was Krieg ist. Krieg bedeutet drei Jahrzehnte Elend und Schrecken. Krieg ist eine schaurige Geschichte, die ein verstümmelter Vater seinem jungen Sohn am Herdfeuer erzählt. Eine Geschichte, die von Schluchzern und Schweigen unterbrochen wird. Und manchmal ist diese Geschichte so schmerzvoll, dass man sie nicht erzählen kann.«

Van Cutzem, der sich nun in eine Art Zorn hineingeredet zu haben schien, fixierte Steel aus eisblauen Augen. »Mein Großvater wurde kaltblütig ermordet, vor den Augen seiner Kinder. Man riss ihm die Kleider vom Leib, band ihn an ein Kreuz und röstete ihn bei lebendigem Leib, während seine Frau vergewaltigt wurde und man ihr dann die Kehle durchschnitt. Die Kinder, darunter mein Vater, trieb man in die Felder, wo sie fortan wie Tiere ihr Dasein fristen sollten. Glücklicherweise überlebte mein Vater, obwohl er dabei eine Hand einbüßte. Seine Schwestern überlebten es nicht. Über ihr Schicksal wissen wir nichts. Das, Captain, bedeutet Krieg in diesen Landen.«

Er sprach auffallend leise weiter: »Deshalb, Mr. Steel, bedienen wir uns dieser ›absurden‹ Konventionen und Regeln. Deshalb ist es so wichtig, dass die Regeln des Krieges beachtet werden. Nie mehr wollen wir in jene Hölle hinabsteigen. Wir würden alles tun, um das zu vermeiden. Alles. Und so bekämpfen wir die Franzosen. Aber es darf nie wieder zu Gräueltaten kommen.« Er senkte den Blick, und bei den nächsten Worten schien die Verbitterung allmählich nachzulassen. »Wir bitten Gott, dass wir so etwas nicht mehr mit ansehen müssen. Darum geht es mir, Captain Steel.«

Steel nickte. »Es tut mir leid, Major, aufrichtig leid. Ich hätte meine Worte besser wählen müssen. Vergebt mir, wenn ich Euch beleidigt habe. Das war nicht meine Absicht.«

Natürlich hätte er dem Major gern erklärt, dass er nur zu gut nachvollziehen konnte, wovon der Niederländer sprach. Denn Steel hatte Gräueltaten dieser Art mit eigenen Augen gesehen. Und das war nicht etwa hundert Jahre her, sondern keine zehn. In Schweden und Russland, und erst vor zwei Jahren in Bayern – ein Tag, der ihn bis heute nicht losließ. Die Bilder des Grauens suchten ihn in seinen Träumen heim, rissen ihn aus dem Schlaf, sodass er manche kalte Nacht schweißgebadet dasaß. Ganze Siedlungen waren ausradiert worden, die Bewohner massakriert, darunter Frauen und Kinder. Dörfer kamen unter die Klingen. Frauen wurden vergewaltigt, Kinder aufgespießt. Dies war nicht der Stoff alter Erzählungen oder Volksmythen, dies ereignete sich in der Gegenwart. Gewiss auch jetzt irgendwo, während sie hier standen.

Sie lebten in einer Zeit von Krieg und Schrecken. Einen Moment lang war er versucht, van Cutzem von all diesen Gräueln zu erzählen, aber er ahnte, dass der Mann ihm nicht glauben würde, nicht glauben wollte. Warum sollte er ihm die Illusionen dieses höfischen Kriegsgebarens nehmen? Steel wusste, dass eine Ära zu Ende ging. Marlborough hatte eine neue Armee geformt und die Regeln des Kampfes neu formuliert. Indem sie also an diesen großen Ereignissen teilnahmen, schufen sie eine neue Ära. Und wann immer es auch so weit sein würde, morgen oder in fünf Jahren oder irgendwann in ihrer

Lebensspanne – falls sie von einer französischen Kugel verschont blieben –, die alte Welt neigte sich ihrem Ende zu und wäre irgendwann ganz verschwunden. Steel wollte dem Major dessen Traum von Ritterlichkeit lassen. Er kannte die Realität.

Dann erregte eine Bewegung weiter links seine Aufmerksamkeit. Einen Moment lang misstraute er seinen eigenen Augen und zweifelte an seinem Verstand. Er fragte sich, ob van Cutzem letzten Endes nicht doch recht behalten hatte und das Zeitalter des Rittertums zurückgekehrt war.

3.

Linker Hand, hinter den niederländischen Infanteristen, die dicht in ihren blau uniformierten Reihen standen, bot sich ein Anblick, der Steel schier den Atem raubte. Auf der Ebene unterhalb seiner Position warteten hundert Schwadronen der alliierten Kavallerie – die Linie erstreckte sich von den Dörfern Taviers und Ramillies bis zu der großen, grasbewachsenen Erhebung, bei der es sich laut Hansam um ein altes keltisches Hügelgrab handelte. Alles in allem saßen dort fünfzehntausend Mann auf ihren Pferden. Das Sonnenlicht fing sich auf den gezogenen Säbeln und blitzte auf den polierten Kürassen und Brustgeschirren der Rosse. Nicht einmal als junger Fähnrich – während seiner Dienstzeit in Schweden und Russland – hatte Steel je eine derart Ehrfurcht gebietende Präsenz militärischer Stärke gesehen.

Van Cutzem blickte ebenfalls wie gebannt zur Kavallerie hinüber. »Jetzt werden wir ein gewaltiges Gefecht erleben. Deswegen hat Marlborough die Franzosen hier gestellt. Das kann doch nur den Sieg für uns bedeuten.«

Steel beobachtete, wie die Reiter in leichten Trab fielen, und spürte, dass der Boden zu zittern begann. »Ich denke, da habt Ihr recht, Major. Aber was sollen wir machen? Sollen wir auch Ramillies angreifen? Unsere Kavallerie wird die Franzosen gewiss besiegen, aber sie können trotzdem keine Stellung einnehmen, die so stark vom Feind befestigt worden ist. Wir gewinnen zwar das offene Gelände, aber in Wirklichkeit bringt das noch keine Entscheidung.«

Der Niederländer schüttelte den Kopf. »Das mag sein, Captain. Aber unser Befehl lautet, stehen zu bleiben. Wir müssen warten, bis die Kavallerie angegriffen hat. Meine Generäle glauben, dass dieser Tag durch die Kavallerie entschieden wird, nicht durch Infanterie. Tut mir leid, aber meine Befehle, im Übrigen auch der Eure, sind eindeutig. Wir bleiben stehen.«

Steel fasste sich an die Stirn. »Um uns von den französischen Geschützen in Fetzen schießen zu lassen?«

»Wenn es sich nicht vermeiden lässt. So lauten meine Befehle, Mr. Steel. Und ich fürchte, dass Ihr Euch diesem Befehl unterordnen müsst, da Ihr zum gegenwärtigen Zeitpunkt unter meinem Kommando steht.« Ein Reiter näherte sich in leichtem Trab. Ein niederländischer Dragoner, der den Major auf Flämisch ansprach. »Wenn Ihr mich jetzt entschuldigen würdet, Captain. Ich werde zu meinem Brigadier gerufen. Vielleicht werden wir doch noch vorrücken.«

Van Cutzem nahm die Zügel seines Pferds von einem jungen Ordonnanzoffizier entgegen, saß auf und ritt langsam in die hinteren Reihen des Regiments. Steel biss sich auf die Unterlippe und schüttelte den Kopf. Erst hatte man sie aus einem hart erkämpften Stützpunkt herausgerissen und jetzt schien man sie der Gnade der französischen Artillerie zu überlassen. Die erste Entscheidung hatte er noch verstanden. Aber die zweite? Manchmal fragte er sich, ob die eigenen Kommandeure sich überhaupt der vielen vergeudeten Gelegenheiten auf einem Schlachtfeld bewusst waren.

Sein Nachsinnen wurde unterbrochen, als weiter vorn Bewegungen auszumachen waren; eine Formation kam auf Steels Flügel zu. Auch Slaughter sah die Soldaten kommen. »Grenadiere«, rief er. »Bereit machen. Musketen laden.«

Vierzig Waffen waren auf die Abteilung gerichtet, die Bajonette aufgepflanzt. Steel musterte die anrückenden Männer näher und sah zu seiner Erleichterung, dass sie aufseiten der Alliierten standen – das verrieten die grünen Kokarden an den Hüten.

»Ruhig, Männer. Das sind unsere.«

Während die Kolonne herankam, vernahm Steel Fetzen von schottischem Dialekt. Er sah inzwischen aber auch, dass diese Männer, wer immer sie sein mochten, ziemlich übel zugerichtet waren. Diese blutige Truppe hatte, wie es schien, einmal ein ganzes Bataillon Rotröcke gebildet. Schottische Truppen. Doch er fragte sich, unter welchem Kommando sie gestanden haben mochten.

Slaughter trat zu ihm. »Das sieht man wahrlich nicht gern, Sir. Verunsichert die Männer nur. Die armen Kerle.«

Zwei Soldaten trugen einen jungen Offizier auf einer notdürftig gezimmerten Trage vorbei. Einer der Soldaten schluchzte. Dem Offizier fehlte ein Bein. Seiner kalkweißen Gesichtsfarbe nach zu urteilen, hatte er viel Blut verloren. Der Mann sagte kein Wort, starrte nur mit glasigem Blick geradeaus und stand immer noch unter Schock. Steel fragte sich, wie es dem Mann gehen mochte, wenn der Schmerz erst richtig einsetzte. Je länger der Schock, so hieß es, desto schlimmer der Schmerz später.

Es imponierte Steel, dass diese Männer nicht Hals über Kopf flohen, sondern in weitgehend geordneten Kolonnen marschierten. Die Sergeants sorgten dafür, dass die Soldaten in ihren Reihen blieben, obwohl sie allesamt erschöpft und demoralisiert waren. Während Steel den Anblick auf sich wirken ließ, schob sich ein Mann – ein großer Bursche mit fast kahlem Kopf – an ihm vorbei, rempelte ihn sogar an, entschuldigte sich jedoch mit keinem Wort.

Steel fing sich rasch wieder und rief dem Mann nach: »Aufpassen, Kerl. Selbst auf dem Schlachtfeld gibt es so etwas wie Manieren.«

Der Mann drehte sich um. Jetzt erst sah Steel, dass es sich um einen Offizier handelte; die ehemals weißen Breeches waren von Matsch und Blut befleckt. Der Mann machte kehrt, trat vor Steel hin und wischte sich mit einer Hand durchs Gesicht, um etwas von dem Dreck zu entfernen. »Und mit wem habe ich die Ehre?«

Sein Akzent war dem Steels nicht unähnlich; weich und mit einer leichten schottischen, gutturalen Aussprache.

»Captain Steel. Sir James Farquharsons Regiment of Foot. Ich befehlige die Grenadiere. Und wer, wenn ich fragen darf, möchte das wissen?«

Erneut wischte der Mann sich durchs Gesicht und fixierte Steel mit hartem Blick. »Erkennt Ihr mich nicht?«

»Mir ist nicht klar, dass ich Euch kennen müsste, Sir«, entgegnete Steel ein wenig steif.

Der Mann setzte ein schmales Lächeln auf und versprühte Selbstbewusstsein. »Nun, inzwischen müsste es Euch klar sein. Meine Name ist Argyll. Ich befehlige diese schottischen Regimenter in niederländischen Diensten, die es während der zurückliegenden Stunden mit dem Feind aufgenommen haben.« Er deutete zu dem Dorf, das ungefähr in der Mitte des Schlachtfelds lag. »Da drüben. Bei Ramillies. Und jetzt habe ich es satt, mit den Franzosen zu spielen. Die Artigkeiten sind vorbei. Jetzt habe ich die Absicht, das Dorf einzunehmen.« Er hielt inne und suchte erneut Steels Blick. »Ihr erkennt mich doch wohl, möchte ich meinen?«

In Steels Verlegenheit mischte sich Wut auf sich selbst. Der Mann, der ihm gegenüberstand, war kein Geringerer als John Campbell, der Herzog von Argyll. Dieser Mann war nicht nur General, er war General schottischer Truppen und zudem ein enger Freund von Sir James Farquharson, Steels Colonel. Im Verlauf des letzten Feldzuges hatte Steel die beiden Herren ein paar Mal in Gespräche vertieft zusammen gesehen. Aber da hatte der Herzog stets eine prächtige Uniform getragen. Jetzt hingegen, in den verdreckten Sachen, wirkte er wie ein einfacher rangniedriger Offizier.

Steel straffte die Schultern und nahm Haltung an. »Es tut mir außerordentlich leid, Mylord. Ich habe Euch nicht erkannt. Eure ganze … Erscheinung, Eure Uniform, ich …«

Argyll musste plötzlich lachen. »Ich bin enttäuscht. Aber wenn ich mich jetzt im Spiegel betrachten müsste, würde ich mich wahrscheinlich selbst nicht wiedererkennen. Ich fürchte, dass ich mit keiner edlen Erscheinung aufwarten kann. Aber das ist im Augenblick wohl nicht von Bedeutung. Mir geht es vielmehr darum, den Franzosen das Dorf Ramillies zu entreißen. Und ich fürchte, dass wir noch einmal dorthin müssen.« Steel merkte, dass der Herzog über irgendetwas nachdachte. Schließlich fragte er: »Sagtet Ihr Steel? Jack Steel, nicht wahr? Ihr seid doch der Offizier, der Sir James' Standarte bei Blenheim gerettet hat.«

Zum zweiten Mal an diesem Tag musste Steel bestätigen, dass ihm tatsächlich diese Ehre zuteil geworden war.

Argyll lächelte breit und klopfte Steel auf die Schulter. »Dann seid Ihr wahrlich tapfer, Steel. Und in diesem heiklen Augenblick brauche ich jeden mutigen Mann, den ich finden kann. Wo seid Ihr jetzt gerade positioniert?«

Steel zeigte kurz in Richtung der Grenadiere, die zwanzig Schritte hinter ihm standen. »Wir stehen im Moment unter niederländischem Kommando, Mylord, und warten auf den Angriffsbefehl. Wenn es überhaupt dazu kommt«, fügte er ein wenig ernüchtert hinzu. »Bislang habe ich nur den Befehl, hier zu warten.«

»Nun, Captain Steel, Euer Warten hat ein Ende.«

Eine feindliche Kanonenkugel flog über ihre Köpfe hinweg, mit ungewissem Ziel. Steel sah, wie die jüngeren Grenadiere zusammenzuckten und die Köpfe einzogen, während die Veteranen vorgaben, die Gefahr einfach zu ignorieren. Slaughter stützte sich auf seinem Spieß ab und ließ seine Männer keinen Moment aus den Augen.

»Ich habe meine Befehle, Sir«, betonte Steel.

Campbell lächelte ihn an. »Ich bin jetzt Euer Befehl, Captain. Kommt. Ich bin nicht bereit, hier auf den Tod zu warten, und ich habe das Gefühl, dass wir, Ihr und ich, aus demselben Holz geschnitzt sind. Der Kampf findet dort drüben statt, Captain Steel. Ihr seid Schotte, wie ich höre, und Sir James Farquharsons Mann, ein Offizier, von dem er in höchstem Lob spricht. Es sind Männer wie Ihr und ich, die in den Kampf ziehen, um eine neue Welt zu schaffen. Wir sind Briten, Steel, aber vergesst nicht, dass wir auch Schotten sind. Wir, vor allen anderen, schützen den Glauben unserer Heimat. Ich nehme an, Steel, dass auch Ihr den Wunsch verspürt, diese französischen Papisten mitsamt ihren jakobitischen Spießgesellen zur Hölle zu schicken, oder?«

Steel war überrascht, mit welcher Leidenschaft der Herzog aus dem Stegreif seine politischen Ansichten kundtat. Auch wenn er mit Argyll nicht in jedem Punkt einer Meinung war, so glaubte er dennoch an die Idee der politischen Union. Da er nicht sicher war, wie er antworten sollte, besann er sich der Diplomatie und nickte bloß.

Argyll lächelte weiterhin. »Wusste ich es doch. Dann holt Eure Männer. Wir müssen ein Dorf einnehmen.«

Während der Herzog sich seiner Brigade anschloss, wandte Steel sich mit grimmiger Miene Slaughter zu. »Sergeant, wie es scheint, müssen wir das Dorf angreifen. Lasst die Männer antreten. Gefechtsformation.«

»Habt Ihr den Befehl erhalten, Sir? Ich dachte, Major Cutzem wollte, dass wir hier warten.«

»Erstens bin *ich* es, der hier denkt, Sergeant, nicht Ihr. Zweitens können wir davon ausgehen, dass Major van Cutzems Befehl nicht bis zu uns durchgedrungen ist. Meint Ihr nicht auch?«

Slaughter musste lachen. »Ein Befehl, Sir? Ich kann mich nicht erinnern, je einen Befehl vom Major erhalten zu haben.«

»Seht Ihr. Überlasst mir das Denken.« Steel wandte sich an die Kompanie. »Grenadiere. Mir nach!«

Hansam gesellte sich zu ihm. »Aber ist das auch klug, Jack? Einen Befehl so offenkundig zu missachten? Ein solches Vergehen kann zu einem Kriegsgericht führen.«

»Ich übernehme die volle Verantwortung. Ich bin der ranghöhere Offizier, Henry. Keine Sorge. Dich trifft keine Schuld. Wir müssen das Dorf einnehmen. Wir können nicht von den Herren im Generalstab verlangen, dass sie jede Entwicklung im Kampfgeschehen im Detail verfolgen. Wie es scheint, ist der Herzog am linken Flügel in eine große Kavallerieattacke verwickelt. Jetzt sind Männer wie du und ich gefragt, Henry. Du weißt doch, dass es in den kritischen Situationen die Soldaten und Offiziere im Feld sind, die den Verlauf einer Schlacht entscheidend beeinflussen – nicht allein die Generäle. Wir sind gefragt, Henry, die Captains, Lieutenants, die Fähnriche und nicht zuletzt die einfachen Soldaten.«

Hansam nickte. »Also gut, Jack. Aber wenn wir versagen, werden sie uns den Hunden zum Fraß vorwerfen, so viel ist sicher.«

Steel lachte und legte seinem Freund beide Hände auf die Schultern. »Aber wir werden nicht versagen, Henry. Für Tom tut es mir leid. Er wird das Beste verpassen, weil er sich seine Schnittwunde verbinden lassen muss.«

Inzwischen hatte Slaughter die Männer in Angriffsformation gebracht und darauf geachtet, dass jeder sein Ziel treffen würde. »Ihr habt den Offizier gehört. Gewehre schultern. Granaten bereithalten.«

Gleichzeitig hängten sich sechzig Mann die Musketen über die Schulter und fingerten an den Laschen der schwarzen Ledertaschen herum, die ein jeder auf der rechten Seite trug. In den Taschen wurden je vier hohle Eisenkugeln von drei Zoll Durchmesser aufbewahrt, die mit Schwarzpulver gefüllt waren. Die Öffnung der Granaten besaß einen hölzernen Pfropfen, die Zündschnur bestand aus Hanf und war in Salpeter getränkt. Slaughter brüllte einen weiteren Befehl, worauf die Kompanie nach links schwenkte, mit Steel und Hansam an der Spitze.

Sie waren kaum zwanzig Yards weit gekommen, als Steel von links einen Ruf vernahm. »Heda! Wartet, Captain Steel. Was tut Ihr da? Ihr sollt mit *uns* angreifen.«

Steel hob die Hand, und Slaughter gab den Befehl zum Halten.

Major van Cutzem ritt an die Spitze der Angriffskolonne. »Captain Steel. Wo wollt Ihr hin? Habt Ihr neue Befehle? Von wem?«

»Von Lord Argyll, Sir, der eine Brigade in niederländischen Diensten befehligt. Ich habe den Befehl, Ramillies anzugreifen.«

»Lord Argyll hat Euch nichts zu befehlen. Ich habe hier das Kommando. Und mein Auftrag lautet, Ramillies anzugreifen, mit Euch.«

»Ich nehme meine Befehle von Lord Argyll entgegen, Major.«

Van Cutzems Augen verengten sich. »Das ist empörend! Ich werde mich an höchster Stelle über Euch beschweren. Ich bringe Euch vors Kriegsgericht.«

»Mag sein, Major. Aber zuvor werde ich Ramillies einnehmen. Und dann wird ein Kriegsgericht nicht mehr von Bedeutung sein, nicht wahr?«

Der Major bedachte Steel mit einem finsteren Blick. »Ihr könnt Euren Lord Argyll bei der Einnahme des Dorfes unterstützen, Captain Steel. Aber Ihr werdet erleben, dass das Dorf vor einem Niederländer kapituliert. *Ich* werde das Dorf einnehmen, Sir. Auch ohne Eure Hilfe.«

Ohne ein weiteres Wort wendete van Cutzem sein Pferd und galoppierte zurück zu seinem Regiment.

Während Sergeant Slaughter die Rotröcke weiter antrieb, suchte Hansam Steels Blick und schüttelte den Kopf. »Wirklich, Jack. Du bist zu weit gegangen. Er ist Niederländer. Du kennst doch dieses Volk. Sie tun genau das, was sie sagen. Er wird dafür sorgen, dass du mit Schimpf und Schande entlassen wirst.«

Dafür hatte Steel nur ein Lachen übrig. »Nicht, wenn wir Ramillies erobern und als Helden gefeiert werden, Henry.«

Inzwischen verließen sie die kleine Senke, die ihnen bislang Schutz geboten hatte, und sahen vor sich das Dorf Ramillies. Um eine Kirche mit hohem Turm gruppierten sich ein paar Dutzend Häuser in landestypischer Bauweise. Auf den ersten Blick war klar, dass die Franzosen zwischen den Häusern alles zu Barrikaden aufgetürmt hatten, was ihnen in die Finger gekommen war. Steel hatte sogar den Eindruck, dass die Barrikaden noch besser aufgeschichtet worden waren als in Autre-Église. Argyll hatte recht. Man konnte diesen Ort, abgesehen von einem konstanten Artilleriebeschuss, womöglich nur mit einem Frontalangriff nehmen, angeführt von Grenadieren.

Hinter den Befestigungen des Dorfes standen die weiß uniformierten Infanteristen dicht gedrängt. Doch Steel glaubte, hier und da blauen Uniformstoff aufleuchten zu sehen – was nur bedeuten konnte, dass die Truppen von bayerischen Soldaten unterstützt wurden.

Hansam war an Steels Seite. »Wie viele sind das, Jack? Fünf Bataillone? Zehn?«

»Schwer zu sagen. Weiß Gott, die ballen sich dort auf engstem Raum. Mir scheint, König Ludwigs Marschälle haben nicht viel aus Blenheim gelernt, wie?«

Es war unmöglich abzuschätzen, wie viele französische und bayerische Infanteriebataillone sich dort in dem Dorf aufhielten, so dicht an dicht standen die Soldaten hinter den Barrikaden. Der Anblick erinnerte Steel mit kalter Gewissheit an jene verfluchte bayerische Ebene an der Donau und an das Dorf Blenheim, das der Schlacht im Nachhinein den Namen gegeben hatte. Denn genau dort, unweit des Flusses, der sich am Ende des Tages rot vom Blut der toten Franzosen gefärbt hatte, hatte der Feind so viele Soldaten nach Blenheim entsandt, dass die Männer nicht mehr in der Lage gewesen waren, zu kämpfen oder zu manövrieren, als die Alliierten schließlich angegriffen hatten.

Soll sich das Ganze hier wiederholen?, ging es Steel durch den Kopf. Womöglich meinte das Schicksal es diesmal nicht gut mit den Angreifern. Würden am Ende die Grenadiere jämmerlich auf den Barrikaden zugrunde gehen?

Während des Vorrückens auf das Dorf mussten Steels Männer wohl oder übel an den toten Rotröcken vorbeimarschieren, die zuvor beim ersten Angriff auf Ramillies gefallen waren. Bisweilen ließ es sich nicht vermeiden, über die Leichen hinwegsteigen zu müssen, so hoch war der Blutzoll gewesen. Der Anblick trug nicht gerade dazu bei, die Moral der Angriffsformation zu heben. Insbesondere dann nicht, wenn vereinzelt die vermeintlich Toten die Hände nach den Grenadieren ausstreckten oder sich gar in ihrer Verzweiflung an die Waden der Männer klammerten. Zweimal beobachtete Steel, wie Kameraden aus der Kompanie sich nur mithilfe von gezielten Tritten der Sterbenden zu entledigen wussten; Slaughter setzte ein paar Mal das Ende seines Spießes ein, um die Hände der Verwundeten abzuschütteln.

Derweil hatte die französische Artillerie sich auf die vorrückenden Soldaten eingeschossen. Die ersten Kugeln regneten wenige Yards vor ihnen auf die Ebene. Sekunden später wühlte sich das glühend heiße Metall in die Reihen der Briten. Doch Steels Truppe musste vorrücken, wie es im Regelwerk vorgesehen war: »Schritt für Schritt.« Zwar wusste Steel, dass seine Männer die Distanz zum Dorf auch im Laufschritt geschafft hätten, aber das Schritttempo hatte den Vorteil, dass die Bataillone alle gleichmäßig vorrücken konnten.

Weiter links entdeckte Steel Argyll. Er hatte sich zu Fuß an die Spitze seiner Brigade gesetzt und drehte sich gelegentlich mit aufmunternden Worten zu seinen Leuten um. Er hielt die Offiziere an, mit unvermindertem Tempo vorwärts zu drängen. Als sie sich dem Dorf auf gut dreißig Yards genähert hatten, quollen weiße Pulverwölkchen entlang der Verteidigungslinien auf. Fast im selben Moment bohrten sich die ersten Kugeln in die Körper von Steels Männern; die Rotröcke taumelten zurück wie Puppen in einem Totentanz. Instinktiv zogen sie die Köpfe ein, wie in einem Sturm, und drängten weiter. Gleichzeitig eröffnete die feindliche Batterie auf der Anhöhe jenseits des Dorfes das Feuer mit Kartätschengeschossen. Ein tödlicher Hagel aus kleinen Eisenkugeln ging auf die anstürmende Infanterie nieder.

Steel hatte das Gefühl, als würde die ganze Welt ins Wanken geraten. Seine Kompanie drohte in einem Meer aus Blut zu versinken. Er schaute sich um und sah in einiger Entfernung schräg vor sich den Herzog von Argyll. Der General hatte die Barrikaden fast erreicht. Die Grenadiere seines Bataillons – Borthwicks Männer, wie Steel zu wissen glaubte – folgten ihm nach. Linker Hand schrie Henry Hansam Obszönitäten in Richtung der französischen Linien und drängte mit seinem Zug weiter zum Dorf. Nur noch zehn Yards, wenn überhaupt …

Steel warf einen kurzen Blick über die Schulter und rief den Befehl, den seine Männer hoffentlich in all dem Lärm hörten: »Zündschnüre freilegen!«

Er sah, wie Slaughter, den Spieß auf den Feind gerichtet, den Befehl mit erhobener Stimme weitergab und die Männer unbarmherzig antrieb. Schon schaute Steel wieder geradeaus und sah, dass das Dorf nur noch wenige Schritte entfernt war … fast mechanisch setzte er einen Fuß vor den anderen. Die Franzosen gaben eine weitere tödliche Salve ab, doch Steel blieb unversehrt. Er hörte Hansam aufschreien und sah, wie er sich den Arm hielt. Doch er warf Steel ein Lächeln zu und formte mit den Lippen, dass es bloß ein Kratzer sei. Weiter ging es. Fünf Yards. Drei.

Sie waren da. Steel drehte den Kopf und schrie aus vollem Halse. »Abteilung halt! Zünden!«

Als die Kompanie zum Stehen kam, machten sich die Männer hinter den Verteidigungslinien, die mit Schrecken ahnten, was ihnen blühte, wie verrückt daran, die Kugeln in die Läufe ihrer Musketen zu rammen. Aber es war zu spät.

Mit einem zufriedenen Lächeln gab Steel den letzten Befehl. »Granaten … werfen!«

Mit fließenden Bewegungen schleuderten die Grenadiere ihre Bomben über die Barrikaden in die Linien der Franzosen. Die Zündschnüre waren exakt bemessen, und die Granaten waren kaum inmitten der dicht gedrängt stehenden Feinde gelandet, als sie auch schon explodierten. Mit einer Mischung aus Ehrfurcht und Schrecken verfolgte Steel, wie die Splitter der Eisenhüllen umherflogen und die Umstehenden zerfetzten oder auf unaussprechliche Weise verstümmelten. Ein Blick nach links verriet ihm, dass die Grenadiere unter General Argyll in der Mitte der Brigade ebenfalls erfolgreich gewesen waren. Als sich der Rauch allmählich verflüchtigte, sah er, dass der Herzog auf eine der Barrikaden kletterte, den Degen emporgereckt. Zu Steels Schrecken wurde Argyll erst von einer, dann von einer zweiten Kugel getroffen, aber auf wundersame Weise schien er unverletzt zu sein.

»Grenadiere, mir nach!«

Jetzt war keine Zeit mehr für die Bajonette, und das wussten Steels Männer. Keiner rührte seine Muskete an, ein jeder zog stattdessen den kurzen Infanteriesäbel, der für den Nahkampf gedacht war. Dann, mit Schlachtrufen auf den Lippen, erklommen sie die Befestigungen und warfen sich auf die Reste der arg dezimierten französischen Infanteristen. Unmittelbar vor Steel sank ein gegnerischer Soldat, dessen weißer Uniformrock blutgetränkt war, auf die Knie und flehte um sein Leben. Steel drängte an ihm vorbei, doch Augenblicke später hörte er, wie einer seiner Grenadiere den Mann mit einem gezielten Säbelstreich tötete. Jetzt war keine Zeit für Gnade.

In Steels unmittelbarer Nähe schienen die meisten Verteidiger sich zurückzuziehen. Weiter vorn, ein wenig rechter Hand, erblickte Steel die Kirche am Ende einer schmalen Straße. Davor stand ein massives Aufgebot rot uniformierter Soldaten, zwei Glieder tief, die Augen auf Steels Männer gerichtet: Nach Steels erster Schätzung nicht weniger als zwei Kompanien. Die Uniformröcke waren mit Gelb abgesetzt, über ihren Köpfen wehte eine seidene Fahne. Ein rotes Kreuz auf weißem Grund – Engländer.

Unterdessen marschierte eine weitere Abteilung links von den Rotröcken eine andere Straße herauf. Sie trugen dunkelblaue Uniformen, die Steel von den Niederländern kannte. An der Spitze dieser Männer gewahrte er die Gestalt von Major van Cutzem. Wie es dem Mann gelungen war, das Dorfzentrum vor Argyll und Steel zu erreichen, wusste Gott allein. Aber dort kam der Major, mit seinem Code der Ritterlichkeit und anderem Zeremoniell.

Doch Steels Verstimmung verwandelte sich in Belustigung, als er sich bewusst machte, dass der niederländische Offizier sich um seinen Ruhm betrogen fühlen würde. Denn das Dorf war ja längst von einem englischen Infanterieregiment erobert worden, wie Steel sah.

»Schaut Euch das an, Jacob«, rief er Slaughter zu. »Wie es scheint, kommt unser Freund Major van Cutzem ein wenig zu spät. Er konnte das Dorf nicht einnehmen. Die anderen sind ihm zuvorgekommen. Jetzt werden wir unseren Spaß haben.«

Der Sergeant spähte derweil die Straße hinunter in Richtung der zwei Kompanien, die zu beiden Seiten der Kirche Aufstellung genommen hatten. Sein Lachen wich schierem Entsetzen. »Großer Gott. Schaut doch, Sir! Die Standarte! Das sind keine Engländer, Mr. Steel. Die Männer dort sind Iren!«

Ungläubig betrachtete Steel erneut die Symbole auf der Fahne. War ihm da etwas entgangen? Gott, Slaughter hatte recht! Es gab kein Vertun: Ein rotes Kreuz auf weißem Grund, doch dort in der Mitte eine goldene Harfe. Das war kein Georgskreuz, sondern die Fahne eines irischen Regiments.

»Wir müssen ihn warnen, Jacob!«

Doch seine Rufe verklangen. Alles war in kürzester Zeit vorüber.

Tatenlos mussten Slaughter und Steel mit ansehen, wie die Schulter an Schulter stehende irische Infanterie mit einer perfekt abgestimmten Salve das Feuer auf die verwirrten Niederländer eröffnete. Für einen Moment war die Straße in weißem Qualm verschwunden. Sowie die Schwaden sich verzogen, drehte sich Steel der Magen um. Die Salve der Iren hatte die Niederländer aus so kurzer Distanz getroffen, dass kaum eine Kugel ihr Ziel verfehlt hatte. Über sechzig Mann der niederländischen Infanterie lagen tot oder sterbend auf dem Kopfsteinpflaster, und dorthinten, an der Spitze der Abteilung, konnte Steel den Blondschopf von Major van Cutzem erkennen.

Slaughter spie aus. »Armer Teufel. Er hat's zu spät gemerkt.«

»So viel zu der verdammten Ritterlichkeit.«

Die Iren jubelten, verfolgten die fliehenden Überlebenden jedoch nicht, sondern machten überraschenderweise Anstalten, die Stellung zu halten. Falls die Alliierten das Dorf sichern sollten, würde Steel es mit diesen Iren aufnehmen müssen.

»Tarling, Hancock, Mackay. Jeder nimmt sich zehn Mann und folgt mir. Sergeant Slaughter, Ihr trommelt die anderen zusammen. Sucht auch Mr. Hansam. Sagt den Männern, wir haben dorthinten an der Kirche zu tun.«

Mit den dreißig Mann im Rücken eilte Steel die Straße hinauf in Richtung der rot gewandeten Infanterie, die das Feuer eingestellt hatte. Inzwischen konnte er die Fahne besser erkennen. Ein weißer Grund mit dem roten Kreuz und der goldenen Harfe – irische Jakobiten. Er konnte die Männer sogar einordnen; sie gehörten zu Clares Regiment. Ursprünglich Dragoner, die zu einem Infanterieregiment umgewandelt worden waren. Kommandeur der Truppe war der im Exil lebende Viscount Clare, Charles O'Brien. Steel war O'Brien einmal begegnet, ehe die Jakobiten den jungen Iren in die eigenen Reihen gelockt hatten, mit großem Gerede von den Vorrechten der Könige und göttlicher Monarchie. Aber das schien alles in einem anderen Leben stattgefunden zu haben. Damals waren sie blutjung gewesen; zwei beeindruckende Fähnriche, die in einem Ort namens Neerwinden gegen die Franzosen gekämpft hatten. Doch König Wilhelms Armee hatte vor dem Feind fliehen müssen und sechstausend Mann verloren.

Wie weit sie seit jenen Tagen gekommen sind, dachte Steel. Und was für eine seltsame Wendung des Schicksals, dass er es nun in diesem Dorf mit Clare zu tun bekommen würde.

Auf eine Entfernung von vierzig Yards bedeutete Steel den Grenadieren, stehen zu bleiben. Insgesamt waren dreißig Mann bei ihm. Kaum ein fairer Kampf. Dreißig gegen mehr als hundert. Vielleicht wäre er besser beraten, auf Verstärkung zu warten. Andererseits war Steel nicht gerade für seine Zurückhaltung bekannt.

»Grenadiere, Kappen von den Zündschnüren.« Sie würden es auf die harte Tour versuchen.

Slaughter blickte ihn erwartungsvoll an. »Greifen wir an, Sir?«

»Was sollen wir sonst tun? Die Männer sollen die Bomben zünden.«

Kaum hatte Slaughter den Mund geöffnet, um den Befehl weiterzugeben, als sich aus einer Straße rechts mit lautem

Gebrüll Argyll und zwei Kompanien schottische Infanteristen lösten und die Iren an der Flanke angriffen.

»Vergesst die Granaten, verdammt!«, rief Steel. »An die Musketen, Männer!«, setzte er noch lauter hinzu. »Kompanie, Bajonette aufpflanzen!«

Die Grenadiere legten ihre Bomben vorsichtig zurück in die Ledertaschen, nahmen die Musketen von den Schultern und schraubten die Dillenbajonette auf die Mündungen.

»Mir nach! Angriff!«

Die eigene Muskete noch über den Rücken geschnallt, rannte Steel mit erhobenem Degen in Richtung des Getümmels bei der Kirche. Argylls Männer hatten die Iren von der Seite und zum Teil von vorn angegriffen, sodass Steel und den Seinen größtenteils die Sicht versperrt war. Doch das kam Steel nur gelegen, da auch ihn keiner gesehen hatte. Im nächsten Moment stürmte er in die irische Formation und stieß gegen einen Fähnrich der irischen Dragoner, der versuchte, Steel mit einem Satz nach vorn in Bedrängnis zu bringen. Steel wehrte den Stich mühelos ab und erwischte den Jungen mit dem Griff des Degens am Kopf. Der Fähnrich sackte zu Boden.

»Bei Gott, Jacob!«, zischte Steel. »Einer von Clares Leuten wäre ich jetzt bestimmt nicht gern. Ihr wisst ja, dass Argyll sie für Soldaten des Satans hält.«

Er sah, dass der Herzog ein Highland-Breitschwert schwang, das vielleicht noch ein wenig schwerer sein mochte als Steels Degen. Verbissen kämpfte Argyll sich mit zorniger Miene durch die Iren und schlug hemmungslos zu. In diesem Moment erblickte er Steel und rief, während er einen Gegner verstümmelte: »Steel, bei Gott. Was für ein Glück! Ein ganzes Regiment von Heiden. Papisten. Häretiker.« Getrieben und gleichsam besessen von seinem Eifer, warf er sich auf drei irische Dragoner. Den ersten spießte er mit seiner Klinge auf, den nächsten erwischte er mit einem Faustschlag im Gesicht, ehe er ihm die Kehle durchschnitt.

Steel schaute kurz zu Slaughter hinüber und wusste, was sie zu tun hatten. Beide eilten Argyll zu Hilfe, der es inzwischen mit dem dritten Dragoner aufgenommen hatte und in ein heftiges Gefecht verwickelt war. Den vierten Angreifer, der sich tückisch von hinten näherte, hatte der Herzog in dem Gewühl nicht bemerkt. Steel warf sich auf den Mann und schlitzte ihm mit einem wuchtigen Aufwärtshieb den Hinterkopf auf. Linker Hand drängten vier weitere Dragoner vor und hatten offenbar die Absicht, dem Kameraden beizuspringen, der mit dem Herzog focht.

Erst jetzt erkannte Steel, dass der vorderste Gegner ein Offizier war, und zwar kein Geringerer als O'Brien persönlich. Damals, als sie noch gemeinsam unter einer Fahne gekämpft hatten, war O'Brien für sein Talent mit dem Degen bekannt gewesen, und Steel sah sofort, dass der einstige Kamerad nichts von seiner Fechtkunst verlernt hatte. Denn inzwischen focht er gegen Argyll, und wann immer der Herzog einen Treffer landen wollte, parierte O'Brien den Vorstoß mit Leichtigkeit und Eleganz. Genau in dem Augenblick, als die übrigen Dragoner ihrem Kommandeur helfen wollten, waren Steel und Slaughter zur Stelle und nahmen es mit den neuen Gegnern auf. Ein halbes Dutzend Grenadiere war ebenfalls mit vorgerückt.

»Wurde aber auch Zeit!«, schimpfte Slaughter. »Corporal Taylor, Mulligan und die anderen, zu mir. Der Rest zu Captain Steel!«

Steel stellte sich einem der Dragoner, täuschte links einen Stoß mit dem Degen an und versetzte dem Mann einen kräftigen Tritt zwischen die Beine. Der Ire ging stöhnend zu Boden.

Als alle Grenadiere einen Gegner gefunden hatten, sah Steel, dass Argyll Unterstützung aus den eigenen Reihen erhalten hatte, insbesondere von einem Sergeant – ein hünenhafter Kerl mit gewaltigem Brustkorb, der einen eroberten Kavalleriesäbel schwang. Gemeinsam mit dem Sergeant bedrängte Argyll nun O'Brien, doch es sah immer noch danach aus, als sei der Ire Herr der Lage. Steel parierte ein Bajonett von rechts und konnte den Angreifer im Gegenzug mit einem Stich in den Bauch außer Gefecht setzen. Währenddessen hatte auch Slaughter sich seines Gegners entledigt, und einen Moment lang standen die beiden Männer unschlüssig da. Genau im selben Augenblick kündigte Hufgetrappel auf dem Kopfsteinpflaster das Eintreffen rot uniformierter englischer Dragoner an.

An der Spitze der Abteilung ritt ein junger Cornet, der ein breites Grinsen aufgesetzt hatte. Er rief wie ein aufgeregter Schuljunge: »Das Feld ist unser! Das Feld ist unser! Die Franzosen ziehen sich zurück, der Tag ist unser, Jungs.«

Ein einzelner Schuss überlagerte das Klirren der stählernen Klingen, als Slaughter, der zur Muskete gegriffen hatte, in die Luft feuerte. Die Worte des Cornets brachten die endgültige Wende. Grenadiere und Iren gleichermaßen hielten im Kampf inne und warteten in der *en garde*-Position ab, unsicher, wie es weitergehen mochte.

O'Brien löste sich von Argyll, der sich zusammen mit dem riesigen Sergeant ein, zwei Schritte zurückzog. Der Ire hingegen war noch nicht gewillt, seine Deckung allzu schnell aufzugeben und richtete die Spitze seiner Klinge langsam himmelwärts. Und während der Herzog regungslos dastand, den Degen noch immer ausgestreckt, ließ der junge Jakobit die Waffe langsam sinken, bis die Spitze zum Boden zeigte. Argyll schaute einen Moment lang zu, ehe er seinem Sergeant kaum merklich zunickte. Ohne zu zögern machte der Hüne einen großen Satz in O'Briens Richtung und trieb dem Iren die Klinge ins Herz. Namenloses Erstaunen lag in den weichen, grünen Augen des jungen Mannes. Schließlich, mit glasigem Blick, umfasste er die Klinge, die in seiner Brust steckte, und fiel tot zu Boden.

Steel, der alles mit angesehen hatte, fehlten die Worte. Der große Sergeant indes zog die Klinge aus dem Toten, straffte die Schultern und wandte sich Argyll zu.

»Gute Arbeit, McKellar. Ein Sovereign für Euch.« Schon wandte er sich an sein Regiment. »Jeder von euch bekommt einen Sovereign für jeden Papisten, der heute fällt.«

Den blutigen Degen noch in der Hand, salutierte der Sergeant vor seinem Kommandeur und entfernte sich, um die gute Nachricht mit den Männern zu besprechen und die Verluste zu beziffern.

Steel wandte sich an Argyll. »Ihr habt ihn ermordet. Euer Hoheit, Clare hatte sich ergeben. Er bot Euch seinen Degen dar.«

»Dieser Mann war ein Papist und Verräter und hat bekommen, was er verdiente. Ich sagte es Euch ja bereits, Steel, ich kämpfe nicht nur für die Königin und mein Land. Ich kämpfe für ein größeres Britannien, für eine Nation, in der kein Platz mehr ist für solche Ungläubigen. Ich kämpfe für die Wahrheit, Steel. Für die Wahrheit. Für Freiheit und gegen den Aberglauben. Wenn Ihr diese Angelegenheit weiter mit mir erörtern möchtet, stehe ich Euch bei Gelegenheit zur Verfügung.«

Mit diesen Worten entfernte Argyll sich von Steel und den anderen, blieb dann aber noch einmal stehen, um die blutverschmierte Degenklinge an dem weißen Uniformrock eines toten französischen Soldaten zu säubern.

Schweigend schaute Steel dem Herzog nach und blickte schließlich hinunter auf den toten Iren. Derweil entwaffneten die Grenadiere Clares Dragoner. Erst da fiel Steel auf, dass die Kanonen schwiegen. Die Salven außerhalb des Dorfes und die gewaltige Kakofonie aus Schreien, Hufschlag und Waffengeklirr ließen den Schluss zu, dass eine Armee auf der Flucht vor einer anderen war. Offenbar hatte der Cornet recht gehabt. Die Schlacht war entschieden. Kopfschüttelnd sprach Steel mehr zu sich selbst, als er sagte: »Wenn das Freiheit und Wahrheit sein soll, dann will ich nichts damit zu tun haben.«

Er musste an seinen jüngeren Bruder Alexander denken, einen Jakobiten, der die Familie vor fünf Jahren verlassen hatte. Sein gegenwärtiger Aufenthaltsort war unbekannt, obwohl Steel vermutete, dass die Loyalität seines Bruders – wie die des armen Clare – immer noch bei dem alten König und der alten Monarchie lag. Er stellte sich vor, dass nicht O'Brien, sondern genauso gut Alexander durch die Klinge des Sergeants hätte sterben können. Mit einem Frösteln machte er sich bewusst, dass er eines Tages seinem Bruder auf einem Schlachtfeld begegnen könnte. Doch er hoffte, dass ihm dies erspart bliebe, und sprach ein stilles Gebet für seinen Bruder, wo immer er sich im Augenblick aufhalten mochte. War die Hoffnung übertrieben, dass sie sich eines Tages in einem Schottland begegnen würden, in dem jeder die gleiche Behandlung erfuhr und in dem die religiöse Bigotterie keine Familien entzweite?

Slaughter trat zu ihm. »Ihr habt ganz recht, Sir. Obwohl ich weiß, dass sich einige in unseren Reihen der Ansicht des Herzogs anschließen würden.«

»Das mag sein. Wir alle kämpfen für unterschiedliche Ziele, Jacob. Beten zu unterschiedlichen Göttern. Aber soweit ich das beurteilen kann, besteht manchmal kein großer Unterschied zwischen Argylls Vorstellung von einer neuen Welt und blindem Hass. Ich dachte, das hätten wir hinter uns gelassen, als Ihre Majestät den Thron bestieg.« Sein Blick wanderte zu der Stelle, wo van Cutzem inmitten seiner Männer lag, mit dem Gesicht im Dreck.

»Ich habe heute einen Mann auf dem Schlachtfeld kennengelernt, der davon überzeugt war, der Krieg ließe sich mit künstlichen Regeln und Höflichkeit zivilisieren. Ich sagte ihm, er irre sich, und jetzt ist er tot. Und er hatte tatsächlich nicht recht, Jacob. Die einzige Möglichkeit, die uns bleibt, um die Welt für uns lebenswert zu machen – abgesehen von dem Wunsch, König Ludwig vom Thron zu stoßen –, ist die Erkenntnis, dass Krieg immer brutal und hundsgemein ist. Töten und getötet werden. Der einzige Gewinner ist der Mann, der die erste Salve ins Ziel bringt. Clare wusste das.« Er zeigte in Argylls Richtung. »Und dieser Mann dort weiß es auch. Aber wir sollten nicht diesen Hass entwickeln, den er an den Tag legt. Das ist kein Krieg. Wir alle haben unsere Prinzipien, unseren eigenen Kodex des Krieges. Und wir alle sind hinter dem Ruhm her – Ihr, ich, Mr. Hansam, Mr. Williams. Ruhm und Ehre. Das sind die einzigen beiden Dinge, die im Leben von Bedeutung sind. Und das Leben selbst. Aber wir sind Soldaten. Man bezahlt uns, um anderen das Leben zu nehmen. Das ist das Einzige, was uns geblieben ist. Nimmt man uns das weg, sind wir nicht besser als gemeine Mörder.«

* * *

Die Nacht brach herein. So weit das Auge reichte, war der Boden von Leichen übersät, von denen die meisten die weißen Uniformröcke der Franzosen trugen. Bleich und reglos schimmerte der Stoff im Mondlicht. Hier und da verriet ein Stöhnen, dass noch ein Funke Leben in einem der Soldaten war. Doch binnen kurzer Zeit hatten die Bauern, die auf der Suche nach Beute das Schlachtfeld durchkämmten, den Mann gefunden, und alles war wieder ruhig.

Die Hitze des Tages war allmählich der Nachtluft gewichen. Gemäß den Befehlen von Lord Orkney hatte das Regiment, mit den Grenadieren als Vorhut, die Verfolgung aufgenommen. Trommelschläge markierten das Vorrücken – spezielle Instruktionen vom Kommandostab, um die Angst der Feinde zu schüren. Inzwischen ärgerte der Lärm Steel, der im Sattel saß und sich ein großes Stück Kautabak in die Backe geschoben hatte. Ein nutzloser Versuch, die Kopfschmerzen zu vertreiben, die ihn seit Stunden plagten. Tom Williams hatte sich ihnen angeschlossen und war überglücklich über den Sieg. Den verbundenen Arm trug er in einer Schlinge.

Die Toten und Verwundeten der sich zurückziehenden französischen Armee lagen über Meilen am Wegesrand. Steels Männer registrierten mit reglosen Mienen, wenn wieder ein zu Tode Verwundeter um Hilfe bettelte. Gelegentlich ließ sich ein gutmütiger Grenadier erweichen und gab einem der armen Kerle zu trinken. Doch meistens ignorierten die Männer die Schreie. Hatten sie nicht alle genug unter den Franzosen in Ramillies gelitten? Zu viele Kameraden lagen tot und verstümmelt auf dem Feld, um Gedanken an Mitleid aufkommen zu lassen. Zudem war Eile geboten, denn so wünschte es der Oberbefehlshaber. Der Feind floh so rasch, dass viele Soldaten ihre wenigen Habseligkeiten auf dem Schlachtfeld zurückgelassen hatten, in der Gewissheit, nichts davon je wiederzusehen.

Da das französische Heer insgesamt zerschlagen war, hatten sich viele der Regimenter in führerlose Haufen aufgelöst.

Gelegentlich, während Steels Männer durch die Dunkelheit marschierten, sah man Gestalten weiter vorn auf der Straße, die vor den herannahenden Grenadieren Reißaus nahmen und quer über die Felder flohen. Die Franzosen schienen überall zu sein und doch nirgends. Es waren überwiegend einzelne Flüchtende oder Deserteure einer Armee, die streng genommen nicht mehr existierte. Die Verfolgung war blutig und unnachgiebig, und auch wenn die Briten nicht dem herkömmlichen Bild von gemeinen Mörder entsprachen, konnte man sie gewiss nicht als Gentlemen bezeichnen.

Hansam holte auf und ritt bald neben Steel. »Das war ein großartiger Sieg, Jack. Verlass dich drauf, in London werden sie die Glocken läuten und im ganzen Land auf Marlboroughs Wohl anstoßen.«

Steel schwieg.

Im Augenblick hatten sie auf ihrem Weg nach Westen auf einer Anhöhe Halt gemacht, oberhalb des Dorfes Meldert, fast fünfzehn Meilen vom Schlachtfeld entfernt. Allmählich brach der Tag an. Doch an diesem Morgen mischte sich in das fahle Licht der Dämmerung ein anderer Schimmer, den die Kompanie mit Neugier wahrnahm. Der Schein kam aus Nordwest, aus Richtung der Stadt Löwen, einem Brückenkopf in der Verteidigungslinie des Flusses Dyle, sieben Meilen entfernt. Während die meisten Männer sich über das Leuchten wunderten und Mutmaßungen anstellten, lag die Sache für Steel auf der Hand. So etwas hatte er schon oft gesehen.

Auch Hansam sah den Schimmer in der Ferne. »Feuer, Jack? Haben die Franzosen sich neu formiert?«

Williams hatte sich zu ihnen gesellt. »Was glaubt Ihr, was das ist, Sir? Eine andere Schlacht? Ist unsere Kavallerie auf die Nachhut der Franzosen gestoßen?«

Steel verneinte mit einem Kopfschütteln. »Die Franzosen haben noch nicht wieder die Kraft für einen weiteren Kampf. Und unsere Kavallerie ist, wie ich höre, zu weit südlich. Nein, das sind Anzeichen einer Armee, die den Kampf aufgegeben hat. Die Franzosen verbrennen ihre Vorräte, damit sie nicht in unsere Hände fallen. Das ist der Scheiterhaufen von Villerois Armee.«

Slaughter und zwei weitere Kameraden, Mackay und Cussiter, standen beisammen und blickten in Richtung des Feuerscheins. Sie teilten sich eine luftgetrocknete Wurst, die einer von ihnen im Tornister eines Franzosen gefunden hatten. Cussiter sprach beim Kauen: »Habt ihr gesehen, wie die sich ergeben haben? Haben einfach ihre Waffen abgelegt wie fette Memmen und sich ergeben. Und das sollen Soldaten sein?«

Mackay nickte. »Habt Ihr gesehen, Sergeant? Ich hab nur die Breeches von hinten gesehen.«

Slaughter schüttelte den Kopf. »Machen wir jetzt das Beste draus. Aber eins sag ich euch: Wir werden wieder auf Franzosen stoßen, sobald König Ludwig welche ins Feld schickt. Nein, die Franzmänner sind noch nicht erledigt.«

Cussiter spuckte auf den Boden. »Die Kavallerie brachte die Wende, nicht wahr, Sergeant? Hab noch nie so viele Pferde gesehen. Krachten in die Franzmänner wie eine Klinge, die durchs Kornfeld saust.« Dabei gestikulierte er wild und deutete an, Mackay den Kopf abzuschlagen.

Sein Kamerad lachte und wich einen Schritt zurück. »Kavallerie oder wer's auch immer gewesen ist, es war der General, der die Schlacht gewonnen hat, und das ist die Wahrheit. Es war Marlborough. Unser guter alter Corporal John.«

Jetzt spuckte auch Slaughter in Richtung des Feuerscheins. »War nicht die Kavallerie. Es war nicht mal Marlborough, obwohl er 'n guter General ist, hab noch unter keinem besseren gedient. Aber die Schlacht haben die Männer gewonnen. So einfach ist's, Jungs. Ihr und ich und all die anderen, wir haben die Schlacht gewonnen, und dass ihr mir das ja nie vergesst, verdammt!«

* * *

Steel war inzwischen abgestiegen, schlenderte an seinen Leuten vorbei und grüßte diejenigen, die er in der Dunkelheit erkannte, mit einem Nicken. Er kratzte sich am Hals, wo der schmutzige Kragen juckte, und träumte von einem Bad. Als Sieger durfte man sich zumindest auf derartige Vergnügen freuen. Sie würden bis nach Brüssel marschieren, wie er vermutete. Diese Stadt schien das erklärte Ziel zu sein. Doch wohin ging es dann?

Bald traf er Slaughter, der für sich an einem kleinen Feuer stand und in die Glut starrte.

»Also, Jacob«, sagte Steel, »dann erzählt mir mal, wohin es uns nach diesem großen Tag noch verschlagen wird.«

»Wäre ich der Herzog, Sir, würde ich mir den Rest der Franzmänner schnappen. Also würde ich nach Brüssel marschieren und dem Feind den Weg abschneiden.«

»Gott, Jacob, aus Euch machen wir noch einen General.« Da entdeckte er Williams. »Habt Ihr das gehört, Tom? Unser General Seine Hoheit der Herzog von Slaughter hier erwägt, uns nach Brüssel marschieren zu lassen, um die Feinde auf der Flucht zu stellen.«

Der Fähnrich lachte. »Das wäre doch eine feine Sache, Sir.«

Slaughter grinste. »Habt Dank, Sir. Aber ich bleib bei meinen Sergeantabzeichen und überlasse unserem Herzog die Entscheidung.«

»Wie dem auch sei, Sergeant, ich denke, Ihr habt recht. Aber ich glaube auch, dass Marlborough vorhat, die Franzosen ein für alle Mal aus den Niederlanden zu vertreiben. Und wenn er das schaffen will, muss er die übrigen Forts einnehmen. Alle, angefangen bei Malines und Gent bis Brügge, Oudenaarde und Antwerpen. Das dürften unsere nächsten Ziele sein.«

»Keine Belagerungen mehr, Sir?«

»Ich glaube nicht. Und ich weiß, wie sehr Euch das gefällt, Jacob.«

Slaughter spie in die Flammen. Die Grenadiere in der Nähe lachten. So tapfer der Sergeant in der Schlacht war – er war bekannt für seine Vorliebe für heimelige Annehmlichkeiten. Zur passenden Gelegenheit und mit der passenden Schicklichkeit natürlich auch für hübsche Frauen. Und wenn es eines, das man in den Belagerungslinien vor einer Festung wahrscheinlich nicht finden würde, dann war es eine willige Hure. Hinzu kam Slaughters extreme Abneigung gegen enge, dunkle Räume, und davon gab es bei jeder Belagerung zur Genüge. Aus diesem Grund war er überhaupt in die Armee eingetreten: Er hatte nicht in den Kohleminen unweit seiner Heimatstadt Durham enden wollen. Mit einem Fluchen spuckte er erneut ins Feuer.

Steel starrte in die Flammen und musste unweigerlich an die Worte von Colonel Hawkins in Ramillies denken. »In Kürze werde ich Eure Hilfe brauchen.« Aber wann, fragte er sich, ist es so weit?

* * *

Er hätte die Antwort schneller haben können, als er dachte. Denn kaum vier Stunden später, nicht einmal eine halbe Meile von Steel entfernt, wachte ein Mann unweit des Dorfes Meldert auf und war gedanklich genau mit dieser Angelegenheit beschäftigt. James Hawkins hatte die Nacht eingehüllt in seinen Mantel am Wegesrand verbracht und versuchte nun, eine Tasse Kaffee zu trinken. Ein Versuch war es deshalb, weil sein Diener Jagger ihm geschworen hatte, es wäre richtiger Kaffee, und er wollte Jaggers Gefühle nicht verletzen. Aber die Brühe roch eher wie das Spülwasser einer flämischen Bierschänke. Dennoch, es war zumindest etwas, mehr als den meisten anderen im Augenblick vergönnt war.

Orkney hatte schon einen Tag lang nichts mehr zu essen bekommen, Marlborough womöglich auch nicht. Hawkins war nicht besonders gut gelaunt. Aber sobald er sich vor Augen führte, was für einen Sieg sie errungen hatten, waren seine Müdigkeit und seine Beschwerden schnell verschwunden. Und während er ein, zwei Schlucke nahm, drehte sich in seinen Gedanken alles um die kommenden Tage. Jetzt waren sie den Franzosen einen entscheidenden Schritt voraus, und diesen Vorteil mussten sie nutzen, aber mit Bedacht und auf subtile Weise.

Er schaute sich in der Dämmerung um und machte einige Schritte entfernt die markante Gestalt des Herzogs aus. Marlborough stand mit ein paar Bediensteten und Offizieren des Generalstabes zusammen. Hawkins reichte Jagger die halb volle Tasse, merkte dann aber, wie enttäuscht der arme Kerl aussah, und beschloss, die Brühe noch etwas zu behalten. Mit der Tasse in der Hand schlenderte er in Richtung der Offiziere.

Adam Cardonnel, Marlboroughs persönlicher Sekretär, sprach lebhaft und wedelte mit einem Blatt Papier. »Alles ist Euer, Hoheit. Wir haben achtzig Standarten erbeutet, fünfzig Geschütze, dazu Zelte, Gepäck, Proviant und jede Menge

Musketen. Und wir haben zahllose Gefangene gemacht. Allein Lord Hays Dragoner haben zwei Bataillone Infanterie festgesetzt. Die Wallonen kommen bald zu uns. Wir werden alle Hände voll zu tun haben, um für deren Sicherheit zu sorgen, Mylord, denn die Dänen wollen sich an ihnen rächen, weil sie letzten Monat in Italien unter ihnen gelitten haben.«

Links von Marlborough stand Cadogan. »Nach meiner Schätzung, Sir«, sagte er leise, »haben die Franzosen bis zu 13 000 Mann verloren, aber manche beziffern die Zahl der Verluste auf das Doppelte, wenn man Deserteure und Abtrünnige hinzuzählt.«

»Mylord«, meldete Cardonnel sich wieder zu Wort, »wir haben sogar den berühmten Neger von den bayerischen Horse Guards gefangen genommen, der die Kesselpauke schlägt. Habe ich Eure Erlaubnis, den Mann der Königin nach London zu schicken? Er würde einen schmucken Diener für Ihre Majestät abgeben. Darüber hinaus ist er eine seltene Beute.«

Marlborough nickte mit einem Lächeln. »In der Tat, Adam. Schickt der Königin den Mohr. Ein netter Gedanke. Tatsächlich hatte ich schon erwogen, ihn in meine Dienerschaft aufzunehmen.«

Die Männer lachten und freuten sich über die Unbeschwertheit in der Stimme des Herzogs. Wie Hawkins hatte auch Marlborough eine unruhige Nacht verbracht und nur seinen langen Mantel als Decke benutzt. Er hatte wahrlich schlecht geschlafen in seinem kargen Nachtlager, und Gesellschaft hatte ihm nur van Goslinga geleistet, der die halbe Nacht hindurch Anekdoten über die Schlacht zum Besten gegeben hatte. Bald war der Herzog der enthusiastischen und übertrieben eigenwilligen Art des Niederländers überdrüssig geworden. Zum Glück hatte einer der Diener in den Vorräten der französischen Generäle etwas Schokolade gefunden, und so schwenkte der Herzog nun die heiße, aromatische Flüssigkeit in der versilberten Tasse, bei der es sich ursprünglich um eine Kokosnuss gehandelt hatte, die Marlborough stets in seinem persönlichen Gepäck mitführte.

Als das Lachen verklang, hob Cadogan erneut an. »Unsere eigenen Verluste sind nicht sehr hoch, Euer Hoheit. Nur zwei Colonels ließen ihr Leben, dazu zwanzig weitere Offiziere. Alles in allem sind es tausend Tote. Das ist ein Triumph. Man wird Euch im ganzen Land feiern. Eure Feinde in London hatten gewiss damit gerechnet, die einzigen Nachrichten in diesen Wochen kämen von Mylord Peterborough aus Spanien. Aber jetzt habt Ihr abermals bewiesen, dass diese Herren falsch liegen.«

Marlborough lächelte und nahm einen Schluck von der heißen Schokolade, die er keinem seiner Generäle angeboten hatte. Die Gentlemen erwarteten es auch nicht, da der Herzog für seine Sparsamkeit bekannt war. Denn obwohl Marlborough mit Sorgfalt darauf bedacht war, dass seine Soldaten gut behandelt wurden, bemühte er sich, gewisse Dinge für sich allein zu haben.

Hawkins nippte noch einmal an der scharfen Brühe, zuckte zusammen und blickte neidisch auf die dampfende, wohlriechende Tasse in den Händen des Oberbefehlshabers.

Marlborough stellte die Tasse ab und sagte: »Mylord Peterborough könnte in der Tat mit seinen spanischen Feldzügen Erfolg haben, denn seine Tory-Freunde glauben, dass der Krieg genau dort in Spanien entschieden wird. Aber wir wissen es besser, Gentlemen. Wenn wir die Franzosen hier in Flandern besiegen, jagen wir eine Schockwelle durch diese fehlgeleitete Nation. Sie wird die Franzosen tiefer treffen als alles, was Peterborough je erreichen kann. Vielleicht hört man jetzt in London endlich auf mich und ersetzt ihn durch Lord Galway.«

Er griff wieder nach der Tasse, nahm noch einen Schluck und fuhr fort: »Ihre Verluste sind nicht so hoch wie nach Blenheim, Gentlemen. Aber ich glaube, dass die Auswirkungen zehnmal so heftig sein werden.«

Abwechselnd schaute er seine Offiziere und Berater an, einen nach dem anderen. »Aber was wird nun? Was schickt der Sonnenkönig mir als Nächstes entgegen? Wir haben den Sommer vor uns und können einen Feldzug ganz nach Belieben führen. Machen wir also das Beste aus dem, was Gott uns gegeben hat.«

Ein Grummeln veranlasste den Herzog, sich umzudrehen. Lord Orkney stand mit verschränkten Armen da und schüttelte den Kopf. »Die Franzosen sind Narren, Marlborough. Was haben sie getan? Sie haben sich hinter den Dyle zurückgezogen und dann die Stellung aufgegeben, von der aus sie uns vielleicht hätten in Schach halten können.«

Marlborough blickte ihn ausdruckslos an. »Die Franzosen, Mylord Orkney, sind keine Armee mehr. Sie haben zwar eine Verteidigungslinie, aber nichts, womit sie diese verteidigen könnten. Marschall Villeroi ist geschlagen. Wir haben nur ein Ziel. Jetzt müssen wir tief in das Gebiet eindringen, in dem die Franzosen noch Befestigungen halten. Wir müssen die Streitkräfte, die sie noch zusammenziehen können, daran hindern, an unseren Flanken bis zur Küste vorzustoßen. Gott schütze uns, wenn sie das versuchen sollten! Denn selbst in ihrer prekären Lage könnten sie dort unsere Schwäche ausmachen und entlang unserer Flanke vorbeiziehen. Dann wären wir von unserer einzigen Versorgungsroute aus England abgeschnitten. Daher ist es absolut geboten, dass wir den Hafen von Antwerpen isolieren und, falls nötig, belagern. Aber zunächst müssen wir noch Gent und Oudenaarde einnehmen.«

»Auch Ostende und Dünkirchen, Euer Hoheit«, warf Cadogan ein, »meint Ihr nicht? Vergessen wir diese Häfen nicht. Dort liegen Freibeuter im Dienste der französischen Krone vor Anker. Vernachlässigen wir diese Schiffe, werden sie fortan jeden Hafen angreifen, über den wir unseren Nachschub beziehen. Glaubt mir, Sir. Ich habe da meine Erfahrungen.«

Marlborough lachte. »Ja, William. Mir ist Euer Zusammenstoß mit den Freibeutern bekannt. Aber zumindest haben sie Euch mit dem Leben davonkommen lassen. Wir müssen uns erst ansehen, wie es geht, ehe wir einen Hafen belagern.« Die Herren lachten. Nur van Goslinga starrte ins Leere, da er die gutmütige Stichelei nicht verstand.

Marlboroughs Blick schweifte in eine unbestimmte Ferne. Er stützte das Kinn auf eine Hand und fuhr nach einer Weile fort: »William, ich glaube, Ihr habt recht.«

Orkney meldete sich zu Wort. »Dafür brauchen wir die besten Einheiten, die unsere Armee zu bieten hat, Euer Hoheit. Lord Argyll und seine Leute. Und auch Lord Mordaunt.«

Schließlich sagte Hawkins, was ihm durch den Kopf ging. »Aus den Reihen der Offiziere brauchen wir mehr als gute Taktiker, Sir. Wenn wir Ostende und Dünkirchen einnehmen wollen und es mit Freibeutern zu tun haben, müssen wir heimlich und listenreich vorgehen. Dürfte ich noch einen Offizier vorschlagen, der uns von großem Nutzen sein könnte?«

Marlborough horchte interessiert auf. »Ja, James?«

»Captain Steel, Euer Hoheit. Ich meine den stellvertretenden Captain Steel. Sir James Farquharsons Regiment. Ihr kennt ihn sicher noch von Blenheim, Sir. Er führte damals einen ... sehr heiklen Auftrag für uns aus. Ihr habt ihn in den

Titularrang erhoben. Seine Beförderung wurde noch nicht ratifiziert.«

»Wirklich, Hawkins? Noch nicht ratifiziert? Natürlich. Captain Steel. Unbedingt. Warum bin ich noch nicht selbst auf ihn gekommen? Ja. Er hat Mut und Verstand, wenn ich mich recht erinnere, und wir können jedes Quäntchen List gebrauchen. Ich fürchte, bei der Eroberung dieser Festungen haben wir es nicht nur mit unserem gewöhnlichen Feind zu tun, sondern mit Freibeutern, Söldnern und anderen Individuen, die die Franzosen dorthin abkommandiert haben. Ihr könnt sicher sein, dass Marschall Villeroi mitsamt der Elite seiner Offiziere zurück nach Versailles humpelt, um König Ludwig seinen Fall darzulegen.«

»Nein, wir werden es mit dem Abschaum zu tun bekommen«, fuhr er fort. »Mit Offizieren, die bei der Beförderung übergangen wurden, und die nun das Kommando über scheinbar uneinnehmbare Festungen haben. Nun, zeigen wir ihnen, dass sie nicht so uneinnehmbar sind, wie diese Leute glauben, wie, meine Herren? Aber wenn Ihr mir nun einen Augenblick für mich gestatten würdet. Mein Kopf schmerzt, und ich muss der Königin noch schriftlich die Neuigkeiten unseres Sieges mitteilen. William, folgt der Kavallerie und sorgt dafür, dass die Verfolgung aufrechterhalten wird. Mylord Orkney, kümmert Euch bitte in gleicher Weise um die Infanterie. Drängt auf Eile beim Vorrücken, wenn es sein muss. Wir müssen den Gegner unablässig unter Druck setzen und den Dyle bis zum Einbruch der Nacht sichern. Ruhe dürfen wir uns noch nicht gönnen. Ihr wisst, dass das Schicksal Europas in der Schwebe hängt.«

4.

Steel stand auf der Straße und blickte hinauf zu den Fenstern der Häuser. Der Schuss war von irgendwo dort oben gekommen. Lange hatte der Knall in der kühlen Morgenluft nachgehallt. Die Kompanie hatte abrupt Halt gemacht, und spätestens jetzt waren die Männer wachgerüttelt. Steel merkte, wie die Kameraden hinter ihm vorsichtig abwartend die Köpfe eingezogen hatten und die Blicke von einem Fenster zum anderen huschen ließen. Sie hatten Wippendries erreicht, ein kleines Dorf wenige Meilen nördlich von Brüssel.

»Habt Ihr gesehen, woher der Schuss kam, Sergeant?«

»Bin mir nicht sicher, Sir. Drittes Haus links, würde ich sagen.«

Am Ende der Marschkolonne gab es Unruhe. »Verdammter Mist!«

»Ruhe dahinten, Mann!«

»Aber Sergeant, die Kugel ging genau durch meinen verfluchten Hut. Ruiniert. Seht selbst.«

Es war Tarling. Die Musketenkugel hatte tatsächlich die hohe Grenadiersmütze durchschlagen und die weiße Verzierung in der Mitte abgerissen; geblieben war ein versengtes Loch, dessen Rand mit filigranen Resten goldenen Garns verziert war.

Slaughter starrte auf den durchlöcherten Hut. »Na, da hast du ja Glück gehabt, dass du die Kugel nicht ins Hirn bekommen hast, Tarling.«

»Sergeant«, sagte Steel, »Ihr und vier Mann kommt mit mir.

Die Übrigen bleiben bei Lieutenant Hansam. Und lasst eure verdammten Köpfe unten!« Noch während er sprach, löste sich ein zweiter Schuss wie aus dem Nichts. Die Kugel pfiff an Steels Ohr vorbei. »Gottverdammt! Das war knapp. Taylor, Cussiter, Mackay – mir nach. Bajonette aufpflanzen. Und lasst die Hüte liegen.«

Schnell und in geduckter Haltung eilten die fünf Männer linker Hand die Straße hinunter. Erneut donnerte der Knall einer Muskete durch die Gassen; ein Querschläger, der vom Kopfsteinpflaster gegen die Häuserwände prallte. Die Soldaten verharrten. Slaughter war dicht hinter Steel. »Sind lausige Schützen, oder, Sir?«

»Wahrscheinlich Rekruten. Aber wenn das stimmt, warum halten die sich dann damit auf, dass sie auf uns schießen? Sie könnten doch längst auf dem Weg nach Paris sein.«

»Vielleicht wollen die uns gar nicht treffen, nur einschüchtern.«

»Seid nicht albern, Jacob. Warum sollten sie? Was hätten sie davon? Etwa dieses verdammte Dorf? Die französische Armee ist auf dem Rückzug. Wir treiben sie in Richtung Paris.«

Zwei Tage lag die Schlacht zurück, und seither hatten Steel und seine Männer sich kaum ausruhen dürfen, wie auch der Rest der Armee. Marlborough beabsichtigte, die Franzosen so weit wie möglich zurückzudrängen. Daher lautete der Befehl für die britischen Verbände, bis auf Weiteres in Eilmärschen nach Nordwesten vorzustoßen.

Slaughter duckte sich instinktiv, als abermals eine Kugel über ihre Köpfe sirrte. »Vielleicht ist's das, Sir. Vielleicht sind's nicht mal Soldaten, sondern bloß Zivilisten. Und die werden die Hosen voll haben.«

Die Kugel, die Slaughter und Steel verfehlt hatte, schlug

weiter hinten auf dem Pflaster auf und sandte Steinsplitter in Mackays Waden. Der Mann schrie auf und hielt sich das blutende Bein.

Steel suchte fieberhaft die Fenster ab. »Seid Ihr nun zufrieden, Jacob? Was tut es schon zur Sache, wer diese Leute sind? Die schießen auf uns, verdammt.« Er griff nach seiner Muskete und spannte den Hahn, da die Waffe bereits geladen war. »Mackay, Ihr bleibt hier. Der Rest mir nach. Zweites Haus von hier. Durch die Tür. Lauft!«

Als die unsichtbare Muskete erneut abgefeuert wurde, waren die Grenadiere beim Haus angekommen und traten die Tür ein. Im Innern war es stockdunkel, was die Männer zunächst verblüffte. Sämtliche Fensterläden waren geschlossen, eine andere Lichtquelle gab es nicht.

»Macht ein Fenster auf!«, rief Steel.

Tarling war zur Stelle und führte den Befehl aus. Rasch sicherten die Männer das Haus, wie Steel es ihnen beigebracht hatte, Zimmer für Zimmer. Nacheinander riefen die Grenadiere: »Nichts, Sir.«

»Niemand zu sehen, Sir.«

»Nach oben«, zischte Steel. »Gebt acht.«

Am oberen Treppenabsatz donnerte ein Musketenschuss; die Flamme des Mündungsfeuers erhellte kurz die Stufen. Der Unbekannte mochte auf Steel gezielt haben, doch die Kugel verfehlte weit ihr Ziel und bohrte sich in die Wand der Diele.

»Jetzt!«, rief Steel.

Gleichzeitig rannten er und Slaughter die Stufen hinauf und warfen sich auf die Gestalt im Halbdunkel.

»Schafft ihn nach unten, Sergeant. Ich will ihn lebend.«

Halb drängten, halb zerrten sie den Scharfschützen die Treppe hinunter und schleuderten ihn zu Boden. Bewegungslos und jammernd blieb die Gestalt liegen, bewacht von Cussiters und Tarlings Bajonettspitzen. Der Unbekannte hatte einen zierlichen Körperbau und trug sandfarbene Breeches und eine unscheinbare Weste.

Slaughter lächelte triumphierend. »Was hab ich gesagt? Zivilisten.«

»Los, aufstehen!«, rief Steel in scharfem Ton.

Die Gestalt regte sich nicht. Deutlich war jetzt das Schluchzen zu hören. Steel bückte sich und drehte den Unbekannten um. »Es ist ein Junge! Nicht viel älter als zehn, würde ich sagen. Kein Wunder, dass er so schlecht schießt.« Er zog den Burschen auf die Füße, bedeutete den Kameraden, die Bajonette sinken zu lassen, und wandte sich an den blutjungen Scharfschützen. »Du Trottel! Was hast du dir dabei gedacht? Wir hätten dich töten können.« Der Junge starrte ihn aus großen Augen an und schien kein Wort der fremden Sprache zu verstehen. »Verdammter Mist, Jacob. Jetzt sind wir schon hinter Kindern her.«

Slaughter hatte die alte, ungenaue Jagdflinte des Jungen an sich genommen, und so gingen sie zur Haustür und öffneten sie. Bei dem grellen Tageslicht mussten alle die Augen zusammenkneifen.

Doch es war nicht das helle Licht, das Steel verharren ließ. Denn er starrte auf den Lauf einer Muskete. Das war stets eine unangenehme Erfahrung, zumal der Mann, der den Finger am Abzug hatte, ziemlich wütend zu sein schien. Er war etwas kleiner als Steel, trug einen braunen, wollenen Mantel und einen abgegriffenen, breitkrempigen Hut. Hinter ihm standen ungefähr zwei Dutzend Männer, allesamt bewaffnet und in Zivil. Der Mann sprach Steel auf Flämisch an. Steel verstand kein Wort.

»Tut mir leid. Ich spreche Eure Sprache nicht.«

Erneut setzte der Fremde an und hielt die Muskete unangenehm dicht vor Steels Gesicht. Steel ließ die Rundung des Laufs keine Sekunde aus den Augen und wisperte halb in Slaughters Richtung: »Irgendwo ein Anzeichen von den anderen?«

»Stehen am Ende der Straße, Sir. Zwei Glieder tief. Blicke zu uns.«

Steel versuchte es erneut auf diplomatischem Weg. »Ich weiß nicht, wer Ihr seid, aber ich bin ein britischer Offizier, und das da am Ende der Straße sind meine Männer. Wenn Ihr auf mich schießt, werden Euch vierzig Musketen niedermähen.« Der Mann blickte verdutzt drein und antwortete, diesmal auf Französisch. Schon besser, dachte Steel.

»Die halten uns für Franzosen, Sir«, flüsterte Slaughter.

»Ja, Sergeant, ist mir klar.«

»Mijnheer, wir sind Briten, keine Franzosen. Wir tun Euch nichts. Wir haben die Franzosen in einer großen Schlacht geschlagen.«

Der Fremde blickte skeptisch drein. »Engländer?«

»Ja, Engländer. Freunde. Bitte ...«

Der Mann trat mit einem Lächeln einen Schritt zurück, ließ die Waffe aber noch nicht sinken. Ohne den Blick von Steel zu wenden, sprach er erneut und deutete auf sich selbst. »Jan.«

Aus den hinteren Reihen der Bürgerwehr löste sich jemand und trat vor. »Ihr seid Engländer?«

»Ja, wir sind Briten. Schotten, *Ecossais.* Gott sei Dank, Ihr sprecht unsere Sprache.«

»Ja, ich kann gut Englisch. Ihr werdet uns nichts tun?«

»Nein. Wir haben die Franzosen in einer großen Schlacht besiegt. Wir vertreiben sie aus Eurem Land.«

Der Mann schien Steels Antwort einen Moment lang abzuwägen, lächelte dann und nickte. »Dann seid Ihr willkommen, Sir. Es tut mir leid. Meine Leute sind verschreckt. Wir haben hier so viel Schlimmes gesehen. Zu viele Soldaten. Französische Truppen. Gestern kamen sie erneut. Viele Verwundete. Einige starben. Und sie nahmen uns unsere Vorräte weg. Töteten zwei von uns, die sie daran hindern wollten.«

Französische Deserteure. Steel wusste, was nun geschehen würde. Er hatte so etwas schon zur Genüge erlebt. In Russland, Bayern, Spanien und hier in Flandern. Wenn eine Armee zerfiel, den Zusammenhalt verlor und ohne Offiziere dastand, blieb nur ein wilder Haufen übrig. Mordende, raubgierige Horden, die sich nicht mehr an irgendwelche Prinzipien oder Moralvorstellungen hielten. Nichts war gefährlicher als eine führerlose Armee.

Der Dorfbewohner wandte sich an den Mann mit der Muskete, die dieser schließlich sinken ließ. Steel rang sich ein Lächeln ab und nickte.

»Ihr habt die Franzosen geschlagen? Ja, davon haben wir schon gehört. Die Franzosen sind besiegt. Aber Ihr seht ja, wir können es noch nicht glauben. Müssen vorsichtig sein, wenn wir Bewaffnete sehen. Tut uns leid. Aber jetzt sind wir natürlich froh. Französische Soldaten hatten wir hier seit Jahren. Wir werden von den Spaniern und deren französischen Freunden regiert. Eure Schlacht wird uns die Freiheit bringen. Dafür danken wir Euch, Sir.«

Während der Mann sprach, übersetzte ein anderer Dorfbewohner für die übrigen Zivilisten, und Steel sah, dass inzwischen alle Männer lächelten.

»Sergeant. Die Kompanie kann wegtreten. Ich glaube nicht, dass wir von diesen Männern etwas zu befürchten haben.«

»Bitte entschuldigt, Captain«, fuhr der Wortführer fort, »wir sind bloß Bauern. Für uns sieht ein Soldat wie der andere aus. Wir müssen vorsichtig sein. Aber schaut, wir haben uns bewaffnet. Und«, fügte er stolz hinzu, »ich bin Offizier, so wie Ihr.«

Ein hoffnungsvolles Lächeln umspielte seine Mundwinkel. Steel antwortete mit einem respektvollen Nicken. »Ihr und Eure Männer braucht Euch wegen der Franzosen keine Gedanken mehr zu machen. Sie sind geschlagen und werden so bald nicht zurückkommen. Wo sind wir hier eigentlich genau?«

»In Wippendries. Wir sind nur ein kleines Dorf, aber Ihr seid uns als Gäste willkommen. Wir teilen mit Euch, was wir haben.«

Derweil musterte Steel die Miliz genauer, verschaffte sich einen Überblick über die Waffen und schätzte das Alter der Männer. Ein Zug reguläre französische Infanterie hätte mit diesen Bauern in wenigen Minuten kurzen Prozess gemacht. Dennoch, den Männern mangelte es nicht an Mut und Eifer, und Steel wusste, dass diese Eigenschaften auf dem Schlachtfeld bisweilen über Leben und Tod entschieden.

Der selbsternannte Anführer ergriff erneut das Wort. »Ihr dürft gern in unserem Dorf bleiben, Captain. Es wäre uns eine Ehre. Vielleicht können wir es wieder gutmachen, dass wir auf Euch geschossen haben.«

Steel lachte. »Vielleicht. Macht Euch keine Gedanken mehr deswegen.«

Du elender Trottel, dachte er im Stillen. Ihr Bauerntölpel wisst ja nicht, wie knapp ihr mit dem Leben davongekommen seid. Wenn der erste Schuss Tarling getroffen hätte und nicht seine Mütze, hätten wir euch schneller auseinandergenommen, als ihr bis drei zählen könnt.

»Wir bleiben die Nacht über hier«, sagte er stattdessen freundlich. »Eine gute Gelegenheit, sich ein wenig auszuruhen. Während der letzten Tage sind wir den Franzosen in Eilmärschen gefolgt.«

»Gut zu hören, Captain. Wir hassen die Franzosen, müsst Ihr wissen. Viel zu lange schon haben sie sich als unsere Herren aufgespielt. Sobald wir einen Franzosen sehen, töten wir ihn, so wie Ihr, Sir.«

Für gewöhnlich hätte Steel zugestimmt, doch plötzlich musste er wieder an Argylls Wutausbruch in Ramillies denken und fragte sich, warum gerade dieser Feldzug von so viel Hass durchsetzt war. Ein Hass, wie er ihn seit sieben Jahren nicht mehr erlebt hatte. Nicht seit jenem blutigen Feldzug im Norden, als die Russen und Schweden sich gegenseitig ausbluten ließen. Hier in Flandern wurde Steel Zeuge einer neuen und unerwarteten Wende im Krieg. Zwar wusste er, dass die Franzosen schon länger Besatzungsmacht in den südlichen Niederlanden waren, aber bislang war ihm nicht bewusst gewesen, auf wie viel Ablehnung die Franzosen hier stießen. Eigentlich hätte es ihn freuen müssen, dass die Flamen seine Verbündeten waren, aber irgendwie flüsterte ihm eine innere Stimme ein, dass dies den Feldzug unnötig verkomplizieren würde. Und Komplikationen mochte Steel gar nicht – insbesondere dann nicht, wenn Zivilisten darin verwickelt waren.

* * *

Ungefähr sechs Meilen weiter südwestlich wurde einem anderen alliierten Soldaten eine ähnliche Gastfreundschaft zuteil, allerdings in größerem Rahmen. Umgeben von seinen militärischen Beratern und seinen Leibwachen aus den Reihen der Dragoner, stand der Herzog von Marlborough in der Großen Halle des altehrwürdigen Chateau de Beaulieu, fünf

Meilen von Brüssel entfernt. Trotz des großzügigen Empfangs, den man dem Herzog zu Ehren gab, war der Oberbefehlshaber alles andere als zufrieden.

»Ich sollte eigentlich gar nicht hier sein, William. Das ist nichts für einen General, und Politiker bin ich auch nicht. Mein Platz ist draußen auf dem Schlachtfeld, bei der Verfolgung der Franzosen. Wir haben zwar gesiegt, dürfen uns aber nicht auf unseren Lorbeeren ausruhen.«

Der Generalquartiermeister Cadogan legte dem Herzog in freundschaftlicher Geste eine Hand auf die Schulter. »Euer Hoheit, Ihr müsst Euch in Geduld üben. Die Franzosen haben heute die Hauptstadt verlassen. Morgen werden wir in Brüssel einmarschieren. Wir sollten uns freuen. Aber ehe wir die Stadt in Besitz nehmen können, warten hier noch wichtige Aufgaben auf uns. Es handelt sich um eine Staatsaffäre, und Ihr seid de facto der Repräsentant Ihrer Majestät. Es ist Eure Pflicht.«

Marlborough seufzte und rieb sich die Schläfen. »Ja, ja, ich weiß. Wenn mein Kopf nur nicht so schmerzen würde. Ich habe deswegen schon der Herzogin geschrieben. Ich hoffe auf Heilung – die Königin übrigens auch. Sie schlagen vor …«

»Tut mir leid, Euer Hoheit«, warf Hawkins ein, »aber Cadogan hat recht. Ihr müsst bleiben. Zu Recht betrachtet man Euch als den Sieger, und diese Herren hier werden Euch wie einen Eroberer feiern, wie den Befreier ihres Vaterlandes. Ob es Euch gefällt oder nicht, aber Euch fällt die Rolle zu, diese Politiker kennenzulernen. Alle haben sich hier versammelt. Die Magistrate sind aus Brüssel gekommen, die Ständevertreter aus Brabant. Und nicht nur das, Mylord, denn die gesamte spanische Regierung hier in den Niederlanden hat sich gegen Ludwig ausgesprochen und Erzherzog Karl

Gefolgschaft gelobt, unserem Kandidaten für den Thron in Spanien. Das Schicksal Europas liegt in Euren Händen. Ihr müsst Euch nun auf diese Herren einlassen. Jetzt, Euer Hoheit.«

Marlborough funkelte ihn aus seinen grünen Augen an. »Oh, James, ich wünschte, Ihr hättet nicht dauernd recht.«

Unterdessen hatte van Goslinga die Halle erneut betreten und lächelte den Herzog ein wenig geistlos an. Marlborough zischte halblaut: »Schon wieder dieser Mann, dieser unausstehliche kleine Wicht.«

Der niederländische Verbindungsoffizier hatte diesen Kommentar nicht vernommen und schenkte dem Herzog ein schmeichlerisches Lächeln. »Euer Hoheit, die Deputierten und Magistrate würden Euch nun gern kennenlernen, wenn es Euch beliebt.«

Hawkins, Cadogan und Marlborough wurden in den *Grand Salon* des Schlosses geleitet. An den mit Blattgold verzierten Wänden hingen Gobelins in lebhaften Farben, auf denen Szenen aus dem höfischen Leben im Mittelalter und Porträts der Herzoge von Brabant zu sehen waren. In der Mitte des Saals stand ein langer Tisch, an dem gut zwanzig ältere, ehrwürdige Herren saßen, auf den Köpfen graue, wallende Perücken. Hawkins fiel auf, dass die Gesandten auf der linken Seite der Tafel die blasse Hautfarbe der Nordeuropäer hatten, während die Gentlemen rechter Hand einen dunkleren Teint aufwiesen und feine Schnurrbärte trugen.

Alle Herren waren in feierliche schwarze Roben gehüllt. Den Herzog und Hawkins erinnerte die Versammlung eher an ein Treffen von Ärzten, aber in der Mitte der Tafel lagen keine Leichname zum Sezieren, sondern Papierstapel und Karten mit rotem Siegelwachs. Zwischen und auf den Dokumenten lagen die Degen der Deputierten und spanischen

Abgesandten, wobei die Griffe absichtlich in Richtung des siegreichen britischen Generals zeigten.

Als Marlborough den Salon betrat, erhoben sich die Herren wie auf ein geheimes Zeichen hin und verbeugten sich tief. Der Herzog erwiderte die zeremonielle Begrüßung mit derselben Eleganz. Der Mann, der am nächsten bei der Tür stand, ein kleiner, blässlicher Niederländer mit einem schmalen Ziegenbärtchen, hob in manieriertem Englisch an.

»Wir sind ein stolzes Volk, Euer Hoheit. Vierhundert Jahre lang haben wir uns der französischen Tyrannei widersetzt. Seit zweihundert Jahren werden wir vom Hause Habsburg regiert. Seit 1515 von den Spaniern. Unter Spaniens Herrschaft wurden unsere Leute massakriert, da sie sich weigerten, die katholische Lehre zu akzeptieren. Achtzig Jahre lang stritten wir wider Spanien, bis 1648. Im Verlauf der letzten dreißig Jahre kämpften wir gegen den französischen König Ludwig. 1695 bombardierten die Franzosen drei Tage lang unsere Stadt Brüssel. Sie schossen sie in Schutt und Asche – nur das Rathaus überlebte. Aber aus der Asche erbauten wir unsere Stadt neu und so, wie Ihr sie jetzt sehen könnt. Wir stehen immer wieder auf, Mylord, und mit Eurer Hilfe haben wir das Joch der französischen Fremdherrschaft abgeschüttelt. Wir geloben nun Karl VI. Treue und ersuchen Euch, eine neue, vereinigte Provinz unter Führung Brabants anzuerkennen.«

Marlborough vollführte eine Verbeugung. »Habt Dank, Mijnheer. Ich bin General, kein Staatsmann. Aber ich werde Eure Deklaration annehmen und alles meiner Königin in England mitteilen. Mir ist das lange Leid Eures Landes unter König Ludwig bewusst. Ich glaube, unser letzter Sieg hat diese Herrschaft endgültig beendet. Ich versichere Euch, dass es im Hinblick auf die Religion zu keinerlei Veränderungen kommen wird. Seid versichert, dass meine Männer alles unter Kontrolle behalten werden. Niemand wird Euer Land plündern oder verwüsten, und Euren Landsleuten werden wir mit Respekt begegnen. Sollte es dennoch zu Übergriffen kommen, so werden die Delinquenten dafür büßen. Jeder Mann – ob einfacher Soldat oder Offizier –, der beim Stehlen erwischt wird, und wenn es sich nur um eine Kirsche aus einem Eurer Obstgärten handelt, soll mit dem Leben bezahlen. Da wird es keine Gnade geben, meine Herren. Aber ich denke, ich kenne meine Männer gut genug, um sagen zu können, dass es keinen Anlass geben wird, derartige Strafen vollziehen zu müssen.«

Erneut erhoben sich die Deputierten, Magistraten und spanischen Abgesandten und applaudierten dem Herzog.

Marlborough lächelte und neigte dann den Kopf leicht zur Seite. »Ich bete zu Gott, Hawkins«, flüsterte er, »dass wir zu unserem Wort stehen können.«

»Oh, macht Euch deswegen keine Gedanken, Sir. Die Männer werden das tun, was Ihr von ihnen verlangt. Die Strafen dienen allein der Abschreckung. Keiner würde es wagen, Eure Befehle zu untergraben.«

* * *

Steel lehnte an der Hauswand, blickte hinaus auf den Hof und beobachtete Baynes, einen gerissenen Burschen, der von der schottischen Grenze stammte, unweit der Stadt Jedburgh. Im Augenblick mühte er sich damit ab, ein Huhn in einen Sack zu stopfen. Natürlich wehrte sich das Tier und strampelte mit den spindeldürren Beinen.

Baynes wähnte sich unbeobachtet und murmelte unentwegt halb zu sich und halb zu dem armen Huhn, das einfach nicht in den Sack wollte: »Komm schon, du kleines Mistvieh.

Nur noch ein Stückchen. Einmal noch und du bist drin. Zieh endlich deinen verdammten Kopf ein!« Doch das Federvieh geriet in Panik, als es nichts mehr sah, und pickte den Grenadier in den Zeigefinger.

»Au! Du elendes Vieh, ich zeig dir gleich, woran du picken kannst. Wollte eigentlich deine Beine haben, aber jetzt koch ich dich ganz. Willst du jetzt da rein!«

»Schwierigkeiten, Baynes?«

Der Mann erstarrte und drehte sich langsam in Steels Richtung um. »Ich … kann das erklären, Sir. Das Huhn lief hier einfach so frei rum. Und Ihr habt ja selbst gehört, dass der gute Mann vorhin meinte, er würde alles mit uns im Dorf teilen.«

Steel hob die Augenbrauen. »Also dachtet Ihr Euch: Wäre das nicht ein hübsches Maskottchen für das Regiment? Ich bringe es nur schnell zu Colonel Farquharson und dem Adjutanten und rette es vor dem Kochtopf. Habe ich recht?«

»Ganz recht, Captain Steel, Sir. Ihr habt wieder mal recht.«

»Ich sollte Euch hängen lassen, Baynes. In Bayern hätte man Euch bestimmt aufgeknüpft. Dort hat der Herzog verfügt, dass jeder Dieb zum Tode verurteilt wird.«

Baynes zitterte jetzt. »Stehlen? Ich, Sir? Nein, Sir. Ich stehl doch nichts, ich nicht.«

»Doch, Baynes, das ist Diebstahl … und jetzt lasst das verdammte Huhn wieder raus, und wir reden nicht mehr darüber. Zurück zur Kompanie, auf der Stelle. Aber keine Sorge – ich kümmere mich um die Rationen.«

Drei Stunden später, den Bauch voller Hühnchenfleisch, wachte Steel von einem Schrei auf. Ein zweiter folgte. Kein Licht durchdrang die pechschwarze Dunkelheit, aber Steel brauchte auch nichts zu sehen, um zu wissen, dass irgendetwas nicht stimmte. Sofort tastete er nach dem Degen, sprang auf, ließ trotz der Kälte den Uniformrock liegen und schnallte sich den Gürtel um.

»Sergeant?« Er sah Slaughter zwar nicht, spürte aber, dass der Hüne an seiner Seite war.

»Kam von dort drüben, Sir. Vom Dorfrand.«

Wieder ein Schrei, diesmal höher in der Tonlage. Es war unüberhörbar, dass dort ein Mann Schmerzen litt.

»Kommt, Jacob, gebt Alarm. Die Kompanie zu den Waffen!«

In Steels unmittelbarer Umgebung kamen die anderen Grenadiere auf die Beine und suchten in der Dunkelheit nach ihren Waffen. Als ein weiterer Schrei die Stille zerriss, eilten Steel und Slaughter mit den Wachen durch die Straßen des Dorfes.

Als sie eine schmale Gasse verließen, erreichten sie einen kleinen Platz am Rande der Siedlung. Dort stand ein Kirschbaum in der Mitte, um den sich etwa zwanzig Milizmänner scharten. Alle waren bewaffnet, einige hielten französische Musketen in den Händen, doch die meisten hatten nur Degen und Messer. Einen Moment lang schienen die Männer Steel und seine Grenadiere nicht bemerkt zu haben. Doch kaum erblickten sie die Soldaten, lächelten sie und nickten den Grenadieren zu. Jan, der selbsternannte Offizier, trat vor. In der Hand hielt er ein kurzes Messer.

»Ah, Captain Steel. Willkommen. Tut mir leid, dass wir Euch nicht zu unserer abendlichen Unterhaltung eingeladen haben. Ich dachte, Eure Männer wären zu müde. Und da wussten wir ja auch noch nicht, dass wir so viel Spaß haben würden.«

Steel fühlte sich von dem Mangel an Gastfreundschaft keineswegs beleidigt. Denn dies war nicht die Art von Unterhaltung, die ihm zusagte. Die Miliz hatte einen Mann an den

Baum gefesselt, der die Uniform eines französischen Offiziers trug. Ein weiterer Mann stand hinter ihm und wurde von zwei Dorfbewohnern festgehalten. Auf den Mienen der Gefangenen spiegelte sich pures Entsetzen, und Steel sah auch, warum. Im flackernden Schein der Fackeln zählte er sechs Tote, die auf dem Steinpflaster lagen.

Auch diese Männer trugen weiße Uniformen und waren blutüberströmt. Keiner der Toten schien bewaffnet gewesen zu sein, und die beiden Offiziere hatten längst ihre Degen verloren. Es handelte sich hier offensichtlich um eine Gruppe Versprengte, die leider das Pech gehabt hatten, auf ihrer Suche nach Nahrung nach Wippendries gekommen zu sein. Eine fatale Fehlentscheidung. Steel war sofort klar, was hier vor sich ging. Die tiefen Wunden der Toten und der Schmerz, der sich in ihre nun starren Mienen gegraben hatte, ließen nur einen Schluss zu: Hier war es zu keinem Kampf gekommen, hier richtete die Miliz ein Massaker an.

Jan deutete mit dem Daumen in Richtung des französischen Offiziers, der, wie Steel jetzt erst sah, Schnittwunden an Armen und Beinen hatte. »Der macht zu viel Lärm«, lachte er. »Deshalb werden wir ihm gleich die Zunge herausschneiden. Dann blenden wir ihn vielleicht noch. Wer weiß?«

Mit diesen Worten trat er zu dem gefesselten Offizier, der erschrocken in Steels Richtung schaute und lautstark zu protestieren begann. Jan packte den Mann mit der linken Hand im Nacken und hielt mit der Rechten das matt leuchtende Messer hoch.

Steel zögerte keine Sekunde. Er nahm den Degen in die linke Hand, trat zwei Schritte vor, packte Jan von hinten, drehte ihn zu sich und verpasste ihm einen Faustschlag gegen das Kinn. Der Flame ging zu Boden. Als einer der Dorfbewohner auf Steel losgehen wollte, war Slaughter zur Stelle. Er rammte ihm den Gewehrkolben in den Magen, sodass der Mann auf die Knie sank, und schlug ihn mit einem zweiten Hieb vollends zu Boden. Einer der Milizsoldaten riss die Muskete hoch und schoss. Die Kugel durchschlug die Rockschöße eines Grenadiers, richtete aber keinen weiteren Schaden an. Zwei weitere Flamen stürzten sich auf die Rotröcke und überwältigten Tarling, der im Gerangel zu Boden ging. Ein Dorfbewohner holte mit einem Hackbeil zum Schlag aus, doch Cussiter kam ihm zuvor und streckte ihn mit einem gezielten Kopfschuss zu Boden. Der andere Mann wich zurück. Als Tarling sich aufrappelte, rief Steel seine Männer zu sich.

»Grenadiere, zu mir!«

Slaughter und fünfzehn Rotröcke kamen über den Platz und richteten ihre Musketen mitsamt Bajonetten auf den Mob.

»Waffen fallen lassen! Verdammt, ihr wollt es nicht verstehen.« Also machte Steel den Flamen mit Gesten begreiflich, was er von ihnen verlangte. Zögerlich ließ die Miliz Degen und Schusswaffen fallen.

Inzwischen war Jan wieder auf die Beine gekommen, rieb sich das Kinn und ging wütend auf Steel los. »Was macht Ihr? Hasst Ihr die Franzosen nicht auch?«

»Was ich mache, fragt Ihr?«, entgegnete Steel scharf. »Ihr seid kein Offizier, Ihr seid der Wortführer einer Horde von Barbaren!«

»Nein, die da sind die wahren Barbaren! Sie nehmen uns alles weg und vergewaltigen unsere Frauen. Jetzt sind wir am Zug.«

Kopfschüttelnd wandte Steel sich Williams zu, der mit weiteren zehn Mann angerückt war. »Und ich habe Baynes mit dem Galgen gedroht, Tom, weil er diesem Ungeziefer ein Huhn stehlen wollte. Es ist mir gleich, wie hart das Leben dieser Leute unter den Franzosen gewesen ist, ein Massaker lasse ich nicht zu. Diese Männer sind französische Soldaten, darunter Offiziere. Mit der Regierung haben die nichts zu tun. Sie sind eine Armee auf dem Rückzug. Und sie leiden Hunger. Es gibt Regeln, Kriegsartikel. Schneide ihn los, den armen Kerl.« Er drehte sich wieder zu Jan um. »Hättet Ihr eine Uniform an, ich würde Euch vors Kriegsgericht zerren. Oder Euch gleich an Ort und Stelle aufhängen für das, was Ihr getan habt.«

Der Dorfbewohner, der sich immer noch das Kinn hielt, schüttelte den Kopf. »Ihr wisst ja nicht, wie das ist. Eure Leute haben nicht so gelitten wie meine. Glaubt mir, Captain, ich bin nicht allein. So etwas geschieht jetzt in ganz Brabant. Und Ihr könnt uns nicht aufhalten.«

Steel sah Slaughter an. »Nehmt ihnen die Waffen ab, Sergeant. Und sperrt sie für diese Nacht ein.« Er schaute sich um und entdeckte im Schein der Fackeln einen Kornspeicher unweit des Platzes. »Dort bringt Ihr sie hin. Das müsste gehen. Und stellt Wachen auf. Ich will nicht, dass jemand mir im Schlaf die Kehle aufschlitzt. Morgen früh begraben wir diese armen Teufel hier.« Er deutete auf Jan. »Und den hier nicht vergessen. Tom, schafft ihn fort. Behaltet ihn im Auge.«

Während die Grenadiere die Dorfbewohner in das notdürftige Gefängnis trieben, trat Steel zu dem verwundeten französischen Offizier, der inzwischen frei war und seine Schnittverletzungen betrachtete.

»Seid Ihr schwer verwundet?«

»Ist nicht tief. Die wollten ihren Spaß mit mir haben. Richtig ernst ist es noch nicht geworden.« Ein Frösteln erfasste ihn. »Ich weiß gar nicht, wie ich Euch danken soll, Captain.« Er verbeugte sich vor Steel. »Lieutenant Lejeune, Chef de

Bataillon Jean D'Alembord, zu Diensten, Sir. Ich stehe tief in Eurer Schuld.«

»Ihr habt bei Ramillies gekämpft?«

»In der Tat. Mir wurde die Ehre zuteil, das Regiment du Roi kommandieren zu dürfen.«

»Ihr wurdet von unseren Dragonern vertrieben.«

Lejeune zuckte mit den Schultern. »Zu unserer Schande muss ich gestehen, dass es unsere große Armee nicht mehr gibt. Ich weiß nicht einmal, wo der Rest unseres Regiments im Augenblick ist.«

»Ich bin sicher, dass Ihr beizeiten Eure Leute finden werdet. In Frankreich wahrscheinlich. Bis dahin seid Ihr mein Gefangener, Kommandant. Ich hoffe, dass wir uns darauf einigen werden, dass Ihr nicht weglauft.«

Weiter hinten in der Dunkelheit kam Unruhe auf. Hufschlag und der charakteristische Klang von nagelbeschlagenen Stiefeln waren zu hören.

»Alarm!«, rief Steel über den Platz. »Grenadiere, zu mir!«

Gut zwanzig Mann eilten zurück von dem Kornspeicher und waren an Steels Seite, während die unbekannten Ankömmlinge noch in den Schatten der Straße verborgen blieben. Ehe Gesichter oder Uniformröcke zu erkennen waren, hörte Steel einen Befehl aus der Dunkelheit.

»Halt, wer da?«

Es war ein Engländer, der dort sprach. Steel erkannte die Stimme sofort. Auf den Platz sprengte der Herzog von Argyll, gefolgt – zu Fuß – von seinem Sergeant, einem jungen Captain und einer halben Kompanie schottischer Infanterie. Argyll galoppierte über das Pflaster und hielt mit gezogenem Degen geradewegs auf Steel zu. »Stehen bleiben, ihr da! Wer seid ihr?« Dann zügelte er sein Pferd, als er im Schein der Fackeln mehr erkennen konnte. »Aber das seid ja Ihr, Captain Steel!«

Mit Erstaunen nahm der Herzog die Szenerie in sich auf. Sein Blick fiel auf die toten französischen Infanteristen, auf die blutverschmierten Steine. Schließlich bedachte er Steel mit einem Grinsen. »Bei Gott, Sir. Das habt Ihr gut gemacht. Sechs sind schon tot und zwei haben es noch vor sich, wie ich sehe. Ihr versetzt mich in Erstaunen, Captain. Ich hatte Euch für einen Mann mit schwächerem Charakter gehalten.«

Er wandte sich an seinen Sergeant, der mit dem Rest der Männer aufgerückt war. »Seht Ihr, McKellar. Der erste Eindruck trügt oft. Man sollte nie zu vorschnell urteilen. Gut gemacht, Sir.«

Steel wiegelte mit energischem Kopfschütteln ab. »Ihr missversteht, Mylord. Ich bin nicht verantwortlich für diesen Mord. Das ist das Werk der Dorfmiliz. Diese Männer wurden gefoltert, Sir. Nichts als Folter und Mord, kaltblütig verübt. Wären wir nicht rechtzeitig dazwischengefahren, hätten der Kommandant hier und sein Kamerad in gleicher Weise gelitten.«

Argylls Grinsen schwand. »Folter? Mord? Bei Gott, Sir. Hatte ich mich doch nicht getäuscht. Ihr seid ein Freund der Franzmänner!«

Slaughter kam von dem Speicher zurück, sah Argyll und salutierte entsprechend, ehe er zu Steel trat. »Alle Männer weggesperrt, Sir. Unter Bewachung. Auch der Anführer, Sir.«

Argylls Augen verengten sich voller Argwohn. »Wie? Wer ist weggesperrt? Welcher Anführer?«

Slaughter antwortete ohne Umschweife. »Die Dorfmiliz, Euer Hoheit. Die Männer, die das hier angerichtet haben. Wir haben sie unter Bewachung gestellt, Sir.«

»Dann werdet Ihr die Wachen augenblicklich wieder abziehen, Sergeant. Auf der Stelle.«

Slaughter setzte ein Lächeln auf. »Das, Euer Hoheit, kann ich nicht tun, da Captain Steel mir den Befehl erteilt hat, die Männer bewachen zu lassen.«

Argyll lief vor Wut rot an und wandte sich Steel zu. »Captain, diese Art von Insubordination werde ich in meiner Brigade nicht dulden. Stellt diesen Mann unter Arrest und sorgt dafür, dass die Gefangenen freikommen. Großer Gott, Mann, die stehen doch auf unserer Seite!«

Steel hüstelte. »Ich glaube, keine der beiden Maßnahmen wäre sehr klug, Sir.«

»Klug? Nicht klug? Ich habe Euch gerade einen Befehl erteilt. Was redet Ihr da überhaupt?«

»Erstens ist es nicht klug, Sir, da mein Sergeant nichts verbrochen hat. Zweitens stehen wir nicht mehr unter Eurem Befehl. Drittens führen die Milizmänner keinen Krieg im üblichen Sinne, sondern benehmen sich wie marodierende Barbaren.«

Argyll umklammerte die Zügel so fest, dass das Weiße der Knöchel hervortrat. »Dann sollte ich wohl eher Euch unter Arrest stellen, Sir. Ich bringe Euch vors Kriegsgericht, Mann! Verflucht sollt Ihr sein!« Er hielt inne, um in seinem Zorn zu Atem zu kommen, und rang sichtlich nach Fassung. »Captain Steel«, fuhr er ein wenig ruhiger fort, »ich muss gestehen, dass ich Euch nicht kenne. Man erzählte mir, Ihr wärt so etwas wie ein Held. Bei Blenheim wurdet Ihr befördert. In Ramillies habt Ihr an meiner Seite gekämpft. Wie könnt Ihr dann diese beiden Franzosen dort frei herumlaufen lassen? Ihr wisst doch, dass wir ihnen nicht trauen dürfen.«

Unterdessen war Hansam mit dem Rest der Kompanie eingetroffen und hatte das Gespräch weitestgehend verfolgt. »Haltet Ihr es nicht für denkbar«, mischte er sich jetzt ein,

»dass Lord Marlborough diesen Männern Freigang gewähren würde, Sir?«

Argyll schaute von seinem Pferd herab auf Hansam. »Es steht weder mir noch einem Lieutenant zu, darüber zu spekulieren, was Marlborough vielleicht tun oder lassen wird. Freigang? Was nützt uns das, wenn diese Männer in einem Monat zurückkommen und erneut gegen uns in die Schlacht ziehen? Ich habe keine Zeit, Freigang zu gewähren. Jeder Franzose, der nach der Schlacht aufgegriffen wird, ob Offizier oder gemeiner Soldat, stirbt. Also stirbt auch er dort. Ich gewähre kein Pardon. Und rechne auch nicht damit, dass man mir welches gewährt.«

»Trotzdem«, ergriff Steel wieder das Wort, »müssen wir uns an die Kriegsartikel halten, Mylord. Diese Männer haben um Schonung gebeten, und ich habe vor, sie ihnen zu gewähren. Anders zu handeln, käme Mord gleich.«

Argyll verschaffte sich einen Überblick über das Kräfteverhältnis. Steel, dessen Sergeant und ein weiterer Offizier standen nun zwischen ihm und den beiden Franzosen. Dahinter waren etwa dreißig Grenadiere angetreten, die besten Soldaten der Armee. Dem Herzog standen sein erfahrener Sergeant, ein junger Offizier und eine halbe Kompanie von unzuverlässigen Männern zur Verfügung. Als Taktiker erkannte er, dass es Zeit war, sich zurückzuziehen. Aber nicht ohne eine letzte Warnung auszusprechen.

»Hört gut zu, Captain Steel. Das ist jetzt schon das zweite Mal, dass Ihr es wagt, mein Urteilsvermögen anzuzweifeln. Und ich lasse mich nicht gern ungestraft herausfordern, bei Gott.« Er wandte sich an die Marschkolonne. »Sergeant McKellar, wir marschieren weiter nach Brüssel.«

Steel sah den abrückenden Schotten nach.

Hansam seufzte. »Jack, ich schwöre, ich weiß nicht, wie du

das immer anstellst. Du machst dir mehr Feinde in den eigenen Reihen als bei den Franzosen. Argyll ist Brigadegeneral.«

Slaughter kratzte sich derweil den Stoppelbart und meinte: »Und ich dachte, sobald wir die Franzosen besiegt hätten, könnten wir einen schönen, ruhigen Sommer verbringen.«

Steel klopfte ihm auf die Schulter. »Wirklich, Jacob? Ihr müsstet mich besser kennen. Und ich weiß, dass Ihr eigentlich nicht der Mann für das ruhige Leben seid. Ich denke, wir sollten unser Quartier hier aufschlagen. Und lasst Wachen aufstellen. Ich brauche ein wenig Ruhe, und Ihr solltet Euch auch eine Mütze Schlaf holen. Denkt dran, morgen müssen wir ein ganzes Volk befreien.«

5.

An der Spitze der Kompanie ritt Steel auf seiner kleinen braunen Stute in gleichmäßigem Tempo die breite Kopfsteinpflasterstraße hinauf. Zwar achtete er darauf, den Blick streng geradeaus zu halten, aber natürlich entging ihm nicht, dass die Einwohner Brüssels beiderseits der Straße oben an den Fenstern ihrer Backstein- oder Fachwerkhäuser die Hälse reckten, um einen Blick auf die große Armee zu erhaschen, die das Land so grundlegend verändert hatte. Männer und Frauen aller Altersstufen und Stände verfolgten den Einzug der Soldaten mit neugierigen Blicken. Väter balancierten Kinder auf den Schultern, Frauen warfen den Offizieren in ihren mit Litzen besetzten Uniformen und den unrasierten, dreckverschmierten Rotröcken unten auf der Straße Kusshände zu.

Es war Freitag, der 28. Mai. Nur fünf Tage nach der Schlacht, die die Franzosen so schnell aus den südlichen Niederlanden vertrieben hatte. Steels Grenadiere marschierten stolz an der Spitze von Farquharsons Regiment, in der Mitte einer der längsten Kolonnen von Soldaten, die die Einwohner dieser Stadt je zu Gesicht bekommen hatten. Blumen regneten auf die Truppen herab. Einige der Soldaten bückten sich im Gehen, hoben die Blumen auf und steckten sie sich in die Knopflöcher ihrer Uniformröcke, bis es fast so aussah, als gehöre die Armee zu einem großen, heidnischen Festumzug.

In gewisser Weise war es auch so. Die Stände Brabants hatten Marlborough die Stadt überlassen, und da der Herzog seine Männer gedrängt hatte, die Franzosen vier Tage lang zu verfolgen, war er mittlerweile der Auffassung, dass die Soldaten sich etwas Ruhe verdient hatten. Die Nachricht hatte sich rasch verbreitet, worauf die Schänken und Bordelle der Stadt geöffnet hatten und auf Kundschaft warteten. Die Wirtsleute und Betreiber der Freudenhäuser wussten, was die Soldaten wollten. Denn in diesem Teil Europas – in jener vom Schicksal gebeutelten Schneise des Blutes – hatte sich jede größere Stadt längst auf die Bedürfnisse einer fremden Armee eingestellt. Ein Blick auf die Männer, die jetzt die Stadt betraten, genügte den Schankwirten, Händlern und Kaufleuten, um zu wissen, dass sie glänzende Geschäfte machen würden, sobald der pompöse Einzug beendet wäre.

Steel schaute von einer Seite zur anderen und ließ den Jubel und die Freudenrufe auf sich wirken. Kurz darauf verließen sie die Straße und kamen nach einem Rechtsschwenk an einer hohen gotischen Kirche vorbei. Die nächste Straße führte ein Stück weit leicht bergab und mündete dann in einen großen Platz. Als sie an einer Taverne vorbeikamen, sah Steel, dass die Tür von dem größten Mann bewacht wurde, den er je gesehen hatte – von einem Zivilisten, der in den Reihen der Grenadiere nicht weiter aufgefallen wäre. Kurz darauf fiel ihm auf, dass vor jeder Wirtshaustür am Platz so ein Hüne stand. Und spätestens da ahnte er, dass nur wenige Soldaten dieser Armee eine friedliche Nacht verbringen würden, obwohl sie alle kriegsmüde waren.

Der Anblick einer führerlosen Armee mochte hässlich genug sein, aber nichts war so ungebärdig wie ein siegreiches Heer, das den Verlockungen des Fleisches erlag. Steel hatte nicht die Absicht, seinen Männern diese Freuden zu versagen. Aber er wusste auch, was der Morgen bringen würde. Vom

Wein schwere Köpfe, Soldaten, die sich nicht rechtzeitig bei ihren Sergeants zurückmeldeten, gebrochene Kiefer und letzten Endes Strafmaßnahmen. In den kommenden Wochen würden die Männer über die ersten Anzeichen der Syphilis klagen. Huren würden behaupten, man habe ihnen ein Leid getan. Andere Frauen – die sogenannten Schlachtenbummler im Tross – würden ihre plärrenden Sprösslinge durch die Gegend schleppen und nach den Vätern ihrer Bastarde suchen.

Steel kannte das alles. Er hatte es unzählige Male erlebt. Aber er würde nichts unternehmen, um es zu verhindern. Das konnte er gar nicht – Ausschweifungen und Prasserei lagen den meisten Soldaten im Blut. Diese Laster gehörten ebenso zum Soldatentum wie das Ausharren in der Linienformation unter Dauerbeschuss. Es war eben nur ein Aspekt einer Welt, die er liebte, und im Grunde wollte er es gar nicht anders haben. Bisweilen wünschte er sich allerdings, seine Männer würden ein wenig diskreter vorgehen.

Er wandte sich Hansam zu, der neben ihm ritt und einem der hübschesten Mädchen mit einem weißen Spitzentaschentuch zuwinkte. »Dir wird nicht entgangen sein, Henry, wie schnell ein Volk uns von Herzen zugetan ist. Aber du weißt sicher auch, dass das nicht immer so ist.«

»Die Armee ist nie beliebt, Jack. Besonders daheim nicht. Man gibt uns für alles die Schuld. Für die Regierung ist dieser Krieg ein Fass ohne Boden. Unsere Jungs fallen der Gesellschaft doch nur zur Last und sind immer betrunken und verdorben, heißt es dann wieder.« Er nahm eine Prise Schnupftabak aus einer silbernen Dose. »Wir sind nicht beliebt.«

»Also sollten wir diesen Jubel genießen, solange wir können, wie?« Steel winkte ein paar hübschen Mädchen zu, die sich im ersten Stockwerk eines Hauses weit aus dem Fenster lehnten, sodass die freizügig geschnittenen Mieder mehr von den weiblichen Reizen preisgaben als bei einem züchtigen Dekolletee.

Hansam war der Blick seines Freundes nicht entgangen. »Und, Jack? Hast du dir für den Abend schon ein wenig Tändelei vorgenommen? Seit dein deutsches Mädchen sich mit dem Kavalleristen davongemacht hat, habe ich dich kaum noch in Gesellschaft von Frauen gesehen.«

Steel lächelte und musste an sein »deutsches Mädel« denken. Er rief sich Louisa Webers Gesicht in Erinnerung. Schon seit ein paar Tagen hatte er nicht mehr an sie gedacht. Doch sobald er sie vor seinem geistigen Auge sah, verspürte er einen Stich im Herzen. Nach Blenheim hatte er sogar daran gedacht, sich irgendwo mit Louisa häuslich niederzulassen. Dann aber hatte Spanien ihn gerufen, und jetzt war sie unerreichbar für ihn.

»Keine Sorge, Henry, ich bin nicht melancholisch veranlagt. Außerdem hast du mich im Verlauf des letzten Jahres nicht in Spanien erlebt.« Er dachte einen Moment lang nach; dann zuckte er mit den Achseln. »Aber du weißt ja, wie sehr Louisas Untreue mich getroffen hat.«

Wieder erschien ein Lächeln in seinem Gesicht, als eine der Frauen am Fenster ein rosafarbenes Seidentuch aus ihrem Ausschnitt hervorzauberte und es Steel zuwarf. Geschickt fing er es auf. »Ja. Vielleicht sollte ich für heute Abend weibliche Gesellschaft in Erwägung ziehen«, meinte er. »Ich glaube, ich bin schon viel zu lange nur von Kerlen umgeben. Habe schon vergessen, wie es ist, ein Gesicht zu sehen, das nicht einer gründlichen Rasur bedarf.«

Hansams Lachen übertönte das Hufgetrappel auf dem Kopfsteinpflaster. »Na, dann solltest du aber keine engeren

Beziehungen knüpfen. Ich kann mir nicht vorstellen, dass der Herzog hier allzu lange verweilen möchte.«

»Nur ruhig, Henry. Ich habe nicht die Absicht, mich zu verlieben. Aber ein bisschen Ablenkung wäre nicht schlecht.« Er drehte sich im Sattel zu Williams um, der als Fähnrich zu Fuß an der Spitze der Kompanie marschierte. »Was meint Ihr, Tom? Sollen wir heute Abend eine Schänke aufsuchen, oder wollen wir eher an einer amourösen Soiree im Kreise der Damen der Stadt teilnehmen?«

Der junge Mann errötete, worauf Slaughter, der neben ihm marschierte, eine Braue hochzog.

»Ich denke«, fuhr Williams bereits fort, »es dürfte uns gefallen ... die Damen zufriedenzustellen.«

Steel lachte, aber nicht, um den jungen Mann zu brüskieren. »Ah, Ihr möchtet die Damen zufriedenstellen, was, Tom? In Ordnung. Ich bin sicher, dass Ihr ihnen sehr zusagen werdet.« Dann sprach er so laut, dass die ersten zwei, drei Reihen der marschierenden Grenadiere ihn verstehen konnten. »Wenn wir uns schon ein paar Damen suchen, sollten wir auch dafür sorgen, dass wir sie zufriedenstellen.«

Wie nicht anders zu erwarten, reagierten die Grenadiere mit Jubelrufen und zotigen Bemerkungen. Das war gut für die Moral. Manchmal war es nicht verkehrt, den Fähnrich zu necken und ihn zum Erröten zu bringen. Dann nämlich sahen die Männer, dass auch ein junger Offizier und Gentleman in manchen Belangen auf ihrer Ebene war. Auch er musste eine menschliche Seite haben. Das war einer der Tricks, wollte man eine Truppe anführen.

»Ich frage mich«, meinte Hansam, »wo du deine Konkubine finden möchtest, Jack. Obwohl ich gehört habe, dass die Leute oben in der Stadt meist Französisch sprechen und sich auf raffinierte Verführungskünste verstehen.«

»Sollten wir uns dann nicht besser hier in der Unterstadt umschauen, Henry?«

Diese Bemerkung, die ebenfalls nicht zu überhören war, entlockte den Fußsoldaten in den vorderen Reihen ein erneutes Jubeln. Auf den Jubel folgte sogleich lautes Gelächter, als die Grenadiere auf Anweisung eines in der Straße postierten Dragoners scharf rechts abbogen und an einer kleinen bronzenen Statue vorbeikamen, die einen nackten Jungen darstellte. Es handelte sich um einen Springbrunnen, und bei dem sprudelnden Wasser sah es so aus, als erleichtere der kleine Bursche sich ganz ungeniert. Es dauerte nicht lange, und das ganze Regiment brach in Lachen und Prusten aus.

Steel wandte sich an Hansam. »Wenn diese kleine Statue dort den derben Humor der Einwohner widerspiegelt, dann habe ich keine Zweifel, dass wir uns heute Abend auf anregende Unterhaltung freuen dürfen. Und ich glaube nicht, dass länger andauernde Beziehungen auf der Speisekarte stehen werden.«

Inzwischen hatten sich die Prachtstraßen der Innenstadt in den Bezirken der Unterstadt zu schmaleren Gassen verjüngt, und das Gelächter der Männer drohte im Johlen der Menschenmenge unterzugehen, von der die marschierenden Rotröcke sich umringt sahen.

»Hört Ihr, wie sie den Briten zujubeln, Sir?«, verschaffte Williams sich Gehör.

Steel schüttelte den Kopf. »Sie jubeln uns nicht zu, weil wir britische Soldaten sind, Tom. Sie sind begeistert, weil wir die verdammten Franzosen besiegt haben. Hört Ihr den Akzent? Hier spricht man kaum noch Französisch. Das sind hauptsächlich Flamen. Sie jubeln, weil wir weder Franzosen noch Flamen sind und auch keine Niederländer. Sie jubeln, weil sie endlich auf die Gelegenheit hoffen, sich in einem vereinigten

Brabant wohlzufühlen. Denen ist es vollkommen gleichgültig, wer wir sind, solange sie frei sind.«

»Der Captain hat recht, Tom«, stimmte Hansam zu. »Unser illustrer Kommandeur hat diesen Menschen die Freiheit vom französischen Joch gebracht, und diese Freiheit werden sie nicht mehr leichtfertig hergeben. Wie mag es sich wohl anfühlen, einer Nation die Freiheit geschenkt zu haben?«

Williams lächelte. »Ich denke, ich könnte mich daran gewöhnen, Sir.«

Steel war nicht entgangen, dass der Fähnrich am Straßenrand ein hübsches Mädchen erblickt hatte, das den Soldaten Blumen zuwarf. Es schien seinen Blick erwidert zu haben. Über den Jubel hinweg rief Steel dem jungen Williams zu: »Ganz recht, Tom, nur weiter so. Ich glaube, selbst Sergeant Slaughter dürfte Gefallen finden an der Beute der Sieger.«

Als Steel sich im Sattel umdrehte, sah er, dass auch sein Sergeant ein breites Grinsen aufgesetzt hatte und den begeisterten Zivilisten zuwinkte. Er hielt einen großen Strauß Tulpen im Arm, und inzwischen war er so oft von den entzückten Frauen geküsst worden, dass das Rouge durch seinen Stoppelbart schimmerte.

Steel amüsierte sich köstlich. »Ihr habt Euer Publikum gefunden, Jacob. Sie lieben Euch. Wenn ich's nicht besser wüsste, ich würde Euch für eine der Schauspielerinnen vom Queen's Theatre am Haymarket halten. Für eine der hübscheren natürlich. Wirklich, Sergeant, Ihr seid das Abbild der hübschen Mrs. Oldfield persönlich.«

Die Männer kosteten den seltenen Moment aus, über ihren Sergeant lachen zu dürfen, und während Slaughter zugleich lächelte und fluchte, wandte Steel sich bereits wieder an Williams. »Macht was draus, Junge. Schon morgen jagen sie uns vielleicht wieder aus der Stadt.«

Der Fähnrich war gerade mit dem Gedanken beschäftigt, wie er später am Tag das hübsche Mädchen wiederfinden sollte, als sich eine Frau mit rabenschwarzem Haar aus der Menge löste – vom Alter her hätte sie Williams' Mutter sein können –, einen Arm um die schmale Taille des Jungen schlang und ihm einen Kuss auf die Lippen gab. Die anderen Grenadiere jubelten und pfiffen. Als der Fähnrich sich aus dem Arm der Dame befreit hatte, leuchteten seine Wangen knallrot.

Steel lachte. »So wird's gemacht, Tom. Die Damen zufriedenstellen. Zeigt ihnen, woraus ein britischer Offizier gemacht ist.« Inzwischen erreichte die Marschkolonne das Ende der Straße. Da Steel weiter vorn mehrere hochrangige Offiziere erspähte, rief er seinen Leuten zu: »Augen geradeaus! Jetzt seid Ihr wieder gefragt, Sergeant. Ruft die Männer zur Ordnung.«

* * *

Vor ihnen mündete die Straße in den Großen Platz, und die Grenadiere marschierten neben den anderen Regimentern in die Paradeformation. Gegenüber erhob sich das Rathaus neben etlichen halb verfallenen Gebäuden: Die unübersehbaren Spuren der französischen Bombardierung von vor zehn Jahren. Dennoch zeigte sich, dass die Bürger der Stadt Brüssel keine Kosten für den Wiederaufbau gescheut hatten. Mit ihren geschwungenen Giebeln und kunstvollen Marmorfassaden standen diese Gebäude genauso für den Drang nach Unabhängigkeit und Freigeist wie für die Kunst der Architektur.

Von den Sergeants zur Ordnung gerufen, marschierten die Soldaten nun stolz und gaben sich Mühe, im Gleichschritt zu bleiben, wie die neuen Regelwerke es verlangten. Steel sah, dass sich auf dem Platz Truppen aller Nationen der vielsprachigen alliierten Armee eingefunden hatten: Engländer, Schotten und Dänen in hellroten Farben, Niederländer und Preußen in blauen Uniformen, daneben die Farben der kleineren Staaten. Über den Köpfen der Soldaten wehten die seidenen Fahnen der Standarten flatternd in der Sommerbrise. Trommler hatten sich am westlichen Rand des Platzes aufgestellt und erzeugten einen nahezu unerträglich lauten Rhythmus, mit dem sie beinahe die Jubelrufe der Menge übertönten, die sich vor den Häusern des Großen Platzes drängten. Denn ein jeder wollte einen besseren Blick haben.

Sie marschierten weiter über den Platz und passierten einen Adjutanten hoch zu Ross, der Steels Kompanie den richtigen Platz zuwies, wie vor den Horse Guards in London. So schnell und geschickt wie jedes andere Regiment der Armee lösten sie die Kolonne auf und bezogen in Reihen Aufstellung, links von den Guards. Steel beruhigte sein nervöses Pferd, indem er den Hals des Tieres tätschelte. Dann verschaffte er sich einen Überblick.

Links von den Trommlerburschen, vor dem Rathaus, hatte man eine Empore errichtet. Unter einem Baldachin aus rotem Samt saßen Herren in schwarzen Roben, offenbar Würdenträger der Regierung. Etwas weiter links von jener Gruppe saß der Oberbefehlshaber der alliierten Armee höchstpersönlich im Kreise seiner Berater. Einen Moment lang betrachtete Steel Marlboroughs gelassenes, wettergegerbtes Gesicht und fragte sich, wie es nur möglich war, dass ein Mann in wenigen Jahren so viel geleistet hatte. Die Franzosen waren auf der Flucht, Flandern und Brabant fast vollständig besetzt. Doch

Steel wusste, dass dieser Krieg noch lange nicht vorüber war. Ludwig war noch nicht geschlagen. Welcher großartige Plan, so überlegte Steel weiter, mochte im Augenblick im Kopf des Herzogs reifen?

Auf der Empore hob Marlborough die Hand in Richtung der Menge, worauf die Leute erneut in Jubel ausbrachen. Hawkins wandte sich dem Herzog zu und sagte im Flüsterton: »Ihr seid der Retter dieser Menschen, Euer Hoheit.«

»So scheint es, Hawkins«, lautete die lapidare Antwort.

»Ich schlage vor, dass Ihr den Augenblick genießt, Sir. Denn ich fürchte, dass diese Stimmung womöglich nicht von Dauer sein wird.«

Marlborough zog die Stirn kraus. »Ja, dessen bin ich mir bewusst. Diese Zeremonien sind recht nett, aber das ist nicht der Krieg.«

»Gewiss, Euer Hoheit. Aber wie ich sehe, ist der Pomp noch nicht zu Ende.«

Hawkins deutete zum anderen Ende des Marktplatzes, wo sich aus einer Seitenstraße eine lange Prozession eigentümlich gewandeter Männer löste.

Marlborough rieb sich die Augen und sprach im Flüsterton. »Was ist das? James? Was, um Himmels willen, ist das?«

»Meines Wissens, Euer Hoheit, ist das die hier landesübliche Weise, Staatsoberhäupter mit allen Ehren zu empfangen. Die Männer der verschiedenen Gilden und des Parlaments paradieren nun in mittelalterlichen Gewändern und lassen so den alten Brauch des feudalen Treueschwurs wieder aufleben.«

Hawkins sollte recht behalten. Inzwischen konnte man die Personen besser erkennen. Die Mitglieder der Prozession trugen altertümliche Rüstungen, während die Jungen zu beiden Seiten mittelalterlichen Knappen und Herolden glichen.

Der Herzog lächelte gekünstelt, winkte herrschaftlich und zischte dann in Hawkins' Richtung: »Wie lange wird das jetzt so gehen?«

»Nur eine Stunde, vielleicht zwei.«

Marlboroughs Miene hellte sich auf. »Und dann können wir uns zurückziehen?«

»Bis wir dinieren, Euer Hoheit.«

»Und dann?«

»Ich fürchte, Sir, die Honoratioren der Stadt hegen die Absicht, uns in den Genuss weiterer Aufführungen kommen zu lassen.«

* * *

Die Bediensteten hatten die Reste der Speisen längst abgedeckt, die Gläser jedoch – halb voll mit Wein und Brandy – noch stehen gelassen. In dem kleinen gestreiften Zelt, das die Diener des Herzogs rasch hinter der Empore auf dem Großen Platz errichtet hatten, stand Marlborough vor einem Kartentisch, umgeben von seinen Beratern und ranghohen Offizieren.

Kopfschüttelnd sagte er: »Was für ein Segen, eine kleine Atempause von all den schwatzhaften Kaufleuten zu haben.«

»Sie meinen es ja nur gut«, sagte Hawkins. »Sie erweisen Euch die Ehre.«

Marlborough quittierte die letzten Worte mit einem düsteren Blick. »Ehre? Was wissen diese Leute schon von Ehre? Sie wissen nicht viel mehr über Ehre als das, was sie in Büchern darüber gelesen haben. Die Ehre, die ich kenne, findet man auf dem Schlachtfeld. Dies ist Politik, James, dazu noch die provinzhafte Politik des Kontinents. Das liegt mir nicht.«

»Die Herren haben dem wahren König ihre Unterstützung zugesichert, Sir. Karl VI., dem wahren Herrscher Spaniens.«

»Was ja Sinn und Zweck dieses Krieges ist, wie ich anmerken möchte. Aber was soll ich tun? Ich muss handeln, aber wie? Soll ich etwa Gouverneur Brabants werden? Soll ich diesen Landstrich für unabhängig erklären? Die Österreicher sind unsere Verbündeten, daher sollten wir deren Anspruch auf die Regierung unterstützen. Aber wie ich höre, gibt es hier Intrigen, die ich noch nicht ganz durchschaue. Eine Bewegung strebt die Unabhängigkeit von allen Kronen an, von der spanischen, französischen und österreichischen. Die Befürworter dieser Bestrebungen wollen einen freien Staat Brabant.«

»Aber Gentlemen«, fuhr der Herzog fort, »genau das riecht nach Anarchie. Wenn wir diese Machtfülle einem Staatengebilde zubilligen, in dem seit Jahrhunderten alte Dynastien herrschten, wer vermag dann noch zu sagen, wie sich andere Staaten verhalten werden? Was ist mit Irland? Und wie bringen wir ein solches Vorgehen in Einklang mit dem Gerede von der Union mit Schottland? Eine Union, über die man daheim spricht und die die Königin anstrebt? Wir müssen uns gegen Abspaltung aussprechen, meine Herren, und nicht der Sache der Separatisten das Wort reden.« Er senkte die Stimme. »Außerdem berichten mir unsere Spione, dass es dort draußen Männer gibt, die gewillt sind, für derartige Prinzipien zu kämpfen und zu sterben. Entweder sind wir für sie oder gegen sie. Und wenn wir uns gegen sie stellen, werden sie uns ganz sicher zusetzen.«

Er suchte Hawkins' Blick. »Was soll ich tun, James? Was würdet Ihr an meiner Stelle machen? London ist zu weit entfernt, da kann ich nicht um Rat fragen, und selbst aus Den Haag habe ich noch keine Antwort erhalten. Ich weiß, dass diese Leute in mir ihren Erretter sehen. Aber Obacht: Es wird bald eine Zeit kommen, da werden wir weiterziehen, und dann müssen diese Leute sich der Gnade der Niederländer unterwerfen. Und wie werden sie mich dann nennen? Dieser große Sieg ist womöglich nicht mehr als ein Pyrrhussieg, diese vielgepriesene Freiheit nur von begrenzter Dauer. Ja, es mag sein, dass wir die Einwohner Brabants von der französischen Herrschaft befreit haben, aber doch nur, um sie dann an die Niederländer zu verschachern. Und jetzt stehen wir tief in ihrem Land, und unser Krieg wird ihr Territorium wüst und leer aussehen lassen. Ich sage Euch, dieselben Niederländer, die mich heute hier willkommen heißen, werden bald wieder mit den Franzosen kämpfen, die ihnen eine Reihe Forts anbieten werden, mit denen sie uns den Handelsweg abschneiden können.« Er schlug mit der Faust auf den Tisch und hielt sich gleichzeitig die andere Hand an die Stirn. »Ah, diese verdammten Kopfschmerzen. Das kann ein Mann allein nicht aushalten.«

Cadogan legte dem Herzog eine Hand auf die Schulter. »Vielleicht wäre es ratsam, Sir, wieder zu den Festlichkeiten zurückzukehren. Wir sind schon so lange ferngeblieben.«

Marlborough fuhr seinen Freund scharf an. »Verflucht, William. Werden die mich denn nie in Ruhe lassen? Ich bin Soldat. Muss ich ausgerechnet Euch das in Erinnerung rufen? Ich habe allmählich genug von diesen sturen Politikern und Würdenträgern. Wir müssen die Franzosen weiter verfolgen. Bei Gott, wir könnten sie bis nach Paris zurückdrängen, wenn wir wollten, und den alten König auf seinem vergoldeten Thron in Versailles gefangen nehmen. Doch zuallererst müssen wir Marschall Villerois Nachrichtenwege stören, und zu diesem Zweck habe ich die Absicht, die Schelde bei Gavre zu überqueren.«

»Euer Hoheit«, sprach Cadogan, »Ihr müsst berücksichtigen, dass wir uns in einer sehr delikaten Situation befinden. Sowohl unsere Agenten als auch jene Herren dort draußen versichern uns, dass einige der größten Städte Brabants nach wie vor in französischer Hand sind. Und das bedeutet, dass die Stadtbewohner immer noch die Franzosen unterstützen. Ein geringer Anlass, und diese Leute werden zu den Waffen greifen. Ein Funke genügt, um dieses Pulverfass in die Luft gehen zu lassen. Dann hätten wir einen Bürgerkrieg. Vielleicht sogar einen Dreifrontenkrieg, wenn die nach Unabhängigkeit strebenden Brabanter mitziehen. Und was dann, Euer Hoheit? Wenn wir genau dann die Franzosen verfolgen, ganz gleich, wie erfolgreich wir sein mögen, haben wir den Feind im Rücken und um uns herum. Wir liefen Gefahr, unsere Nachschubwege einzubüßen. Ehe wir es so weit kommen lassen, müssen wir einen Hafen sichern. Als Generalquartiermeister ist es meine Pflicht, darauf zu beharren, Euer Hoheit.«

Er machte eine Pause, vergewisserte sich, dass Marlboroughs Zorn abgeflaut war, und fuhr fort: »Um unserer nationalen Integrität willen müssen wir Ostende einnehmen. Nur so können wir verhindern, dass die Niederländer uns den Handelsweg streitig machen. Wir brauchen aber nicht nur Ostende, sondern auch Dünkirchen, und sobald wir diese Hafenstädte haben, dürfen wir sie nicht wieder preisgeben. Mylord, Euch ist ebenso wie mir bewusst, dass im Augenblick eine kleine Flotte der Royal Navy im Kanal patrouilliert und genau auf diesen Vorstoß wartet. Der Captain der Flotte ist dieser Tage in Brüssel. Es handelt sich um George Forbes, den Earl of Granard. Er wartet auf Euren Befehl. Er verfügt über Fregatten und andere Kriegsschiffe, die wie geschaffen sind für einen solchen Angriff. Wir können den Hafen von

Ostende zerstören oder zumindest einen Angriff von der Landseite unterstützen, um die Stadt zur Kapitulation zu zwingen. Unsere Bemühungen müssen allein in diese Richtung zielen, Sir.«

Marlboroughs Stimme klang sehr ruhig, als er sagte: »Ja, James. Das weiß ich, und ich habe in der Tat bereits die Bekanntschaft von Mylord Granard gemacht. Ein liebenswerter Bursche, wenn auch ein wenig übereifrig, die ballistischen Fähigkeiten seines Schiffes unter Beweis zu stellen.« Er schenkte Cadogan ein Lächeln. »Es war sehr weitsichtig von Euch, William, die Navy um Unterstützung zu ersuchen. Und ich stimme Euch voll und ganz zu, dass Ostende unser Hauptziel sein muss.« Er warf dem Generalquartiermeister ein weiteres wissendes Lächeln zu. »Demnach werdet Ihr letzten Endes über die französischen Freibeuter siegen.«

Die anderen Offiziere grinsten. Cadogan errötete und hob die Stimme. »Sir, sie nahmen mir alles weg. Das Geld. Fünfzigtausend Kronen, die für die Armee bestimmt waren. Und eine Schatulle mit Juwelen, die meiner Gemahlin gehörten. Selbst meine private Korrespondenz.«

»Einiges davon«, warf Hawkins mit einem verschmitzten Grinsen ein, »wurde, wie ich erfuhr, dann in Paris veröffentlicht, Cadogan. Eine recht amüsante Lektüre. Etwas über eine ...«

Marlborough täuschte einen finster strafenden Blick vor. »Also wirklich, Hawkins. Ich denke, es wäre besser ...«

»Tut mir leid, Euer Hoheit.«

Cadogan fing sich wieder. »Wie ich schon sagte, Euer Hoheit, wir müssen Ostende einnehmen. Wir müssen uns einen Hafen für den Nachschub sichern ... und die Aktivitäten der Freibeuter ein für allemal eindämmen.«

»Da dürfte es nur ein Problem geben«, meldete sich wieder Hawkins zu Wort.

»James?«

»Nun, Euer Hoheit. Es liegt mir fern, an meinem eigenen Kommandeur zu zweifeln, und es ist in dieser Angelegenheit gewiss keine Respektlosigkeit meinerseits.« Er kratzte sich am Kopf. »Aber habt Ihr sorgsam abgewogen, wie genau wir Ostende erobern sollen? Ihr wisst so gut wie ich, dass die Stadt vor etwa zehn Jahren von Vauban befestigt wurde. Ostende hat Forts, Gabionen, Schanzen voller Geschütze. Die Stadt ist übrigens ein hübsches Beispiel für Vaubans großartige Kunst, wobei die See als natürliche Verteidigung auf der einen Seite genutzt wird und die von Menschenhand geschaffenen Gräben auf der anderen. Das ist aber nur ein Punkt. Wir können eine solche Stadt zwar belagern, und Ihr seid der Meister der Belagerungskunst. Wir verfügen auch über die Geschütze. Aber habt Ihr auch an die Garnisonen gedacht?«

Marlboroughs Augen verengten sich, als Hawkins fortfuhr. »Oh ja, Ihr mögt die Stadt von Schiffen aus unter Beschuss nehmen und gleichzeitig von Land aus angreifen. Aber glaubt mir, ich kenne diese Stadt. Ostende ist ein Wespennest. Es ist ein nördliches St. Malo, von wo aus die französischen Freibeuter in See stechen, um uns unsere Schiffsladungen abzujagen. Die Straßen und Gassen der Stadt werden uns einen hohen Blutzoll abverlangen. Die Verluste könnten schlimmer sein als am Schellenberg. Und ich weiß, dass Ihr das Gemetzel dort nicht vergessen könnt, ebenso wenig die Tatsache, wie sich die Eroberung des Berges auf Euren Ruf daheim ausgewirkt hat.«

Jetzt war es Cadogan, der die Stimme hob. »Dennoch müssen wir sie einnehmen.«

Lord Orkney, der bisher schweigend zugehört hatte, ergriff nun das Wort: »Wenn ich mich recht erinnere, habe ich beim letzten Mal, als wir diese Angelegenheit erörterten, als Anführer einer solchen Attacke Lord Argyll vorgeschlagen. Doch nun entnehme ich den Ausführungen, dass der Großteil der Feinde in Ostende Piraten sind. Habe ich das richtig verstanden, Lord Cadogan? Ihr würdet gegen französische Freibeuter, Piraten also, auf ihrem eigenen Territorium kämpfen? In den Straßen von Ostende, mit Linieninfanterie?«

»Wenn es sich nicht vermeiden lässt.«

»Ihr würdet mit regulären Truppen gegen Banditen vorgehen?«

»Wenn es sein muss.«

Orkney schüttelte den Kopf und lachte. »Mein lieber Cadogan, Euch ist ebenso wie mir bewusst, dass sich so etwas nicht bewerkstelligen lässt. Euer regulärer Infanterist ist ein einfaches Geschöpf. Ein Dummkopf, der zum Dienst gepresst wurde, der säuft und hurt. Er spult mechanisch ab, was er gelernt hat, und lernt durch die Peitsche, dass er bleiben muss. Euer Rotrock ist einfach nicht in der Lage, es im Kampf mit solchen Gesellen aufzunehmen. Das sind Freibeuter, Mylord. Verfluchte Piraten. Jeder Einzelne von ihnen verfügt über ein ganzes Waffenarsenal und bedient sich unlauterer Tricks. Diese Männer verstehen sich auf den Kampf Mann gegen Mann, nicht aber unsere Jungs, wenn es hart auf hart kommt. Die Freibeuter kämpfen bis zum bitteren Ende und kennen keine Gnade.«

Bei den letzten Worten wandte Cadogan sich halb ab. Hawkins setzte nach und sprach zu Marlborough. »Euer Hoheit, wir könnten versuchen, mit List in den Hafen zu gelangen, wenn Ihr und Lord Orkney erlaubt. Wenn es uns gelingt,

Männer in den Hafen zu schleusen, um dann zur gleichen Zeit von innen und außen anzugreifen, haben wir eine Chance. Für diese Zwecke bräuchten wir eine ganz spezielle Stoßtruppe. Eine Truppe, die in einer solchen Situation wirklich etwas bewirken kann. Eine Einheit, in der jeder gelernt hat, im Nahkampf zu bestehen. Männer, die eigenständig denken und kämpfen können. Nicht einmal der abgefeimteste Freibeuter würde eine solche Täuschung durchschauen und es mit Soldaten diesen Schlages aufnehmen.«

Marlborough blickte nachdenklich zu Boden und nickte schließlich. »Ihr habt recht, James. Und Ihr erwähntet ja zuvor schon den Offizier, der einen solchen Plan in die Tat umsetzen könnte.« Der Herzog lächelte. »Ja, James, ich denke, wenn es überhaupt jemandem gelingt, dann wird es dieser Mann sein. Ich hatte immer den Eindruck, dass er stets einen kühlen Kopf bewahrt und ein gutes Urteilsvermögen an den Tag legt.«

»Ich würde ihn zudem als eigensinnig beschreiben, Euer Hoheit.«

»In der Tat, Sir. Nichts wurde je in einer Schlacht erreicht, James, ohne Offiziere, die auf eigene Initiative handeln. Ich bin davon überzeugt, dass er überdies einen tadellosen Charakter aufweist.«

Hawkins nickte. »Oh, ja, Sir. Ein überaus vernünftiger Offizier. Jack Steel ist unser Mann. Wir könnten keine bessere Wahl treffen.«

* * *

Die Flasche Rheinwein in der einen Hand, das Glas in der anderen, lehnte Steel sich auf dem hölzernen Stuhl zurück und war im Begriff, sich noch etwas einzuschenken, ehe er die

Szenerie auf sich wirken lassen wollte. In dem kleinen vertäfelten Raum stank es nach Wein und Körperausdünstungen. Vielleicht war dies nicht das ausschweifendste Treiben, an dem er je teilgenommen hatte, aber es war gewiss wert, in Erinnerung behalten zu werden.

Tom Williams saß neben ihm. Er hatte das rechte Bein auf der Tischplatte abgelegt, das linke auf einer Trommel. Sein Uniformrock hing schief über der Stuhllehne, das Hemd hatte ihm eine hübsche junge Frau aufgeknöpft, die puppenhafte Züge und beunruhigend viele Schönheitsflecken hatte. Mit den Fingerspitzen fuhr sie Tom über die Brust und wisperte ihm etwas ins Ohr. Was auch immer sie ihm zu sagen hatte, vermutlich auf Französisch, der Fähnrich war zu berauscht, um den Worten folgen zu können. Obwohl Steel selbst nicht mehr ganz nüchtern war, behielt er den Jungen vorsichtshalber im Auge. Wie schnell passierte es an einem Ort wie diesem, dass einem plötzlich die Geldbörse fehlte. Und auch wenn die Mädchen aufrichtig zu sein schienen, konnte man nie wissen, welche Absichten sie in Wahrheit verfolgten.

Auf der anderen Seite des runden Eichentischs hing eine weitere junge Frau in trunkener Starre auf ihrem Stuhl, während neben ihr Lieutenant Laurent, der französische Hugenottenoffizier des Regiments, in seinem Liebesabenteuer recht weit vorangekommen war. Er hatte der Gefährtin der betrunkenen Frau eine Hand in das Mieder geschoben und die Lippen der Schönen mit einem feurigen Kuss erobert. Unmittelbar neben Laurent schien Lieutenant McInnery eine Partie Backgammon für sich zu entscheiden, was Steel als glückliche Fügung betrachtete. Denn wenn der Lieutenant ein Spiel verlor, hatte er stets die Absicht, den Gegner zu töten.

In einer Ecke des Raumes hockten ein alter Mann und eine hässliche, zahnlose Vettel, die beide die Saiten einer Harfe und einer Gitarre zupften, um die Gesellschaft musikalisch zu unterhalten. Von Zeit zu Zeit kamen der Wirt oder seine füllige Frau durch die offene Tür und brachten mehr Wein und Tabletts mit Essen, die eigentlich keiner der Offiziere bestellt hatte, die aber am Morgen fein säuberlich auf der Rechnung aufgelistet sein würden. Die »Musikanten« saßen vor einer Wand, auf die das Kerzenlicht flackernde Schatten warf und deren eintöniger, ehemals olivfarbener Anstrich über die Jahre vom Pfeifenqualm gelblich und fleckig geworden war. Diese Wand beherrschte ein großes Gemälde im holländischen Stil: Der junge Gott Bacchus ließ sich von zwei halbnackten Dryaden verführen. Eine passende Allegorie für den momentanen Zeitvertreib, dachte Steel, wenn auch ein wenig lüsterner.

Während Steel auf das Gemälde schaute, beugte sich die junge Frau, die neben ihm saß und seit einigen Minuten ohne Erfolg an den Knöpfen von Steels Breeches herumfingerte, zu ihm und drückte ihm ihre vollen Brüste ans Gesicht.

»*Je vous désire, mon capitaine.* Jetzt. Ja?«

Steel starrte die Frau an. Sie lächelte und drückte gegen das mit Spitze versehene Mieder ihres Kleides, sodass die Rundungen in ihrem Ausschnitt noch besser zur Geltung kamen. »Siehst du nicht, Jack«, flüsterte sie, »wie die Spitze an meinem Kleid gerade noch die Knospen meiner Brüste verdeckt? Das ist die neueste Mode. *Tout le Paris* trägt jetzt solche Gewänder.«

Sie schmiegte sich noch enger an ihn, bis Steel den Wein in ihrem Atem riechen konnte. Als sie sich anschickte, ihn zu küssen, nahm er ihren moschusartigen Geruch wahr, in den sich der Duft von Lavendelöl mischte, das sie ein wenig zu reichlich aufgetragen hatte. Steel wich ihrem Kuss aus, worauf Laurent, der seinem Captain genau gegenüber saß, grinste und meinte: »Von hier aus, Madam, sieht man kaum noch, ob Ihr überhaupt ein Kleid tragt.«

Die junge Frau kicherte, gab ein französisches Schimpfwort zum Besten und tat so, als wollte sie den Lieutenant mit einer Ohrfeige strafen.

Steel und seine Männer hatten sich im oberen Stockwerk des *Roi d'Espagne* eine Unterkunft gesucht, einer Schänke am Grand Place. Im Verlauf der letzten Stunden hatten sie in zwei eigens für sie reservierten Speisesälen die örtliche Küche genossen und den Geschmack der Speisen mit einer gehörigen Menge Wein hinuntergespült. Gesellschaft beim Dinieren leisteten ihnen einige junge Damen, die man ihnen am Nachmittag während einer Versammlung im Rathaus vorgestellt hatte. Steel war rasch auf diese hübsche, Französisch sprechende junge Blondine aus der Oberstadt aufmerksam geworden. Sie hieß, wenn er es richtig behalten hatte, Mathilde Remy. Ihr Vater war anscheinend Getreidehändler und genoss ein gewisses Ansehen in der Stadt. Mathilde war gerade erst siebzehn, aber bei ihrer anmutigen Figur hätte sie alles zwischen fünfzehn oder Ende zwanzig sein können. Sie war wirklich hübsch, und es gab Abende, da konnte einem Mann nichts Besseres über den Weg laufen als ein hübsches Mädchen, das einen die Schrecken des Schlachtfelds vergessen ließ.

Er hob das halb volle Glas an die Lippen, nahm einen Schluck und machte sich bewusst, dass er für diesen Abend genug Wein getrunken hatte. Etwas unsicher auf den Beinen stand er auf. »Ladies, Gentlemen, ich wünsche Euch eine gute Nacht.«

Williams schaute zu ihm auf, mit glasigem Blick. Die Küsse

der Damen hatten Spuren von Rouge auf seinen Wangen hinterlassen, sein Hemd und seine Breeches waren offen.

Steel schüttelte den Kopf mit einem Seufzen. »Oh, Tom. Bitte, treibt es nicht zu weit. Aber ich denke, Ihr seid inzwischen zu betrunken, um noch wahren Schaden anrichten zu können. Oder um überhaupt zu verstehen, was ich sage. Denkt daran, ich erwarte Euch um sechs in der Früh. Nicht später.« Zu Hansam gewandt, sagte er: »Henry, dieser junge Mann hier ist nun in deiner Obhut. Kümmere dich um ihn.«

Hansam lächelte, winkte gutmütig, formte ein »gute Nacht« mit den Lippen und wandte sich wieder dem Objekt seines Interesses zu, bei dem es sich um eine reifere Brünette mit Erfahrung zu handeln schien. Diese Dame behauptete nämlich, ihren Stammbaum bis auf Karl den Kühnen zurückführen zu können, und schien ihre Kühnheit auch unter Beweis stellen zu wollen. Williams bemühte sich, zu salutieren, merkte dabei aber nicht, dass er ein halb volles Glas in der Hand hielt, sodass er den teuren Wein auf der Uniform verschüttete. Derweil rief seine Gefährtin nach einer neuen Flasche.

Mathilde schaute auf zu Steel. Er suchte ihren Blick, nickte und reichte ihr die Hand, um ihr aufzuhelfen. Gemeinsam verließen sie den Raum, nahmen die wenigen unebenen Stufen zum nächsten Stock und betraten die bescheidene Schlafkammer. Steel entzündete die Kerze auf der Ankleidekommode und schloss die Tür, ehe er die Stiefel auszog und Strümpfe, Breeches, Weste und Hemd ablegte. Als er sich umdrehte, sah er, dass das Pariser Gewand über dem Stuhl lag – Mathilde räkelte sich unbekleidet auf dem Bett. Er verspürte nicht nur Verlangen, sondern auch Erleichterung, die ihn in diesem Augenblick durchströmte. In diesem Moment wichen aus seinem von Sorgen geplagten Geist sämtliche Gedanken an Soldatentum, Verantwortung, Beförderung und Prestige. Denn wieder einmal machte er sich bewusst, dass diese Nacht – wie so viele zuvor – seine letzte sein könnte.

* * *

Später, als das blasse Licht durch den Spalt unter der Tür in die Kammer fingerte, schlummerte Steel im Halbdunkel, bis er von Stimmen wach wurde, die gedämpft an seine Ohren drangen. Schläfrig richtete er sich im Bett auf und machte sich bewusst, dass die Stimmen durch den Kamin kamen: In dem Zimmer unter der Schlafkammer unterhielten sich mindestens zwei Personen. Steel kam der Sprecher nicht bekannt vor, aber dem Tonfall entnahm er, dass es sich um einen Offizier handeln musste.

»Und ich sage Euch, Sir, dass er sich irrt. Mir ist bewusst, dass Ihr das sehr wohl wisst. Und eins dürfte Euch auch klar sein: Wenn wir diesen Feldzug weiterhin in den Niederlanden vorantreiben und nicht in Spanien, wo zur Zeit Lord Peterborough, der Vater des jungen Mordaunt, mit der Hälfte der Armee vorrückt, sind wir verloren.«

Jetzt konnte Steel die Stimme jemandem zuordnen. Dort unten in dem Zimmer sprach niemand anders als Major Charles Frampton, der Adjutant aus Farquharsons Regiment. Vorsichtig löste Steel sich aus Mathildes Armen, stand auf und ging – nackt und zitternd vor Kälte – vor dem Kamin in die Hocke. Er presste sein Ohr an den Schlot und lauschte angestrengt. Frampton sprach eher schleppend und schien noch mehr getrunken zu haben als Fähnrich Williams. Der Major schien seinem Unmut Luft zu machen. Steel versuchte, aus dem allgemeinen Lärm der Zechenden und den schiefen Klängen der Musikanten die Worte herauszuhören.

Abweichende Ansichten waren in Marlboroughs Armee nicht selten. Jeder Offizier hatte eine eigene Meinung zum Feldzug. So war es in allen Armeen, doch Steel war nur allzu bewusst, dass innerhalb des Offiziersstabs die Ansicht vertreten wurde, der Krieg solle nicht in Flandern, sondern auf spanischem Boden geführt werden.

Hatte ein solches Ansinnen, den Herzog zu diskreditieren, Steel vor zwei Jahren nicht beinahe das Leben gekostet? Aber ein Mann wie Frampton? Es war unwahrscheinlich, dass er wirklich Schaden anrichten würde. Dennoch ärgerte es Steel, dass Offiziere, denen er in der Schlacht sein Leben anvertraute, sich gegenüber dem Kommandeur so illoyal benahmen. Insbesondere jetzt, nach einem so ruhmreichen Sieg. Marlborough wurde als Triumphator gefeiert, und Framptons wirre Wünsche waren gewiss nicht mehr als Tagträumereien eines hoffnungslos Verirrten.

Erneut überlagerte Framptons Stimme die allgemeine Unruhe im Raum. »Ich sage Euch, ein Bürgerkrieg in den Niederlanden könnte das Ende für Marlboroughs großartige Absichten bedeuten. Letzten Endes würde sich der Krieg insgesamt nach Spanien verlagern. Ihr und ich, wir würden davon profitieren und auf alte Freunde stoßen. Mylord Peterborough wäre genau der Kommandeur, den wir brauchen. Nicht diesen verdammten Churchill.«

Framptons verächtlicher Gebrauch von Marlboroughs Familienname brachte Steel zum Schmunzeln.

Nun war eine zweite Stimme zu hören. Jemand ermahnte den Major, den Mund zu halten. Diesen Sprecher kannte Steel nicht, obwohl es sich gewiss auch um einen Offizier handelte, der leicht zu lispeln schien. »Frampton, Ihr solltet Eure Zunge im Zaum halten. Selbst hier.«

»Aber ich weiß, dass Mordaunt auf unserer Seite steht. Was

wenig verwunderlich ist, denn er ist Peterboroughs Sohn. Und vielleicht können wir auch auf Argylls Unterstützung zählen. Er ist dem Oberbefehlshaber nicht von Herzen zugetan und wäre viel lieber in Spanien. Dort könnte er dann noch mehr Katholiken töten.«

Beide Männer lachten. Steel dachte über Mordaunt nach. Er wusste, dass Marlborough ihm nicht gestattet hatte, seine Tochter zu ehelichen. Gleichwohl war dieser Mann ein viel zu tapferer Soldat, als dass er sich von Gefühlen wie Verbitterung leiten ließe. Argyll hingegen schien ein aussichtsreicherer Kandidat zu sein.

Der zweite Mann ergriff wieder das Wort. »Tatsächlich bin ich davon überzeugt, dass ein Bürgerkrieg den Untergang unseres Kommandeurs herbeiführen würde. Es liegt an uns, den Funken zu entzünden. Ein paar Pamphlete sollten genügen. Eines größeren Aufwands bedarf es nicht. Diese Lande hier sind so gefährlich wie ein Pulverfass.«

»Aber was sollte in so einem Pamphlet stehen? Wie kann es uns gelingen, Marlboroughs Verdienste in Misskredit zu bringen? Nach so einem Sieg?«

»Nun, darüber brauchen wir uns nicht den Kopf zu zerbrechen. Er mag die Franzosen aus diesen Landstrichen vertrieben haben, aber er hat nur noch mehr Soldaten mitgebracht. Unsere Uniformröcke haben zwar eine andere Farbe als die der Franzosen, aber auch wir sind Soldaten, und die Menschen hier vertrauen dem Militär nicht. Selbst wenn sie uns lächelnd mit Dank überhäufen. In unserem Pamphlet bräuchte lediglich zu stehen, dass der Herzog im Verlauf des Feldzugs in Bayern, noch vor Blenheim, persönlich darauf bestanden hat, das Land zu verwüsten. Menschen wurden vertrieben, Häuser und Gehöfte niedergebrannt. Bedient Euch Eurer schlimmsten Vorstellung und verstärkt sie. Es ist zu Gräueltaten gekommen, soweit wir wissen. Es braucht ja niemand zu erfahren, dass Marlborough dafür nicht verantwortlich ist. Sicher ist eins: Wenn erst einmal ein Vorwurf in gedruckter Form vorliegt und sich in den Köpfen der Menschen festgesetzt hat, dann ist es fast unmöglich, der Wahrheit auf den Grund zu gehen. Wir unterzeichnen das Papier nicht, sondern behaupten, es stamme von einem ›Freund‹. Marlborough und seinen Generälen und den Briten insgesamt, wie ich zu behaupten wage, ist nicht zu trauen. Glaubt mir, Frampton, ein solches Vorgehen wird dem tapferen Kommandeur schneller den Boden unter den Füßen wegziehen als irgendeine Armee von König Ludwig.«

»Der alte Zwist zwischen Flamen und Wallonen«, fuhr der Sprecher fort, »wird erneut aufflammen und eine Revolte gegen die britische Armee auslösen. Die Niederländer fallen womöglich von der Armee ab, und wer vermag schon zu sagen, was die Dänen und Hessen dann machen? Und wir sollten nicht vergessen, auf die Religion anzuspielen. Denkt dran, die Menschen in den südlichen Niederlanden sind katholisch. Sie verabscheuen den Calvinismus und werden sich daher jedem niederländischen Versuch widersetzen, ihr Land erneut zu dem Staat zu vereinen, der vor der Reformation bestand. Das vereinfacht unsere Sache ungemein.«

Steel lauschte noch intensiver. Frampton mochte nicht mehr sein als ein streitsüchtiger Trunkenbold, aber sein Gefährte schien es todernst zu meinen und war jetzt richtig in Fahrt.

»Wir brauchen nur noch einen Mann, der die Pamphlete druckt und veröffentlicht. Aber wir müssen schnell handeln. Marlborough wird nicht länger als nötig hier auf seinem Hintern ausharren. Ihr und ich, wir verfassen den Text. Geld spielt keine Rolle, dafür haben schon unsere Freunde in London gesorgt. Ist das Vertrauen erst einmal zerstört, lässt es sich nur schwer wiederbeleben, und Marlborough benötigt im Augenblick nichts dringlicher als das Vertrauen dieser Menschen. Ohne diesen Rückhalt wird er mit all seinen Ambitionen scheitern. Mag sein großer Sieg auch noch so ruhmreich gewesen sein, er wird dem Herzog nicht mehr nützen. Und beizeiten wird es bereitwillige Offiziere geben, die sich unter Peterboroughs Kommando stellen werden. Ihr und ich, Frampton. Argyll, Mordaunt und andere, die vernünftig genug sind, sich uns anzuschließen. Und es werden nicht wenige sein. Wenn wir mit Churchill fertig sind, wird er sich wünschen, dass die Franzosen hier immer noch die Herren wären.«

Die Stimmen wurden leiser; Steel kehrte ins Bett zurück und überlegte angestrengt, welche Folgen diese Intrige haben würde. Den Rest der Nacht fand er keinen Schlaf.

6.

Die Befestigungsanlagen von Ostende zählten gewiss nicht zu Marshal Vaubans Meisterleistungen, aber sie erfüllten ihren Zweck. Vor nunmehr acht Jahren war der berühmte französische Festungsbaumeister mit seinen Steinmetzen zum Hafen der Stadt gekommen; unzählige Sträflinge waren zum Arbeitseinsatz gezwungen worden. Vauban hatte die bereits existierenden Verteidigungsanlagen weiter ausbauen lassen. Von 1601 bis 1604 hatte die Stadt schon einmal einer Belagerung standgehalten, als die Niederländer in einem der berüchtigtsten und grausamsten Zusammenstöße des blutigen Achtzigjährigen Krieges die spanischen Truppen des Erzherzogs Albert VII. von Österreich abgewehrt hatten.

Steel stand an der Böschung westlich des Hafens, ließ den Blick über das flache Land schweifen und hoffte, dass das Unterfangen nicht so viel Zeit in Anspruch nehmen würde. In einer eigens verfassten Abhandlung hatte Vauban geschätzt, eine erfolgreiche Belagerung dauere mindestens achtundvierzig Tage, angefangen beim ersten Graben bis zur Kapitulation der Bastion. Vielleicht schafften es die Alliierten in dieser Zeitspanne, die Befestigungsanlagen zu überwinden.

Ein klarer blauer Himmel spannte sich über Ostende. Von der Kanalküste blies der Wind landeinwärts, wühlte Gischtkronen in der blaugrünen See auf und drückte den Sand in das Dünengras. Der Wind kam aus England. In diesem Moment des Nachsinnens machte Steel sich bewusst, dass er zuletzt vor vier Jahren auf britischem Boden gestanden hatte. Und nun fragte er sich, ob er seine Heimat je wiedersehen würde. Vor einer Woche waren sie bis nach Ostende marschiert und hatten das Meer schon gerochen, ehe sie es sahen; sie hatten die Dünen erklommen, auf die See geblickt und den Wind gespürt, der ihnen Haarsträhnen ins Gesicht wehte. In der frischen, reinen Luft schmeckten sie das Salz auf ihren Lippen.

Draußen im Ärmelkanal konnte Steel nach wie vor die Masten von über einem Dutzend Schiffen ausmachen. Eine britische Flotte unter Admiral Fairborne, dahinter weitere Schiffe mit Geschützen, die den Hafen unter Beschuss nehmen sollten. Erst nach der Bombardierung würden die Grenadiere in die Stadt vorrücken, wenn alles nach Plan lief und die Stadt nur noch ein schwelender, von Leichen übersäter Aschehaufen war – und die britische Navy wieder einmal ihren Ruf ruinierte, weil sie Zivilisten massakrierte. Steel blinzelte gegen das Sonnenlicht und betrachtete weiterhin die Verteidigungsanlagen, die erst noch erobert werden mussten.

Ostende war speziell als befestigter Flottenstützpunkt entworfen worden und sicherte mit seinen Mauern den wertvollen Hafen an der breiten Mündung. Die Festung auf der Seeseite unterschied sich in vieler Hinsicht von Vaubans im Inland konzipierten Befestigungsanlagen, die Marlborough im Verlauf der Feldzüge in Flandern so viel Kraft gekostet hatten.

Ostendes Befestigungen besaßen zwei Schwerpunkte: Rechts von Steel lag eine sternförmig angelegte Bastion, das Fort von Saint Philip mit seinen Erdwällen und den dahinter aufragenden Steinmauern. Von den Palisaden aus hatten die Verteidiger freien Blick und konnten die Angreifer unter Beschuss nehmen. Steel wusste, dass die Bastion zu dem Zweck errichtet worden war, die Flussmündung gegen eine Invasion von See zu schützen. Ein Dutzend Geschütze lugten zwischen den Mauerzinnen hinaus aufs Meer. Steel war ebenfalls bekannt, dass die Alliierten es nicht vornehmlich auf die kleine sternförmige Bastion abgesehen hatten, auch wenn die Flanke während des Angriffs dem Geschützfeuer ausgesetzt wäre. Nein, Ziel der Attacke war die Stadt selbst, die linker Hand von Steel hinter einer massiven Steinmauer lag; eine grasbewachsene Böschung verlief bis zu dieser Mauer. Allein von dieser Seite konnte Steel die großen, fünfeckigen Türme der fünf Bastionen sehen, die ihre Feuerkraft vereinigen konnten.

Zwischen Steel und der Stadt erstreckte sich ein breiter Gürtel Marschland, das Marais St. Michel, durch das laut Aussagen von Ortskundigen kein fester Weg führte. Abgesehen von der Seeseite oder dem Fluss erreichte man Ostende nur über eine einzelne schmale Straße, die dem Verlauf der Küste folgte, unmittelbar hinter den Dünen des breiten Sandstrandes. Diese Straße führte zu einem befestigten Stadttor, das sich von einer der Bastionen verteidigen ließ. Steels Blick haftete inzwischen auf ebendiesem Tor. Seit ihrer Ankunft vor einer Woche hatte es sich nicht geöffnet, und es würde sich wahrscheinlich erst wieder öffnen, wenn sie die Stadt eingenommen oder die Belagerung abgebrochen hatten. Auf dem Landweg gelangte man nur durch das Tor in die Stadt, war dann jedoch den Blicken und Musketenläufen der Verteidiger ausgesetzt.

Steel wendete den Blick vom Tor und schaute hinauf zu den Schießscharten, in denen die drohenden schwarzen Mündungen der Kanonen zu sehen waren. Mit Schrecken malte er sich das Blutbad aus, das diese Geschütze anrichten würden, sobald eine Einheit Infanterie versuchte, sich über die Straße der Stadt zu nähern oder die Mauern zu erstürmen.

»Hübsches Städtchen, findest du nicht, Jack?«

Erst jetzt bemerkte Steel seinen Freund Hansam an seiner Seite. »Hm? Oh ja, sehr hübsch, Henry. Marshal Vaubans Erfindungsreichtum verblüfft mich immer wieder aufs Neue. Ein brillanter Mann.«

»Brillant vielleicht, aber es heißt, er sei am französischen Hof in Ungnade gefallen. Lebt quasi im Exil.«

»Da haben die Franzosen einen genialen Kopf und missachten ihn«, spöttelte Steel. »Dieser Mann hat mehr für das französische Militär getan als König Ludwig mit all seinen Prahlereien. Schau, Henry. Siehst du, wie es Vauban mit einem einfachen geometrischen Entwurf gelungen ist, dass stets mindestens acht Geschütze auf eine Stelle zielen? Manchmal können sogar vierzehn Kanonen ihre Feuerkraft vereinen und dafür sorgen, dass kein Abschnitt der Mauern vernachlässigt wird. Vauban schafft Bereiche, in die kein Mann vorzudringen vermag.« Er deutete rechts neben die Stadt. »Schau doch. Was siehst du dort?«

»Eine dreigliedrige Verteidigungsanlage. Infanteristen sichern den äußeren Mauerring auf der Böschung. Weitere Musketen ragen aus den Schießscharten des Tenaillesystems, unterstützt von den Kanonen bei der Brustwehr.«

»Genau. Und erkennst du auch, dass es immer drei voneinander unabhängige Schusswinkel gibt? Dieser Mann ist ein Genie, Henry.«

»Dann sind also wir gefragt, seinen Wunderbauten ein Ende zu setzen. Denn wir müssen diese Festung einnehmen.«

Steel nahm die Bastion weiterhin in Augenschein und malte sich erneut das Blutvergießen, den Qualm der Geschütze und die Schreie der Soldaten aus. Hinter der Brustwehr überragten zwei Gebäude mit steil abfallenden Dächern alle anderen Bauten: Die Pulvermagazine, gut gefüllt mit Schießpulver und

Kugeln, um Marlborough auf unbestimmte Zeit von der Stadt fernzuhalten. Anderswo in Ostende wurde bestimmt auch Pulver und Munition verwahrt. Steel hatte bereits einige eroberte Festungen gesehen und wusste daher, dass es innerhalb der Mauern Tunnel und geheime Gänge gab, durch die Soldaten sicher vor feindlichem Feuer von einem Abschnitt zum anderen kamen. Die meisten Bastionen dieser Größenordnung verfügten zudem über eigene Brunnen, die vom Feind nicht vergiftet werden konnten. Pulvermagazine – das wusste Steel aus Erfahrung – wiesen ausgeklügelte Belüftungssysteme auf, sodass die Luft stets zirkulierte, aber jeder Funkenflug von außen unterbunden wurde. Fünf Fuß war das Mauerwerk der modernen Bastionen dick, und an jeder Ecke befand sich ein schlanker Wachturm mit Schießscharten, hinter denen Scharfschützen das Feuer auf die Offiziere der Angreifer eröffneten.

Steel blickte Hansam nicht an, als er sagte: »Ja, das wird eine Herausforderung, Henry. Selbst mit Unterstützung unserer Verbündeten von See aus. Ich frage mich, ob der Herzog noch ein Ass im Ärmel hat.«

»Das will ich doch hoffen! Denn ich kann mir nicht vorstellen, dass wir Ostende auf herkömmliche Weise einnehmen können. Seit sieben Tagen graben unsere Ingenieure nun schon, und schau, was wir erreicht haben.«

Hansam deutete voraus, auf einen langen Graben am Rande der Marsch, der sich von den Dünen weiter links bis zu der kleinen Siedlung Steene weiter rechts schlängelte; daher hatten die Ingenieure den Erdaushub »Steene-Graben« getauft. Normalerweise zogen sich in diesem Stadium einer Belagerung andere Gräben in Richtung der belagerten Stadt, parallel zum Hauptgraben. In speziellen Ausbuchtungen der Grabensysteme positionierten die Alliierten dann ihre Geschütze und nahmen die Stadt unter Beschuss. Doch hier erwiesen sich solche Vorhaben als aussichtslos, da der Untergrund zu nass war. Marshal Vauban hatte sein Geschick erneut unter Beweis gestellt, aber Ostende verfügte ohnehin über natürliche Verteidigungsvorgaben.

Weiter vorn waren Hunderte Männer – Briten wie alliierte Infanteristen – damit beschäftigt, den großen Graben weiter auszuheben. Andere Arbeiter mit Schaufeln füllten vier Fuß hohe Weidenkörbe mit Erde.

»Henry, ich werde das Gefühl nicht los, dass unsere Anstrengungen womöglich umsonst sind. Ich wüsste nicht, wie wir diese Belagerung auf normalem Wege bewerkstelligen sollen.«

Steel vernahm ein respektvolles Hüsteln hinter sich, drehte sich um und sah Sergeant Slaughter. »Bitte um Verzeihung, Sir. Aber die Männer wollen wissen, wann wir angreifen und ... äh ... wie wir das machen werden, weil alles um uns herum ein einziger stinkender Morast ist.« Als wollte er seinen Worten Nachdruck verleihen, erschlug der Sergeant eine große Stechmücke, die sich auf seiner Wange niedergelassen hatte.

Steel nickte und antwortete ungewöhnlich angespannt. »Ja, Jacob, mir ist durchaus bewusst, wie ungeduldig die Männer sind. Und glaubt mir, mir geht es nicht anders. Aber ich weiß wirklich keine Antworten auf Eure Fragen.« Er deutete in Richtung Meer auf die Schiffe der Flotte, die außerhalb der Reichweite der Geschützbatterien in den Wellen dümpelten. »Seht Ihr dort hinten? Das sind unsere Schlachtschiffe, beladen mit Mörsern, die kurz vor unserem Angriff alles in die arme Stadt feuern werden, was sie an Bord haben. Vielleicht werden wir es auf diese Weise schaffen, Sergeant.« Ein zynisches Lächeln umspielte seine Lippen. »Vielleicht sollten wir es aber auch wie die Türken machen und ein paar Köpfe der Franzosen über die Mauern schießen. Das könnte die Lösung sein, wer weiß.«

Slaughter hatte seinen Vorgesetzten selten so erregt gesehen und machte sich bewusst, dass der Unmut der Männer angesichts des Abwartens nichts war im Vergleich zu Steels Laune. Es überraschte ihn daher nicht, wie rastlos sein Captain wirkte. Nichts war für einen Soldaten schlimmer als Langeweile und Nichtstun. Denn immer dann geriet man ins Grübeln. Und das wollten die meisten Soldaten vermeiden. Nach dem Einmarsch in Brüssel war die Brigade nicht nach Westen marschiert, sondern hatte bei einem kleinen Dorf namens Aarsele campiert, etwa fünfzehn Meilen von Gent entfernt. Zehn Tage hatten sie dort ausgeharrt und auf Marlborough und den Rest der Armee gewartet. Die Männer waren unruhig und ungeduldig geworden. Die Einwohner hatten sich als entgegenkommend erwiesen und brannten nicht so auf Rache an den Franzosen wie Tage zuvor in Brabant. Wie es schien, waren diese Menschen einfach nur froh, noch am Leben zu sein.

Steel hatte es den Leuten nicht verdenken können und nahm die seltene Gelegenheit wahr, sich ein paar Tage auszuruhen. Als andere Einheiten eintrafen, berichteten sie, Marlborough habe ganz Brabant unter Kontrolle. Nach Brüssel hatten noch andere Städte ihre Tore geöffnet, auch wenn die Soldaten dort ursprünglich loyal zu Frankreich gestanden hatten. Nacheinander kapitulierten Städte wie Aalst, Gavere, Gent und Brügge, gefolgt von Malines und Oudenaarde. Steel hatte fest damit gerechnet, Letztere belagern zu müssen. Schlussendlich hatte auch der Verwalter von Antwerpen die Tore der Stadt für die siegverwöhnten Alliierten geöffnet.

Schließlich, inzwischen war es Mitte Juni und merklich

wärmer geworden, hatten sie das Lager verlassen und waren nordwärts marschiert, einmal mehr unter Führung des Herzogs. So gelangten sie über Lichterwelde und Torhout bis zur Küste. Die Männer brannten vor Tatendrang, doch wieder einmal waren sie gezwungen, ohne festes Ziel vor Augen auszuharren.

Seither war einiges schiefgelaufen. Während des Marsches hatte man lange Zeit Marlboroughs Grundsatz eingehalten, jeden Plünderer innerhalb der Armee hinrichten zu lassen. Die Leute vom Lande hatte man für ihre Vorräte bezahlt. Oft hatten die Bauern ihre Verkaufsstände früh morgens am Rande des Lagers aufgeschlagen und waren am Abend zufrieden mit ihren Einnahmen wieder aufgebrochen. Doch in den letzten zwei Wochen hatte sich das geändert. Seit drei Tagen hingen westlich des gegenwärtigen Lagers die Leichen zweier Rotröcke am Galgen. Steel war froh, dass es sich um keine Kameraden aus Farquharsons Regiment handelte, aber die Exekutionen zeigten leider, dass das vormals gut funktionierende System der Abschreckung offenbar nicht mehr griff.

Dennoch, in Steels Brigade hatten es die Männer seither nicht einmal gewagt, ein mageres Hühnchen zu stehlen. Gleichzeitig musste Steel feststellen, dass sich im Verlauf der zurückliegenden Tage das Verhalten der Landbevölkerung geändert hatte. Kein Bauer brachte noch Waren ins Lager, folglich mangelte es an frischem Proviant. Fortan musste die Kompanie mit halb verdorbenen Rationen vorliebnehmen oder auf gepökeltes, in Fässern lagerndes Fleisch zurückgreifen. Inzwischen waren zwei Fourage-Abteilungen unterwegs, unter Führung von Hansam beziehungsweise Williams, ausgestattet mit prall gefüllten Geldbörsen. Doch beide Trupps waren mit leeren Händen zurückgekehrt. Hansams Bericht zufolge waren die Bauern in den Dörfern beim Anblick der heranrückenden Rotröcke gleich in ihre Behausungen geflüchtet und hatten die Türen hinter sich verriegelt. Williams erzählte, sie seien auf der Landstraße von Tagelöhnern sogar verspottet worden; das Dorf habe ebenfalls wie ausgestorben dagelegen.

Steel fragte sich, was es mit dem sonderbaren Verhalten der Landbevölkerung auf sich haben mochte. Was für ein Unterschied zu dem überschwänglichen Empfang in den Straßen Brüssels! Doch das ließ sich nicht allein damit erklären, dass die Menschen in den großen Städten zivilisierter waren. Irgendetwas hatte die Bevölkerung in diesen Landstrichen nachhaltig verunsichert, denn wie ließ sich sonst erklären, dass die Stimmung sich inzwischen gegen die Rotröcke richtete? Das war nicht gut für die Moral der Truppe. Ebenso wenig der Mangel an frischem Proviant. Steel hoffte, dass es bald zum Kampf kommen würde. Selten zuvor hatte er die Männer so unruhig erlebt.

Slaughters Stimme riss Steel aus seinen Gedanken. »Tut mir leid, Sir. Wollte nicht aus der Reihe tanzen. Wird nicht wieder vorkommen.«

Steel lächelte seinen Sergeant an. »Nein, Jacob. Ich muss mich entschuldigen. Mir ist bewusst, dass die Männer unzufrieden sind, und wenn es in meiner Macht stünde, würde ich zum Angriff blasen lassen. Aber es käme Selbstmord gleich, würden wir jetzt gegen diese Festung anrennen. Wir müssen warten, bis wir eine Bresche in die Mauern geschlagen haben. Es wird nicht mehr lange dauern, glaubt mir.«

Mit diesen Worten wandte er sich ab und folgte Hansam die Böschung hinab, in Richtung der Stelle, wo die Grenadiere auf der rechten Flanke des Regiments ihr Biwak aufgeschlagen hatten. Wie gewöhnlich waren Steels Männer für die

Nachtwache eingeteilt worden; zudem hatten sich einige Grenadiere erneut auf den Weg machen müssen, um frische Nahrung aufzutreiben. Steel wunderte sich, dass die Fourage-Patrouille noch nicht zurückgekehrt war. Die Böschung hinauf rief er Slaughter zu, der inzwischen auch auf dem Weg ins Lager war: »Sergeant, noch keine Spur von Mr. Williams' Patrouille?«

»Ist noch unterwegs, Sir.«

»Wie lange sind die Männer schon fort?«

»Fast zwei Stunden, Sir. Soll ich noch eine weitere Patrouille losschicken, um nach Mr. Williams zu suchen?«

»Geben wir ihnen noch eine halbe Stunde, Sergeant. Wahrscheinlich hat Mr. Williams sich verlaufen. Oder er hat ein hübsches Mädchen getroffen.« Steel musste schmunzeln, hielt die letzte Vermutung allerdings eher für unwahrscheinlich.

Er kehrte gerade zu seinem Zelt zurück, als er blanken Stahl am Waldrand aufblitzen sah. Sofort griff er nach seinem Degen, sah dann aber, dass es sich um Williams und die Männer der vermissten Patrouille handelte. Bei genauerem Hinsehen jedoch merkte Steel, dass irgendetwas nicht stimmte. Der junge Fähnrich wirkte blass und hielt sich den offenbar verwundeten Arm. Hinter Williams humpelten die Männer mehr schlecht als recht in Richtung Lager; einige mussten sich bei ihren Kameraden abstützen. Einer der Grenadiere – Mulligan, wie Steel sah – hatte einen Schnitt an der Stirn davongetragen und drückte sich ein Stück Stoff ans linke Auge. Nicht wenige der Männer hatten ihre Mützen verloren; einer schien keine Muskete mehr zu besitzen.

Steel eilte Williams' Abteilung entgegen, gefolgt von Slaughter und einer Handvoll Grenadiere.

»Tom! Was ist passiert, um Himmels willen?«

»Wir wurden angegriffen, Sir. So seltsam es auch klingt.«

»Angegriffen? Doch nicht von den Franzosen?«

»Nein, Sir. Von Bauern hier aus der Gegend. Wir gingen noch einmal ins Dorf. Es war wie ausgestorben, wie tags zuvor. Doch plötzlich löste sich aus einer Gasse eine wütende Meute. Männer, Frauen und Kinder, und alle schwangen sie Forken und Knüppel und fielen über uns her.«

Steel zog die Brauen hoch. »Ihr wollt mir doch nicht erzählen, dass Ihr Euch von Frauen und Kindern in die Flucht habt schlagen lassen, Tom? Und die Bauern haben Euch so zugerichtet?«

Williams nickte und lief vor Scham dunkelrot an. »Ich habe die Männer angewiesen, nicht das Feuer zu eröffnen. Das war doch richtig, Sir, oder?«

Steel klopfte ihm auf die Schulter. »Ja, Ihr habt Euch richtig verhalten, Tom. Wir können keine Frauen und Kinder töten, selbst wenn sie Euch angegriffen haben. Aber wie erklärt Ihr Euch, wie es zu diesem Übergriff kommen konnte?«

»Die Leute haben geflucht, Sir. Sie haben uns beschimpft. Auf Französisch.«

Steel schüttelte den Kopf. Warum, so fragte er sich wiederholt, stand die Bevölkerung ihnen mit einem Mal so feindselig gegenüber? Was hatte diese Menschen dazu veranlasst, gewalttätig zu werden? Seine Männer – und soweit er wusste, die ganze Armee – hatten die Instruktionen erhalten, besonders vorsichtig vorzugehen, um das Vertrauen der Leute zu gewinnen. Schließlich waren die Alliierten hier, um das Land von der französischen Tyrannei zu befreien. Um Frieden zu bringen. Warum waren die Rotröcke dann zur Zielscheibe des Hasses geworden?

In diesem Augenblick trat Frampton zu den Männern und sah das Blut auf Williams' Rock und die verwundeten Soldaten. »Gibt es Grund zur Sorge, Captain Steel?«

»Nichts Gravierendes, Sir. Einige meiner Männer wurden von Bauern aus der Gegend angegriffen. Sonderbar, nicht wahr, Sir?«

Frampton setzte ein salbungsvolles Lächeln auf. »Eigentlich wundert es mich nicht. Ich dachte mir, dass so etwas früher oder später passiert. Die Menschen hier vertrauen uns nicht, Steel. Sie hassen alle Soldaten. Liegt ihnen im Blut, versteht Ihr? Es war nur eine Frage der Zeit, dass sie über uns herfallen.«

Steel runzelte die Stirn – er konnte Framptons Gedankengang nicht folgen. Steel hatte selbst einige Bewohner der Gegend kennengelernt und hielt sie nicht für die unberechenbaren Tölpel, die Frampton in ihnen sah. War es denkbar, dass etwas oder jemand diese Menschen absichtlich gegen die britische Armee aufgestachelt hatte?

Etwas an Framptons überheblichem Gehabe weckte eine Erinnerung bei Steel; mit einem Mal entsann er sich eines Gesprächs, das er zufällig belauscht hatte. Als Frampton sich entfernte, wandte Steel sich noch einmal an die Fourage-Patrouille.

»Tom, nehmt Mulligan mit und lasst Euch von einem Arzt untersuchen. Oder geht zumindest zu Matt Taylor. Dann erstattet Ihr mir genauen Bericht. Ich möchte wissen, was sich da im Einzelnen in dem Dorf abgespielt hat.«

Taylor, da hatte Steel keinen Zweifel, war genauso tüchtig wie jeder Apotheker oder Wundarzt. Er kannte sich mit Heilkräutern aus und hatte eine Ausbildung im Chelsea Physic Garden in London genossen. Taylor wusste, was bei Fieber half, und war in der Lage, Schussverletzungen zu versorgen.

Während die Männer sich ins Lager begaben, trat Williams noch einmal zu Steel. »Da wäre noch eine Sache, Sir. Das hier haben wir im Dorf gefunden. Ich denke, dass es Euch interessiert.« Er griff in seine Rocktasche, holte ein Bündel zerrissener gedruckter Flugblätter hervor und reichte sie seinem Vorgesetzten. Aufmerksam las Steel den französischen Text. Das Wesentliche verstand er. »Marlboroughs Verwüstungen in Bayern ... Frauen und Kinder wurden massakriert ... dieses Schicksal werden auch Brabant und andere Landstriche erleiden ... die Engländer sind nicht viel besser als die französischen Unterdrücker.«

»Denkt Ihr, dass diese Flugblätter von Nutzen für uns sind, Sir?«

Steel klopfte dem Fähnrich erneut auf die Schulter. »Absolut, Tom. Von sehr großem Nutzen. Gut, dass Ihr sie gefunden habt. Und nun ab mit Euch zu Taylor.«

Steel warf abermals einen Blick auf die Schriften und ging die einzelnen Blätter durch. Dahinter steckte niemand anders als Frampton – demnach war es also nicht bei dem Geplauder geblieben. Mit diesen Flugschriften konnten der Major und seine Mitverschwörer ihre Pläne verfolgen: Sie hetzten die Bevölkerung auf, um Marlborough zu Fall zu bringen und das Kriegsgeschehen nach Spanien zu verlagern.

Slaughter trat zu Steel und sah, dass er in die Schriften vertieft war. »Sieht so aus, Sir, dass wir ganz schön in der Patsche sitzen.«

Steel schaute auf. »Sergeant?«

»Nun, Sir«, erklärte Slaughter und räusperte sich. »Wir haben die Franzmänner vor uns in dieser verfluchten Festung, nicht wahr? Außerdem hocken wir hier in diesem elenden Morast an der See und werden bei lebendigem Leibe von diesen verdammten Viechern aufgefressen.« Er verscheuchte eine Fliege. »Und jetzt stellt sich heraus, dass uns die Landbevölkerung in den Rücken fällt. Die verkaufen uns nichts mehr und haben versucht, Hackfleisch aus unserem armen Mr. Williams zu machen.«

»Ja, Jacob. Wir sitzen tatsächlich in der Patsche. Der Herzog tut mir fast schon leid, weil ich mich frage, wie er uns aus dieser Sache herausholen will. Obwohl ich glaube, dass ich inzwischen weiß, wie ich ihm helfen kann.«

* * *

Derweil stand Marlborough auf einer Düne, hielt sich exakt außer Reichweite der schweren Geschütze von Ostende und sann über das weitere Vorgehen nach. Langsam schob er das schlanke Feldteleskop aus Messing zusammen, das seine Gemahlin ihm nach dem Sieg von Höchstädt geschenkt hatte, und reichte es Cadogan, der sich zusammen mit Hawkins aus dem Generalstab gelöst hatte, um sich ebenfalls einen Überblick zu verschaffen. Der Herzog verscheuchte eine Stechmücke von seiner Wange und wandte sich ruhig an Cadogan. »Schaffen wir das, William? Sind wir in der Lage, diese Stadt einzunehmen?«

»Es wird uns schon gelingen, Euer Hoheit, so Gott will. Wir schaffen das. Eher gesagt, *Ihr* werdet es schaffen.«

Marlborough lächelte. »Und was glaubt Ihr, wie lange wir dafür brauchen werden? Zwanzig Tage? Dreißig? Oder jene magischen achtundvierzig Tage, die Vauban veranschlagt hat? Ich bitte Euch, sprecht.«

»Ihr wisst von der letzten großen Belagerung hier, Euer Hoheit? Die aus dem Jahre 1604?«

Furchen zeichneten sich auf Marlboroughs Stirn ab. »Natürlich weiß ich davon. Hat man mich während der letzten Tage nicht oft genug an dieses Jahr erinnert? Als ob ich nicht wüsste, dass General Spinola genau hier mit Prinz Alberts

Armee stand! Er benötigte drei Jahre, ehe er die Stadt einnehmen konnte. Glaubt Ihr, ich hätte vergessen, dass er mehr als achtzigtausend Mann verloren hat? Doppelt so viele Männer, wie mir im Augenblick zur Verfügung stehen. Dreißigtausend Niederländer verendeten hinter den Mauern, an Wundbrand, Seuchen und anderen Krankheiten.« Er wandte sich Hawkins zu. »Was hat es mit diesem Ort hier auf sich, James? Lastet ein Fluch auf Ostende?«

Der Colonel zuckte mit den Schultern. »Vielleicht, Sir. Aber wahrscheinlich ist diese Stadt einfach nur verdammt schwer einzunehmen. Ostende verfügte bereits über natürliche Verteidigungsvorteile, ehe Monsieur Vauban hier seine genialen Ideen umsetzte.«

Bei der Erwähnung des französischen Festungsbaumeisters zuckte Marlborough sichtlich zusammen. »Vauban. Verflucht soll er sein und sein Können gleich mit dazu. Er verfolgt mich wie die Ruhr und wird wohl erst von mir lassen, wenn ich tot bin. Vauban mit seinen verdammten Fortifikationen. Wusstet Ihr, dass er seine Schriften in einem anderen Buch veröffentlicht hat? *Oisivetés* hat er es genannt, seine ›Müßiggängereien‹. Ich wünschte bei Gott, dass dieser Mann sich mehr dem Müßiggang verschrieben hätte. Mir scheint, er hat in seinem ganzen Leben noch keine müßige Minute verbracht.«

»Es heißt, er hat bis zu hundertfünfzig Forts und befestigte Zitadellen konstruiert«, sagte Hawkins.

»Und mir scheint, James, dass ich jede einzelne davon belagert habe. Aber dieser Ort ist einzigartig. Seht doch. Wasser auf der einen Seite. Das allein dürfte uns nicht so viel Kopfzerbrechen bereiten. Dafür aber dieses verfluchte Marschland vor uns. Wie sollen wir einen zweiten parallel verlaufenden Graben ziehen, wenn unsere Schaufeln im Morast stecken bleiben?«

Cadogan hatte ein dünnes Lächeln aufgesetzt. »Eins ist sicher. Diese Stadt wird nicht auf die gleiche Weise kapitulieren wie andere Städte zuvor. In Antwerpen lag es am Willen der Einwohner, dass die Tore geöffnet wurden. Doch die Männer, die diese Festung verteidigen, sind aus anderem Holz geschnitzt. Es werden ein paar reguläre französische Truppen darunter sein, hier und da auch eine wallonische Einheit, aber beim Großteil der Verteidiger handelt es sich um Freibeuter in französischem Sold. Hinzu kommen die erfahrenen Geschützmannschaften der Garnison. Diese Männer werden uns nicht die Stadttore öffnen. Sie wissen, dass wir sie nicht schonen, also werden sie uns auch keine Schonung gewähren.«

Marlborough nickte zustimmend. »Ja. Das wird eine ganz andere Angelegenheit. In Gent, Antwerpen und Oudenaarde hießen uns die Menschen letzten Endes willkommen, weil ich ihnen Religionsfreiheit und die Freiheit vom französischen Joch zugesichert habe.«

»Das mag sein, Euer Hoheit. Ich persönlich denke nicht, dass die Menschen hier ihre Unabhängigkeit richtig zu würdigen wissen. Dennoch ist die Freiheit ein nicht zu unterschätzendes Gut.«

Marlborough schaute auf und betrachtete eine Seemöwe, die in der warmen Luftströmung über den Dünen schwebte und dann zu einem Steilflug in Richtung Stadt ansetzte. »Wie sollen wir Ostende also einnehmen? Was für Informationen erhalten wir von unseren Aufklärern?«

»Wie Ihr wisst, stehen unsere Spione in den Seehäfen entlang der Kanalküste«, antwortete Hawkins. »Monsieur Chandois ist ein ganz besonderer Fall. Er lässt Euch übrigens herzlich grüßen.«

Marlborough musste lachen. »Der alte Chandois ist ein bezaubernder Mann. Für die Franzosen gibt er sich als Gouverneur von Ath aus, genießt das volle Vertrauen des Feindes und ist in Wirklichkeit einer meiner besten Spione.«

»Ostende ist so, wie Lord Cadogan es beschreibt«, fuhr Hawkins fort. »Der Ort ist ein Nest voller Freibeuter und Piraten. Unter ihnen tut sich ein Franzose besonders hervor. Er heißt René Duguay-Trouin und genießt eine gewisse Berühmtheit, wenn man unseren Informanten glauben darf.« Ein Lächeln zeichnete sich in seinen Zügen ab. »Sehr beliebt bei den Damen, wie ich hörte.«

Cadogan hatte dafür nur ein Schnauben übrig. »Dieser Lump. Bezeichnet sich selbst als Freibeuter. Aber er ist nicht mehr als ein gemeiner Dieb.«

Hawkins grinste. »War es nicht dieser Duguay-Trouin, der Euch im Kanal die Fregatte wegnahm, Mylord? Ihr kennt den Gentleman also?«

»Gentleman, in der Tat«, grummelte Cadogan.

»Lassen wir diesen Duguay-Trouin außer Acht«, fuhr Hawkins fort. »Der gegenwärtige Gouverneur der Stadt ist der Comte de la Motte. Recht vernünftig eingestellt, soweit man das von den Franzmännern sagen kann. Die Garnison wird sich womöglich als unzuverlässig erweisen, wenn sie unter Druck gerät. Bei den Geschützleuten handelt es sich zumeist um Wallonen, die in französischem Sold stehen. Sie verfügen alles in allem über neunzig Kanonen und eine Menge Pulver, das in fünf Magazinen lagert. Auf dieser Karte sind die Magazine verzeichnet, sofern die Angaben stimmen. Ein einziger Treffer könnte unvorhersehbaren Schaden anrichten, doch im Augenblick können wir unsere Geschütze noch nicht nah genug heranbringen. Unsere große Hoffnung sind daher die Mörser auf unseren Schiffen dort draußen.« Gemeinsam schauten sie hinaus aufs Meer. »Oh, im Hafen liegen noch Schiffe der französischen Marine. Mindestens zwei Kriegsschiffe und natürlich Duguay-Trouins eigenes Schiff.«

Ein Seufzen Marlboroughs folgte. »Seid Ihr sicher, dass das alles ist?«

»Da wäre noch eine Sache, die Ihr wissen solltet, Sir.« Hawkins winkte einen Bediensteten zu sich, der eine Satteltasche brachte. Der Colonel griff hinein und holte einen Stapel Papiere hervor, den er auf den klappbaren Feldtisch legte.

Abscheu zeichnete sich in Marlboroughs Blick ab. »Noch mehr von diesen verfluchten Flugschriften?«

»Ich fürchte, ja, Sir.«

»Bei Gott, man diffamiert mich bereits daheim zur Genüge in den Blättern von Defoe und John Tutchin. Dieser *Observator* ist die Geißel meines Lebens. Jetzt sagt mir nicht, James, dass diese elenden Gossenblätter mich schon bis hierhin verfolgen.« Er überflog eine Flugschrift, worauf seine Miene sich vor Zorn verzerrte. »Das kommt Verrat gleich, sage ich. Wer, glaubt Ihr, könnte dahinterstecken? Wenn man unbehelligt solche unerhörten Lügengeschichten drucken darf, wo kommen wir dann hin, meine Herren? Dafür zeichnen gewiss nicht die Franzosen verantwortlich, denn sie sind auf der Flucht und müssen sich erst neu ordnen. Daher vermute ich, dass der Verfasser dieser Schriften einen Bezug zu England hat.«

Etwas leiser setzte er nach: »Mir ist bewusst, dass gewisse Offiziere dieser Armee die Gelegenheit wahrnehmen, anonyme Briefe nach Hause zu schicken, in denen sie sich über ihre politischen Auffassungen auslassen. Zu gern wüsste ich, wer diese Herren sind. Mir ist ebenfalls klar, dass es Gentlemen in meinen Reihen gibt, die offen kundtun, dass ich die Männer von Lord Orkney bei Ramillies nicht klug eingesetzt habe. Es heißt, ich hätte ihn nicht in einen solchen Angriff schicken dürfen, um ihn dann kurz vor der Eroberung wieder abzuziehen.«

»Mir kam zu Ohren, dass viele die Schuld bei Lord Cadogan suchen, Sir«, meldete sich Hawkins zu Wort.

Cadogan bebte vor Zorn und strafte Hawkins mit einem düsteren Blick. »Euch ist bewusst, dass ich nur meine Befehle ausgeführt habe, Hawkins?« Als er merkte, was er gesagt hatte, fügte er rasch hinzu: »Befehle, die ich in jedem Punkt unterstütze, Euer Hoheit.«

»Tatsache ist, Euer Hoheit«, fuhr Hawkins unbeirrt fort, »dass die Krise, die durch diese Schriften ausgelöst wird, weitaus schlimmere Folgen haben kann als eine Verunglimpfung Eurer Person in England.«

Der Herzog nahm eine der Flugschriften und begann zu lesen. Derweil sprach Hawkins weiter. »Es ist gefährlicher als zuvor, Sir, da werdet Ihr mir beipflichten. Von religiösen Belangen ist die Rede. Es heißt, wir planten, eine niederländische Regierung einzusetzen, obwohl wir wissen, dass die Menschen hier meist katholischen Glaubens sind und daher eher den Franzosen zuneigen.«

Marlborough sprach mit deutlicher Stimme. »Aber Ihr wisst, dass wir nichts Derartiges planen. Unsere niederländischen Alliierten mögen bei der Regierungsform der Vettern in Flandern und Wallonien ein Wörtchen mitreden wollen. Aber wir verfolgen nicht die Absicht, an der Regierung dieses Landes teilzuhaben. Daran waren wir nie interessiert. Die Niederländer der Vereinigten Provinzen gerieren sich immer so herrschaftlich, dass sie nirgends beliebt sind. Gott bewahre uns vor ihnen.«

Cadogan war darum bemüht, den Herzog zu beruhigen. »Natürlich ist das nicht unser Plan, Euer Hoheit. Obwohl ich vermute, dass dies die beste Lösung für die Regierung dieses ungestalten Landes wäre.«

»Das brächte nur Unruhe. Die Menschen müssten allein von Erzherzog Karl von Österreich regiert werden. Habe ich nicht persönlich sein Angebot ausgeschlagen, die Regierungsgeschäfte zu übernehmen? Wenn er hingegen selbst hierher käme, um sich den Menschen zu zeigen.«

Sie alle wussten, dass der Herzog sich an einen Strohhalm klammerte. Hawkins deutete auf die Flugschrift. »Dafür ist es zu spät, Euer Hoheit. Die Menschen hier wissen nichts von Euren wahren Absichten. Aber wenn sie das hier zu lesen bekommen … und dies …« Er wedelte mit einer anderen Flugschrift herum. »Sie werden nur das wissen, was hier steht, und es für bare Münze nehmen. Wir müssen sofort handeln, Sir. In diesem Moment, so lauten die Berichte, lassen sich die Bewohner der katholisch geprägten Städte, vornehmlich in Gent, zu gewaltsamen Protesten verleiten. Und zwar gegen …«

»Gegen mich. Der Aufruhr gilt mir, Hawkins, ich weiß. Ja, ich verstehe das ganze Ausmaß. Kein Zweifel, in diesem Augenblick verbrennen sie irgendwo mein Bildnis. Der Teufel hole den Kerl, der hinter dieser Intrige steckt! Ich werde seiner habhaft, Hawkins, glaubt mir. Wir müssen ihn finden. Wenn ich nicht erreichen kann, dass mir Gerechtigkeit widerfährt, dann werde ich diesem Mann die Knochen brechen … und die seines Druckers gleich dazu.«

»Ein ehrbares Anliegen, Euer Hoheit. Gewiss würden Euch alle aufrichtigen Engländer in diesem Punkt unterstützen. Doch bislang haben wir keinerlei Hinweise, wer der Autor dieser Flugschriften sein könnte. Und die Aufwieglung trägt Früchte. Wir erhalten Berichte, dass Bauern einige unserer Regimenter angreifen. Die Landbevölkerung, wie Ihr sicher wisst, ist nicht mehr darauf erpicht, uns länger mit Waren zu versorgen. Unsere Vorräte schrumpfen. Auch deshalb, weil uns in der Nähe kein Hafen zur Verfügung steht.«

»Steht es so schlecht um uns?«

»Schlechter als schlecht. Meiner Ansicht nach steht dieses Land kurz vor einem Bürgerkrieg. Die Wallonen und Flamen sind mit einer niederländischen Regierung der Vereinigten Niederlande genauso unzufrieden wie mit einer französischen, aber wenn sie übereinander herfallen, weiß Gott allein, was uns dann blüht. Ja, sie haben Euch Gefolgschaft geschworen, ebenso Erzherzog Karl und der Habsburger Dynastie. Ihn wünschen sie sich zum König und wollen unabhängig von den Franzosen und Spaniern sein. Aber glaubt mir, Sir, wenn die vermuten, dass Ihr verantwortlich für das hier seid oder gar die Absicht hegt, den Vereinigten Niederlanden zu helfen, dann werden sie ganz von uns abfallen. Und das geschieht in diesen Stunden. Unsere Spione in Ostende berichten mir, dass die Leute, auf die wir bislang in der Stadt zählen konnten, im Begriff sind, sich von uns abzuwenden.«

Marlborough führte beide Hände zum Mund und verschränkte die Finger wie zum Gebet. Unverwandt blickte er auf die Stadt und nahm jedes Detail der Befestigungen in sich auf. Schließlich ließ er die Hände sinken, schaute einen Moment lang hinaus aufs Meer und wandte sich seinen Vertrauten zu. »Wir müssen jetzt handeln. Seid gewiss, sobald König Ludwig und seine Marschälle merken, wie es wirklich um uns bestellt ist, bekommen wir es mit einer neuen französischen Armee zu tun, die noch frisch und unverbraucht ist. Daher haben wir nur eine Option, meine Herren. Wir müssen die Stadt jetzt einnehmen, mit allen uns zur Verfügung stehenden Mitteln.«

Cadogan trat vor. »Wenn ich so frei sein darf, einen Vorschlag zu machen, Euer Hoheit. Captain Forbes hat einen Plan.«

»Captain Forbes?«

»Unser Attaché der Flotte, Euer Hoheit. Er befehligt die Bombarden, die im Augenblick vor der Küste liegen. Forbes hat die Gelegenheit genutzt, sich an Land rudern zu lassen.« Cadogan blickte hinunter zum Strand und winkte einen Mann zu sich. »Captain Forbes, Seine Hoheit möchte Euch nun sprechen«, rief er nach unten.

Eine schlanke Gestalt in der dunkelblauen Uniform der englischen Navy erklomm die Düne und trat zu Marlborough und den Männern des Generalstabs. Captain George Forbes besaß ein ansprechendes, rundliches Gesicht, in dem ein freundliches Lächeln lag, und obwohl der Mann erst einundzwanzig Jahre alt war, wies seine Haut die Bräune eines betagten Seefahrers auf.

Cadogan machte die Herren miteinander bekannt. »Euer Hoheit, erlaubt mir, Euch Captain George Forbes vorzustellen.« Sein Blick wanderte zu dem Schiffskommandanten. »Captain Forbes, gewiss erinnert Ihr Euch, dass Ihr mir mitgeteilt habt, wie Ihr den Hafen zu erobern gedenkt? Ich bitte Euch, erzählt Seiner Hoheit von Eurem Vorhaben.«

Forbes hüstelte und wandte sich Marlborough zu. »Der Plan ist recht einfach, Euer Hoheit. Ich dachte, wir bringen eine Brandbombe auf den Weg.«

»Eine was?«

»Eine Brandbombe, Euer Hoheit. Sie wurde bisweilen auch als ›Höllenmaschine‹ bezeichnet. Wir haben etwas in der Art schon einmal gemacht, wie Ihr Euch vielleicht erinnert. 1693 in St. Malo.«

Cadogan schaltete sich ein. »Auch damals gegen Freibeuter, Euer Hoheit.«

»Das ist mir bewusst, Cadogan. Fahrt fort, Captain.«

»Nun, Sir, vor St. Malo präparierten wir eine Brigg, etwa achtzig Fuß lang. Eine Prise, die wir den Franzosen abgejagt hatten. Sie lag hoch im Wasser, Sir, hoch genug, um nah an die Stadtmauer zu gelangen. Wir füllten sie mit Pulver, stopften sie bis zum Dollbord voll mit brennbaren Bomben und packten so viele Geschosse auf die Decks, wie wir nur finden konnten. Schließlich steuerte eine Rumpfmannschaft die Brigg in den Hafen und setzte Kurs auf die Stadtmauern. Im letzten Moment sprangen die Männer von Bord und ließen die Brigg weitersegeln.«

Marlborough lauschte inzwischen ganz gespannt. »Und dann?«

Forbes hüstelte wieder und errötete leicht. »Damals, Euer Hoheit, ist nicht alles nach Plan verlaufen.«

Der Herzog schaute zum Himmel hinauf. Derweil wirkte Cadogan überrascht und wütend zugleich. »Darf ich fragen, woran es lag?«, erkundigte sich Marlborough ruhig.

»Während die Seeleute in den kleinen Beibooten ablegten, lief das Schiff auf einen Felsen. Die Brigg krängte und nahm zu viel Wasser auf. Folglich wurde das Pulver feucht. Letzten Endes explodierte nur ein Fass, und die Franzosen nahmen alles andere in Beschlag. Es war wahrlich ein Desaster. Aber hier könnten wir vieles besser machen, Sir. Diesmal wird es uns gelingen. Das Wasser ist flacher, und es gibt keine Riffe. Ihr müsst es mich versuchen lassen, Euer Hoheit. Bedenkt, wie viele Leben wir retten könnten.«

Marlboroughs Miene war wie versteinert. »Es hat also damals nicht geklappt?«

»Nein, Euer Hoheit.«

»Und wie viele Franzosen habt Ihr töten können? Wie viele Freibeuter?«

Forbes wich dem Blick des Herzogs aus und schaute zu Boden. Cadogan schloss verzweifelt die Augen.

»Sprecht, Mann!«, drängte Marlborough. »Wie viele Opfer hatte der Feind zu beklagen?«

»Eine Katze, Euer Hoheit«, kam es betreten von Forbes.

Hawkins konnte ein Lachen nicht unterdrücken. Cadogan hingegen schaute verlegen zur Seite.

»Eine Katze? Ihr habt eine Katze getötet? Sonst niemanden?«

»Nein, Euer Hoheit. Nur die Katze.«

Marlborough verstand es, seinen Zorn zu zügeln, und sprach auffallend ruhig weiter. »Captain Forbes, dürfte ich vorschlagen, dass Ihr Eure katzenfeindliche Maschinerie vergesst und Euch stattdessen Gedanken darüber macht, wie man die Franzosen töten könnte. Oder noch besser: Wie wir diese Stadt einnehmen können!«

»Es gibt nur eine Möglichkeit«, meldete sich Hawkins rasch zu Wort.

»Und die wäre, James?«

»Wir greifen unverzüglich an, sowohl von Land als auch von der Seeseite. Admiral Fairborne ist bereit, den Hafen zu blockieren. Er verfügt über zwei Bombarden, die *Salamander* und die *Blast*. Deren Kommandant ist unser Captain Forbes hier. Ich schlage daher vor, dass Ihr den Befehl gebt, diese Stadt mit Geschützfeuer zu bestreichen, Sir. Dann, sobald das Sperrfeuer aufhört, blasen wir zum Angriff. Ihr könntet die Sturmtruppen unter das Kommando des Herzogs von Argyll stellen, Euer Hoheit. Ihr tätet gut daran. Und für die Spitze würde ich eine Truppe unserer besten Männer vorschlagen. Männer, die sich aufs Kämpfen verstehen, die ihre individuellen Fähigkeiten einsetzen werden und imstande sind, einen eroberten Abschnitt zu halten.«

»Grenadiere?«

»Exakt, Euer Hoheit, Grenadiere. Wir schicken eine Sturmtruppe, die nur aus Grenadieren besteht. Und zwar aus verschiedenen Regimentern, englischen wie schottischen. Doch das Kommando sollte ein Mann haben. Die Grenadiere werfen dann ihre Granaten und stellen den Gegner im Kampf Mann gegen Mann, mit allen erdenklichen Mitteln. Nur auf diese Weise, Euer Hoheit, werden wir in der Lage sein, die verzweifelt kämpfenden Männer zu besiegen, die diese Festung halten.«

»Und an welcher Stelle sollte dieser Angriff beginnen? Die Ingenieure am Grabenabschnitt berichten mir, dass sie nirgends in den Befestigungen eine Schwachstelle entdecken konnten.« Marlborough schnitt eine Grimasse und schüttelte den Kopf. »Wieder dieser Vauban.«

Hawkins blieb unbeeindruckt. »In der Tat. Es gibt nur einen Weg in die Stadt, Euer Hoheit. Und der führt zum Westtor. Wir müssen diesen Weg nehmen.«

»Ihr würdet einen Angriff forcieren, der auf das Haupttor abzielt? Seid Ihr von Sinnen, Mann?« Der Herzog schwieg und dachte nach. »Und wer sollte Eurer Meinung nach dieses aussichtslose Kommando leiten, James? Welcher Offizier wäre töricht oder tapfer genug, mir seine Dienste anzubieten? Der junge Johnny Mordaunt vielleicht. Obwohl ich bekennen muss, dass sein Herr Vater mir das nie verzeihen würde. Und dennoch hat Viscount Mordaunt sich bei der Erstürmung des Schellenbergs hervorgetan.«

Hawkins' Antwort war ein Kopfschütteln.

»Nein, James. Ihr habt ganz recht. Ich kann ihn nicht noch einmal losschicken. Wen also dann?«

»Ich habe Euch unlängst einen gewissen Gentleman in Erinnerung gerufen, Euer Hoheit.« Hawkins winkte einen hochgewachsenen Mann zu sich, der sich im Verlauf des Gesprächs im Hintergrund aufgehalten hatte.

Steel trat vor.

Der Herzog nickte dem Grenadier zur Begrüßung zu. »Captain Steel. Gewiss, Ihr seid unser Mann. Ihr werdet den Angriff leiten. Ihr mit Euren Grenadieren.«

»Ich fühle mich geehrt, Euer Hoheit. Seid versichert, dass wir die Bresche schlagen werden.«

»Wenn es jemand bewerkstelligen kann, dann Ihr. Ich denke, dass Eure Männer nach dieser unvermutet langen Rast ein wenig Ansporn willkommen heißen werden. Ihr habt vier Tage Zeit, Steel.« Schon wandte der Herzog sich wieder Cadogan zu. »William, sagt Argyll Bescheid. Besprecht Euch mit ihm und wählt aus den anderen Regimentern die Grenadiere aus, die diese undankbare Aufgabe übernehmen werden.« Zu Forbes gewandt, der bislang peinlich berührt stumm neben Cadogan gestanden hatte, sprach er: »Captain Forbes. Ihr seid verantwortlich für die beiden Bombarden, nicht wahr? Nun, wir brauchen die Feuerkraft von der Seeseite. Nicht mehr und nicht weniger. Also keine Höllenmaschinen und toten Katzen, verstanden? Ihr feuert lange genug auf diese Mauern, sodass in der Stadt die Hölle losbricht und eine Bresche entsteht, durch die meine Jungs hineingelangen und ihre Arbeit tun können. Seid Ihr imstande, diesen Befehl auszuführen?«

Forbes nickte. »Ich denke, dass ich das schaffe, Euer Hoheit.«

»Dann, meine Herren, haben wir keinen Augenblick zu verlieren. Wir beginnen in zwei Tagen mit dem Beschuss.«

Steel und Forbes salutierten vorschriftsmäßig, als Marlborough sich zum Gehen wandte, um sich mit seinem Generalstab zu beraten.

Steel verschaffte sich Gehör bei Hawkins. »Colonel, dürfte ich Euch kurz sprechen, Sir?«

»Selbstverständlich, Jack. Geht es um den Angriff?«

»Nein, Sir, um ganz etwas anderes.«

Er griff in seine Rocktasche, holte das Bündel Flugschriften hervor und reichte es Hawkins. Der Colonel nickte lächelnd. »Aha, wir haben gerade darüber gesprochen. Was wisst Ihr davon?«

»Ich weiß, was in diesen Schriften steht, Sir. Und wie gefährlich sie sein können. Und ich weiß, dass dies das Werk eines britischen Offiziers ist. Zwei oder mehr Männer stecken dahinter.«

»Das dachte ich mir schon.«

»Aber ich bin in der Lage, diesen Mann zu überführen, Sir.«

Hawkins sah ihn überrascht an. »Was sagt Ihr da? Wer ist dieser Mann?«

»Ihr müsst wissen, Colonel, dass ich Euch den Namen eines Kameraden erst dann sagen darf, wenn der Mann seine Tat gestanden hat. Aber ich habe die Absicht, ihn zu stellen, Sir, mit Eurer Erlaubnis.«

»Natürlich müsst Ihr das tun, Steel. Und dann erstattet Ihr mir Bericht. Gute Arbeit, Steel. Ich werde dafür sorgen, dass der Herzog davon erfährt, solltet Ihr Erfolg haben. Denn wenn wir dieser Flugschriften nicht Herr werden, ist Euer großer Angriff letzten Endes umsonst. Selbst wenn es uns gelingt, Ostende einzunehmen, werden wir nicht nur gegen die Franzosen kämpfen müssen, sondern auch gegen die Menschen, die wir von dem französischen Joch befreit haben.«

7.

René Duguay-Trouin war ein atemberaubend gut aussehender Mann. Das bestätigten sogar seine Kameraden. Und die meisten von ihnen meinten es ehrlich. Er selbst war sich der Tatsache sehr wohl bewusst und bemüht, möglichst viel Kapital aus seinem blendenden Aussehen zu schlagen. Seine Nase war lang und leicht gebogen, seine Augen bestachen durch ihr dunkles Braun; manch einer sah in dieser Augenfarbe den Beweis dafür, Trouins Mutter sei eine Mulattin gewesen. Doch wer ihm das ins Gesicht sagte, musste damit rechnen, die letzten Worte auf Erden gesprochen zu haben. Gewiss, Duguay-Trouin hatte einen dunklen Teint, aber es war schwer zu beurteilen, ob das nun von seiner Abstammung herrührte oder nicht doch eher daran lag, dass er seit nunmehr einem Vierteljahrhundert zur See fuhr.

Sein Mantel war von einem speziellen Königsblau und mit echten Goldfäden durchwirkt. Die Kleidung war in Paris geschneidert worden, von König Ludwigs Hofschneider persönlich. Der Uniformrock lief in der Taille schmal zu, wodurch Trouins kraftvolle Gestalt noch besser zur Geltung kam. Unter dem Mantel, der nie ganz zugeknöpft wurde, kam eine Weste aus schwarzem Leder zum Vorschein; darunter trug Trouin ein strahlend weißes Rüschenhemd, das jeden Tag gereinigt wurde und stets den Duft von Lavendel verströmte. Die maßgeschneiderten roten Breeches steckten in hohen Reitstiefeln und rundeten das Bild des vollkommenen Gentleman ab. Über die Schulter trug Trouin eine gelbe

Schärpe, die ihn als französischen Schiffskommandanten auswies.

Das lange blonde Haar hatte er zurückgekämmt und mit einer Schleife aus goldener Seide zusammengebunden. Auf dem Kopf trug er einen schwarzen Dreispitz, der mit goldener Spitze verziert war; das linke Ohr zierte ein kleiner Ring aus zweiundzwanzigkarätigem Gold. Der einzige Makel in Trouins äußerer Erscheinung war eine Narbe, die von knapp oberhalb des linken Auges bis hinab zu seinem Kinn verlief. Doch sie tat seinem Aussehen keinen Abbruch, sondern trug als Beweis eines brutalen Kampfes eher zu seinem schneidigen Äußeren bei. An der Seite trug er einen Degen. Vor drei Jahren hatte er die Waffe einem englischen Seeoffizier in einem blutigen Gefecht vor Livorno abgenommen. Die Klinge war in Italien gefertigt und perfekt ausbalanciert. In Trouins breitem Gürtel steckten zwei Pistolen, die stets geladen waren. Die Läufe bestanden aus Messing; in den Abzugsbügeln hatte Trouin seinen Namen eingravieren lassen. Ein Name, mit dem man rechnen musste.

Mit dreiunddreißig Jahren genoss Trouin den Ruf, die Geißel der hohen See zu sein, und diesem Ruf wollte er gerecht werden. Kein Zweifel, er sah wie ein Gentleman-Pirat aus. Gegenwärtig zog er es indes vor, die Bezeichnung »Freibeuter« zu wählen. Als Kaperfahrer stand man dem Gesetz näher. Unlängst hatte er entdeckt, dass es seinen Freunden in der französischen Administration viel bedeutete, den Krieg mit legalen Mitteln zu führen; daher waren diese Herren froh, ihn auf ihrer Soldliste zu haben.

Der Krieg hatte sich bislang für Trouin ausgezahlt. Vielleicht war sein Engagement nicht so lukrativ wie zu seinen Zeiten als Pirat; aber da inzwischen alle Fahrten von Paris abgesegnet waren, hatte sich vieles als leichter erwiesen. Seit nunmehr vier Jahren nannte Trouin Ostende seine neue Heimat – falls jemand wie Trouin überhaupt je eine Stadt als sein Zuhause bezeichnete. Doch er musste zugeben, dass er sich in Ostende wohlfühlte.

Seine Schiffe, das Flaggschiff *Bellona* und die kleinere *Railleuse*, mit sechzig beziehungsweise vierzig Geschützen an Bord, lagen sicher im Hafen vor Anker. Ihm selbst konnte dank des in Paris ausgestellten Kaperbriefes nicht viel passieren. Trouin war gebürtiger Franzose und stammte aus einer Kauffahrteifamilie aus St. Malo. Mit sechzehn war er zur französischen Marine gegangen. Doch da er nie die Neigung verspürt hatte, sich unterzuordnen, und nur sich selbst gegenüber verpflichtet war, hatte er rasch das lukrativere Leben als Pirat gewählt. 1689 hatte Trouin Glück, dass Frankreich gegen England Krieg führte. Binnen kurzer Zeit stand er erneut in der Gunst seiner ehemaligen Kameraden in der Marine. Er hatte sich rechtzeitig der richtigen Seite angeschlossen. Denn König Ludwigs Marine galt inzwischen als die stärkste Seemacht der Welt. Allerdings hatten die Engländer nichts unversucht gelassen, die eigene Flotte aufzurüsten. Gleichwohl vermochte niemand, die Franzosen in einer offenen, fair geführten Seeschlacht zu besiegen. Oder in einem unfair geführten Gefecht – und hier kam Trouin ins Spiel.

Mit zwanzig Jahren hatte er sein erstes Kommando erhalten, über ein Schiff mit vierzig Geschützen. War es ihm damals nicht gelungen, allein mit diesem Schiff fünf englische Schiffe zu erobern? Sein Ruhm wuchs von Jahr zu Jahr. Zu seinen Prisen zählten alsbald zehn englische Kriegsschiffe, des Weiteren fast zweihundert Kauffahrteischiffe. Auf die englischen Schiffe hatte er es besonders abgesehen. Ja, er pflegte einen regelrechten Hass auf die Engländer. Denn vor zehn Jahren hatte er drei lange Monate in Plymouth in Haft gesessen, in einem dreckigen Verlies, in dem die Ratten herumsprangen und der Typhus mehr von Trouins Kameraden dahingerafft hatte als der Henker. Natürlich war ihm die Flucht gelungen, denn Trouin konnte immer entwischen. Er hatte einen Kerkerwächter bestochen – die Engländer waren stets anfällig für Bestechungen – und dann eine Bombarde gestohlen. Die Engländer hatten immer noch ein Kopfgeld auf ihn ausgesetzt wegen Piraterie. Doch im Verlauf der letzten achtzehn Jahre war Trouin dem Henker jedes Mal entkommen. Warum sollte er seine Gewohnheiten jetzt ändern?

* * *

Trouin lehnte sich in dem massiven Holzstuhl zurück, der in dieser Taverne – dem *L'Étoile du Nord* – stets für ihn reserviert war. Diese Hafenschänke hatte er zu seinem Hauptquartier erkoren. Jetzt legte er seine breite Hand etwas fester um die Taille des hübschen flämischen Mädchens, das auf seinem Schoß saß. Nicht zu fest. Nur gerade fest genug, um der Kleinen ein wenig wehzutun und ihr in Erinnerung zu rufen, nicht mit dem Besatzungsmitglied zu tändeln, das schräg gegenüber am Tisch saß und der Kleinen in den Ausschnitt starrte. Das Mädchen stieß einen leisen Schrei aus und schenkte Trouin ein Lächeln. Wie war noch gleich ihr Name? Es war ihm entfallen. Was kümmerte es ihn überhaupt? Alle Frauen in der Schänke, ob Flittchen oder Hure, gehörten ihm in gewisser Weise, und er hatte die meisten von ihnen gehabt. Er könnte auch alle Frauen der Stadt haben, wann immer es ihm beliebte, da war er sich sicher. Jetzt zog er die junge Frau an sich und küsste sie zu ihrer Überraschung hart auf den Mund. Dann drückte er ihre Brüste zusammen, legte der Kleinen die Hände um die Taille und stellte sie vor sich auf die Füße.

»Hol mehr Wein, Mädchen. Wein für alle heute Abend. Für all meine Männer. Oder Bier, wenn ihnen das lieber ist. Verstanden? So viel sie trinken können. Los jetzt.«

Als das Mädchen loseilte, stand Trouin auf. Er war erstaunlich groß, und seine langen Beine schienen nicht recht zu den Maßen seines Oberkörpers zu passen. In einem Degengefecht konnte ihm dieser Umstand zum Vorteil gereichen, da Trouin die größere Reichweite besaß. Nun schaute er sich in der Schankstube um, spähte durch den Qualm der zahllosen Pfeifen und sah die Männer, die seinem Kommando unterstanden. Keine schlechte Truppe. Zwei Crews, alles in allem über vierhundertfünfzig Mann, die sich aus so vielen Nationalitäten zusammensetzte, wie es sich für wahre Kaperschiffe gehörte. Die meisten waren Franzosen und Flamen – keine Niederländer. Ein paar Männer aus deutschen Landen, einige Schweden und Dänen, mürrische und schweigsame Nachfahren der Wikinger. Dann gab es da die Mohren. Fast achtzig zählten zu seiner Crew, die meisten davon französische Kreolen, die an Trouins Seite kämpften, um die Freiheit zu erlangen. In seiner Mannschaft gab es auch Engländer. Es handelte sich zumeist um Deserteure der britischen Navy oder der Armee, die zurzeit draußen vor den Stadtmauern lagerte. Trouin hatte festgestellt, dass die Engländer die besten Seeleute waren, und hieß solche Männer daher stets willkommen. Die Engländer waren bereit, alles zu tun, solange sie dadurch dem Tod am Galgen entkamen; viele von ihnen waren dankbar, dem Dienst in einer Armee entkommen zu sein, in der die Peitsche regierte und jeder in der Linie ausharren musste, wenn der Geschosshagel einsetzte.

Einige dieser Männer sah er nun in der Schankstube sitzen, in verschiedenen Stadien der Trunkenheit und Unzucht. In der Schänke stank es nach Körperausdünstungen, und in diese verbrauchte Luft mischte sich noch der Geruch von Wein, Rum und gekochtem Essen. Tabakqualm hing schwer in der Luft, und vor einer Wand kniete ein kleiner Junge, der einen Hammelbraten langsam über dem offenen Feuer drehte. In der Schankstube herrschte ein unglaublicher Lärm: Lachen, Geschrei, Rufe nach mehr Wein, dazu das Kichern der tändelnden, halb nackten Freudenmädchen, die das weibliche Element in Trouins nautischer Familie bildeten. In einer Ecke hockte ein blinder irischer Geiger und spielte den Männern auf – eine beschwingte Jig. Mehrere betrunkene Seeleute mitsamt ihren Huren tanzten zu den Klängen, hüpften oder drehten sich im Kreise, doch die Musik ging in dem allgemeinen Trubel beinahe unter.

Trouin ließ seinen Blick über all diese Leute schweifen und empfand einen gewissen Stolz. Dies hier war seine Welt, diese Menschen gehörten zu ihm. Sie standen loyal zu ihm – zumeist jedenfalls. Zumindest solange er sie mit Nahrung und Bier versorgte und ihnen Reichtümer in Aussicht stellte. Langsam durchmaß er die Schankstube und betrat den anderen Raum der Schänke, gefolgt von einem hünenhaften Mann, einem Schwarzen, der ihm wie ein Schatten folgte und sein persönlicher Leibwächter war. Vor acht Jahren hatte Trouin diesen Hünen auf den Bahamas aus den Ketten der Sklaverei befreit, hatte indes nicht verhindern können, dass man dem Schwarzen die Zunge herausgeschnitten hatte, als Strafe für den Fluchtversuch von seinem englischen Herrn. Der Hüne konnte weder lesen noch schreiben, und Trouin, der stolz war auf seine klassische Bildung und Homer verehrte, hatte ihn Ajax getauft – nach dem griechischen Helden.

Trouin hätte sich keinen besseren Beschützer wünschen können, und der Name Ajax war gut gewählt. Denn wann immer sein Herr in Gefahr geriet, raste der Schwarze vor

Zorn – wie sein Namenspatron – und stemmte sich mit der Kraft von zehn Männern gegen seine Feinde. Treu wie ein alter Hund, folgte er seinem Herrn auf Schritt und Tritt und hielt stets einen riesigen Schwarzdornstock in der Rechten. Jeder, der so töricht war, Trouin zu bedrohen, bekam rasch den Zorn des Ajax zu spüren. An der Seite trug er einen rasiermesserscharfen Krummsäbel nach arabischer Art, dessen Griff aus Perlmutt gefertigt war. Ajax hatte ihn einem türkischen Kaufmann abgenommen. Doch der Hüne zog den Krummsäbel nur selten. Wenn er sich der Waffe bediente, schwang er sie so gekonnt und schnell und schob sie erst dann wieder in die Scheide, wenn der Stahl sich vom Blut rot gefärbt hatte. Die beiden Männer, Herr und Diener, bahnten sich ihren Weg durch das Gedränge, doch es machten ihnen ohnehin alle Platz – niemand wagte es, sich ihnen in den Weg zu stellen.

In der Schankstube überlagerten sich die Stimmen, aber an einem Tisch sprach niemand, und die einzigen Laute kamen von einer flachen irischen Trommel und einer Blechflöte; zwei Seeleute untermalten mit diesen Instrumenten die Unterhaltung, die zwanzig Augenpaare in ihren Bann gezogen hatte. Auf einem runden Tisch, auf dem keine Gläser und Teller mehr standen, drehte sich eine hübsche, dunkelhäutige Frau um ihre eigene Achse auf einem großen, silbernen Serviertablett, das wie ein schillernder Spiegel wirkte; die Umstehenden schauten wie gebannt zu, erhaschten sie doch dank der polierten Fläche hin und wieder einen Blick unter den Rock der Tänzerin. Die Piraten gafften und johlten und warfen ihre Münzen – Kronen mit dem Konterfei des Sonnenkönigs, englische Guineen und in Spanien geprägte *Pieces of Eight* – auf den Tisch. Der Münzhaufen wuchs, und die junge Frau suchte immer wieder den Blick eines Mannes zu ihrer Rechten, eines großen Burschen mit kraftvollen Armen und kahlem Schädel. Wann immer der Mann kaum merklich nickte, ließ die Tänzerin eine weitere Hülle fallen. Ihr Zuhälter wusste genau, wann es Zeit war aufzuhören; sobald die junge Frau nämlich so viel von ihren Reizen zur Schau gestellt hatte, dass einer der Zuschauer ihr nach oben in eine der schmierigen Schlafkammern folgte. Der Betreffende riskierte eine unangenehme, schmerzhafte Syphilis, während die Tänzerin um einige Crowns reicher aus der kurzen Begegnung hervorging. Trouin wusste, dass oben noch andere Spiegel angebracht waren, so clever indes, dass manch ein Zecher den Freudenmädchen bei ihrer Arbeit zuschauen konnte und auf diese heimliche Weise auf seine Kosten kam. Bisweilen hatte selbst Trouin solch harmlosen Voyeurismus genossen.

An diesem Abend jedoch stand ihm der Sinn nicht nach Vergnügungen dieser Art. Dieser Abend war weder für die Wollust noch für das Töten gemacht, sondern für das Kartenspiel. Trouin gab dem Zuhälter ein Zeichen, worauf dieser mit den Fingern schnippte. Augenblicklich hielt die junge Frau in ihren Bewegungen inne und bückte sich, um ihre Kleidungsstücke aufzuheben. Die umstehenden Männer seufzten, hatte die schöne Tänzerin doch nicht mehr am Leib getragen als hauchdünnen Stoff, der nur noch ihre vollen Brüste und ihr Geschlecht verdeckte. Aber Trouin wollte spielen und würde sich von nichts und niemandem daran hindern lassen. Als das Mädchen und ihr Zuhälter ihre Beute für den Abend gefunden zu haben schienen – einen jüngeren Seemann, der noch nicht in der Schänke gewesen war –, ließ Trouin es sich nicht nehmen, den unbedarften Freier ein paar warnende Worte mit auf den Weg zu geben.

»Gib acht, Thomas, sie ist so gewöhnlich wie der Stuhl

eines Barbiers. Kaum ist der eine Kunde fort, kommt schon der Nächste.« Die anderen Männer lachten. Doch Trouin wandte sich bereits an die Spieler. »Die Karten, meine Herren. Spielen wir. Wer steigt mit ein?«

Die Männer wichen zurück. Trouin eilte ein gewisser Ruf voraus. Hatte er nicht in St. Malo einen Mann im Duell getötet, nach einem Kartenspiel? Und dann war da noch jener Vorfall in Carolina, als Trouin zweihundert Louis d'or verloren hatte: In den folgenden drei Tagen hatten alle Kartenspieler ihr Leben verloren – nur eben Trouin nicht. Keiner vermochte genau zu sagen, wer beim Spiel betrogen hatte, aber niemand wagte es, den Ausgang infrage zu stellen.

Trouin wandte sich an die Umstehenden. »Kommt schon. Was darf es sein? Vielleicht ein Spiel Basset? Oder Ombre? Kommt, Soucrouff! Ihr da, Evans, Barry! Wie steht's mit dir, Dick Hughes? Bringt die Karten her. Kommt, gesellt Euch zu mir, meine Herren.«

Zögerlich näherten die Angesprochenen sich dem Spieltisch. Ihr Widerwille ließ sich leicht erklären. Wussten sie doch, dass einer von ihnen mit einer Kugel im Leib enden könnte, wenn die Dinge sich schlecht entwickelten.

* * *

Lässig warf Trouin die Karten auf den Tisch. »Ich habe gewonnen, meine Herren. Habt Dank, dass Ihr mir Gesellschaft geleistet und Sportsgeist bewiesen habt. Allerdings denke ich, dass wir es jetzt dabei belassen sollten.« Langsam zog er eine der beiden Pistolen aus dem Gürtel, spannte den Hahn und legte die Waffe vor sich auf den Tisch. »Das heißt, wenn alle einverstanden sind.«

Wie auf ein geheimes Zeichen nickten alle vier Männer am

Tisch eifrig. Jeder legte brav die Karten auf den Tisch, erhob sich und verabschiedete sich mit einer kurzen Verbeugung. Sie hatten Lanterloo gespielt, wobei der Kreuzbube der höchste Trumpf war; die anderen Spieler hatten stets dafür gesorgt, dass Trouin jede Runde gewann. Als auch der letzte Spielpartner den Raum verließ, griff Trouin nach der Pistole, sicherte sie wieder und blickte auf den Haufen Goldmünzen vor sich auf dem Tisch. Dann zog er an seiner Pfeife und genoss den süßlichen Tabak aus Virginia, ehe er an seinem Cognacglas nippte. Doch keinen Moment ließ er die Rundungen eines der Dienstmädchen aus den Augen. Eine neue Schankmagd. Schon reizte es ihn, etwas Neues zu kosten, doch während er sich fragte, ob der Abend noch andere Freuden bereithielt, vernahm er ein respektvolles Hüsteln hinter sich und schaute sich um.

Auf der Türschwelle stand der französische Gouverneur von Ostende, der Comte de la Motte. »Captain Trouin?«

»Gouverneur. Ich bitte Euch, tretet näher. Ein Glas Wein für den Gouverneur.« Er winkte dem Mädchen. »Du da, Mädchen. Bring uns Wein.« Schon wandte er sich de la Motte zu, der ein wenig außer Atem zu sein schien. »Seid Ihr erschöpft, Gouverneur? Bevorzugt Ihr vielleicht ein kühles Glas Bier?«

»Nein, nein. Wein wäre genau richtig, habt Dank. Ich war nur sehr in Eile. Das legt sich gleich.«

Die Schankmagd kam mit den Getränken, beugte sich weit über den Tisch und servierte, während de la Motte sich den Schweiß von der Stirn tupfte. Trouin nutzte die Gelegenheit und griff dem Mädchen von hinten unter den Rock. Für einen kurzen Moment erstarrte sie und verschüttete etwas von dem Wein. Doch schließlich entspannte sie sich. Trouin zog seine Hand zurück, als der Gouverneur einen Schluck nahm. Als das Mädchen sich umdrehte, warf es Trouin ein keckes Lächeln zu und entfernte sich. Trouin schaute ihr nach. Ja. Vielleicht war noch Zeit für gewisse Freuden. Sicher noch in derselben Nacht. Als Trouin sich wieder zum Tisch drehte, merkte er, dass der Gouverneur bereits in einen monotonen, brummenden Sprechrhythmus verfallen war.

»Captain, ich bin wahrlich in Sorge. Als Gouverneur dieser Stadt trage ich Verantwortung für die Menschen hier. Ich erhalte Berichte, dass die Briten vor der Küste über Schiffe verfügen, die Brandbomben schleudern können. Was, wenn diese Waffen zum Einsatz kämen?«

»Das wird sich kaum vermeiden lassen. Die Briten haben sich nicht umsonst die Mühe gemacht, diese Schiffe hierher zu bringen, mein teurer Gouverneur. Wieso sollten sie sie also nicht nutzen?«

»Vielleicht wollen sie uns auch nur drohen und uns auf diese Weise zur Kapitulation zwingen.«

Trouin ließ ein raues Lachen ertönen. »Sollte das ihre Absicht sein, so fürchte ich, de la Motte, dass die Briten sich irren. Ich habe nämlich nicht vor, mich aus dieser Stadt verjagen zu lassen. Wir werden abwarten, was für törichte Spiele die Engländer sich ausdenken. Vergesst nicht, Gouverneur, während wir abwarten, ist unser Entsatz auf dem Weg hierher.«

De la Motte lächelte. »Ah ja, die Armee. Der König, so heißt es, hat eine Marschsäule entsandt.«

»Verflucht seien der König und die Armee, Mann! Ich spreche von Jean du Casse. Der Admiral ist nur noch wenige Tage entfernt. Ihr wisst doch, dass er Spanien vor drei Wochen verlassen hat. Ich freue mich schon, ihn wiederzusehen.«

»Du Casse ist auf dem Weg hierher? Ich muss mich noch

um seine Unterbringung kümmern. Was für eine Ehre! Du Casse!«

Trouin lachte verächtlich. »Eine Ehre? Du Casse ist ebenso wenig ein Adliger wie ich. Gütiger Gott, Mann. Ihr seid ein Graf. Du Casse hat sich nur einen Namen gemacht, indem er Sklaven in der Karibik verkaufte. Der König hat ihn zum Offizier ernannt, weil er eine niederländische Handelsflotte plünderte. Er ist ein Kaperfahrer, genau wie ich.« Trouin beugte sich vor und kam dem Gouverneur sehr nah. »Ein Pirat, wenn Euch das besser gefällt, de la Motte. Wie hört sich das in Euren Ohren an? Piraten – wir essen Kinder und braten unsere Feinde bei lebendigem Leibe. Wusstet Ihr das noch nicht?«

Trouins unvermutete Wildheit verunsicherte de la Motte sichtlich. Der Name des Admirals hatte einen legendären Klang, du Casses Aufstieg war kometenhaft. In Frankreich wurde er als Held gefeiert. So lautete jedenfalls die offizielle Version. Doch wenige kannten ihn so gut wie Trouin und wussten, was du Casse wirklich war: ein skrupelloser Freibeuter, der nach einem furchtbaren Überfall auf Cartagena und seinem Beutezug in den englischen Kolonien von König Ludwig zum Admiral ernannt worden war. Die Einwohner Port Royals etwa hatte du Casse kurzerhand versklavt, Männer, Frauen und Kinder.

De la Motte wirkte verängstigt. »Glaubt Ihr wirklich, dass er kommen wird?«

»Seid unbesorgt. Du Casse wird die Belagerung durchbrechen, und mir tut jetzt schon jeder leid, der es wagt, sich ihm in den Weg zu stellen. Innerhalb einer Woche wird er hier sein. Wartet es ab. Bis dahin üben wir uns in Geduld. Brandbomben hin oder her.« Trouin zupfte an seinen Fingernägeln herum. »Wie Ihr seht, mein lieber Gouverneur, bin ich keineswegs beunruhigt.«

Trouin schenkte sich selbst und de la Motte nach und goss Wein in ein drittes Glas, das bislang unbenutzt auf dem Tisch gestanden hatte.

Der Gouverneur blickte verdutzt drein. »Ihr erwartet noch jemanden, Trouin?«

»In der Tat. Und ich kann ihn Euch beschreiben. Er ist mittelgroß und breit gebaut. Sein Gesicht ist von Pockennarben verunstaltet, und seine grünen Augen liegen tief in den Höhlen. Er trägt die Uniform eines Offiziers der französischen Armee. Und hier kommt er schon.«

Das Gespräch wurde unterbrochen, als ein Mann an den Tisch trat, der, wie Trouin gesagt hatte, eine französische Armeeuniform trug.

Trouin deutete eine Verbeugung an. »Ah, Major Malbec. Willkommen. Ein Glas Wein? Ihr kennt doch sicher den Gouverneur?«

Selbstverständlich war Major Claude Malbec, der Kommandant der Garnison von Ostende, gut mit de la Motte bekannt. Allerdings suchte er nie die Nähe des Gouverneurs, empfand er seine Gesellschaft doch als abstoßend.

»In der Tat«, antwortete er mit einem undurchsichtigen Lächeln. »Comte de la Motte. Ist mir ein Vergnügen.« Malbec nahm Platz, denn das Glas Wein war ihm nicht entgangen. »Sehr freundlich von Euch, Captain. Ich kann aber nicht lange bleiben. Wir haben eben erfahren, dass die Engländer einen Großangriff planen. Ihre Flotte wird die Stadt vermutlich in den nächsten Tagen unter Beschuss nehmen. Vielleicht schon morgen.« Er nahm einen langen Schluck und wandte sich de la Motte zu. »Gouverneur. Seid Ihr vertraut mit Marshal Vaubans Maßnahmen für die Sicherheit der Garnison?«

De la Motte lächelte und nickte. »Ja, in der Tat, Major. Alle

Menschen hier in der Stadt kennen die Zugänge zu den sicheren Blockhäusern und Kasematten. Wir üben das einmal pro Woche. Seid versichert, wenn der Beschuss beginnt – was ich nicht hoffe –, werden sich alle, Männer, Frauen wie Kinder, in Sicherheit bringen und so lange dort bleiben, bis die größte Gefahr überstanden ist.«

Malbec schüttelte den Kopf. »Nein. Ich fürchte, in dieser Hinsicht irrt Ihr Euch, Gouverneur.«

»Pardon, aber ich verstehe nicht recht, Major.«

»Wirklich nicht? Es ist sehr einfach. Seht Ihr, Gouverneur, meine Männer sind wertvoller als all Eure Einwohner Ostendes. Es sind ohnehin nur Flamen, nicht wahr? Was kümmert es uns, wenn sie sterben müssen. Ich wette, die Hälfte von ihnen würde uns im Schlaf ermorden, hätten sie die Gelegenheit dazu. Ich fürchte daher, dass sie leiden müssen. Die Blockhäuser und Kasematten brauche ich für meine Männer. Wenn der Beschuss beginnt, schaffen wir die Geschütze von den Wehrgängen hinunter in die Kasematten. Später, wenn das Schlimmste überstanden ist, kommen wir wieder heraus und wehren den Sturmangriff ab, der sicher folgen wird. Denn sonst – nun, sonst sind wir alle tot, und die Stadt wäre verloren.«

»Meint Ihr nicht, dass dieser Plan unmoralisch ist?«, wandte de la Motte ein. »Frauen und Kinder zu opfern, flämische Landarbeiter?«

»Das ist meine Pflicht als Soldat. Und meine Pflicht verlangt, die Feinde Frankreichs zu töten. Und wenn das bedeutet, dass ich eine Handvoll flämische Bauern opfern muss, dann ist das eben so.«

Trouin wusste, in welchem Ruf Malbec stand. Noch vor der eigentlichen Schlacht von Höchstädt hatte der Major im Verlauf des Feldzuges in Bayern die Bewohner eines Dorfes abschlachten lassen. Männer, Frauen und Kinder. Dieser Malbec kannte keine Skrupel und hatte gewiss kein Ehrgefühl. Selbst Piraten handelten gemäß ihrem eigenen Kodex. Doch dieser Mann besaß keine Seele.

»Ja, Malbec. Ich verstehe, was der Gouverneur meint. Euer Vorhaben steht gewiss nicht in Einklang mit dem Verhalten eines Gentleman«, gab Trouin zu bedenken.

Malbec gab ein Schnauben von sich. »Wer hat je behauptet, ich sei ein Gentleman? Mit diesem Titel habe ich mich nie geschmückt.«

Trouin musste lachen.

De la Motte erhob sich und machte eine Verbeugung. »Wenn Ihr mich jetzt entschuldigen würdet, Captain. Major. Ich muss nach Hause. Sonst vernachlässige ich meine Gefangene.«

Ein Lächeln spielte um Trouins Lippen. Vor ungefähr einer Woche hatte man im Ärmelkanal an Bord einer britischen Scoop eine englische Adlige gefangen genommen, eine Gräfin, wie es hieß, die obendrein noch ausnehmend hübsch zu sein schien. Stunden vor der Ankunft der alliierten Armee hatte man sie in die Stadt gebracht, die nun einem riesigen Gefängnis glich; fortan war die Gräfin zu Gast bei de la Motte. Vermutlich würde sie so lange in seiner Obhut bleiben, bis man sie gegen einen französischen Gefangenen gleichen Ranges eintauschen könnte. Falls ihr nichts anderes widerfuhr. Sie stellte eine wertvolle Prise dar, aber selbst ihr politischer Wert hielt den eigenwilligen Trouin nicht davon ab herauszufinden, ob er die Dame nicht zu seinen Eroberungen hinzuzählen konnte.

Er zwinkerte dem Gouverneur zu. »Vergesst nicht unsere Verabredung, mein lieber Graf. Ich habe vor, Euch morgen einen Besuch abzustatten, um Eure hübsche Gefangene näher kennenzulernen. Ihr wisst doch, wie sehr die Engländer mich faszinieren.«

»Die Gräfin wird entzückt sein, Trouin, da bin ich mir sicher. Aber bitte sorgt dafür, dass Ihr nicht in Gesellschaft Eurer Männer vor meiner Tür steht. Vergesst nicht, ich bin hier König Ludwigs Botschafter. Daher ist es meine Pflicht, für das Wohlergehen jedes englischen Adligen zu sorgen, den wir gefangen nehmen.«

»Keine Sorge, Gouverneur. Ich verfolge nur ehrbare Absichten. Ihr vergesst, dass ich selbst zum Offizier der königlichen Marine ernannt wurde. Daher habe auch ich, mein lieber Graf, einen Ruf zu verteidigen.«

»Dann auf morgen.«

Sowie der Gouverneur den Raum verlassen hatte, wandte Trouin sich an Malbec: »Das würdet Ihr wirklich tun?«, fragte er mit einem Lächeln. »Ihr rettet Euch selbst und lasst zu, dass Frauen und Kinder in den Flammen umkommen?«

»Gewiss würde ich das tun, Captain. Warum nicht, um alles in der Welt? Das ist die einzig vernünftige Lösung.«

»Fürwahr, ich weiß, dass Eure Überlegungen stets von Vernunft geprägt sind. Ihr und Eure Männer, Major, mich selbst mit eingeschlossen, sind natürlich die wertvollsten Personen hier in der Stadt. Es überrascht mich nur ein wenig, dass Ihr so kühl entscheidet, so weit entfernt von jeglicher Vorstellung von Menschlichkeit.«

»Verflucht sei die Menschlichkeit, Trouin. Ich wüsste nicht, wofür ich mich bei meinen Mitmenschen bedanken sollte.«

»Ich weiß einige Details aus Eurem Leben, Major. Aber erklärt mir, wenn Ihr könnt, woher dieser Hass kommt.«

»Ihr mögt einiges über mich wissen, das glaube ich gern.

Aber wollt Ihr hören, warum ich den Engländern so wenig zu Dank verpflichtet bin? Vielleicht entsinnt Ihr Euch eines Vorfalls, der diesen Monat genau dreizehn Jahre zurückliegt. Es wurde viel darüber berichtet. Eine englische Flotte eröffnete das Feuer auf Dieppe und Le Havre. Es ging um den Vorwurf, diese Städte gewährten Freibeutern Unterschlupf. Ich stamme aus der Normandie, Captain. Le Havre ist meine Heimatstadt.«

Trouin sah, dass Tränen in den Augen des Majors schimmerten. »An jenem Tag«, fuhr Malbec fort, »fanden zweihundert Zivilisten den Tod. Darunter waren auch meine Frau und meine beiden Söhne. Sie waren erst fünf und neun Jahre alt. Meine Frau hieß Marie.« Er schaute kurz zur Seite, als ringe er um Fassung, und fuhr dann fort: »Und heute, Captain Trouin, heute kümmert es mich nicht, wer wann stirbt. Ganz gleich, wessen Frauen und Söhne womöglich in dem Krieg sterben, den ich zu führen habe. Ich trage zwar die Uniform der französischen Armee und kämpfe für den König, aber glaubt mir, Captain, ich lebe nur noch für den Tod.« Mit diesen Worten stand er auf und verbeugte sich.

Trouin schaute nachdenklich zu ihm auf. »Das tut mir ausgesprochen leid, Major. Dann bis zum nächsten Mal.«

»Ja, bis zum nächsten Mal, während des Beschusses, Captain. Wenn Eure Männer neben meinen Schutz suchen in Marshal Vaubans Blockhäusern.«

Malbec machte auf dem Absatz kehrt und ging mit lauten Schritten über den steinernen Boden; rhythmisch schlug sein Degen gegen den hohen Stiefel. Trouin schenkte sich noch etwas Wein nach und leerte das Glas in einem Zug. Dann wandte er sich an den stummen Mohren, der reglos hinter ihm stand.

»Komm, Ajax. Gehen wir ein wenig spazieren. Ich denke, wir brauchen frische Luft. Dieser Raum stinkt zu sehr nach dem Militär ... außerdem liegt mir hier zu viel Traurigkeit in der Luft.«

Inzwischen waren die meisten Tänzerinnen und Huren fort, und diejenigen, die noch da waren, hingen entweder betrunken halb über den Tischen oder waren noch in amourösen Umarmungen mit ihren Kunden. Ein Hund leckte eine Lache Erbrochenes auf, unweit der Stelle, wo der irische Geiger gesessen hatte; der Junge am Bratenspieß war längst eingeschlafen. Trouin und Ajax traten hinaus in die milde Nacht.

Der *Etoile du Nord* lag im südlichen Viertel der Stadt, noch innerhalb der Befestigungsanlagen, aber schon nah bei den Anlegeplätzen am Hafen und dem Zentrum des maritimen Lebens. Wenn man das Labyrinth aus engen Gassen in Richtung Hafen verließ, gelangte man an der hohen Außenmauer an einen Torbogen, der zu den Anlegestegen führte. Der Tordurchgang wurde von einer befestigten Wachstube gesichert. Hoch über ihren Köpfen ragte der Turm der Kirche Sankt Peter und Paul auf, und genau hier, an der Verbindung von Kirche und Handel, hatte Trouin sein Hauptquartier: beim Schild des Polarsterns – der Freund und Lotse des Seefahrers. Die Schänke lag an der Kreuzung zweier großer Straßen: Paulus Straat und Sint Francis Straat. Das Haus war so etwas wie eine Zitadelle innerhalb der Zitadelle. Denn von den oberen Stockwerken aus konnte ein aufmerksamer Wachposten den gesamten Straßenverkehr dieses Viertels beobachten. Auf diese Weise ließ sich jede Art von Bedrohung frühzeitig erkennen. Doch Trouin brauchte sich hier nicht in Acht zu nehmen, da in diesem Viertel hauptsächlich seine Männer hausten. Dieser Teil der Stadt quoll tatsächlich von Seeleuten über und ähnelte von seinem ganzen Gepräge eher einem Piratennest der Westindischen Inseln als einem Hafen an der Kanalküste. Während Trouin mit seinem Leibwächter durch das Viertel schlenderte, dachte er über all das nach, was er vorhin gehört und gesehen hatte.

Was für ein Pech, dass Malbec Soldat ist, ging es ihm durch den Kopf. Gewiss hätte er einen guten Piraten abgegeben. Trouin bezweifelte nicht, dass die Berichte von Malbecs Untaten in Bayern der Wahrheit entsprachen. Dennoch, wann immer Trouin sich das Massaker ausmalte, lief ihm ein Schauer über den Rücken. Frauen und Kinder? Man konnte sie als Sklaven verkaufen. Oder zu Bediensteten machen. Aber kaltblütiger Mord? Er bog links ab, entfernte sich weiter von der Schänke und schritt die Straße hinunter, nach wie vor gefolgt von Ajax. Am Torbogen ging er an dem weiß uniformierten Wächter in der Wachstube vorbei und gelangte durch das Tor hinunter zum Hafen. In einer Ecke schnarchte ein betrunkener französischer Seemann in der Lache seiner eigenen Ausscheidungen. Trouin erkannte ihn; er gehörte zu seiner Mannschaft. Vielleicht würde er diesem Kerl am Morgen die Tagesration kürzen. Die Disziplin durfte er nicht schleifen lassen.

Weiter vorn auf der Straße herrschte Unruhe. Einige seiner Leute hatten einen Schlauch Wein gekauft, mitten auf die Straße gestellt und zwangen jeden, der vorbeikam, mit gezückten Messern, davon zu trinken. Ein Geistlicher hatte protestiert, worauf sie sich diesen Mann vorgeknöpft hatten. Als Trouin hinzutrat, hängten zwei seiner Leute den Kirchenmann am Kragen seines Talars am Schild des Kerzengießers auf. Der weißhaarige Mann schrie aus Leibeskräften und schimpfte.

Trouin lachte und nickte seinen Leuten zu. »Lasst ihn nach

fünf Minuten wieder herunter, Jungs. Denkt dran, es zahlt sich nicht aus, einen Mann Gottes schlecht zu behandeln. Denn man weiß nie, wann man göttlichen Beistand nötig hat.«

Gewiss schon bald, dachte Trouin bei sich. In den nächsten Tagen würde der Geistliche alle Hände voll zu tun haben. Die Toten mussten bestattet werden, die Schwerverletzten und Sterbenden würden nach der letzten Ölung verlangen. Trouin war inzwischen weitergegangen, blieb am Kai stehen und schaute hinüber zu seinen Schiffen, die dort vor Anker lagen, bewacht von einer Rumpfmannschaft. Vom Ärmelkanal wehte eine leichte Brise herüber. Trouin wünschte, nicht mehr in diesem Loch festsitzen zu müssen; viel lieber wäre er jetzt wieder auf offener See gewesen, mit Kurs auf die Westindischen Inseln oder Nord- und Südcarolina, immer auf der Suche nach der nächsten Prise. Was würde er darum geben, jetzt dort draußen sein zu können! Aber er saß in Ostende fest und wartete darauf, dass die feindlichen Geschütze das Feuer eröffneten.

Er hielt sich weiter rechts, folgte dem Verlauf des Kais nach Westen, nahm die Sterne wahr, die am wolkenlosen Himmel funkelten, und sah zum ersten Mal bewusst die dunkleren, orangefarbenen Lichter, die zu den Camps der Belagerer jenseits des Marschgürtels gehörten. Dort drüben lag eine ganze Armee. Eine siegverwöhnte Armee, die sich einredete, auch diese Stadt zu erobern. Doch ohne ihre Navy waren die Alliierten machtlos. Die Soldaten wären nicht imstande, die Stadt auch nur zu erreichen. Trouin fragte sich, ob der Feind überhaupt von du Casse wusste. Wie mochten die Briten mitsamt ihren Verbündeten auf die Flotte von du Casse reagieren?

Sollte es du Casse hingegen nicht gelingen, rechtzeitig den

Hafen anzusteuern und die englischen Schiffe unter Beschuss zu nehmen, wären sie alle gezwungen zu kämpfen, Trouins wie auch Malbecs Männer. Insgeheim sehnte Trouin sich danach, es mit den Briten aufzunehmen – Mann gegen Mann –, weil er wissen wollte, aus welchem Holz sie geschnitzt waren. Aber womöglich würde es dazu nicht kommen. Die englische Gräfin könnte sich noch als nützlich erweisen. Er lächelte, als er sich die Möglichkeiten ausmalte, die sich ihm eröffneten. Doch vorerst würden sie abwarten müssen, wie entschlossen die Briten mit ihren niederländischen Verbündeten und der Flotte wirklich waren. Welchen Schaden sie anrichteten. Wenn Trouin erst einmal die Stärke des Feindes kannte und die Situation einschätzen konnte, bliebe immer noch genug Zeit, zu anderen Maßnahmen zu greifen. Was immer ihm einfallen mochte.

Er wandte sich an Ajax. »Warten wir ab, was sich ergibt, mein Freund, sobald die Geschosse über diese Mauern fliegen und die Stadtbewohner ihr Leben lassen. Weißt du, Ajax, in mancher Hinsicht ähnele ich Major Malbec. Es ist mir gleich, was aus all diesen erbärmlichen Leuten hier wird. Aber anders als bei ihm geht es mir nicht um Gefühle, sondern um die Vernunft. Sobald die Zivilisten sterben, wird der Gouverneur verzweifelt nach einer Möglichkeit suchen, die Briten dazu zu bewegen, das Feuer einzustellen. Und ich weiß auch schon, wie sich das bewerkstelligen ließe.«

Denn in einem Punkt war er sich sicher: Der große René Duguay-Trouin hatte nicht die Absicht, sich von den Engländern gefangen nehmen und als Pirat aburteilen zu lassen. Nein, er würde nach der Hinrichtung nicht in einem Käfig am *Execution Dock* in London hängen wie der arme Kidd, als Abschreckung und Warnung für alle Seeleute. Er selbst würde ein Exempel statuieren. Ja, er würde den Sieg davontragen gegen den großen englischen General, den berühmten Lord Malbrook. Später würde er mit seinen Leuten Ostende verlassen, mit so vielen Schätzen, wie sie transportieren konnten – und mit ausgesuchten Bewohnern, die sich als Sklaven verkaufen ließen. Und womöglich wäre eine der Gefangenen die englische Gräfin. Abwarten.

8.

Steel saß an einem kleinen hölzernen Klapptisch vor seinem Zelt und tauchte den Federkiel in das Fässchen mit schwarzer Tinte. Die Zeltreihen schienen sich bis zum Horizont zu erstrecken. Er schaute hinauf zum Morgenhimmel und beobachtete dann eine Zeit lang das Kommen und Gehen auf der »Straße« – auf der breiten, matschigen Gasse, die die Offizierszelte von den Zelten der Soldaten trennte. Derzeit musste er sich einer Aufgabe widmen, die er nur ungern erledigte: Buchhaltung, Berichte der Kompanie. Die Arbeit eines Schreibers. Gleichwohl war es die Pflicht eines jeden Captains der Armee.

Er schaute auf den Bogen Papier vor sich, seufzte und begann zu schreiben. Doch kaum hatte er die ersten Einträge gemacht, wanderte er in seiner Erinnerung zurück zu der kurzen, unerfreulichen Episode in seinem Leben, die als er kleiner Büroangestellter in der Anwaltskanzlei seines Onkels in Edinburgh verbracht hatte. Damals war er noch keine achtzehn Jahre alt gewesen. Mit einem Mal stürmten all diese Erinnerungen wieder auf ihn ein, ungebeten und unwillkommen: Die schreckliche Langeweile bei der Arbeit und die Verzweiflung angesichts des frühen Todes seiner Mutter. Diesem Lebensabschnitt hatte schließlich die Armee ein Ende bereitet. Das Militär und Arabella. Er verließ Schottland, die Wurzeln seiner Heimat, und fing ein neues Leben an, das er nach seinen Vorstellungen gestaltet hatte.

Fünfzehn Jahre als Soldat lagen hinter ihm; er hatte die

Guards durchlaufen, in den Diensten des schwedischen Königs gestanden und halb Europa gesehen. In dieser Zeit war er vom jungen Burschen zum Mann gereift. Er dankte Gott für sein Glück und dafür, dass er überlebt hatte, obwohl er so viele gute Kameraden hatte sterben sehen.

Mit diesen Gedanken kehrte er zurück zum bevorstehenden Angriff und fragte sich, ob sein Leben womöglich in den kommenden Tagen endete. Jeder Soldat wusste, dass es eine festgesetzte Zeit zum Sterben gab. Seinem Schicksal konnte niemand entfliehen. Manchmal jedoch, so dachte Steel, konnte man gegen den Teufel in dessen eigenem Spiel antreten und ihn womöglich einen weiteren Tag fernhalten. Er fragte sich, ob etwas Wahres an den Dingen war, die die Männer sich erzählten – dass das Leben des Mannes, den man tötete, die Kriegsgötter milde stimmte und sicherstellte, dass man selbst einen weiteren Tag am Leben blieb.

Diese Vorstellung stieß ihm übel auf; daher wandte er sich wieder seiner Aufgabe zu, der Requirierung von Strümpfen für die halbe Kompanie. Requirierung von Hemden – fünf an der Zahl, und von Uniformröcken – zwei im Ganzen. Mit etwas Glück würden sie die bestellten Waren in einem Jahr bekommen. Die Uniformröcke der Männer, die vor vier Jahren beim Ablegen in Dover noch scharlachrot geleuchtet hatten, sahen inzwischen stumpf aus. Ein schmutziges Ziegelrot. Er schrieb weiter. Requirierung von Schuhen. Zumindest diesem Ersuchen würde aller Wahrscheinlichkeit nach stattgegeben. Mochten die Röcke auch blasser werden, mochten die Hüte Löcher haben und die Strümpfe vor Dreck starren, der Herzog legte großen Wert darauf, dass seine Soldaten gutes Schuhwerk bekamen. Und die Waffen waren ebenfalls prächtig. Steel hatte bereits eine zusätzliche Lieferung Munition für den Angriff bestellt – Musketenkugeln und Granaten. Er würde persönlich die Waffe jedes Grenadiers überprüfen. Ladehemmung und dergleichen konnten sie sich nicht leisten, wenn es hart auf hart kam. Steel rieb sich die Schläfen und kratzte mit der Schreibfeder weiter über das Papier. Es fiel ihm schwer, sich auf diese alltäglichen Belange zu konzentrieren, wenn die Aussicht auf Ruhm oder den Tod im Sturmangriff alle Gedanken überschattete.

Und schließlich musste er sich noch um eine andere Angelegenheit kümmern, für Colonel Hawkins. Gleich nach der Drillparade würde er sich der Sache annehmen.

Slaughter trat an den Tisch und stand stramm. »Die Männer sind angetreten, Sir, und warten auf Eure Befehle.«

Steel lächelte. »Sehr gut, Sergeant. Es wäre an der Zeit, für ein bisschen Abwechslung, ehe wir aufbrechen.«

»Ganz recht, Sir. Nun hocken wir schon so lange in diesem Camp, dass die Jungs fast vergessen haben, wie man marschiert.«

»Solange sie nicht das Schießen verlernt haben, Jacob. Mehr verlange ich im Augenblick nicht.«

»Sie sind unruhig, Sir. Brauchen das Gefecht.«

Steel schloss das Rechnungsbuch und stand auf. »Da brauchen wir nicht lange zu warten. Kommt, Jacob. Schauen wir einmal, wie schlecht es um die Männer bestellt ist.«

Gemeinsam gingen sie zu dem Areal, wo die Kompanie in zwei Reihen Aufstellung bezogen hatte, nur wenige Schritte von den Zelten entfernt. Steel sah auf den ersten Blick, dass sein Sergeant seine Aufgabe gut gemacht hatte. Die Grenadiere standen stramm, und auch wenn die äußere Erscheinung der Männer sehr zu wünschen übrig ließ – bei der Parade in St. James's wäre er unehrenhaft entlassen worden –, hier im Feld reichte es allemal.

»Weitermachen, Sergeant.«

Slaughter begab sich zur rechten Flanke der Kompanie, rammte seinen Sponton in den Boden und rief, die andere Hand in die Taille gestemmt: »Fertig machen.«

Die vierundzwanzig Musketen der vorderen Reihe wanderten auf die Höhe zwischen Oberschenkel und Brustbein.

»Präsen...*tiert.*«

Die Kolben der zwei Dutzend Waffen wurden zackig gegen die rechten Schulterbeugen gedrückt.

»Feuer!«

Die Salve zerriss die Luft, und die Kugeln prasselten harmlos in die Bäume, die Slaughter zuvor zum Ziel erkoren hatte. Einige Männer hatten beim Ladevorgang geschludert. Anstatt die Ladung richtig fest in den Lauf zu rammen, hatten sie die weit verbreitete Praxis übernommen, den Kolben der Muskete fest auf den Boden zu schlagen. Zwar rollten die Kugeln bei dieser Methode nach hinten, fielen kurz darauf jedoch meist wieder heraus.

Steel verzog den Mund und schüttelte den Kopf. »Nicht gut, gar nicht gut, Sergeant.«

Schon trat er zu einem Mann in der vordersten Reihe, dessen Kugel aus dem Lauf gerollt war. »Kommt schon, Tarling, Ihr kennt doch den Drill.«

»Liegt am Ladestock, Sir. Das Holz ist nass geworden gestern Abend. Ist aufgequollen und passt nicht mehr in den Lauf, Sir.«

Mulligan, der unmittelbar neben Tarling stand, schaute geradeaus und murmelte: »War immer schon dein Problem, Tarling. Dein Stab schwillt immer an.«

Kichern lief durch die Reihen der Kompanie.

Slaughter rammte seinen Sponton auf den Boden. »Ruhe in den Reihen, verdammt! Der Nächste, der jetzt plappert, kriegt mein Sponton zu spüren!«

Steel schüttelte erneut den Kopf. »Danke, Sergeant. Besorgt diesem Mann einen anderen Ladestock. Sonst kann ich ihn nicht gebrauchen.«

Slaughter schaute Steel mit einem traurigen Blick an, wie ein Hund, der seinem Herrn gefallen wollte, weil er spürte, dass irgendetwas nicht stimmte.

Unterdessen wandte Steel sich an die Männer. »Das war verdammt schlecht.« Er deutete auf die Umrisse der Stadt, die sich im blassen Morgenlicht vor dem Himmel abzeichneten. »Wenn ihr euch so aufführt, sobald wir an die Mauern kommen, seid ihr alle tot. Also noch einmal. Auf mein Kommando.«

Steel wusste, dass diese Schlacht – wie so oft – auf engstem Raum ausgetragen würde. Besonders hier, da die Männer in den Gassen kämpfen mussten. Außerdem trafen die Musketen nur auf eine Entfernung von hundert Yards. Es kam auf die Feuerkraft an. Wer die meisten Salven abgeben konnte, würde als Sieger aus dem Gefecht hervorgehen. Innerhalb der Stadt würden sie auf eine Entfernung von zwanzig Schritt oder weniger feuern. Ein gut ausgebildeter Soldat war imstande, die Muskete in zwanzig Sekunden zu laden, doch im Augenblick brauchte die Kompanie dreißig Sekunden dafür. Das waren zwei Schuss pro Minute.

»Fertig machen«, rief Steel. »Präsentieren ... Feuer!«

Abermals krachten die Gewehre. Qualm und Flammenzungen schossen aus den Läufen. Steel zählte im Geist die Sekunden; es waren mehr als zwanzig.

»Ihr seid immer noch tote Männer«, verkündete Steel. »Cussiter, zeigt den Jungs, wie man's macht. Zwei Schritte vor. Gut, fertig machen. Die Muskete muss fest in der Schulterbeuge sitzen. Den Körper durchdrücken, der Ellbogen ist angewinkelt. Kopf hoch und achtgeben, dass das linke Knie ein wenig gebeugt ist. Sehr gut. Gut gemacht, Cussiter. Und jetzt den Daumen weg vom Hahn. Den rechten Fuß etwas zurückziehen. Zeigefinger ist vor dem Abzug. Aber noch nicht berühren, verstanden? Rechtes Knie ist steif. Der Lauf ist etwas tiefer als der Kolben. Nur so trefft ihr den Gegner in der Mitte des Körpers. Genau, Dan. Zielt auf die Baumgruppe. Feuer!«

Cussiter betätigte den Abzug. Die Kugel flog aus dem Lauf und traf einen der Bäume auf Bauchhöhe eines Menschen.

»Sehr gut. Sergeant Slaughter, eine extra Portion Rum für Corporal Cussiter. Und das Gleiche für jeden, der es so präzise schafft wie Cussiter. Nehmt sie hart ran, Sergeant. Die Reihen sollen getrennt feuern, erst hinten, dann vorn. Ich bin in einer Stunde zurück.«

Er ging an den Zeltreihen vorbei, eine schier endlose Schlange aus ungebleichter Leinwand. Eine Miniatursiedlung aus Segeltuch, in der sich alle Höhen und Tiefen des menschlichen Zusammenlebens abspielten: Geburt und Tod; Familienleben, Liebe und Einsamkeit. Die letzten Wochen hatten allen eine Atempause von dem Marsch beschert. Aber Steel wusste, dass der kommende Angriff die Illusion häuslicher Ruhe zerstören würde. Schmerz und Tod würden dann erneut den Alltag beherrschen.

* * *

Schließlich gelangte er zu den größeren Zelten der Regimentsoffiziere und fand etwa in der Mitte der neuen Reihe die Unterkunft, die er suchte. Ohne sich förmlich anzumelden, hob er den Stofflappen am Eingang an und betrat das Zelt, das mit seinen Marschmöbeln eine gewisse Behaglichkeit verströmte.

Major Frampton drehte sich zu dem unerwarteten Gast um. »Steel. Ich kann mich nicht erinnern, dass wir verabredet waren. Wie kann ich Euch behilflich sein?«

Für Steel war jetzt keine Zeit für Höflichkeitsfloskeln. »Ich weiß, was Ihr vorhabt, Frampton.«

Der Major zog die Stirn in Falten. »Verzeiht, aber ich kann Euch nicht folgen, Captain Steel. Und ich weise Euch freundlich darauf hin, mich beim nächsten Mal mit meinem Rang anzureden. Ich bin der höhere Offizier.«

»Wenn es nach mir ginge, hättet Ihr schon längst keinen Rang mehr. Das Spiel ist aus.«

Frampton schoss die Röte in die Wangen. »Ich warne Euch, Mr. Steel. Wenn Ihr nicht augenblicklich Abstand von diesem ungebührlichen Verhalten nehmt, sehe ich mich gezwungen, Euch unter Arrest zu stellen. Und jetzt seid so freundlich, mein Zelt zu verlassen.«

Steel konnte die Angst seines Kontrahenten förmlich riechen. Er stellte sich vor den Adjutanten, sodass sein Gesicht nur zwei Fuß von Framptons entfernt war. »Hört auf zu bluffen, Frampton. Ich weiß alles.«

Steel schaute sich in dem Zelt um und entdeckte schließlich, wonach er suchte. Aus der Schublade einer Holztruhe lugte ein Stapel gedruckter Papiere. Steel setzte alles auf eine Karte. Er riss die Schublade auf und griff nach den Papieren. Ein Blick genügte ihm. Frampton erbleichte.

Steel hielt ihm die Pamphlete vors Gesicht. »Dies hier, Frampton. Ich weiß, dass Ihr hinter all den Lügen steckt.«

Einen Augenblick wirkte der Major gehetzt; dann hatte er seine Fassung wieder. »Gütiger Gott! Wie sind die nur dahin gekommen? Ich gebe zu, ich weiß, was in diesen Schriften steht. Aber was sagt Ihr da, Steel? *Ich* soll dahinterstecken? Das ist doch widersinnig.«

»Versucht nicht, Euch herauszureden, Major. Ich habe Euch in jener Nacht in Brüssel gehört. In der Schänke.«

Frampton funkelte ihn an. »Mich gehört? Was habt Ihr denn gehört?«

»Ihr wart angetrunken. Ich hörte, wie Ihr Euer Komplott geschmiedet habt.«

»Ihr könnt nicht beweisen, dass ich es war.«

»Ihr gebt es also zu?«

»Habe ich das? Nein, habe ich nicht. Das war nicht ich, wen auch immer Ihr belauscht habt.«

»Ihr wart es, und da war noch ein anderer Offizier.«

»Stapleton? Ihn habt Ihr gehört?« Frampton hielt erschrocken inne, als ihm bewusst wurde, was er soeben preisgegeben hatte.

Steel lächelte breit. »Ihr wärt kein guter Spion, Major. Bleibt lieber Soldat und betet zu Gott, dass Ihr mit einem Kopfschuss endet, ehe Ihr Euch den Rang eines Generals erkauft und noch mehr von Euren eigenen Leuten tötet.«

»Das habt Ihr nicht gewusst. Oder?«

»Ich wusste über Euch Bescheid. Und jetzt weiß ich genug.«

Frampton trat der Schweiß auf die Stirn. »Was habt Ihr jetzt vor? Ihr werdet doch nicht etwa Marlborough davon berichten?« Seine Augen weiteten sich.

»Wohl nicht.«

Der Major sah verwirrt aus. »Gott sei Dank. Was habt Ihr dann vor? Was werdet Ihr tun, Steel?«

Steel legte die Flugschriften auf den Deckel der Truhe und wandte sich halb von Frampton ab. »Ich möchte Euch einen Vorschlag unterbreiten. Zunächst werdet Ihr aufhören, diese Schriften drucken zu lassen. Es mag sein, dass Ihr hinter dem Wortlaut steht, aber ich rate Euch, die Finger davon zu lassen.

Marlborough ist gegenwärtig der Einzige, der in der Lage ist, König Ludwig endgültig zu besiegen, und das gelingt ihm am besten hier in Flandern. Sollte mir zu Ohren kommen, dass ein Wort der Aufwieglung über Eure Lippen kommt – ein Wort zugunsten Peterboroughs und des spanischen Abenteuers –, erkläre ich unser Einvernehmen für beendet. Ich würde Euren Part in dieser Affäre unverzüglich dem Herzog berichten. Ich habe die Absicht, die Wahrheit zu Papier zu bringen, Major. Zieht daher nicht in Betracht, mich aus dem Weg räumen zu lassen, sei es während des Gefechts oder später.«

Er machte eine gewichtige Pause und blickte Frampton durchdringend an. »Zweitens werdet Ihr meine Rechnung für die Messe begleichen und mir nicht wegen meiner Schulden im Nacken sitzen. Keine Sorge, ich will nicht Euren Bankrott. Betrachtet es lediglich als größere Leihsumme. Ich werde all meine Schulden begleichen. Im Übrigen werde ich Euch nicht fallen lassen, Frampton. Die Schlacht steht unmittelbar bevor. Es würde die Männer verunsichern, wenn die Ehre des Regiments auf dem Spiel steht. Auch wenn ich persönlich anders handeln würde. Was diesen Major Stapleton betrifft, das ist wieder eine ganz andere Geschichte. Er ist nicht aus unserer Familie. Soll er doch zum Teufel gehen. Nun, zumindest zu Colonel Hawkins. Aber dort wird er nicht viel besser behandelt.«

Mit diesen Worten ging er zum Eingang des Zelts. Frampton hockte inzwischen vor seinem kleinen Schreibpult und hatte den Kopf in die Hände gestützt. Steel verzog den Mund zu einem Lächeln. »Oh, und ich rate Euch, mir aus dem Weg zu gehen, Frampton. Sollten wir uns begegnen, so braucht Ihr nicht zu befürchten, dass ich Euch nicht gemäß Eures Rangs anreden werde. Aber vergesst nicht, was ich über Euch weiß. Und denkt daran, nicht überstürzt zu handeln.«

Steel verließ das Zelt, nahm den Weg, den er gekommen war, vorbei an all den Reihen, und erreichte den Übungsplatz. Slaughter und die Männer waren nach wie vor schwer beschäftigt.

»Laden!«, hallte Slaughters Stimme über den Platz. »Ladung festrammen. Ladestöcke herausziehen. Fertig machen … Präsentieren … *Feuer!*«

Steel zählte stumm die Sekunden ab. Zehn, fünfzehn, zwanzig …

Mit einem donnernden Krachen eröffnete die Kompanie das Feuer. Eine saubere Salve, die in den Bäumen Blattwerk und kleinere Äste zerfetzte.

»Gut gemacht, Männer«, rief Steel. »Zwanzig Sekunden. Das wären drei Schuss pro Minute. Wenn wir das beibehalten, verpassen wir denen einen Abreibung, die sie so schnell nicht vergessen werden.«

Ein Jubel aus rauen Kehlen hob an. Steel grinste. »Den Rum habt ihr euch verdient, Jungs. Holt ihn euch, solange ihr könnt. Major Frampton begleicht die Rechnung.«

* * *

Eine Stunde später, im hinteren Bereich des Lagers, wo die breite gestreifte Markise des Generalstabs sich von den anderen Zelten der Armee abhob, klappte Stapleton einen Zelteingang zurück und duckte sich beim Eintreten. Drinnen roch es nach Wein, Lavendel und abgestandenem Schweiß. Im abnehmenden Licht konnte der Major die Umrisse einer Gestalt erahnen, die sich ihm nun zuwandte.

»Ah, Major Stapleton. Wie schön, dass Ihr kommen konntet.« Colonel Hawkins löste sich aus den Schatten und trat zu Stapleton.

»Vergebt mir, Colonel«, sagte der Major. »Ich bin einen Moment zu spät. Komme gerade von der Jagd zurück. Die verdammten Hunde stöberten ein Reh auf, haben es dann aber verloren. Eine Schande. Wart Ihr schon mit dem Pferd unterwegs? Ein ärmlicher Landstrich.«

»Leider erlauben es mein Rheuma und mein Leibesumfang nicht mehr, den Kitzel der Jagd mitzuerleben, Major. Jedenfalls keine Jagd auf Rehe.« Er lächelte, aber Stapleton sah, dass dieses Lächeln schnell gefror und einem Stirnrunzeln wich.

»Major Stapleton«, fuhr der Colonel fort, »ich habe Euch in einer sehr delikaten Angelegenheit hergebeten. Euch ist sicher zu Ohren gekommen, dass unlängst gewisse Pamphlete im Umlauf sind. Nicht nur im Lager, leider auch in ganz Flandern. Diese Flugschriften sind voller Verleumdungen gegen Seine Hoheit den Herzog von Marlborough. Mir wurde aus verlässlicher Quelle zur Kenntnis gebracht – übrigens weiß auch der Herzog davon –, dass Ihr niemand anders seid als der Urheber dieser Flugschriften. Was habt Ihr dazu zu sagen?«

Stapleton verschluckte sich fast beim Sprechen, und sein Lispeln trat deutlicher in den Vordergrund als sonst. »Natürlich weise ich Eure Anschuldigung entschieden zurück, Colonel. Wie könnt Ihr annehmen, ich ...«

»Mit verlässlicher Quelle, Major, meine ich einen Mann, zu dem ich vollstes Vertrauen habe.«

»Das könnt Ihr doch nicht ernst meinen, Colonel. Ich vertraue voll und ganz auf die Stärke des Herzogs.«

»Gebt acht, Stapleton, unsere Aufklärer sind unübertroffen.« Mit dem letzten Wort beugte Hawkins sich vor und schlug mit der Faust auf den Eichentisch, der ihn von Stapleton trennte. Der Major zuckte zusammen. »Major Stapleton, ich meine es in dieser Angelegenheit sehr ernst. Begreift Ihr, was ich Euch sagen will?«

»Ihr unterstellt mir Verrat, Sir. Denkt dran, ich bin bereit, Euch dafür herauszufordern.«

Hawkins lachte und schüttelte den Kopf. »Ah, danach steht Euch also der Sinn, Major? Ihr solltet Eure letzte Aussage besser zurücknehmen. Schaut mich an, Major. Ich bin ein alter Mann. Ich hatte längst meine letzte Hirschjagd und hoffe doch sehr, dass Duelle hinter mir liegen. Dennoch, normalerweise würde ich Eure Herausforderung annehmen. Aber in dieser Angelegenheit handele ich im Auftrag des Herzogs. Ich musste ihm versprechen, dass ich seine Ehre nicht gegen Euch verteidige. Aber anstatt Euch unehrenhaft zu entlassen und des Verrats anzuklagen – ein Verfahren, das Ihr ohne Zweifel verlieren werdet und das unaussprechliche Konsequenzen für Euch hätte –, möchte ich Euch vorschlagen, dass Ihr auf der Stelle aufhört, diesen Schmutz zu drucken, und Eure Sachen packt.«

Stapleton schwieg entgeistert.

Der Colonel setzte nach. »Ich habe die Absicht, alles für Eure Abreise nach Spanien vorzubereiten, denn dort liegen offenbar Eure Ambitionen. Ich bin sicher, dass Lord Peterborough imstande ist, Euch einen Posten im Kampf gegen General Berwicks Armee zu verschaffen. Wie ich hörte, ist das Klima dort ein wenig gewöhnungsbedürftig, und einige Vorräte erreichen die Halbinsel nicht in ausreichendem Maße. Ihr werdet manch eine Annehmlichkeit von zu Hause vermissen. Aber Ihr seid ja ein erfahrener Soldat. Euch wird schon etwas einfallen, um Euch die neue Stellung weniger beschwerlich zu machen. Und Ihr könnt mir dankbar sein, dass ich Euch nicht Eures Ranges beraubt habe.«

Hawkins schenkte sich ein Glas Madeira aus einer hohen Karaffe ein und nahm einen Schluck. »Meinethalben braucht Ihr nicht zu verweilen, Major. Ihr dürft Euch entfernen. Ihr werdet sicher noch viel zu erledigen haben, ehe Ihr uns verlasst. Und Major Stapleton, ich rate Euch, möglichst mit niemandem darüber zu sprechen. Ihr werdet auch feststellen, dass Ihr unter Hausarrest steht. Zwei Herren der Foot Guards werden Euch gleich vor dem Zelt in Empfang nehmen. Sollte ich hernach sehen, dass Ihr Euch mit einem anderen Offizier besprecht, werde ich mein Angebot zurückziehen und Euch den Wölfen zum Fraß vorwerfen. Haben wir uns verstanden?«

Stapleton, der blass geworden war, antwortete auffallend leise: »Ja, Sir, ich verstehe. Habt Dank, Colonel. Dürfte ich noch erfahren, wann ich aufbrechen soll?«

»Je früher, desto besser, Major. Seht Ihr das nicht auch so? Sagen wir morgen bei Sonnenaufgang, in Richtung Antwerpen? Lebt wohl.«

9.

Das kleine Mädchen drehte sich gedankenverloren eine Haarlocke um den Finger und stocherte mit seiner Gabel in dem blassen gesalzenen Hering herum, der vor ihm auf dem Teller lag. Dann wandte es sich an den hageren, fahl aussehenden Mann, der ihm gegenüber am Tisch saß und seine Bemühungen beim Essen geduldig betrachtete.

»Papa, die Briten werden doch nicht wirklich auf uns schießen, oder? Wir sind hier sicher, stimmt's?«

Marius Brouwer lächelte seine Tochter an und nickte. Sie war erst fünf, begriff aber schon viel von dem, was im Haus besprochen wurde. Manchmal zu viel, wie er sich bewusst machte.

»Mach dir keine Sorgen, Mathilde. Die Briten würden uns das nie antun. Sie wissen zwar, dass bei uns in der Stadt viele Franzosen sind, auch Leute, die die Franzosen unterstützen, aber sie wissen auch, dass hier Leute wie du und ich wohnen. Gute Flamen, Frauen und Kinder, die sich wünschen, dass die Franzosen unser Land verlassen. Sie werden ihre Waffen nicht gegen uns einsetzen. Wenn sie angreifen, dann von der Landseite. Und wir warten dann in unseren Dachkammern und Kellern, bis der Kampf vorüber ist. Keine Sorge, meine Liebe, die Briten werden siegen. Du willst doch auch, dass die Franzosen nach Hause gehen, oder?«

Mathilde nickte und schaute ihren Vater an. Sein Lächeln zeigte ihr, dass sie die richtige Antwort gegeben hatte.

Marius beugte sich am Tisch vor und strich der Kleinen

durchs Haar. »Gutes Mädchen. Du brauchst nicht weiter zu essen, wenn du nicht mehr magst. Geh ruhig spielen. Schau, wo deine Schwester ist. Sie wird im Hof unten sein. Geh nur.«

Mathilde sprang auf und hüpfte leise singend die paar Stufen in den kleinen Hof hinunter, um ihre Schwester und ihre Stoffpuppe zu suchen. In einem kleinen Beetstreifen wuchs Gemüse.

Marius' Frau Berthe durchquerte die Küche des kleinen Hauses in der Christian Straat. Während sie das Geschirr ihrer Tochter abdeckte und die letzten Bissen dem alten Hund hinwarf, sagte sie mit gedämpfter Stimme: »Glaubst du wirklich, dass sie die Stadt nicht beschießen? Gestern Abend hast du mir etwas anderes erzählt.«

»Was ich dir erzähle, Liebste, unterscheidet sich eben oft von dem, was ich Mathilde erzähle. Das weißt du doch. Die Briten befinden sich im Krieg und werden tun, was sie tun müssen. Aber um die Wahrheit zu sagen, ich weiß auch nicht, was passieren wird. Ich kann nur wiedergeben, was ich von dem Spion erfahren habe. Er hatte Kontakt zu den Engländern, und sie sagen, dass sie nach einem Beschuss angreifen. Wir müssen also mit dem Schlimmsten rechnen. Er meint, wenn wir die Geschosse heranfliegen hören, sollen wir Schutz suchen, wie all die anderen Familien. Er ist davon überzeugt, dass sie von Land aus angreifen. Aber er hat eben auch gehört, dass die Schiffe klarmachen zum Gefecht.«

Berthe war bleich geworden und hielt beim Abwischen des Tisches inne. »Marius, ich habe Angst.«

Er stand auf, trat zu ihr und legte ihr eine tröstende Hand um die schmale Taille. »Ich weiß, mein Liebling. Aber glaub mir, ich vertraue den Briten. Ich gebe nichts auf die Lügen in diesen Schriften. Marlborough will uns helfen. Alles, was er tut, wird in unserem Interesse sein.«

In Wahrheit wünschte er, dass er seinen eigenen Worten Glauben schenken könnte. Er wollte nicht glauben, was in den Flugschriften stand, die seit Kurzem in der Stadt in Umlauf waren. Der britische General Marlborough hatte schon so viel dafür getan, dass die Franzosen das Land verließen. Daher zweifelte Marius nicht daran, dass dem Herzog die Interessen der Flamen am Herzen lagen. Aber wenn doch etwas an den Gerüchten war, dann war der Herzog auch nicht besser als jeder andere General oder Eroberer; womöglich erging es ihnen unter seiner Herrschaft – oder der niederländischen Regierung – sogar noch schlechter als unter der französischen. Aber diese Gedanken teilte Marius weder mit seiner Frau noch mit seiner Tochter. Diese Gedanken gehörten nur ihm und seinen Kameraden in der Volksbewegung. Er zog Berthe an sich und gab ihr einen langen Kuss, ehe er sich rasch von ihr löste.

»Sorg dafür, dass Mathilde und Anna im Haus bleiben. Und wenn der Beschuss beginnt, bringst du die Kinder in das Blockhaus. In das an der Sluice-Bastion. Ich komme dann dorthin. Aber erst muss ich noch zu Louise und Hubert. Wir müssen besprechen, was wir machen, wenn die Briten in die Stadt eindringen.« Er lächelte. »Und das werden sie tun. Gib acht. Ich bin gleich wieder da.«

* * *

Marius öffnete die Haustür und trat hinaus in die Stille des Nachmittags. Es war Samstag, der 3. Juli. Irgendwo kläffte ein Hund in einem der oberen Stockwerke, und in den anderen Straßen zogen Pferde ihre beladenen Karren über das Kopfsteinpflaster. Am Himmel kreisten Möwen und ließen ihr schrilles Kreischen ertönen, das so alltäglich war, dass es kaum jemand wahrnahm. Abgesehen von diesen Geräuschen lag die Stadt in der Stille des Nachmittags. Es war nach fünf, und bis auf die kleine Mathilde hatten alle Stadtbewohner – vom Gouverneur bis zum einfachen Mann – längst ihr Abendessen beendet und genossen nun den ausklingenden Tag. Manch einer der Händler auf dem großen Marktplatz machte ein Nickerchen in der Sommerwärme.

Marius überquerte den *Grote Markt* und schaute hinauf zu der französischen königlichen Standarte mit den Lilien, die am Fahnenmast auf dem Rathaus im Wind flatterte. Im Grunde seines Herzens war Marius ein gutmütiger Mensch und verabscheute die Gewalt, die sein Land immer wieder erfasste. Er hatte ein freundliches, rundliches Gesicht und braune Augen, in denen Wärme lag. Von Beruf war er Lehrer und bekannt für seine Redekunst und Freimütigkeit, aber an Sonntagen tat er nichts lieber, als mit dem Chor in der Kirche zu singen. Ansonsten versuchte er, möglichst viel Zeit mit seiner Familie zu verbringen: mit Mathilde, der dreijährigen Anna und natürlich mit Berthe.

Doch seit Kurzem regte sich ein neues Gefühl in Marius Brouwer. Er fühlte sich verpflichtet, seinen Leuten zu helfen. Wie konnte man als empfindsamer Mensch, so fragte er sich immer wieder, tatenlos zusehen, wie Fremde wieder einmal das Land verwüsteten? Daher hatten er und seine Freunde sich zu einer kleinen Gruppe zusammengefunden – zu einer Bewegung des Volkes. Nur er und eine Handvoll Leute. Sie hatten ihre Bewegung *schild ende vriend* getauft – Schild und Freund – in Anlehnung an die berühmte Parole, die die rachsüchtigen Bewohner Brügges 1302 benutzt hatten, um Franzosen von Flamen unterscheiden zu können. Damals, auf dem Höhepunkt der flämischen Revolte, war jeder Mann auf der Stelle hingeschlachtet worden, wenn er nicht imstande war, die zungenbrecherische Phrase richtig auszusprechen. Die Franzosen sahen sich zu Vergeltungsmaßnahmen gezwungen und waren schließlich in der »Schlacht der Goldenen Sporen«, besiegt worden, als die Elite der gepanzerten Ritter niedergemacht wurde. Natürlich beabsichtigte Marius nicht, den gegenwärtigen französischen Besatzern in gleicher Weise zuzusetzen, aber die Parole eignete sich für die kleine Gruppe und erinnerte an die richtigen Prinzipien. Vor allem an das Recht der Flamen auf politische Unabhängigkeit.

Marius würde immer von sich behaupten, dass er niemanden hasste, außer vielleicht die Franzosen und die Freibeuter in französischen Diensten, die unlängst Marius' behütete Enklave in eine Lasterhöhle verwandelt hatten. Aber er war fest entschlossen, gegen jeden zu kämpfen, der seine Prinzipien und seine Familie bedrohte: Franzosen, Spanier, Österreicher oder Briten. Jeder, der sich anschickte, Flandern zu regieren. Für Marius konnte es nur ein Flandern geben, nämlich das Flandern, das von den Flamen regiert wurde. Inzwischen wusste man kaum noch, wem man vertrauen durfte. Vor Kurzem hatte er noch geglaubt, dass Marlborough auch wirklich meinte, was er sagte. Aber jetzt war Marius besorgt. Würden die Briten die Stadt tatsächlich mit ihren schweren Geschützen beschießen? Bei allem, was ihm heilig war, er hoffte, sie würden es nicht tun; erst letzte Nacht hatte er in der Kirche St. Martin für den Frieden gebetet. Doch in seinem Herzen war er sicher, dass es keines Gebets bedurfte. Die Briten waren zivilisierte Menschen – keine Barbaren. Oder nicht?

* * *

Er verließ die Nieuw Straat, bog in das Kapuzinerviertel und erreichte die Tür des Schulgebäudes, in dem er unterrichtete. Dort klopfte er zweimal, dann dreimal, worauf ihm geöffnet wurde. Ein Mann und eine Frau hielten sich in dem Raum auf, sonst niemand. Dies war das Zentrum des Untergrunds in Ostende, die Volksbewegung für eine Republik Flandern. Zumindest hielten sich hier die führenden Köpfe der Bewegung auf, die »Offiziere«. Die anderen Mitglieder lebten verstreut in der Stadt oder auf Gehöften im Umkreis von Ostende. Aber Marius und seine beiden Vertrauten bildeten das Herzstück der Bewegung, waren Inspiration und Ansporn für andere. Sie waren keine bewaffneten Aufwiegler und sahen wahrlich nicht aus wie Revolutionäre. Im Übrigen wussten die städtischen Behörden überhaupt nichts von der Bewegung, soweit Marius das beurteilen konnte. Aber vielleicht würden sie bald, wenn die Zeit es verlangte, zu den Waffen greifen müssen.

Marius nickte seinen Freunden zu. »Wir haben nicht viel Zeit. Wir brauchen einen Plan für den Fall, dass die Briten die Stadt einnehmen.« Die beiden sagten nichts, und Marius achtete erst jetzt auf den Ausdruck auf ihren Gesichtern. Schrecken. Angst. Furcht grub sich in seinen Magen. »Was ist los? Ist irgendetwas passiert? So sprecht doch.«

Der Mann schaute ängstlich zu der Frau und wandte sich dann an Marius. »Wir müssen sofort handeln. Die Briten werden das Feuer auf die Stadt eröffnen. Vielleicht noch heute Abend.«

»Woher weißt du das, Hubert? Wer hat dir das gesagt? Bist du sicher?«

Hubert Fabritius nickte. Als Angestellter eines Anwalts war es nicht seine Art, Dinge in die Welt zu setzen, die er nicht sicher wusste. »Kein Zweifel, Marius. Der Spion – de

Groot – hat es mir erzählt. Erst vor zwei Stunden. Er meinte, er habe die Information von einem Offizier der Rotröcke. Es wird in den nächsten Stunden geschehen.«

Marius schaute zu der jungen Frau hinüber, Louise Huber, eine ausgebildete *Chocolatière*, deren göttliche Kreationen insbesondere bei den Franzosen in der Garnison großen Anklang fanden. Er kannte Louise von Kindheit an und würde ihr immer vertrauen, so wie sie ihm. Sie schwieg. Tränen schimmerten in ihren Augen. Schließlich nickte sie kaum merklich.

Marius nahm den Blick von ihr und starrte ins Leere. »Also gut. So sei es. Wir müssen zurück nach Hause, damit alle rechtzeitig Schutz suchen können.« Er hielt verunsichert inne. »Aber haben wir überhaupt einen Plan? Die Briten könnten schon in wenigen Stunden in der Stadt sein.«

»Ist das denn so wichtig, Marius?«, fragte Louise. »Wenn es so kommt, wären die Franzosen besiegt. Dann ist immer noch Zeit für Pläne.«

»Meinst du nicht, dass wir uns einen Plan zurechtlegen sollten? Müssen wir nicht über Bedingungen der Kapitulation nachdenken? Oder darüber, wie wir uns im Fall einer Besetzung zu verhalten haben? Lasst uns wenigstens eine Petition an Marlborough verfassen. Wir müssen Anführer ernennen.«

»Du bist unser Anführer.«

»Gut. Aber was ist mit den anderen?«

Louise, die schulterlanges braunes Haar hatte und ein einfaches Baumwollkleid und ein Schultertuch trug, legte ihm eine Hand auf den Arm und warf ihm einen Blick aus ihren hübschen grünen Augen zu. »Mach dir keine Sorgen, Marius. Viel wichtiger ist es, dass du zu Berthe und den Kindern zurückkehrst. Du weißt, dass wir dir vertrauen. Wir sind davon überzeugt, dass du weißt, was zu tun ist, wenn die Zeit kommt.«

* * *

Steel stand auf der höchsten Düne an der Straße, die zu dem geschlossenen Westtor von Ostende führte, und schaute hinaus aufs Meer. Allmählich ärgerte er sich über den Enthusiasmus, den der junge Mann an seiner Seite an den Tag legte. Immer wieder zeigte er aufgeregt aufs Wasser.

»Seht Ihr, Sir? Das ist mein Schiff, die *Triton*. Und dort drüben liegen die Bombarden. Man kann sie gerade so erahnen, Captain. Seht Ihr, wie tief sie im Wasser liegen? Das sind die *Salamander* und daneben die *Blast*. Was für eine Ehre, den Beschuss leiten zu dürfen! Sehen sie nicht blendend aus? Nun, die *Salamander* ist ein älterer Lugger, das gebe ich zu. In Dienst gestellt im Jahre 1687. Aber das andere Schiff ist eine echte Schönheit. Da werdet Ihr mir zustimmen. Schaut, sie ist ein als Bark geriggtes Schiff. Was sagt Ihr dazu, Sir?«

Steel schwieg, lächelte aber und nickte bloß. Dann suchte er den Blick seines Freundes Hansam, der eben erst die Düne erklommen hatte, und zog eine Braue hoch. Hansam fing den Blick seines Kameraden ein und lächelte. Wie es schien, war der ehrenwerte Captain George Forbes aus der Royal Navy Ihrer Majestät in seinem Element. Der Admiral hatte ihn hier zur Küste beordert, damit Forbes den Beschuss der Bombarden leiten konnte; Forbes erachtete es offenbar als Privileg, mit dieser Aufgabe betraut worden zu sein.

Wenn Forbes indes den wahren Grund gekannt hätte, warum der Admiral ihn nicht auf dem Schiff haben wollte – »der Bursche ist zu sehr von sich eingenommen, ich kann nicht an seiner Seite kämpfen« –, dann hätte er vielleicht anders über den Befehl gedacht. Neben Forbes standen zwei Seeleute, Signalgeber der Bombarden. Mit ihren verschiedenfarbigen Flaggen sollten sie anzeigen, wo die Geschosse in der Zitadelle einschlugen. Hier oben auf der Düne waren die Männer am besten zu sehen. Forbes hatte Steel an der Spitze der Sturmabteilung getroffen, die sich inzwischen unten auf der Straße formiert hatte. Kurzerhand hatte er ihn eingeladen, den Beschuss von der Düne aus zu verfolgen … nicht ohne seine schlauen Bemerkungen. Mittlerweile wünschte Steel, er wäre der Einladung nicht gefolgt.

Steel beobachtete den übereifrigen jungen Offizier, der immer aufgeregter zu werden schien. Forbes war eher schmal von Gestalt und sprach mit einem angenehmen irischen Akzent; er stammte aus dem County Down, wo sein Vater, der Earl of Granard, eine bekannte Persönlichkeit war. Das alles hatte Steel während der ersten drei Minuten ihres Gesprächs erfahren dürfen. Der junge Seeoffizier war kleiner als Steel, und seine markanten Züge spiegelten die keltischen Vorfahren wider.

Steel wendete den Blick von ihm und schaute erneut in die Richtung, in die Forbes mit ausgestreckter Hand deutete … auf die im Wasser dümpelnden Bombarden. Im Schlepptau hatten beide Schiffe je ein Versorgungsboot.

»Seht Ihr die kleineren Boote, die mit den Bombarden vertäut sind? Sie sind bis zum Dollbord mit zusätzlicher Munition beladen. Da schlafen übrigens auch die Männer. Auf den Bombarden ist kaum noch Platz, weil dort die Mörser mitsamt Material stehen. Das müsstet Ihr von Nahem sehen, Captain. Wirklich, ich würde es mir wünschen. Es ist übrigens amüsant, dass ausgerechnet die Franzosen diese Bombarden erfunden haben. Natürlich waren die ersten Modelle nichts im Vergleich zu den heutigen Schiffen. Wusstet Ihr, dass man das ganze Schiff mithilfe eines Federankers wenden musste, wenn man zielen wollte? Und sie hatten auch nur zwei Mörser auf dem Vordeck. Und jetzt sind auf diesen Schönheiten die Mörser – große Exemplare – auf zentralen drehbaren Plattformen angebracht, ungefähr so …«, er zog mit dem Stiefel einen Kreis im Sandboden, »… in der Mitte des Schiffes. Die ganze Wucht des Rückstoßes geht direkt in den Rumpf, der extra verstärkt ist. Und was glaubt Ihr, wie viele Mörser ein Schiff mit sich führt, meine Herren? Ihr dürft raten. Nun, ich will es Euch nicht vorenthalten. Nicht weniger als drei Mörser pro Schiff. Ihr müsstet das Ausmaß der Zerstörung sehen, das sie anrichten. Wusstet Ihr, dass die Franzosen die ersten Bombarden 1684 vor Genua einsetzten? Eine furchtbare Verschwendung von Munition – zu viele zivile Opfer.«

Steel ließ den jungen Offizier einfach reden. Natürlich konnte er sich an den Beschuss von Genua erinnern, doch zu jener Zeit war er erst zehn Jahre alt gewesen. Ein alter Onkel, der Verbindungen zur Navy besaß, hatte die Nachricht eines Tages bei Steel zu Hause überbracht. Damals war die Familie erschrocken gewesen, wie auch der Rest Europas. Steel wusste noch genau, dass er in dem kleinen Schulraum in Carniston gesessen und vom Tod zahlloser Frauen und Kinder erfahren hatte. Das war nicht das Soldatentum, von dem man ihm immer erzählte. Da gab es keinen Ruhm. Von jenem Tag an war ihm klar geworden, dass die Franzosen schlecht waren. Und wenn er nun zurückblickte, wurde ihm bewusst, dass sich schon damals König Ludwigs unbändiger Ehrgeiz abzeichnete: Der eiserne Wille, die Vorherrschaft in Europa zu erlangen, koste es, was es wolle. Vielleicht hatte ihn das ursprünglich beflügelt, Soldat zu werden; aus einem Verlangen heraus, gegen die Franzosen zu kämpfen.

Seither hatten natürlich auch die Briten in dem Spiel mitgemischt. Die Namen Dieppe und Le Havre hatten sich in die Annalen der Schande eingebrannt. Andere Angriffe folgten, etwa auf Calais und Dünkirchen. Und jetzt zeichnete sich ab, dass die Navy erneut zuschlagen würde.

Forbes redete immer noch weiter. »Seht Ihr, Captain, was im Augenblick geschieht? Die Männer der Artillerie, Eure Leute also, sind an Bord der Schiffe und tun das, was wir ›Inspektion der Munition‹ nennen. Das heißt, sie überprüfen, ob alle Mörser richtig fest verankert sind. Schon bald werden sie die Lunten entzünden, und dann heißt es abwarten.«

* * *

Ja, dachte Steel. Dann werden wir alle warten. Der Angriff, den er zu führen hatte, sollte erst einsetzen, wenn der Mörserbeschuss endete. Doch schon jetzt war ihm bei all der Aufregung ein wenig unwohl zumute. Es war deutlich geworden, dass ein Mann wie Forbes die Wirklichkeit noch nicht ganz erfasst hatte. Mit seinen zweiundzwanzig Jahren war dem Seeoffizier womöglich nicht bewusst, dass seine schönen Kriegsmaschinen dort draußen ein fürchterliches Blutbad in der Stadt anrichten würden. Gott, dachte Steel. Hörte der Bursche denn nie auf zu reden?

»Das einzige Problem mit den Mörsern ist natürlich ihre Ungenauigkeit. Ich denke, deshalb bin ich hier. Es wird sich nicht vermeiden lassen, dass einige Zivilisten ihr Leben verlieren. Aber im Grunde haben wir es auf die Piraten abgesehen. Wir müssen verhindern, dass sie unsere Schiffsrouten behindern. Stehen alle im französischen Sold, müsst Ihr wissen. Habe einen von ihnen vor vier Jahren geschnappt, einen gewissen Jean Bart. Furchtbarer Kerl. Konnte mit einem

Ruderboot fliehen. Es heißt, der Mann, den alle Duguay-Trouin nennen, sei in der Stadt. König Ludwigs Günstling. Was für ein Triumph, wenn wir ihn gefangen nehmen könnten, Sir. Das wird natürlich Eure Aufgabe sein. Ist doch die Aufgabe der Armee, nicht wahr? Glaubt mir, mir gefällt die Armee. Könnte mir sogar vorstellen, eines Tages an Land zu dienen. Um das Schlachtfeld einmal kennenzulernen, sozusagen. Mein Bruder war Soldat. Vielleicht kanntet Ihr ihn sogar, Sir. Lord Forbes. Netter Bursche. Starb in Blenheim.«

Steel hatte ihn nicht kennengelernt, doch er wusste, dass ein Offizier dieses Namens im Generalstab Respekt genoss und bei den Männern beliebt gewesen war. Steel war zu Ohren gekommen, dass Forbes beim letzten Ansturm auf Blenheim gefallen war.

»Tut mir leid, Captain, dass es mir nicht vergönnt war, die Bekanntschaft Eures Bruders zu machen. Wie ich hörte, starb er als Held. Ich fühle mit Euch und Eurer Familie.«

»Habt Dank, Sir. Musste aber irgendwann so kommen. War immer schon ungestüm, der alte James. Es zahlt sich aus, wenn man vorsichtig ist im Krieg. Man muss eben wissen, wo und wann man losstürmen kann. Habe ich recht, Sir? Würdet Ihr mir da zustimmen?«

Steel lächelte. »Oh, sicher, Captain. Ganz gewiss. Es ist immer eine Frage der Umsicht. Man muss zur rechten Zeit am richtigen Ort sein. Das ist vielleicht das Geheimnis.«

»Wusste ich's doch«, erwiderte Forbes und strahlte über das ganze Gesicht. »Ich kann es kaum abwarten, Euren Kommandanten kennenzulernen, Sir, General Argyll. Bin ein großer Bewunderer dieses Mannes. Großartig, wie er das bei Ramillies gemacht hat. Habt Ihr das miterlebt?«

»Ja, ich habe es verfolgt«, gab Steel leise zurück.

»Oh, wie ich Euch beneide, Sir. Eine absolute Meisterleistung war das. Nahm ein Dorf praktisch im Alleingang. Trieb ein ganzes Regiment Iren zurück. Ich kann es kaum abwarten, ihn zu treffen.«

Das kann ich mir denken, dachte Steel.

»Ich hoffe sehr, dass Ihr diesen Trouin in die Finger bekommt«, fuhr Forbes fort. »Ihr würdet der Navy einen großen Dienst erweisen – Euch übrigens auch. Dieser Mann ist die Geißel der Kauffahrteischiffe. Überhaupt aller Seefahrer. Wenn er den Ärmelkanal kontrolliert, werden dem Herzog bald die Vorräte ausgehen.«

»Seid versichert, Captain Forbes, wir kriegen ihn oder töten ihn, wenn es sein muss.«

Ja, sie würden diesen französischen Piraten festnehmen, dachte Steel. Allerdings er fragte sich, wie viele unschuldige Zivilisten dafür würden sterben müssen.

Einer von Forbes' Männern las eine Nachricht von dem Flaggschiff. Er wandte sich an den Captain. »Signal vom Admiral, Sir. Bereit machen.«

»Ich vermute, dass wir jeden Moment feuern werden, Sir. Ihr seid doch vertraut mit Kanonenfeuer, Captain. Doch ich frage mich, ob selbst Ihr so etwas gesehen habt. Es wird ein Spektakel, das Ihr so schnell nicht vergessen werdet, Sir.«

»Danke, Captain Forbes. Ich versichere Euch, dass meine ganze Aufmerksamkeit Euch gehört.« Daran gab es nichts zu leugnen.

Steel schaute nach rechts, wo jenseits des Steene-Grabens und am Rande des Marschlandes die alliierte Armee auf den Befehl zum Feuern wartete. Deutlich konnte er die Geschützmannschaften an ihren Kanonen erkennen; Dutzende von Kanonieren standen halb gebeugt über den Zündlöchern, die Luntenspieße in der Hand. Marlborough hatte angeordnet, dass der Belagerungsring – bestehend aus großen Vierundzwanzigpfündern – so nah wie möglich an das Marschland gezogen werden sollte. Die Entfernung war zwar noch beträchtlich, doch die Flugbahn war so berechnet, dass die Geschützmeister zuversichtlich waren, die Ladung über die Befestigungsmauern zu schießen. Östlich der Stadt hatte man niederländische Kanonen in Stellung gebracht, halb verborgen hinter Gabionen aus Weidenkörben.

* * *

Wie Forbes es beschrieben hatte, trafen draußen auf dem Wasser die Artilleristen, die vom Festland herübergerudert wurden, die letzten Vorkehrungen für das Geschützfeuer. Die Mörser standen bereit, und die Zündschnüre der Munition waren so bemessen, dass die Granaten in die Stadt flogen und erst dann explodierten, wenn die Lunten sich bis ins Innere der Bombe gebrannt hatten.

Die Kriegsschiffe mit ihren vierzig und sechzig Geschützen aus Admiral Fairbornes Flottenverband waren möglichst nah an die Küste navigiert worden. An den offenen Stückpforten von zehn Schiffen warteten nun die Geschützmannschaften. Zwanzig Kanonen pro Schiff waren geladen: Zehn Breitseiten, und obwohl die Geschosse nicht so viel Schaden anrichten würden wie die Mörser der Bombarden – viele Kugeln würden ihr Ziel verfehlen –, sollte die Kombination aus großen und kleineren Kalibern die Schlagkraft erhöhen.

Steel ahnte, dass es Marlborough in diesem Augenblick vor allem darum ging, mit dem Kanonendonner Angst und Schrecken zu verbreiten. In der Hoffnung, dass die Leute von Ostende – oder zumindest die Garnison – kampflos die Tore öffneten, ohne viel Blut zu vergießen. Auch Steel betete, dass es so kommen möge und dass der Einzug in die Stadt ohne größere Konflikte ablaufen würde. Doch tief in seinem Innern wusste er, dass seine Gebete nicht erhört würden.

* * *

Marius eilte durch die stillen Straßen nach Hause. Er mochte noch dreißig Yards von seiner Tür entfernt sein, als er den dumpfen Knall vernahm. Zuerst hielt er es für einen Donnerschlag in der Ferne und blieb instinktiv stehen. Denn dies war ohne Zweifel das tiefste Donnergrollen, das er je gehört hatte. Doch im selben Moment wusste Marius Brouwer, was dieses Krachen zu bedeuten hatte. Die letzten Meter bis zu seinem Haus und seiner Familie rannte er, als wäre der Teufel hinter ihm her.

Die ersten sechs Bomben wurden auf den Bombarden abgefeuert und flogen in einem Bogen, der zweihundert Fuß an Höhe erreichte, in Richtung Stadt: Beinahe ehrfürchtig beobachteten viele Bürger die Flugbahnen der Geschosse. Binnen Sekunden indes hatten die Menschen erkannt, was dort geschah. Frauen nahmen ihre Kleinkinder auf den Arm und rannten in ihre Häuser, anstatt in den Kellern, Blockhäusern und Kasematten Schutz zu suchen, wie sie es für den Ernstfall geübt hatten. Schon vor vielen Jahren hatte Vauban auf ein solches Szenario hingewiesen, sodass fortan jeden Monat eine Übung stattgefunden hatte. Aber selbst die beste Vorbereitung vermochte nicht die Panik zu verhindern, die nun ausbrach. Der große Marschall war selbst Zeuge der britischen Bombardierung von Le Havre im Jahre 1694 geworden und hatte mit ansehen müssen, wie die Menschen dort in Stücke gerissen worden waren. Ganze Straßenzüge hatten sich rot von Blut gefärbt, und auf dem Pflaster lagen die Toten und Verstümmelten. Damals hatte Vauban sich geschworen, dass sich ein solches Grauen nicht auf französischem Boden oder in einer französisch besetzten Stadt wiederholen sollte.

Aber die Schutzräume, die Vauban so sorgsam geplant hatte, reichten inzwischen nicht mehr für die schnell wachsende Bevölkerung einer blühenden Hafenstadt. In Ostende war kaum noch Platz für die Garnison gewesen, und da sich dort obendrein zwei Mannschaften Freibeuter tummelten, war abzusehen, dass Vaubans Bemühungen letzten Endes nicht ausreichten. Jetzt geschah das Undenkbare.

Die Stadtbewohner erkannten ihren Fehler und eilten schließlich zu den Kasematten, die sich unter der Bastion befanden, dreißig Fuß tief in das Gestein gehauen. Doch ehe irgendjemand die Eingänge erreichte, krachten bereits die großen Eisenkugeln in die Stadt. Die Erste landete auf dem *Grote Markt*, die Zündschnur prasselte noch. Die Kugel rollte über das Kopfsteinpflaster und blieb qualmend liegen. Die Menschen, die sich in diesem Augenblick auf dem Platz aufhielten, reagierten auf ganz unterschiedliche Weise. Drei Männer retteten sich in Seitengassen. Ein Bauernmädchen warf sich in ihrer Angst einfach zu Boden, während vier Männer und eine Frau dastanden und wie gebannt auf das eiserne Rund starrten, aus dessen Öffnung Funken sprühten. Eine Person trat vor, in der festen Absicht, die Kugel aufzuheben und fortzuschaffen.

Dann hatte die Zündschnur sich bis ins Innere gefressen. Die Funken erreichten das Salpetergemisch, die Sprengladung zündete: Mit einem Mal nahm das Leben der Menschen auf dem Platz ein jähes und gewaltsames Ende. Die Wucht der Detonation riss Steine aus dem Straßenpflaster; das Mädchen wurde hoch durch die Luft geschleudert. Von den drei Männern blieb außer Kleiderfetzen und Knochen nichts mehr übrig. Allein die Frau war noch zu sehen. Das Gleißen der Explosion hatte sie geblendet, und nun stand sie zitternd da und stierte auf ihren blutigen Armstumpf, da umherfliegende Splitter ihr die rechte Hand abgerissen hatten. Orientierungslos stolperte sie durch den Rauch und den Hagel aus Steinsplittern, stumm, entgeistert. Sterbend.

Eine neue Salve schlug in der Stadt ein. Gleichzeitig eröffneten die Belagerungsgeschütze von Land und die Kanonen auf den Kriegsschiffen das Feuer. Ostende erbebte unter den Auswirkungen der modernen Kriegsführung.

* * *

Steel stand unterdessen am Strand und verfolgte die perverse pyrotechnische Schönheit der Bombardierung und die blitzenden, orangeroten Explosionen, sobald die Bomben ihr Ziel gefunden hatten. Es erstaunte ihn immer wieder, dass ein Mensch einen solchen Feuersturm überstehen konnte. Doch es gab immer Überlebende. Einige waren verstümmelt, andere erblindet; andere wiederum waren kaum noch als Menschen zu erkennen. Aber sie lebten weiter.

Auch George Forbes beobachtete den Beschuss der Stadt mit wachem Interesse. Akribisch notierte er, wenn die Bomben ihr Ziel verfehlten. Von Zeit zu Zeit rief er seinen Signalgebern etwas zu. Als die Geschosse präziser trafen, verspürte Steel eine zunehmende Übelkeit. Er mochte sich nicht ausmalen, was sich jetzt dort drüben innerhalb der Mauern an Grauen abspielte, aber die Bilder entstanden in seinem Kopf. Gleichzeitig wusste er, dass es an der Zeit war, zu den Grenadieren zu stoßen. Halb ging er, halb rutschte er die Düne hinunter und folgte Hansams Spuren im Sand.

Slaughter stand neben dem Lieutenant. Beide Männer blickten zur Stadt, aus der dicke Wolken aus schwarzem Rauch aufstiegen.

Der Sergeant fand als Erster die Sprache wieder. »Die armen Teufel. Scheint mir nicht richtig zu sein, Sir. Frauen und Kinder.«

»Nein, Jacob. Das ist auch nicht richtig. Aber wir haben keine andere Wahl. Wir wissen, dass die Menschen Schutz suchen können. Hoffen wir, dass sie Zeit genug hatten, sich zu verstecken.«

Er musste abermals an die Worte des armen Major van Cutzem denken. *»Beten wir zu Gott, dass wir so etwas nicht mehr mit ansehen müssen ... Nie mehr wollen wir in jene Hölle hinabsteigen.«*

Zumindest war van Cutzem der Anblick dieser neuen Hölle erspart geblieben, die an diesem Tag in Ostende aufbrach.

* * *

Im westlichen Flügel der Zitadelle in der Kasematte Nummer 4, unmittelbar unter der Florida-Bastion, saß Major Claude Malbec von den gefürchteten Grenadiers Rouge an einem Eichentisch, kaute auf fadem Tabak und spie aus. Sodann zog er ein Seidentaschentuch aus seiner Weste und tupfte sich sacht die Mundwinkel und die Stirn. Der süßliche Duft der Lavendelpomade war kurioserweise tröstend und beunruhigend zugleich. Denn dieser Duft erinnerte Malbec sofort an glücklichere Tage, damals in Paris. An ein Mädchen, das er zu seiner Geliebten gemacht hatte, in einem Haus hinter dem Place Royale. Er erinnerte sich an die Spieltische im Palais Royal und an die ausgelassene Atmosphäre jener Nächte in der Hauptstadt, wenn man am nächsten Morgen aufwachte und in jedem Arm ein nacktes Mädchen hatte und sich nicht erinnern konnte, wie das getrocknete Blut an die Degenklinge gekommen war: Man hatte wie im Rausch gelebt, sich um nichts geschert und wusste sich nicht zu erklären, wie und wann man ein Nachtlager gefunden hatte.

Aber mit diesem die Sinne wachrufenden Aroma stellte sich noch eine andere Erinnerung ein. Die quälende Erinnerung an seine tote Gemahlin. Und wie jedes Mal, wenn er ihrer und der ermordeten Kinder gedachte, war er mit den Gedanken sogleich bei den Briten. Und dann verlor er sich in einer roten Flut des Hasses.

Mit dem Absatz seines Armeestiefels drückte Malbec die orangefarbene Tabakspucke in den binsenbestreuten Boden und wandte sich an seinen Sergeant, der bei der Tür stand und einen Arm um eine Dienstmagd geschlungen hatte; eine der *filles du regiment,* die vor mehr als einem Jahr mit der Besatzung der Garnison gekommen waren.

Von draußen, vor den verschlossenen Kasematten, drang das Kreischen der heransausenden Bomben in die Räume, unmittelbar gefolgt von den Detonationen. Die Mauern bebten bei jeder Explosion, Staub rieselte von der Decke. Die Luft unten im Fels war trotz der Körperausdünstungen und Tabakschwaden erstaunlich frisch. Marshal Vauban hatte in Ostende ein ausgeklügeltes Ventilationssystem einbauen lassen, sodass die Schutzsuchenden es mehrere Tage unter der Erde aushielten. Es gab auch Latrinen, diskret verborgen hinter Vorhangfassaden, sowie Lagerräume mit Nahrung und Wein. Ein Ziehbrunnen, der von außen nicht zu erreichen war, sorgte für das überlebenswichtige Wasser.

»Müller!«, rief Malbec seinen Sergeant an, »wie lange dauert das schon?«

»Eine halbe Stunde, Monsieur. Vielleicht länger.«

»Was glaubt Ihr, wie lange werden die noch feuern?«

»Das fragen sich alle, Monsieur. Ich denke, die meinen es ernst.«

Malbec lachte. Es klopfte an die Tür. Stimmen; erst die eines Mannes, dann die einer Frau. Flehende Stimmen. Der Sergeant und sein Mädchen lösten sich von der Tür. Die Soldaten in den Kasematten, die sich bislang während des Beschusses unterhalten hatten, verstummten. Malbec saß reglos da. An einem anderen Tisch, auf der gegenüberliegenden Seite des Raums, blickte ein Captain mit Missbehagen zur Tür.

»Major Malbec, bei allem Respekt, meint Ihr nicht, dass wir sie hereinlassen sollten? Sie werden in Stücke gerissen.« Lieutenant Lejeune war der stellvertretende Kommandant der Abteilung und erst kurz vor der Niederlage bei Ramillies zum Regiment gestoßen.

Malbec runzelte die Stirn und schüttelte den Kopf. »Mein lieber Lieutenant Lejeune, Ihr müsst noch viel über den Krieg lernen. Und über das Leben.«

Einige der Soldaten setzten die Gespräche fort.

»Wenn wir einen dieser Bauernlümmel reinlassen«, fuhr Malbec fort, »werden auch die anderen kommen. Wir können unmöglich die ganze Stadt hier unterbringen. Erst müssen wir uns selbst retten, damit wir kämpfen können, sobald das Sperrfeuer aufhört. Das ist die schlichte Wahrheit, Lieutenant. Und das sind meine Befehle. Abgesehen davon, was kümmert's Euch? Das sind doch bloß Flamen.«

Der Lieutenant stand auf. »Bei allem Respekt, Monsieur. Das da draußen sind auch Menschen. Es ist ... unmenschlich, wenn wir nichts tun. Wir müssen die Leute hereinlassen. Ihr müsst es erlauben.«

Eine ungesunde Röte überzog Malbecs sonnengebräuntes Gesicht. »Wir werden nichts dergleichen tun, Lieutenant. Und wenn Ihr Euch in dieser Angelegenheit noch einmal gegen mich stellt, bringe ich Euch wegen Insubordination vor das

Kriegsgericht. Wie lange dient Ihr schon bei uns, Lejeune? Vier Monate?«

»Zwei, Monsieur.«

»Zwei Monate. Und wo habt Ihr davor gedient?«

»Im Regiment du Roi.«

»Und davor?«

»Da war ich Kadett in der königlichen Garde, Monsieur, bei Hofe.«

»Ihr wart also ein Höfling. Und davor? Ein Schuljunge. Und jetzt maßt Ihr Euch an, mir zu erzählen, wie ich einen Krieg zu führen habe? Habt Ihr eine Vorstellung davon, wie lange ich bereits unter der Fahne diene?«

»Nein, Monsieur.«

»Viel zu lange, Lejeune. Zu lange, um mich von einem Ammenzögling wie Euch belehren zu lassen. Nein, Lieutenant, ich möchte Euch warnen, mir Ratschläge zu erteilen! Ihr hättet in Bayern dabei sein sollen. Wie, Sergeant Müller? Erzählt ihm von Bayern, Sergeant.«

Müller, ein großer kahlköpfiger Mann aus dem Elsass, grinste. »Ja, das hättet Ihr sehen sollen, Monsieur. War 'ne schreckliche Sache. Aber wir mussten es tun. Gab keine andere Möglichkeit, um die Bayern gegen die Engländer aufzubringen. Denn sonst wären nur noch mehr gestorben, versteht Ihr? War's nicht so, Major Malbec, Monsieur? Mussten es tun ... so hat's der Major befohlen.«

Doch dann, als Müller sich allzu lebhaft an die furchtbaren Schreie in dem bayerischen Dorf erinnerte – an die Schreie der Zivilisten, die sie mit den Bajonetten niedergemacht hatten –, unterbrach er sich und starrte zu Boden.

»Und deshalb müssen wir auch jetzt tun, was zu tun ist, Lieutenant«, betonte Malbec.

Die Männer des Majors, die während des Wortwechsels

gespannt zugehört hatten, widmeten sich erneut ihren Aufgaben. Einer der Grenadiers Rouge begann eine Melodie anzustimmen.

Auprès de ma blonde
Qu'il fait bon, fait bon, fait bon,
Auprès de ma blonde,
qu'il fait bon dormir ...

Das Lied erstarb dem Mann auf den Lippen, als draußen vor der Tür ein herzzerreißender Schrei zu hören war ... dann Stille.

Malbec starrte zur Tür, von der nun ein leises Stöhnen in die Kasematten drang. Der Major versuchte, seine Sinne vor den Lauten zu verschließen. Er schloss die Augen und sah unvermittelt das Antlitz seiner Frau. Sie hörten eine weitere Bombe kommen; mit schrillem Pfeifen zerschnitt sie die Luft. Näher und näher kam das Kreischen, bis es praktisch über ihnen war. Instinktiv zogen die Männer die Köpfe ein. Sekunden später schlug das Geschoss mit gewaltigem Krachen wenige Schritte von dem Eingang der Kasematte ein. Erde rieselte von der Decke. Draußen waren abermals Schreie zu hören, als die Menschen versuchten, sich vor der nächsten schwarzen Kugel in Sicherheit zu bringen. Mit einem ohrenbetäubenden Knall zerriss die Explosion die Luft. Dann breitete sich beklemmende Stille aus. Von draußen drang kein Laut mehr an die Ohren der Männer in den Kasematten.

Doch es blieb nicht still. Das furchtbare Stöhnen setzte wieder ein, aber diesmal nicht nur aus einer Kehle, sondern aus unzähligen. Malbec öffnete die Augen und merkte mit Verzögerung, dass der Schweiß ihm vom Kopf lief.

Er warf einen Blick auf Lejeune. Der Lieutenant starrte zu ihm herüber. Malbec schaute wieder zur Tür. Und dann, für einen Moment, glaubte er, durch das Stöhnen dort draußen die hohe Stimme einer Frau zu hören.

»Rettet mich. Rettet meine Jungen. Rettet meine Kinder.«

Plötzlich geschah etwas Eigenartiges in Malbecs brodelndem, fiebrigem Hirn. Er sprang auf, stürzte zur Tür, stieß den stämmigen Sergeant zur Seite, schob den Riegel zurück und riss die Tür auf. Die Unterkante der Tür schabte über die Pflastersteine, die blutverschmiert und voller Körperfetzen waren. Malbec spähte in den Qualm des Nachmittags und hatte das Gefühl, in einen Ausschnitt der Hölle zu schauen.

Rauchschwaden zogen durch die Straße. Menschen – oder die Überbleibsel menschlicher Körper – lagen verdreht am Boden. Aus den Gebäuden zu beiden Seiten der Straße waren Steine geplatzt und lagen verstreut zwischen den Toten, verziert von den zerbrochenen, ehemals roten Dachziegeln, die zu Dutzenden vom Himmel geregnet waren. Wohin Malbec auch blickte, überall schien etwas zu brennen oder zu schwelen: Dachbalken, Fuhrwerke, Pferde ... menschliche Gliedmaßen.

Ein Geräusch am Himmel ließ ihn aufschrecken. Er schaute hinauf und sah noch mehr Kugeln kommen. Sie zogen über den Himmel wie kleine, bösartige schwarze Kometen.

Mit einem Mal gewahrte er die Menschen, die sich langsam in seine Richtung schleppten. Menschen mit furchtbaren Verletzungen; sie waren entstellt, hatten Gliedmaßen verloren, besaßen nur noch eine Gesichtshälfte. Frauen trugen schlaffe Kinder im Arm. Andere Kinder jammerten leise in ihrer Orientierungslosigkeit. Sie hatten ihre Eltern verloren, waren selbst verletzt und blutverschmiert. Die Kleidung hing ihnen in Fetzen vom Leib, die nackte Haut darunter war versengt oder abgeplatzt.

In der Menge entdeckte Malbec zwei oder drei Männer, die mehr oder weniger unverletzt zu sein schienen und sich bemühten, den Verwundeten beizustehen. Der Major wusste selbst nicht, wie ihm geschah, als er sich plötzlich bückte und eins der Kinder – ein Mädchen von vielleicht acht Jahren – an sich zog. In dem Lärm der Explosionen hörte er nichts anderes, sah unweit des Eingangs eine Frau am Boden kauern, die ein Kind in den Armen wiegte, während ein anderes verzweifelt die Ärmchen nach ihr ausstreckte. Langsam drehte die Frau dem Major das Gesicht zu und formte mit den Lippen ein Wort, das Malbec als »Hilfe« interpretierte. Das kleine Mädchen noch im Arm, beugte er sich zu der Frau herab und half ihr auf die Füße. Wie durch ein Wunder war sie unverletzt geblieben, hatte indes einen Schock erlitten. Eins ihrer Kinder aber, der Junge in ihren Armen, war tot. Malbec konnte zwar keine Verletzung entdecken, vermutete jedoch, dass die Druckwelle das Kind getötet hatte.

Der Major drängte die Frau mit ihren Kindern zum Eingang der Kasematten, nahm das Mädchen mit hinein und schlug hinter sich die Tür zu. Im selben Moment schob Sergeant Müller den Riegel vor, als auch schon Dutzende Fäuste draußen gegen das Eichenholz hämmerten.

Malbec drehte sich um und sah, dass es noch ein paar andere Zivilisten in die Kasematten geschafft hatten. Inzwischen mochten es ein Dutzend Bewohner Ostendes sein. Der Major wandte sich der Frau zu und wischte ihr sacht durchs Gesicht. Dann sah er ihr in die Augen und betete mit einem Mal zu einem Gott, von dem er sich in seiner Verbitterung seit Langem abgewandt hatte. Er betete, im Gesicht dieser Fremden das Lächeln seiner Frau zu finden. Aber es war nicht seine Marie, würde es nie sein können.

Die Frau starrte ihn an. »Habt Dank. Ich danke Euch, Monsieur.« Sie zitterte noch am ganzen Leib und krallte ihre Finger in den Körper des toten Kindes, als leugnete sie beharrlich die schreckliche Gewissheit. »Danke, Ihr habt uns gerettet. Danke, dass Ihr meine Söhne gerettet habt.«

Malbec starrte sie stumm an.

»Monsieur?«

Sie hatte ein hübsches Gesicht, blaue Augen, dunkles Haar. Sein Blick wanderte zu den Jungen. Der eine, der etwa acht Jahre sein mochte, hatte blonde Locken, der andere, der tot in ihren Armen lag, glatte dunkle Haare. Wie sein eigener Junge. Aber wie alt wären seine Kinder jetzt? Achtzehn und zwanzig. Erwachsene Männer. Und wenn sie noch lebten – wenn Marie noch am Leben wäre –, was würden sie alle heute machen?

»Monsieur, geht es Euch gut?«

Lieutenant Lejeune stand neben ihm, und erst da wurde Malbec bewusst, dass er Tränen in den Augen hatte.

»Ich ... oh, ja, Lieutenant. Alles in Ordnung. Ist der verdammte Staub.« Der Major zog sein Taschentuch aus der Weste und tupfte sich die Augen trocken. »Kann kaum was sehen bei diesem Staub.« Dann taumelte er zu einem Stuhl und setzte sich schwerfällig. »Ich dachte ... ich fragte mich bloß ...«

Er hielt inne. In seinem Kopf schien eine dumpfe Trommel zu schlagen, während von irgendwoher eine dünne Stimme zu ihm rief. Oh, Gott, dachte er. Was habe ich getan? Marie, vergib mir.

Er wandte sich an den Lieutenant. »Rasch, öffnet die Tür. Lasst so viele herein, wie wir aufnehmen können.«

Lejeune blickte ihn verdutzt an. »Aber, Monsieur ...«

»Das ist ein Befehl, Lieutenant. Öffnet die Tür und lasst die

Leute herein. Helft ihm, Müller, ehe ich's mir anders überlege. Ihr anderen auch, los!«

In Malbecs Kopf arbeitete es. Und dann, bevor Lejeune und der Sergeant bei der Tür waren, wusste er, was zu tun war. Ja, er glaubte zu wissen, wie er den Kanonenbeschuss aufhalten könnte.

Inzwischen drängten sich etwa dreißig Leute in dem unterirdischen Raum. Malbec sah, wie sie alle hereinkamen, einige schlimm verletzt, andere weitestgehend unversehrt.

»Gut, das genügt. Schließt die Tür wieder. Mehr geht nicht.«

Der Raum war nun voller Verwundeter und Sterbender, und der Gestank, dem selbst die Belüftungsanlage nicht gewachsen war, rief Übelkeit bei Malbec hervor. Schweiß und Blut vermischten sich mit Salpeter und Pulverdampf zu einem einzigen ätzenden Dunst. Sofort kümmerten die französischen Soldaten sich um die Verwundeten.

Malbec suchte den Blick seines Sergeants. »Müller, ich will, dass Ihr und der Lieutenant den Gouverneur sucht. Ihr müsstet ihn in der Kasematte Nummer 5 finden. Das ist der Schutzraum bei der Lanthorn-Bastion, von hier aus auf der anderen Seite der Stadt, hinter dem Rathaus. Wenn Ihr ihn gefunden habt, bringt Ihr ihn unverzüglich hierher. So schnell wie möglich. Lasst Euch nicht darauf ein, wenn er sich weigern sollte. Droht ihm Gewalt an, falls nötig. Es herrscht nun das Kriegsrecht. Und sorgt dafür, dass auch diese Engländerin mitkommt – sie ist gewiss in seiner Nähe, weil er sie nicht aus den Augen lässt. Bringt beide zu mir. Los jetzt, Mann. Und gebt acht da draußen!«

Der Sergeant eilte zu Lejeune, und nachdem die beiden sich kurz besprochen hatten, verließen sie die Kasematte. Malbec nahm einen langen Schluck von dem staubigen Wein und blickte erneut auf die Mutter mit ihren beiden Söhnen. Und während er die saure, mit Erdkrumen vermischte Flüssigkeit trank, lehnte er sich auf dem Stuhl zurück und lauschte auf die entsetzlichen Klänge, die von Ostendes Leiden erzählten.

* * *

Steel fragte sich derweil, wie lange dieser Feuerhagel noch andauern mochte. Wie viel konnten die Menschen in der Stadt noch ertragen? Seit drei Stunden feuerten die Kanonen nun schon, und immer noch spien die Mörser ihre tödlichen Ladungen auf die Stadt, während die Läufe der regulären Kanonen bereits so glühend heiß waren, dass die Geschützmannschaften sie mit Schwämmen kühlen mussten. Hinter den Stadtmauern stiegen Rauchsäulen auf. Im Hafen schienen die Flammen aus jedem Winkel in die Höhe zu schießen; die Giebel der stattlichsten Gebäude sowie die Kirchtürme waren in den Rauchschwaden nur noch zu erahnen.

Unterdessen wurden Steels Männer unten auf der Straße allmählich unruhig. Natürlich hatte es Steel gefreut, diesen äußerst riskanten Angriff führen zu dürfen. Wenn man sich in der Armee zurückhielt, bekam man gar nichts – weder Beförderung noch Beute. Mut und Tapferkeit waren der einzige Weg. Außerdem hatte Colonel Hawkins ihn persönlich gebeten, den Angriff zu leiten. Hieß das nicht, dass der Befehl direkt von Marlborough kam? Hinter den Grenadieren warteten die anderen Soldaten, die man aus den Regimentern eigens für diesen Sturmangriff ausgewählt hatte. Weiter zurück standen die Männer unter dem Kommando des Herzogs von Argyll: Mordaunts Regiment, verstärkt durch Lalos Hugenotten. Argyll selbst stand etwas abseits, neben Forbes auf der Anhöhe der Düne. Und Steel hatte recht behalten. Denn die beiden Männer schienen sich bestens zu verstehen.

Doch die Stadt würde diesem Feuersturm bald nichts mehr entgegenzusetzen haben, ging es ihm durch den Kopf. Gewiss öffneten sich in Kürze die Tore, oder die Garnison marschierte mit einer weißen Fahne aus der Stadt. Oder käme doch der Befehl zum Angriff?

Die Zeit verstrich. Niemand erschien am Westtor. Kein Signal der Kapitulation. Und immer noch regneten die Sprengbomben auf die Stadt hernieder.

* * *

Gouverneur de la Motte stolperte in der Florida-Kasematte in den Raum von Malbecs Leuten. Unter anderen Umständen hätten die Einwohner der Stadt bei dem unerwarteten Auftauchen des schwitzenden, rotgesichtigen Mannes gespannt zur Tür geschaut. Die Verwundeten hatten indes andere Sorgen und schauten nur matt und erschöpft zum Eingang. Die Blicke der Soldaten jedoch hafteten nicht auf der Gestalt des Gouverneurs, sondern auf der Dame, die unmittelbar hinter de la Motte den Raum betrat. Als Erstes fiel ihre Schönheit auf, die einen starken Kontrast zu all dem blutigen Durcheinander auf dem Boden der stinkenden Kasematte bildete. Dann war da noch ihr Gewand. Lady Henrietta Vaughan trug immer noch dasselbe Kleid aus gelber Seide, das sie an dem Tag ihrer Gefangennahme auf der Fregatte getragen hatte. Sie war auf der Fahrt von Irland nach Southampton unterwegs gewesen, hatte den Landsitz ihres Vaters verlassen. Es war nicht etwa so, dass sie keine andere Kleidung gehabt hätte; ihre Entführer hatten ihr auch erlaubt, ihre persönlichen Dinge zu behalten. Aber dies war nun einmal ihr Lieblingskleid, und da Henrietta mit einem erfolgreichen britischen Angriff auf die Stadt rechnete, wollte sie sich in ihrer besten Garderobe präsentieren.

Leider war eben dieses Gewand während des Fußwegs durch die Stadt von umherfliegender Asche verschmutzt worden. Einmal hatte sich sogar ein glimmendes Holzstück in den Stoff gebrannt und ein hässliches Loch hinterlassen. Auch ihr Gesicht wies schwarze Rußstreifen auf, Pulverreste klebten auf ihrer Wange, doch ihre Frisur hatte den Weg unbeschadet überstanden – was für das Geschick ihrer Kammerzofe sprach, die Miss Vaughan wie ein Schatten folgte.

Im Ganzen gesehen, erfreute sich Lady Henrietta jedoch nicht bester Laune. Im Gegenteil, sie war regelrecht außer sich, und wenn die Schönheit dieser Dame überhaupt von etwas übertroffen wurde, dann von ihrem Temperament. Davon sollte sich Major Malbec selbst überzeugen dürfen.

Auf dem Weg durch die Stadt hatte die Dame ihr Gesicht hinter einem Fächer verborgen, war zu beiden Seiten von Bediensteten und Soldaten flankiert worden. Daher hatte sie nur wenig von dem Leid mitbekommen, das sich in den Straßen abspielte. Henrietta entstammte gleichwohl aus einer Familie, die immer mit dem Militär verbunden gewesen war; deshalb war die junge Dame durchaus mit Kanonendonner und Musketensalven vertraut – freilich nur auf Paraden. Zudem besaß sie eine Vorliebe für Feuerwerke. Von all den Neuankömmlingen, die jetzt Schutz in Malbecs Kasematte suchten, zeigte Lady Henrietta sich gefasst. Doch sie war zornig. Mit ihren wachen Augen suchte sie nach dem kommandierenden Offizier, hatte sich offenbar rasch entschieden und hielt geradewegs auf Malbec zu.

»Major. Bitte erklärt Euch. Zuerst steckt man mich in eine

gottverlassene, übel riechende Baracke und setzt mich dort drei Stunden lang fest. Dann zwingt man mich, während eines Angriffs durch die Stadt zu laufen, nur weil Ihr mich zu sprechen wünscht. Wir hätten alle tot sein können! Sollten wir nicht auf der anderen Seite der Stadt in Sicherheit bleiben? Mir dünkt, hier habt Ihr mich weitaus mehr in Gefahr gebracht. Euch ist bewusst, dass Euch dies gemäß der Vereinbarungen meiner Gefangennahme ausdrücklich verboten ist? Ihr werdet Euch jetzt erklären, Major. Ich habe meine Rechte, auch als Kriegsgefangene.«

Malbec hatte sich inzwischen wieder gefasst und sah die junge Dame ungläubig an. »Rechte? Aber Ihr seid keine Kriegsgefangene, Madame. Ihr seid kein Offizier. Ihr seid eine englische Adlige, und daher genießt Ihr gewisse Privilegien als meine Gefangene. Aber die stehen nirgends in den Kriegsartikeln. Es tut mir leid, wenn Ihr Ungemach ausgesetzt seid, aber das ist wenig überraschend, wenn Eure Armee und Eure Navy das Feuer auf diese Stadt eröffnen und Hunderte von unschuldigen Zivilisten morden.«

Malbec deutete auf die Verwundeten, die inzwischen entlang der Mauern der Kasematten lagen. Am anderen Ende des Raums kennzeichneten Decken über reglosen Gestalten die Toten.

Lady Henrietta schaute sich zum ersten Mal richtig um. Der Anblick, der sich ihr bot, war so furchtbar, dass sie die Bilder für den Rest ihres Lebens nicht vergessen würde. »Oh, gütiger Gott. Nein. Das kann doch nicht das Werk unserer Geschütze sein. Sagt mir, dass das nicht die britischen Waffen waren! Nein, ich will es nicht glauben.«

Dann fehlten ihr offenbar die Worte. Sie schien zu taumeln, als fiele sie jeden Augenblick in Ohnmacht. Lieutenant Lejeune eilte zu ihr und half ihr zu einem Stuhl.

»Ich fürchte leider, dass die Briten die Ursache dieses Leids sind, Madame«, sprach Malbec weiter. »Also, was glaubt Ihr, was für Rechte solltet Ihr nach Meinung dieser Leute hier haben?«

Lady Henrietta schwieg. Sie senkte den Blick und begann zu schluchzen. Erst jetzt ergriff de la Motte das Wort, da er so außer Atem gewesen war.

»Habt Ihr die Stadt gesehen, Major? Diese armen Menschen. Ich ... ich kann nicht tatenlos zusehen. Wir müssen den Briten die Tore öffnen, ehe noch mehr Blut von Unschuldigen vergossen wird.«

Malbec kam auf den korpulenten Gouverneur zu, der mit Verzögerung all die Verwundeten wahrnahm. »Major Malbec? Was hat das zu bedeuten? Warum habt Ihr diese Leute hereingelassen? Euer Befehl lautete doch ...«

»Ich weiß, welchen Befehl ich gab. Aber ich habe es mir anders überlegt. Jetzt ist nichts dringlicher, als den Beschuss zu stoppen. Wie Ihr schon bemerkt habt, ehe noch mehr Blut vergossen wird. Aber wir werden die Tore nicht für die Briten öffnen. Wir werden nicht einmal verlieren. Ich habe da nämlich einen Plan, Gouverneur.«

Er gab Sergeant Müller ein Zeichen und deutete dann auf Lady Henrietta. Müller lächelte, trat an den Stuhl, auf dem die Dame saß, packte sie am Arm und zog sie hoch.

»Was bildet Ihr Euch ein, Ihr ungehobelter Klotz!«, empörte sich Lady Henrietta. »*Laissez moi, laissez!* Major! Ruft Euren Hund zurück!«

Malbec schüttelte derweil den Kopf und winkte Müller zu sich. Der Sergeant schleifte Henrietta halb durch den Raum und stellte sich grinsend vor den Major. Malbec sprach zu de la Motte gewandt. »Seht Ihr, Gouverneur, diese englische Lady ist unsere Geheimwaffe. Es ist alles recht einfach.«

Auf ein Zeichen hin schubste der Sergeant die Dame in Malbecs Richtung. Doch Henrietta wirbelte herum und überraschte den Veteranen. »Lasst mich los, Ihr Rüpel!«, schimpfte sie. Doch Müller lachte nur, worauf die Dame sich empört an den Major wandte. »Und Ihr, Sir, seid kein Gentleman.«

Ihren Worten wohnten Stolz und Furchtlosigkeit inne, in ihren Augen aber lag Entsetzen. Als Malbec erneut sprach, schaute er Lady Henrietta nicht an, sondern widmete sich mit einem Taschenmesser seinen Fingernägeln. »Wie amüsant. Ihr seid die zweite Person heute, die mich an diesen Umstand erinnert. Natürlich habt Ihr recht. Aber Ihr seid gewiss eine Lady. Und jetzt, Mylady, werdet Ihr den armen Menschen von Ostende helfen. Versteht Ihr, Eure Freunde dort draußen scheinen fest entschlossen, diese Stadt zu zerstören, und uns gleich mit. Das können wir doch nicht zulassen, oder?«

»Was habt Ihr mit mir vor?«, fragte sie vorsichtig abwartend.

Er sah ihr fest in die Augen. »Ich beabsichtige, das zu tun, was jeder vernünftige Mensch in meiner Position tun würde. Gentleman oder nicht. Ich habe vor, Euch zu benutzen, um diesem Irrsinn Einhalt zu gebieten, und zwar auf eine ganz bestimmte Weise.«

Eine Mischung aus Verwirrung und Schrecken breitete sich auf Lady Henriettas Gesicht aus. Malbec wandte sich an Müller. »Nehmt zwei Mann mit und führt Mylady ein wenig spazieren. Ihr bringt sie auf die höchste Wehrmauer, die Ihr finden könnt. Die Babylon-Bastion dürfte sich eignen. Sie weist nach Westen. Dort bindet Ihr die Dame an den Fahnenmast. Und sorgt dafür, Müller, dass die Briten sie auch sehen können. Sie sollen wissen, was für ein Pfand wir hier haben. Oh, und Müller, versucht es so einzurichten, dass sie am Leben bleibt. Ihr Tod passt nämlich nicht in den Plan. Dann geht Ihr wieder in Deckung und lasst sie zurück, aber nicht länger als fünf Minuten. Dann werden wir ja sehen, was geschieht.«

»Was immer Ihr tut«, schärfte er seinem Sergeant ein, »geht diesem Freibeuter Trouin aus dem Weg. Aber das dürfte nicht schwer sein. Soweit ich unterrichtet bin, hält Trouin sich in der Pontoon-Bastion auf, weit unten am Kai. Er glaubt immer noch, dass sie seine Prise ist, und er will bestimmt nicht, dass ihr hübscher Kopf von einer Kanonenkugel abgerissen wird. Dann könnte er nicht mehr mit den Briten um die Dame feilschen – oder sie an irgendeinen Sohn eines Mohammedaners verkaufen.«

Lady Henrietta starrte Malbec an. »Das meint Ihr doch nicht ernst ... Bei Gott, Ihr habt es wirklich vor! Ihr seid ein Unmensch! Das ist Mord. Ich werde sterben. Ihr verstoßt gegen die Gesetze der Menschlichkeit!«

Malbec bohrte seinen Blick in ihre Augen. »Erzählt mir nichts über die Gesetze der Menschlichkeit! Euer großer Herzog brach diese Gesetze in dem Moment, als er das Feuer auf Ostende eröffnen ließ.«

»Ich bleibe dabei, Major. Das ist unmenschlich. Barbarisch. Lasst mich frei. Ich verlange ...«

Sie trat einen Schritt vor, doch ihre Bewegungen blieben unschlüssig. Schließlich packte Müller ihre Arme und drehte sie ihr fest auf den Rücken, sodass Lady Henrietta aufschrie. Im selben Moment schlug ihr Malbec mit der flachen Hand ins Gesicht. Die Gefangene schrie auf, ehe sie mit feurigen, aber flehenden Augen zu ihm aufschaute. Doch letzten Endes senkte sie den Kopf und verfiel in Schluchzen.

»Schafft sie fort«, sagte Malbec zu Müller gewandt. »Und denkt daran – fünf Minuten dort oben, länger nicht. Wir wollen das Schicksal nicht herausfordern und die Dame zur Märtyrerin machen.«

De la Motte starrte den Major fassungslos an. »Das kann doch nicht Euer Ernst sein, Monsieur. Sie ist immer noch eine Frau.«

»Ja, das weiß ich, und obendrein gar nicht übel, wie?«

Der Gouverneur wirkte erschrocken.

Malbec sah seinen Sergeant an. »Los jetzt. Führt meinen Befehl aus.«

Der Sergeant winkte zwei Männer zu sich, ehe er Henrietta vor sich her zur Tür schob, gefolgt von den Soldaten. Zwei andere Grenadiere hielten für einen kurzen Moment die Tür auf, und bevor die verzweifelten Menschen draußen überhaupt merkten, was am Eingang der Kasematte geschah, fiel die schwere Tür auch schon wieder ins Schloss. Die Riegel schabten in ihren Führungen.

»Und nun, mein lieber Gouverneur, setzen wir uns und warten. Und wenn alles nach Plan läuft und Mylady nicht von einer Kugel zerrissen wird, dann werden wir bereits morgen früh Besuch von unseren britischen Freunden erhalten, und zwar mit einer Parlamentärsflagge. Vielleicht werden sie sich auch einfach zurückziehen. Wie dem auch sei, Ihr werdet zugeben, dass unsere Probleme in Kürze aus der Welt geschafft sind. Selbst wenn Ihr jetzt noch Skrupel habt.«

* * *

»Großer Gott, James! Was ist das? Dort oben ist eine Frau. Dort, an der höchsten Stelle über dem Torhaus. Ein Franzose ist bei ihr. Nein, jetzt ist er fort. Sie scheint an den Mast gefesselt zu sein. Was, zum Teufel, treiben die da für ein Spiel? Könnt Ihr mehr erkennen?«

»Nein, Mylord. Nicht ohne Fernrohr. Nur, dass es eine Frau ist, wie auch schon Ihr bemerkt habt. Sie muss starr vor Angst sein.«

»Wer wäre das nicht, wenn man in einem Geschosshagel gezwungen wird, oben auf den Wehrgängen auszuharren. Aber was macht sie dort oben, um alles in der Welt?«

»Soll ich den Geschützmeistern befehlen, das Feuer auf diesen Abschnitt einzustellen, Sir?«

»Gewiss … nein, wartet, nicht sofort. Es könnte ein Trick sein. Verflucht auch! Wer ist sie denn überhaupt?« Marlborough holte ein Fernrohr aus seiner Satteltasche und schob es auseinander.

»Dürfte ich anmerken, Euer Hoheit«, meldete sich Hawkins wieder zu Wort, »dass die Franzosen wollen, dass wir sie sehen? Vielleicht denken sie, dass wir wissen, um wen es sich bei der Dame handelt?«

»Wollt Ihr damit andeuten, es handele sich womöglich um eine Engländerin? Gewiss nicht! Cadogan, schickt einen Boten los. Einen unserer Berater. Wer ist der gewandteste unter ihnen, mit der meisten Erfahrung bei Hofe? Schickt ihn los. Er soll sich die Dame anschauen und versuchen, sie mit irgendeinem Namen in Verbindung zu bringen.«

Hawkins streckte die Hand in Marlboroughs Richtung. »Wenn ich einmal um das Fernrohr bitten dürfte, Euer Hoheit.«

Der Herzog reichte ihm das kleine Messingteleskop, worauf Hawkins die Schärfe neu einstellte. Nach wenigen Augenblicken senkte er das Fernrohr und schob es zusammen. »Es ist nicht nötig, jemanden zu schicken, Euer Hoheit. Da besteht kein Zweifel, ich erkenne die Dame. Es handelt sich um Lady Henrietta Vaughan, die älteste Tochter des Herzogs von Romney.«

»Großer Gott! Seid Ihr sicher?«

»Ganz sicher. Sie galt als tot. Ihr Schiff wurde von Piraten geentert, vor etwa drei Wochen. Es ist Lady Henrietta, kein Zweifel, Euer Hoheit.«

Marlborough zog die Stirn kraus. »Wir müssen das Feuer einstellen, James, uns bleibt keine andere Wahl. Cadogan, reitet hinunter zu den Grenadieren. Blast den Sturmangriff ab. Argyll soll warten. Ich bin zwar nicht für Verhandlungen um Geiseln, aber das ist das, was die Franzosen beabsichtigen. Gebt Zeichen zum Feuereinstellen. Vor allem dem Admiral dort draußen. Und sagt Captain Forbes Bescheid, wenn Ihr schon in seine Richtung reitet.«

* * *

In Claude Malbecs Kasematte nahm das Elend kein Ende. Doch plötzlich herrschte draußen Stille. Alle lauschten angestrengt – die Kanonen schwiegen. Malbec lehnte sich in seinem Stuhl zurück und schloss die Augen. Und wieder sah er in der Dunkelheit seines Geistes Maries liebes Gesicht. Diesmal aber lächelte sie.

* * *

Colonel Hawkins stand vor Marlboroughs Zelt, als Steel ihn am folgenden Morgen aufsuchte. Lächelnd hob der Colonel die Hand. »Ich würde noch nicht hineingehen, Jack. Er ist in einer furchtbaren Laune.«

Im Zelt kam es zu Unruhe, und während Steel und Hawkins zum Eingang schauten, lief einer von Marlboroughs Dienern heraus, die Krawatte schief am Hals, in einer Hand einen Teller mit den Resten der Rindfleischmahlzeit.

Hawkins konnte sich ein Grinsen nicht verkneifen. »So habe ich ihn schon lange nicht mehr erlebt. Die Sache mit der Frau macht ihm wirklich sehr zu schaffen.«

»Wer war sie, Colonel?«

»Lady Henrietta Vaughan. Die Tochter des Herzogs von Romney.«

Steel erschrak. »Großer Gott.«

»Ihr kennt die Dame?«

»Sie ist die Cousine ersten Grades von einer Lady, mit der ich bekannt bin.«

»Tatsächlich? Nun, wenn Eure Dame so ist wie ihre Cousine, Steel, dürft Ihr Euch glücklich schätzen.«

Steel hielt sich mit seinem Unmut nicht zurück. »Die Dame, von der ich gerade sprach, Sir, ist nicht mehr als eine Bekannte«, unterstrich er.

Hawkins begriff. »Entschuldigt, Steel. Geht mich ja auch nichts an. War nur so eine Bemerkung.«

Steel fragte sich, ob er nicht vielleicht erklären sollte, was es mit der inzwischen keuschen Natur seiner Beziehung mit Lady Henriettas Cousine, Arabella Moore, auf sich hatte. Vor sechzehn Jahren hatte Arabella, die damals seine Geliebte war, ihm sein erstes Offizierspatent gekauft. Doch ehe Steel sich entschließen konnte, wie viel er von sich preiszugeben bereit war, tauchte hinter dem Colonel ein Mann in Zivil auf, mitsamt Eskorte.

Hawkins winkte den Fremden mit freundlicher Geste zu sich. »Captain Steel, darf ich vorstellen? Das hier ist Mr. Brouwer. Er kommt aus der Stadt, übrigens auf eigene Gefahr, weil er eine Erklärung dafür haben will, warum seine Leute beschossen wurden. Natürlich wünscht er, den Herzog zu sprechen. Aber ich dachte, dass womöglich Ihr besser geeignet seid, ihm die Dinge darzulegen.«

Steel suchte Hawkins' Blick, unsicher, was sein Vorgesetzter von ihm verlangte. Der Colonel trat näher an Steel heran und sagte leise: »Die Pamphlete, Steel. Erzählt ihm von den Pamphleten. Macht ihm klar, dass sie aufwieglerisch sind. Hochverrat. Und absolut jeder Grundlage entbehren. Sorgt dafür, dass er wieder an uns glaubt. An Marlborough. Betont, wie wichtig es ist, dass die Franzosen vertrieben werden müssen. Wie sehr wir sie hassen. Und sagt ihm, dass Ostende eine eigene Regierung bekommen kann, sobald die Stadt befreit ist. Und vergesst um alles in der Welt nicht, Euch dafür zu entschuldigen, dass auf seine Leute gefeuert wurde.«

Steel nickte und trat gemeinsam mit Hawkins zu Brouwer. »Dies ist Captain Steel, Mr. Brouwer. Ein vertrauenswürdiger Offizier und Vertrauter des Herzogs von Marlborough. Ich bitte abermals um Verzeihung, dass Seine Hoheit im Augenblick unpässlich sind. Er leidet sehr an *mal de tête,* wenn Ihr mir diesen französischen Ausdruck nachsehen wollt. Aber ich bin sicher, dass Captain Steel Euch alles erklären wird. Ihr dürft Euch in mein Zelt zurückziehen, Steel – und bietet Mr. Brouwer ein Glas Wein an. Ihr findet die Karaffe auf dem Sideboard. Niemand wird Euch stören.«

Steel nickte. »Habt Dank, Colonel.«

Er bedeutete Brouwer, ihm zu dem Zelt zu folgen, das nur wenige Schritte entfernt war. Unter den Blicken des Colonels begann Steel den Versuch, dem Gast zu erläutern, wie es dazu kommen konnte, dass Frauen und Kinder ihr Leben verloren. Er musste das Vertrauen dieses Mannes in Marlboroughs Armee wiederherstellen.

* * *

Fast zwei Stunden und zwei Gläser von Hawkins' exzellentem Rotwein später hatte Steel das Gefühl, als sei der Erfolg greifbar. Rasch hatte er die eher bescheidene gesellschaftliche Stellung des Mannes erkannt und seine eigene Position bewusst heruntergespielt. Als Steel von seiner Kindheit und Jugend sprach, stellte er das Leid in den Vordergrund; er erzählte Brouwer, wie die Umstände ihn gezwungen hatten, das Elternhaus zu verlassen, um dann wohl oder übel eine Lehre bei einem Anwalt zu machen. Und wie er später fortgelaufen war, um der Armee beizutreten.

Brouwer hatte bald begriffen, dass Steel kein gewöhnlicher Offizier war. Keiner dieser dandyhaften Aufsteiger, die ihre Soldaten verheizten, nur um sich dann im eigenen Ruhm zu sonnen, sondern ein wahrer Gentleman. Steel wiederum revidierte seine vorschnelle Einschätzung von seinem Gast; anfangs hatte er noch versucht, Brouwer durch List und Schläue für sich zu gewinnen, merkte dann aber rasch, dass seine zynische Einstellung schwand. Er mochte Marius Brouwer. Der Mann war aufrichtig und besaß einen Sinn für Gerechtigkeit, was Steels Auffassung von einem fairen Miteinander entgegenkam. Tatsächlich hinterfragte Steel an einer Stelle der Unterhaltung die moralische Integrität der eigenen Generäle. Doch er hatte sich mit Kommentaren dazu zurückgehalten, weil er sich an Sinn und Zweck seines Auftrags erinnerte. Und obwohl Brouwer erneut mahnend anmerkte, Marlborough habe vor nicht ganz zwei Jahren die Verwüstung Bayerns angeordnet, spürte Steel, dass sein Gegenüber immer mehr auftaute. Er nutzte seinen Vorteil.

»Mr. Brouwer, was Ihr auch immer gelesen habt, ich versichere Euch, dass Seine Hoheit nie das Töten von Zivilisten angeordnet hat. Das ist nicht unsere Art.«

Brouwer lächelte. »Es war aber hier Eure Art.«

»Ich bitte Euch, Sir. Ihr müsst mir glauben. Wir waren die ganze Zeit der Auffassung, Vauban habe Schutzräume errichtet – Kasematten –, in denen Eure Leute Zuflucht finden. Woher sollten wir wissen, dass die Franzosen die Räume für sich nutzen und die Einwohner Ostendes ausschließen?«

Brouwer nickte. »Ja, Ihr habt recht. Ich verstehe Euch jetzt besser, Captain. Die Franzosen sind das wahre Ungeheuer, nicht Ihr Briten. Aber das war uns ja immer schon bewusst.«

Der Flame hatte sich bereits in dieser Richtung geäußert, aber Steel hatte nicht einschätzen können, wie ernst es Brouwer meinte. Diesmal glaubte er ihm indes.

»Ich bin sehr froh, dass Ihr das so seht, Mr. Brouwer. Noch etwas Wein?«

»Eher nicht, Captain. Ich vertrage nicht mehr so viel, und wenn ich in die Stadt zurück will, brauche ich all meine Sinne.«

Er hielt inne und sah Steel direkt in die Augen, als wollte er prüfen, ob der große Rotrock es auch aufrichtig mit ihm meinte. Wie sehr er dieses Spiel hasste, diesen Krieg, die Franzosen. Und wie sehr wünschte er, keinen Hass gegenüber den Briten zu empfinden. Brouwer und seine Gefährten brauchten jetzt einen Funken Hoffnung, einen Strohhalm, an den sie sich klammern konnten. Und im Augenblick bot Marlborough einen Hoffnungsschimmer.

Brouwer stellte sein Glas ab. »Also gut. Ich nehme Euch beim Wort, Captain. Wenn wir zusammen kämpfen sollen, dann müssen wir erst Freunde sein.«

Er streckte Steel die Hand entgegen, in der neumodischen Art der Begrüßung; Steel zögerte kurz, schüttelte dem Flamen dann aber fest die Hand. Zusammen kämpfen? Steel fragte sich, was Brouwer damit hatte andeuten wollen. Aber das war nicht so wichtig, denn er hatte, wie es schien, Brouwer für sich und die Briten gewinnen können.

Er umschloss Brouwers Hand mit beiden Händen und sagte: »Ihr könnt Euch gar nicht vorstellen, wie froh ich bin, das zu hören. Ihr habt mein Wort, dass Ihr Eure Entscheidung nicht bereuen werdet.«

Gemeinsam verließen sie das Zelt. Colonel Hawkins, der die ganze Zeit draußen vor Marlboroughs Unterkunft gewartet hatte, schaute nun zu Steel und Brouwer herüber und schien in den Mienen nach Anzeichen von Erfolg oder Misserfolg suchen zu wollen. Als Steel sich ihm mit einem Lächeln auf den Lippen näherte, hatte Hawkins allen Grund aufzuatmen.

Aus dem Zelt war eine von Ungeduld gekennzeichnete Stimme zu hören. »Sind die noch nicht fertig, Hawkins?«

Der Colonel trat zu Brouwer. »Gute Neuigkeiten, Mr. Brouwer. Seine Hoheit haben sich erholt und wollen Euch gern kennenlernen.« Er wandte sich Steel zu. »Ich denke, es wäre passend, wenn wir jetzt hineingingen.«

Kahlköpfig saß der Herzog an seinem Schreibpult und beugte sich über einen Brief. Seine lange Perücke hatte er an den eigens dafür gedachten Ständer auf der großen Truhe in der Ecke des Zelts gehängt. Eine Flasche Rotwein stand auf dem Tischchen, dazu einige Gläser.

Marlborough schaute auf. »Bedient Euch, wenn es Euch beliebt, meine Herren. Mr. Brouwer, bitte um Vergebung. Ich nehme an, dass Captain Steel in der Zwischenzeit alles zu Eurer Zufriedenheit erläutert haben wird. Seid versichert, dass wir die Wurzel allen Übels hinsichtlich des Verrats ausfindig gemacht haben. Um den Mann, der hinter diesen Ränken steckt, kümmern wir uns. Er wird einen solch gravierenden Fehler nicht ein zweites Mal begehen. Was nun die Menschen in Eurer Stadt anbelangt, so kann ich Euch nur mein tiefstes Bedauern aussprechen.«

»Mylord«, antwortete Brouwer, »Euer Captain hier hat mir sein Wort gegeben. Ich glaube, dass ich ihm vertrauen kann, obwohl ich zugeben muss, dass es mir zunächst schwerfiel. Ich kam zu Euch als verbitterter Mann, Mylord, und ich bin es noch. Aber ich habe begriffen, dass wir alle bisweilen Opfer bringen müssen, zum Wohle des Landes. Und ich glaube nicht, dass Ihr ein schlechter Mensch seid, Sir. Daher vertraue ich Euch. Wir werden Euch bei Eurem Vorhaben unterstützen, nach besten Kräften.«

Steel sah Hawkins fragend an, der dem Captain die Verblüffung anmerkte. »Ein Plan, Captain Steel«, sprach Marlborough. »Ja, ein Plan. Das ist Colonel Hawkins' Idee. Bringen wir es auf den Punkt. Wir brauchen Euch, um in die Stadt zu gelangen, Steel. Sobald Ihr dort seid, sucht Ihr Lady Henrietta und schafft sie aus der Stadt. Erst dann können wir wieder in Erwägung ziehen, den Sturmangriff fortzusetzen.« Brouwer sah besorgt drein, aber Marlborough fuhr bereits fort. »Keine Sorge, Mr. Brouwer. Mit Sturmangriff meinte ich nicht, dass wir Eure Leute abermals mit Kanonen beschießen werden. Wir werden die Stadt heimlich und mit *force de main* einnehmen. Und natürlich mit Eurer Hilfe.« Brouwer lächelte. Steels Stirn jedoch war von Falten durchfurcht. Marlborough bemerkte die Zweifel seines Captains. »Kein Grund, sich unnötig Sorgen zu machen, Captain. Der Plan ist wahrlich simpel. Erläutert ihm unser Vorhaben, Hawkins.«

»Es geschieht natürlich im Schutz der Dunkelheit. Mr. Brouwer schlägt zehn Uhr abends vor, ohne Mond, versteht sich ...«

Marlborough unterbrach den Colonel und führte die Einzelheiten persönlich aus. »Zur genannten Stunde werdet Ihr in der Marsch mit einem kleinen Boot ablegen, unmittelbar vor den ersten Linien. Dort befindet sich eine kleine Kirche. St. Elizabeth heißt sie, recht hübsches Fleckchen. Ungewöhnlich fester Grund. Sie steht neben einem Bachlauf, der in einen größeren Fluss mündet. Ihr solltet nur einen Mann mitnehmen. Ich entsinne mich da eines Sergeants. Wie war noch gleich sein Name?«

»Slaughter, Sir. Ihr habt ein vorzügliches Gedächtnis.«

»Es ist mir ein Bedürfnis, die Männer zu kennen, die ich befehlige, Captain. Colonel, wenn Ihr dann fortfahren würdet?«

Hawkins hatte unterdessen eine Karte von Ostende auf dem Tisch ausgebreitet und deutete auf ein Viertel im Westen. »In der Dunkelheit wird Euch ein Ortskundiger von hier rudern. Keine Sorge, er ist auf unserer Seite. Oder sagen wir so: Wir haben ihm unser Gold versprochen, wenn er Euch erfolgreich zum Zielort rudert. Ihr folgt aber fortan nicht dem Bachlauf hier«, er fuhr mit dem Zeigefinger eine Schraffur entlang, »da er südlich zu nah an der Stadtmauer vorbeiführt. Sondern hier über einen kleinen Nebenarm, der zunächst ein wenig von der Stadt fortführt und dann parallel verläuft. Über diesen Bach gelangt Ihr in die Marsch unmittelbar unterhalb der Stadt. Ihr verlasst die Marsch über einen geheimen Wasserarm, der nahe bei der Pontonbrücke in den Hafen mündet. Wie Ihr wisst, haben die Franzosen diese Brücke längst gesprengt. An der Stelle, an der die Brücke einst mit dem Mauerwerk verbunden war, befindet sich eine kleine Schleuse. Die Franzosen glauben, sie ist mit Schutt versperrt, aber wir wissen, dass der Durchgang offen ist. Wir haben Freunde in der Stadt, wie Ihr ja inzwischen erfahren habt. An jenem Tor werdet Ihr Mr. Brouwer treffen, und die Mitglieder seiner flämischen Volksbewegung. Entschuldigt, Mr. Brouwer, aber wie war noch gleich der Name?«

»*Schild ende vriend,* Sir.«

Steel sah den Flamen nun in einem ganz neuen Licht.

Hawkins fuhr fort: »Das bedeutet ›Schild und Freund‹, und genau das werden diese Leute für Euch sein. Brouwer und dessen Gefährten sind Eure Rettungsleine, Steel. Sie werden Euch in die Stadt holen und Euch auch wieder herauslotsen. Nachdem sie Euch an dem Schleusentor abgeholt haben, bringen sie Euch in einem sicheren Haus unter. Irgendwann am folgenden Morgen bringen sie Euch in die Stadt. Und dann seid Ihr gefragt. Ihr trennt Euch von Euren Helfern, sucht Euch jemanden, der wie ein Kaperfahrer aussieht, und gebt Euch fortan als Deserteur der britischen Armee aus. Sagt, dass Ihr Jakobiter seid. Denkt Euch irgendeine Geschichte aus. Sie werden Euch natürlich ausquetschen, könnte hart werden. Glaubt Ihr, dass Ihr das aushaltet?«

Steel nickte.

»Ich bin sicher, dass sie Euch letzten Endes Eure Geschichte abkaufen werden. Wissen sie doch, dass kein Mensch, der bei Verstand ist, sich in so ein Schlangennest begeben würde... tut mir leid, Steel. Aber Ihr schafft das. Wie dem auch sei, bedient Euch Eures besten schottischen Akzents, preist den Old Pretender und vergesst nicht, die Königin zu verfluchen.« Marlborough hüstelte und warf Hawkins einen unzweideutigen Blick zu. »So, Steel. Lasst Eurer Fantasie freien Lauf. Sorgt dafür, dass man Euch entweder zum Gouverneur de la Motte oder zu dem Freibeuter Duguay-Trouin bringt. Haltet Euch mit dem Garnisonskommandanten gar nicht erst auf, denn er wird den Braten womöglich als Erster riechen. Der

Freibeuter ist der beste Weg, um Euch Zutritt zu verschaffen. Wenn Ihr ihn überzeugen könnt, dann steht Eurem Erfolg nichts mehr im Wege. Ich wette, dass Lady Henrietta inzwischen seine Gefangene ist. Die Leute, die sie an den Fahnenmast gebunden haben, gehörten zur regulären Infanterie. Das waren keine Piraten. Sobald Trouin erkannt hat, auf welche Weise die Franzosen den Beschuss gestoppt haben, wird er ihnen die Dame keinen Moment länger überlassen. Er will nämlich verhindern, dass ihr ein Leid geschieht. Denn er gedenkt, sie entweder an uns oder an ihren Vater zu verkaufen. Als Pirat könnte es ihm allerdings auch in den Sinn kommen, die Dame gleich in den Westindischen Inseln oder an der Barbary Coast zu verkaufen, um sie als begehrte weiße Sklavin zu veräußern. Hellhäutige Frauen sollen ja bei den Türken sehr beliebt sein, wie ich hörte.«

Marlborough, der währenddessen eine Depesche unterzeichnet hatte, sah Steel an. »Da wäre noch eine Sache, Captain Steel. Bevor Ihr Lady Henrietta rettet, müsst Ihr gemeinsam mit Mr. Brouwer dafür sorgen, dass im Westen der Stadt ein Ausfalltor geöffnet wird, ganz gleich, an welcher Bastion. Am besten aber wäre es nördlich, unterhalb der Böschung. Colonel Blood und seine Ordonnanzoffiziere haben bereits Pläne der Stellung ausgearbeitet. Und wie es scheint, ist dies die einzige Verteidigungsposition, die nur von maximal zwei Seiten gesichert wird. Wir werden die Stadt nur dann ohne größere Verzögerung einnehmen können, wenn ein solches Tor geöffnet wird.« Der Herzog faltete den Brief und legte ihn auf den Tisch. »Das entspricht zwar nicht exakt unseren Plänen, Steel, aber die Umstände zwingen uns dazu. Wir hatten gehofft, durch die Bombardierung die Garnison ausbluten zu lassen. Doch leider haben wir bislang nicht mehr erreicht, als unschuldige Menschen zu töten.« Er blickte in

Brouwers Richtung. »Lady Henriettas Anwesenheit hat die Sachlage entscheidend beeinflusst.«

Steel nickte. »Ich verstehe, Euer Hoheit. Und habt Dank für die Ehre, mich für diese Mission ausgewählt zu haben. Ich werde Euch nicht enttäuschen.« Er suchte Hawkins' Blick. »Wann breche ich auf, Sir?«

»Wir dürfen keinen Augenblick verstreichen lassen. Und es muss eine mondlose Nacht sein. Ihr werdet morgen Abend aufbrechen.«

10.

Steel legte sich den dicken wollenen Mantel enger um die Schultern, zog den Dreispitz tief ins Gesicht und hielt den Blick gesenkt. Nicht nur, weil ihm die Kälte der Nacht in die Glieder fuhr, sondern weil er sich nicht den Blicken der französischen Wachposten aussetzen wollte, die gewiss die Wasserarme des Marschlandes im Auge behielten. Zwei erfahrene Seeleute aus Fairbornes Flotte tauchten die mit Lappen umwickelten Riemen leise ins Wasser und steuerten das kleine Boot immer weiter von der Kapelle St. Elizabeth-in-der-Marsch fort. Steel sah, wie die Umrisse des Gotteshauses undeutlicher wurden, während das Boot dem Verlauf des Wasserarms folgte, immer näher zum Feind.

Die Marsch war in der Dunkelheit voller Leben. Schemenhaft huschten Insekten und Frösche nah am Boot über das Wasser, und von allen Seiten drangen seltsame, gutturale Laute an Steels Ohren. Aufdringlich waren jedoch die Stechmücken. Steel spürte, wie sich einer dieser Plagegeister in die Haut seines Unterarms bohren wollte, und schlug danach.

»Verdammtes Viehzeug. Ich schwöre Euch, Jacob, wir werden alle am Marschfieber sterben, ehe die Belagerung endet.«

»Meint Ihr wirklich, Sir? Mir ist der Gedanke lieber, dass der Allmächtige ein ansprechenderes Schicksal für uns beide vorgezeichnet hat, Mr. Steel.« Slaughter schlug sich auf die Wange, um eine besonders hartnäckige Stechmücke zu erwischen.

»Jacob, es heißt *Captain* Steel, wie Ihr Euch vielleicht erinnert. Aber wenn wir in der Stadt sind, dann nennt Ihr mich gefälligst nicht so, klar? Auch nicht Sir. Am besten sagt Ihr gar nichts.«

»Tut mir leid, Mr.... tut mir leid, Sir. Ich versuch, daran zu denken.«

Aus der Dunkelheit war die Flüsterstimme eines Mannes zu hören, der bei den Rudergasten saß. »Ihr müsst leise sein, *Messieurs*. Die Franzosen können uns hören.«

Ihr Begleiter war ein Flame namens van Koecke. Ein kleiner Mann mit krummer Nase, der vor dem Krieg ein unehrlicher Krämer gewesen war und inzwischen festgestellt hatte, dass er sich die Fähigkeit, die Kunden übers Ohr zu hauen, auch in der besetzten Stadt zunutze machen konnte. Er verfügte außerdem über solide Ortskenntnisse, und da er stets darauf bedacht war, möglichst viel Geld zu scheffeln, bot er den Alliierten seine Dienste an, mochte der Auftrag noch so gefährlich sein. Hauptsache, der Preis stimmte. Mehrfach hatte er beteuert, er wünsche sich nichts sehnlicher, als sein Land von den Franzosen zu befreien. Er würde alles tun, um dieses Ziel zu erreichen, hatte er Steel noch vor wenigen Minuten bei der Kapelle versichert. Nur zu gern hatte er die Goldmünzen eingesteckt. Die Hälfte erhielt er als Vorschuss, den Rest sollte es erst geben, wenn er die beiden »Deserteure« am Schleusentor abgeliefert hatte.

Steel nickte in Richtung des Ortskundigen und schwieg. Langsam glitt der kleine Kahn mit sanften Schaukelbewegungen durchs Wasser. Inzwischen konnte Steel die Umrisse der südlichen Befestigungsanlagen ausmachen, die sich auch ohne Mondlicht tiefschwarz gegen den Nachthimmel abzeichneten. Während sie weiter nach Süden drifteten, verschwand die Stadtsilhouette allmählich wieder aus seinem Blickfeld. Steel wusste, dass die Nachtfahrt sich dem Ende zuneigte, als sie in einen anderen Wasserarm einbogen und in nordöstlicher Richtung blieben. Dies war der gefährlichste Moment, da sie unmittelbar unterhalb der Mauern der sternförmig angelegten Schanze des Forts St. Philip fuhren, das nach wie vor in französischer Hand war. Vor dem Bug mündete der Bachlauf in den breiteren Fluss. Steel hob vorsichtig den Blick und schaute zur Festung hinauf – die Silhouetten von zwei hell gekleideten Wachposten zeichneten sich auf dem Wehrgang ab. Langsam patrouillierten sie, die Musketen geschultert, auf der Mauer, gingen aufeinander zu und entfernten sich wieder in immer derselben Routine voneinander. Die Rudergasten zogen die Riemen langsamer durchs Wasser und nutzten ihre ganze Erfahrung, als sie das Boot leise in die offene Wasserfläche steuerten. Das Knarren der Riemen am Dollbord war nicht lauter als das schwappende Geräusch des Wassers am Rumpf.

Steel kam es wie eine Ewigkeit vor, doch schließlich hatten sie die Sternschanze passiert. Kurz darauf bildete er sich ein, weiter vorn die Überreste der Pontonbrücke erkennen zu können, über die die Stadt einst weiter östlich mit der Ebene in Küstennähe verbunden gewesen war. Irgendwo aus der Dunkelheit kam das charakteristische Trällern eines Brachvogels. Steel spähte zur eingestürzten Brücke hinüber. Weiter links entdeckte er Lichtpunkte, die zu den Häusern im Hafenviertel gehörten, und dahinter ragten die Masten zweier Schiffe in den Nachthimmel, die im Hafen vor Anker lagen. Das Boot umrundete jetzt den östlichen Uferverlauf, und die Rudergasten bemühten sich, möglichst lange in den tiefschwarzen Schatten entlang der Uferböschung zu bleiben. Steel hatte freien Blick auf Ostende. In der Nacht und im Spiel der Lichter im Hafen wirkte die Stadt wie ein einziger, massiger Monolith aus bedrohlichen Festungsmauern, hier und da überragt von den Kirchtürmen im Stadtinnern. Als sie auf Höhe der zerstörten Brücke waren, steuerten die Rudergasten das Boot in direkter Linie auf die Stadt zu und blieben parallel zum einstigen Brückenverlauf. Steel erkannte voraus einen schmalen Anlegesteg, dahinter ein Loch in der zur See gewandten Mauer – das Schleusentor.

Im nächsten Augenblick waren sie der gähnenden Öffnung ganz nah, und nach weiteren Ruderschlägen schabte der Kiel über das Holz der Anlegestelle. Es gab einen Ruck, der Steel in die Wirklichkeit zurückholte.

Van Koecke sprach im Flüsterton. »Also, Gentlemen, die Bootsfahrt endet hier. Ihr dürft aufstehen. Bitte geht an Land. Aber gebt acht. Eure Leute erwarten Euch schon.« Zu Steel gewandt, raunte er: »Dürfte ich jetzt um das Geld bitten, Sir?«

Steel zog einen Beutel Münzen aus der Manteltasche und reichte ihn van Koecke, der ihm ein fast unterwürfiges Lächeln schenkte. »Viel Erfolg, Gentlemen. Gott schütze Euch. Habt eine gute Nacht.«

Während die Rudergasten das Boot stabilisierten, kletterten Steel und Slaughter behände über die Bordwand und betraten die rutschigen Stufen der Steintreppe, die zum Steg führte. Kaum hatten sie sich oben auf dem Steg orientiert, hörten sie schon, wie die Riemen wieder ins Wasser getaucht wurden. Das Boot entschwand in der Dunkelheit und verschmolz mit dem Schwarz der See. Steel und Slaughter waren allein. Sie schwiegen, da sie nicht sicher waren, ob man sie oben auf der Mauer hören konnte.

In dem Tunnel hinter dem Schleusentor befand sich keine Lampe. Dennoch fiel aus den Fenstern der Häusern über ihnen ein wenig Licht in den geheimen Zugang. Am Ende des Stegs traten nun zwei in Mäntel gehüllte Gestalten in den diffusen Lichtkegel. Steel umschloss den Knauf seines Degens mit einer Hand und bedeutete Slaughter stumm, zwei Schritte hinter ihm zu bleiben. Für die Mission hatten sie ihre Musketen zurückgelassen und waren stattdessen mit Stichwaffen ausgerüstet; Steel hatte den großen Degen mit der Klinge aus italienischem Stahl bei sich, Slaughter einen kleineren Degen, den er sich von Tom Williams geborgt hatte. Vorsichtshalber trug Steel zwei geladene Pistolen im Gürtel. Die beiden Gestalten traten vor. Einer der Männer, ein freundlich aussehender Mann Ende zwanzig, nahm seinen Hut ab.

»Guten Abend, meine Herren. Captain Steel, dies ist mein Freund Hubert Fabritius.«

»Es freut mich, Euch wiederzusehen, Mr. Brouwer. Dies hier ist Sergeant Slaughter.«

»Wir sind hier, um Euch zu helfen, Captain, wie Ihr wisst. Aber da so viele Menschen der Stadt durch britische Kanonen ums Leben gekommen sind, müsst Ihr damit rechnen, dass die Leute hier wenig für Briten übrig haben. Aber wir müssen jetzt fort, ehe die Wachposten oben patrouillieren.«

Steel schwieg, hörte aber auf Brouwer, der die beiden tiefer in den gewölbten Durchgang der Schleuse winkte. Der Gang führte fort vom Tor und schlängelte sich tief ins Herz der Befestigungsanlagen, war jedoch an vielen Stellen so schmal, dass ein Mann kaum hindurchpasste. Bald gelangten sie an eine Holztür. Brouwer drehte den Türknauf und öffnete die Tür einen Spaltbreit. Aufmerksam spähte er in die Straße. Erst als er sicher war, dass niemand sie beobachtete, drückte er die Tür weiter auf und bedeutete den anderen, ihm ins Freie zu folgen. Sie traten hinaus in eine schmale, mit Kopfstein gepflasterte Gasse und folgten ihrem Verlauf, bis sie eine Kreuzung erreichten. Die andere Straße war breiter und wies stattlichere Häuser auf. Das Licht aus den Fenstern hüllte die

Männer in einen warmen Schimmer. Als sie im Schatten eines der Häuser stehen blieben, hatte Steel einen Augenblick Zeit zum Nachdenken. Ihm war bewusst, dass es für ihn als Briten nicht ungefährlich sein würde, so kurz nach dem Beschuss die Stadt zu betreten. Aber er hatte nicht mit den Schuldgefühlen gerechnet, die sich nun seiner bemächtigten. Stumm nahm er den Anblick in sich auf.

In den Straßen herrschte Betriebsamkeit, was ungewöhnlich für die Uhrzeit war. Doch Steel kannte den Grund. Es lag auf der Hand. Ein Karren ratterte an ihnen vorbei, gezogen von zwei Männern im Laufschritt. Die Ladung lag verborgen unter einer Plane, aber es war unschwer zu erraten, was die Männer dort abtransportierten. Als der Wagen vorbei war, sah Steel eine Hand, die schlaff über die Kante der Ladefläche hing. Leichen. Die Leute schafften die Toten weg, ehe sie verfaulten und womöglich eine Seuche eine neue Bedrohung für die belagerte Stadt darstellte.

Als sie kurz darauf an einer Gasse vorbeikamen, schaute Steel kurz hinein und erhaschte einen Blick auf eine Frau, die sich offenbar über einen Stapel Wäsche beugte. Sie hatte beide Hände darauf gelegt und schien laut zu sprechen. Steel blieb kurz stehen, aber seine Neugier verwandelte sich rasch in Verbitterung, als er sah, dass es sich bei den vermeintlichen Wäschestücken um die leblosen Konturen eines Toten handelte. Die Frau hatte ein Wehklagen angestimmt, kniete neben dem Toten und wippte rhythmisch vor und zurück. Steel wendete den Blick von der Gasse und schloss wieder zu Slaughter und den anderen auf.

Der Sergeant blickte grimmig drein. »Ist das nicht furchtbar, Sir, was wir angerichtet haben? Wenn man dann alles aus der Nähe mit ansehen muss … die armen Teufel.«

»Ja, Jacob. Es ist furchtbar. Aber was blieb uns für eine

Wahl? Gott sei Dank schweigen die Geschütze jetzt. Danken wir also jenem Schurken, der Lady Henrietta oben auf den Wehrgängen an den Mast gefesselt hat. Wir haben dadurch zwar jetzt einen Auftrag erhalten, um den uns keiner beneidet, aber dafür haben wir vielleicht die Leben der Menschen hier gerettet.«

Brouwer drehte sich halb um und zischte Steel warnend zu, leise zu sein. Als Steel nach unten sah, fiel ihm auf, dass Slaughter sich seinem Schritttempo angepasst hatte. Rasch verlangsamte er die eigenen Schritte, um in einen anderen Rhythmus zu fallen.

»Wir müssen aufpassen, dass wir nicht anfangen zu marschieren, Jacob«, flüsterte er. »Wir wollen nicht unnötig Aufmerksamkeit auf uns ziehen.«

Erneut drehte der Flame sich zu ihnen um und strafte sie mit einem wütenden Blick. Steel machte sich bewusst, dass der englische Akzent sie verraten könnte. Für jemanden, der einen Blick für das Militärische hatte, verhielten sie sich ohnehin viel zu auffällig. Was waren sie doch von all den Jahren in der Armee geprägt! Insbesondere jetzt war es wichtig, das Soldatentum zu kaschieren – bis der rechte Zeitpunkt käme. Dennoch wandte er sich noch einmal leise an Slaughter.

»Jacob, bleibt bei mir. Und denkt daran, wenn Euch jemand anspricht, dann versucht nicht, wie ein Franzose zu sprechen. Seid ein verfluchter Ire. Wir sind Deserteure. Wir sind hier, um uns den verdammten Piraten anzuschließen. Und versucht, endlich so zu gehen wie jemand, der die Armee satt hat. Ihr geht immer noch so wie bei der Parade vor den Horse Guards.«

Slaughter gab sich alle Mühe, den strammen Militärschritt abzulegen, scheiterte indes kläglich. »Ja, Sir.«

Steel verzog den Mund. »Und hört endlich auf, mich mit Sir anzureden. Ich heiße Jack, schon vergessen?«

Ein Lächeln erhellte Slaughters Miene. »So soll es sein, Jack.«

»Aber sagt es nicht öfter als nötig.«

Brouwer hatte es inzwischen aufgegeben, die Engländer zum Schweigen zu bringen, und stieß einen Seufzer der Erleichterung aus, als das Zwiegespräch von Musik unterbrochen wurde. Die Melodie erfüllte die Luft und schien von irgendwo weiter links zu kommen. Es waren Klänge einer Orgel, die nun an Intensität zunahmen. Steel lauschte und vernahm Stimmen, die das *Dies Irae* sangen.

Marius Brouwer merkte, wie verdutzt Steel dreinblickte. »Sie singen es für die Toten. Die Menschen halten eine Messe mit Requiem. In der Kirche des Heiligen Petrus und Paulus. Für die Toten, die Euren Geschützen erlagen.«

Steel schüttelte den Kopf. »Es tut mir aufrichtig leid. Glaubt mir. Hätten wir es zu verhindern gewusst ...«

Brouwer schaute zur Seite und setzte seinen Weg fort. Er führte sie in südlicher Richtung durch die Stadt, doch auf einmal bog er scharf links ab und hielt sich westlich.

Schließlich blieb er stehen und bot den anderen eine Erklärung. »Wir gehen nachher zu meinem Haus. Ihr müsst Euch ausruhen, bevor Ihr Trouin trefft. Heute geht das ohnehin nicht mehr. Außerdem ist die Stadt arg zerstört. Kommt.«

Fabritius ging hinter Steel und Slaughter, als Brouwer sie durch Straßen führte, in denen die Auswirkungen der Sprengbomben besonders deutlich zutage traten. Schutt und schwelende Balken lagen auf dem Kopfsteinpflaster. Unter Steels Stiefelsohlen knirschten Glassplitter der zerbrochenen Fenster und Stücke von Dachziegeln. Pulvergeruch hing schwer in der Luft, und wann immer Steel in die Straßen oder Gassen lauschte, vernahm er aus den Fenstern Schluchzen und Klagen. Eine Kirchturmuhr schlug die Viertelstunde. Erst da fiel Steel auf, dass der Gesang längst verstummt war.

* * *

In den Straßen tummelten sich Menschen aller Nationalitäten und Hautfarben. Unter die blassen Flamen und Niederländer mischten sich Mulatten und Latinos sowie große, bärtige Männer aus den Steppen Russlands, die Steel an die nordischen Kriege seiner Jugendtage erinnerte. Er sah Afrikaner, deren Haut so schwarz wie Ebenholz war, und sogar Katharer, die durch die Gassen wandelten. Dennoch wurde Steel das Gefühl nicht los, dass zwei hochgewachsene Soldaten wie Slaughter und er in der Menge auffielen. Da er zudem spürte, dass Brouwer sich nach wie vor seine Verbitterung anmerken ließ, versuchte er, ein Gespräch anzufangen und flüsterte, während sie im Schutz der Schatten weitergingen.

»Ich hätte nicht gedacht, dass Eure Stadt so kosmopolitisch ist, Mr. Brouwer. Es muss großartig sein, hier zu leben.«

Brouwer mied Steels Blick. »Es ist mein Zuhause. Wir bleiben unter uns. In diesem Stadtteil verkehren wir so gut wie nie. Hier wohnen nur Fremde. Außerdem sind die meisten von ihnen Schurken, sie gehören zu Trouins Leuten oder zu seinem Gefolge im weitesten Sinne. Sie haben die Stadt sozusagen in Besitz genommen, und die Franzosen unternehmen nichts dagegen. Sie machen uns das Leben nicht leicht. Unsere Kinder sind nicht mehr sicher. Mit der französischen Garnisonsbesatzung war es ja schon schlimm genug, aber diese Gestalten hier sind nicht besser als Tiere. Deshalb brauchen wir Eure Hilfe, damit Ihr uns diesen Abschaum vom Hals schafft. Wir müssen die Stadt neu aufbauen, und danach ein neues Land. Wir brauchen einen Ort, auf den wir stolz sein können, und ein Land, das sich bei der Frage der Regierung an keine andere Nation wenden muss.«

Steel war erstaunt, wie offen Brouwer war und wie viel mehr Leidenschaft in seinen Worten mitschwang als bei ihrer ersten Begegnung. Er konnte sich mit eigenen Augen davon überzeugen, wie der Flame es im Hinblick auf die Leute in diesem Viertel meinte. Hier konnte kein Mann ruhig leben, der eine Familie zu ernähren und zu beschützen hatte. Plötzlich verstand er Brouwers Beweggründe und erkannte, woran es in diesem kleinen, unterdrückten Land krankte. Während sie in nördlicher Richtung weiter ins Stadtinnere gingen, nahm in den Straßen der Unrat allmählich ab. Und auch die Menschen, die ihnen begegneten, sahen nicht mehr wie Schurken aus wie noch im südlichen Viertel. Sie blieben vor einem kleinen, hübschen Haus mit blauen Fensterläden stehen, die nicht geschlossen waren. Steel sah, dass im Haus ein Kerzenlicht brannte. Er überlegte, wie viel Zeit vergangen sein mochte. Gewiss war es gegen sechs in der Frühe. Als wollte ihm die Stadt eine Antwort geben, schlug die Kirchturmuhr ganz in der Nähe sechsmal.

Der Flame klopfte leise an die Tür. Kurz darauf öffnete eine Frau, die in Brouwers Alter war. Sie war klein und hübsch, auf eine schlichte, häusliche Art, und trug einen einfachen braunen Rock und ein baumwollenes Hemd. Brouwer gab ihr einen Kuss auf die Wange und sprach ein paar Worte auf Flämisch.

Dann wandte er sich an seine Begleiter. »Das ist meine Frau Berthe. Sie wird uns die Frühmahlzeit machen.«

Der Hausherr bat die beiden Soldaten und Fabritius ins Haus, vergewisserte sich noch einmal mit einem schnellen Blick in die Straße, dass ihnen niemand gefolgt war, und schloss die Tür. Im Haus duftete es nach frischem Backwerk. Steel hatte das Gefühl, jemand habe ihn zwanzig Jahre zurück in die Küche seiner Mutter nach Carniston verfrachtet, in das Haus in den schottischen Lowlands. Er sah sich wieder an der Herdstatt, als kleiner Junge, der zur Mutter aufschaute und mit piepsiger Stimme um noch etwas von dem süßen Teig bat, aus dem die Mutter Kekse gebacken hatte. Er war immer für seine Beharrlichkeit belohnt worden. In diesem Augenblick in dem fremden Haus stürmten all die Eindrücke lange zurückliegender Tage auf ihn ein; er glaubte, den Geschmack der Kekse seiner Mutter auf der Zunge zu spüren, und fühlte sich augenblicklich warm und geborgen.

Slaughter beugte sich zu ihm vor und flüsterte: »Riecht Ihr das, Sir? Wie zu Hause, nicht wahr? Wahrlich selten, so was. Und richtigen Kaffee gibt's auch.«

Der scharfe Atem seines Sergeants holte Steel schlagartig in die Gegenwart zurück; erst jetzt machte er sich bewusst, dass der Duft der Backwaren noch von einem anderen, sehr verlockenden Duft überlagert wurde: das Aroma frisch gebrühten Kaffees. Eine Rarität im Feldlager der letzten Wochen, da der sogenannte »Kaffee« eigentlich eine Mischung aus allen möglichen Wurzeln und Kräutern war – und auch immer genauso geschmeckt hatte.

Brouwer bemerkte die Vorfreude in den Mienen der Briten, und zum ersten Mal seit der Begegnung unten am Hafen lächelte er. »Ich denke, etwas Kaffee dürfte Euch guttun. Setzt Euch doch bitte.«

Er rückte zwei Stühle am schlichten Esstisch zurecht, der den größten Teil der Stube einnahm. An den Wänden hingen Kupferstiche mit Stadtansichten; in einer Ecke stapelten sich Bücher. Andere Möbel gab es nicht. Auch Fabritius, der bislang geschwiegen hatte, wurde ein Platz angeboten. Steel warf einen kurzen Blick auf den Mann und merkte, wie ernst dieser war.

Er sprach ihn direkt an. »Also, Mr. Fabritius, seid Ihr auch Mr. Brouwers Meinung? Denkt Ihr, dass Flandern wirklich frei sein wird?«

Fabritius starrte ihn mit leeren, rot geränderten Augen an.

Steel schaute weg. »Tut mir leid.«

»Mein Freund möchte nicht mit Euch sprechen«, schaltete Brouwer sich rasch ein. »Aber fasst das bitte nicht als Beleidigung auf. Ich glaube, er ist zu traurig, um mit jemandem zu sprechen. Ihr müsst wissen, dass sein Vater bei dem Kanonenbeschuss ums Leben kam. Das Elternhaus wurde verwüstet.« Er wandte sich an seine Frau. »Wo bleibt der Kaffee?«

Als Steel erneut einen Blick auf Fabritius warf, sah er, dass er die Fingernägel der rechten Hand in die Fläche der linken Hand bohrte, um seinen Zorn zu zügeln. Wut auf die Briten, dachte Steel, und Wut auf mich.

Berthe goss den Kaffee in vier Schalen, worauf die Männer dankbar zugriffen. Schließlich hob Brouwer erneut an. »Ihr bleibt bis heute Abend hier. Ruht Euch aus. Wir haben Betten für Euch. Die Kinder sind bei ihrer Großmutter am anderen Ende der Stadt. Wenn Ihr Euch ausgeruht habt, zeige ich Euch, wo sich dieser Trouin herumtreibt. Und dann, Captain Steel, seid Ihr gefragt.«

Steel nickte. »Ihr seid mehr als großzügig, Mr. Brouwer, insbesondere nach allem, was geschehen ist.«

Der Flame schüttelte den Kopf. »Um ehrlich zu sein, Captain, ich weiß nicht mehr genau, was ich noch glauben soll. Ich kann nur Gott danken, dass meine Frau und meine Kinder nicht unter den Toten waren oder verletzt wurden. Aber wie Fabritius hatten auch wir Freunde, die nicht mehr leben. Meine Kinder haben Spielgefährten verloren. Kinder starben während des Beschusses oder wurden furchtbar verletzt.« Er unterbrach sich und wiegte die noch heiße Schale Kaffee in den Händen. »Sagt mir, Captain, hättet Ihr das Feuer eingestellt, wenn man die Frau nicht dort oben angebunden hätte?«

Steel mied den Blick des Gastgebers. »Ich ... weiß es nicht. Vielleicht. Wahrscheinlich. Wenn es nach mir gegangen wäre, ja.«

»Aber Ihr habt mir erzählt, dass die Menschen in Bayern aus ihren Häusern vertrieben wurden. Ganze Dörfer brannten.«

»Das stimmt. Tatsächlich haben das die Niederländer getan.«

»Gewiss. Unsere Freunde und Nachbarn die Niederländer. Aber doch auf Marlboroughs Geheiß, oder nicht?«

Steel warf einen zögerlichen Blick auf Brouwer.

»Keine Sorge, Captain. Natürlich werde ich Euch helfen, wie versprochen. Aber ich werde nicht für Euch kämpfen. Ich bringe Euch an den vereinbarten Ort, kehre dann aber zu meiner Familie zurück, denn sie bedeutet mir im Augenblick alles. Ihr nehmt die junge Frau mit – sofern Ihr sie diesem Trouin unter der Nase wegschnappen könnt. Dann müsst Ihr schnellstens wieder durch das Schleusentor aus der Stadt, das wir bis zum Angriff nicht verschließen werden. Ist schon bald mit dem Angriff zu rechnen?«

»Innerhalb von zwei Tagen«, antwortete Steel und hoffte, dass er Recht behalten würde.

Brouwer legte seine Hand auf Steels Unterarm. »Dann heißen wir Eure Armee in der Stadt willkommen, und die Franzosen und ihre Freunde werden für immer fort müssen. Aber jetzt solltet Ihr Euch ausruhen. Und Euer Sergeant.«

Steel stellte die Schale mit Kaffee ab. »Ich danke Euch für Eure Gastfreundschaft. Uns ist bewusst, in was für eine Gefahr Ihr Euch und Eure Familie gebracht habt.«

Brouwer schickte einen nervösen Blick in Richtung seiner Frau. Aber sie hatte offenbar nicht gehört, was Steel eben gesagt hatte. Außerdem war ihr Englisch nicht sonderlich gut.

»Aber bevor wir uns ausruhen«, fuhr Steel fort, »könnt Ihr mir da noch etwas über die englische Lady erzählen? Wisst Ihr, wo sie ist? Seid Ihr sicher, dass dieser Pirat Trouin sie hat?«

»Da bin ich mir ziemlich sicher. Einer meiner Freunde erzählte mir das kurz vor Eurer Ankunft. Wie es scheint, ist Trouin sofort zum Gouverneur gegangen, nachdem er gehört hatte, was der Garnisonskommandant mit der Engländerin gemacht hat. Von nun an will er offenbar selbst auf die Dame aufpassen. Der Kommandant wollte sich darauf nicht einlassen. Es kam wohl zum Streit, der sich weitestgehend auf Worte beschränkte. Trouin behielt die Oberhand, was wenig verwunderlich ist. Soweit wir wissen, ist die Dame in seinem Hauptquartier untergebracht. Trouin besitzt nämlich eine Schänke im südlichen Stadtviertel, müsst Ihr wissen. Wir sind auf dem Weg hierher fast daran vorbeigekommen. Seine Leute patrouillieren im gesamten Viertel. Kein Ort, zu dem es mich wirklich hinzieht, aber ich bringe Euch heute Abend natürlich hin. Doch keinen Schritt weiter. Bei der Schänke seid Ihr auf Euch allein gestellt.«

Keine guten Nachrichten, dachte Steel. Gewiss war es weitaus schwieriger, Lady Henrietta in der Schänke aus den Händen der Piraten zu befreien als in der Garnison. Zudem wusste Steel jetzt, dass er nicht auf die tatkräftige Hilfe von Brouwer und dessen Gefährten der Volksbewegung zählen konnte. Offensichtlich hatte Hawkins sich verschätzt, als er in Steels Beisein von einer dynamischen Miliz gesprochen hatte. So viel zu dem Vertrauen meines Vorgesetzten in einem bewaffneten Aufruhr, ging es ihm durch den Kopf. Diese Leute mochten leidenschaftlich an ihr Land glauben, aber auf den Kampfeswillen der Flamen konnte man sich nicht mehr verlassen. Den mochten Captain Forbes' Mörser im Keim erstickt haben.

Marlboroughs Plan war nach hinten losgegangen, mit noch nicht absehbaren Folgen. Eins war Steel indes klar: Wenn Lady Henrietta befreit werden sollte, würden er und Slaughter es ohne fremde Hilfe bewerkstelligen müssen.

* * *

Den Rest des Tages verbrachten sie in Brouwers Haus, in einer kleinen, klammen Dachkammer, in der es nach Mehltau roch. Das Haus mochte einmal einem Hafenmeister oder Zollbeamten gehört haben, und die Kammer unterm Dach war gewiss die Unterkunft der Dienstmägde gewesen. Die beiden Grenadiere hatten kaum genug Platz. Licht fiel nur durch ein einziges Giebelfenster, von wo aus man über die Dachschindeln der anderen Gebäude aufs Meer blicken konnte. Steel rieb über das staubige Glas und spähte durch die stumpfe Scheibe. Zunächst sah er kaum etwas wegen des Nebels. Doch je höher die Sonne stieg, desto mehr Umrisse konnte er erkennen, bis er gegen Mittag einen freien Blick auf die britische Flotte in ihrer ganzen militärischen Pracht hatte. Neben den Fregatten dümpelten die verhassten Bombarden im Wasser.

Steel setzte sich auf einen der Schemel in dem engen Raum und blickte auf das Tablett, das auf dem Boden stand: Zwei

Teller, zwei Gläser und eine leere Flasche Bier zeugten von den Überresten der Mahlzeit, die Brouwers Frau zubereitet hatte. Er wunderte sich, dass in der belagerten Stadt noch keine Nahrungsmittelknappheit herrschte. Noch servierte man ihnen frisches Fleisch und Bier. Allerdings fiel ihm ein, dass es eine von Vaubans Maximen gewesen war, genug Vorräte für zwei Wochen in den Kasematten zu lagern. Außerdem hatten die Piraten Vorräte an Bord gehabt und gewiss zu einem guten Preis losgeschlagen.

Womöglich hatte man vor Schließung der Stadttore noch ausreichend Vieh von den umliegenden Gehöften in die Stadt getrieben. Was auch immer der Grund sein mochte, für Steel stand fest, dass man weder die Garnison noch die Piraten würde aushungern können. Slaughter war inzwischen eingeschlafen und schnarchte laut in einer Ecke der Kammer. Er hatte seinen Kopf auf den zusammengefalteten Mantel gelegt.

Steel wägte die Situation ab und wunderte sich einmal mehr, wie unvorhersehbar doch der Krieg war. An einem Tag harrte man unter starkem Beschuss in der Linienformation aus, am nächsten Tag erhielt man den Auftrag, eine Dame zu befreien, die in diesem besonderen Fall die Cousine seiner früheren Geliebten war.

Die Stunden verstrichen, der Nachmittag wich dem Abend. Slaughter schreckte kurz aus seinen Träumen hoch, schlief aber wieder ein. Trotz ihrer Freundschaft – eine seltene Erscheinung in einer Armee zwischen einem Offizier und einem Sergeant – hatten sie im Verlauf der letzten Stunden kaum ein Wort gewechselt. Jeder wusste indes, was der jeweils andere dachte, wenn wieder ein Einsatz kurz bevorstand. Slaughters Heilmittel war immer eine Mütze voll Schlaf, und Steel wunderte sich, wie der Mann das anstellte.

Während sein Sergeant für gewöhnlich schnell einschlief, wurde Steel von abertausend Gedanken heimgesucht, sobald er die Augen zumachte. Und die meisten Dinge, die ihm durch den Kopf gingen, waren nicht unbedingt angenehm. Da waren die immer wiederkehrenden Bedenken, die ihn tagein, tagaus verfolgten: Eine nicht bezahlte Rechnung der Messe, das Loch in einem der Stiefel, die Läuse, die sich in der Kleidung festsetzten, das Wohlergehen seiner Männer. Aber dann gab es noch die anderen Gedanken: Die Angst vor dem Tod und vor der Verstümmelung. Die beunruhigende Vorstellung, dass er aus dem Leben schied, ohne je ein Kind gezeugt zu haben. In diesen Momenten spürte er die Sehnsucht nach einer Frau, mit der er sein Leben teilen wollte. Mit Bedauern erinnerte er sich an die Gefährtinnen, mit denen er zusammen gewesen war.

Und die ganze Zeit lauerte in seinem Bewusstsein die Befürchtung, dass ihn eines Tages vor einem Kampfeinsatz eine lähmende Angst befallen würde. Bislang war nichts dergleichen passiert, und er betete, das Schicksal möge ihn davor bewahren. Aber er hatte selbst miterlebt, dass Kameraden wie aus dem Nichts von dieser Furcht heimgesucht wurden. Einige verharrten dann starr auf ein und derselben Stelle und wurden getötet. Andere machten auf dem Absatz kehrt und suchten das Weite, nur um später unehrenhaft aus der Armee entlassen oder standrechtlich als Deserteur erschossen zu werden. Für jeden Soldaten und besonders für einen Mann wie Steel, der sein Leben dem Soldatentum verschrieben hatte, war diese Angst schlimmer als alles andere. Daher saß er oft da, dachte über alles Mögliche nach und fand nicht in den Schlaf.

Schlussendlich, als das Licht des Tages schwand, klopfte es an die Tür. Marius Brouwer trat ein. Im unsteten Flackern der einzigen Kerze wirkte sein Gesicht gelblich und nicht von dieser Welt. »Wir müssen aufbrechen, meine Herren. Ich bringe Euch jetzt zu Trouins Schänke.«

Slaughter regte sich. »Sergeant«, wandte Steel sich sofort an ihn, »Ihr bleibt mit Mr. Fabritius hier. Wenn ich in zwei Stunden nicht zurück bin, schlagt Ihr Euch irgendwie zu den Linien durch, am besten durch das Ausfalltor unterhalb der Böschung. Wenn Ihr es schafft, dann sorgt auf Eurem Weg nach draußen dafür, dass dieses Tor offen bleibt. Sobald Ihr wieder im Lager seid, begebt Ihr Euch sofort zu Colonel James Hawkins im Generalstab des Herzogs. Begebt Euch selbst dorthin, Jacob. Ich weiß nicht mehr, wem noch zu trauen ist. Sagt den Herren, dass ich entdeckt wurde und dass Lady Henrietta verloren ist. Am wichtigsten aber ist, dass die Stadt gestürmt wird. Kein Beschuss mehr durch die Bombarden. Wir müssen Ostende im Sturmangriff nehmen, wie ursprünglich geplant.«

»Aber Sir ...«

»Keine Diskussion, Jacob. So lauten meine Befehle.«

Slaughter wusste, wann er den Mund zu halten hatte. »Ja, Sir. Aber gebt auf Euch acht, Mr. Steel.«

Steel lächelte und schüttelte den Kopf. Brouwer schaute von einem zum anderen und wusste nicht, wie er das Verhalten der beiden Briten deuten sollte.

Steel wandte sich wieder ihm zu. »Gut, Mr. Brouwer. Ich bin bereit. Sergeant Slaughter wird hierbleiben. Er lässt sich nicht blicken. Wenn ich nicht zurückkomme, hat er den Befehl, ins Lager zurückzukehren und den hohen Offizieren mitzuteilen, dass die Stadt angegriffen werden muss. Aber keine Sorge, die Kanonen werden schweigen. Euch brauchen wir, um das Ausfalltor zu öffnen.«

Der Flame lächelte. »Habt Dank. Ich verstehe, was Ihr

getan habt. Schafft Ihr es allein, das Mädchen aus den Händen Trouins zu befreien?«

»Ich fürchte, mir bleibt nichts anderes übrig. Es ist die einzige Möglichkeit.«

* * *

Draußen in den Straßen blieb Brouwer immer deutlich vor Steel. Er hielt es für unauffälliger, wenn sie getrennt gingen. Allmählich gelangten sie in die weniger respektablen Viertel der Stadt. Einmal stieß Steel mit einem Mulatten zusammen und wäre fast über einen Chinesen gestolpert, der in einem Hauseingang schlief.

Sie nahmen hauptsächlich kleinere Gassen und erreichten schließlich einen gepflasterten Platz, auf dem allerhand Gerät für die Schifffahrt lagerte. Winden, Flaschenzüge und Weidenkörbe hatte man von den Kais bis in den Schutz der Befestigungsmauern geschafft. Doch die Mauern waren nicht unversehrt geblieben. An einer Stelle klaffte ein großes Loch; zerplatzte Pflastersteine und dunkel gefärbte Blutflecke zeigten an, wo eine Mörsergranate eingeschlagen hatte.

Es war lange nach Mitternacht, aber in den Gassen am Hafen herrschte reges Treiben. Steel machte drei Seeleuten Platz, die auffällig schwankten und sich gegenseitig auf dem unebenen Kopfsteinpflaster stützten. Weiter links erbrach sich ein Mann in der Gosse, während wenige Schritte entfernt eine Hure den Preis und die Dienstleistung mit einem potentiellen Kunden aushandelte. Von weiter vorn schallte unüberhörbar der Lärm einer Taverne durch die Straße. Laute Stimmen, kratzige Geigenmusik, Lachen und Shanties aus rauen Kehlen.

Als Brouwer und er um eine Ecke bogen, konnte man die

Schänke bereits sehen: Ein großes Fachwerkgebäude, das schon bessere Tage erlebt hatte, aber ohne Zweifel gut besucht war. Über der Tür klapperte ein Schild in der Brise: *L'Étoile du Nord.*

Trouins Hauptquartier präsentierte sich so, wie Brouwer es Steel beschrieben hatte. Zu beiden Seiten der Tür standen bewaffnete Posten. In diesem Moment taumelte ein Betrunkener aus der Schänke, hielt mehr oder weniger auf Steel zu, zog umständlich den Hut und trudelte dann weiter zu Brouwer, der etwa zwanzig Schritte entfernt stand. Plötzlich stolperte der Mann über einen Pflasterstein, schoss mit seinem ganzen Gewicht nach vorn und riss Brouwer zu Boden. Der Flame war schnell wieder auf den Beinen, fluchte, ließ sich dann aber in seiner offensichtlichen Anspannung zu einer Beleidigung hinreißen. Steel schaute sich kurz um, beschloss jedoch, für sich zu bleiben und dem Gefährten nicht zu Hilfe zu eilen. Leider blieb es nicht bei Worten. Denn zu Steels Erstaunen rappelte der Betrunkene sich hoch, zog für einen Mann in seinem Zustand erstaunlich schnell seinen Degen und lallte üble Beschimpfungen in Brouwers Richtung. Der Flame war unbewaffnet und hielt sich in seiner Angst einen Arm vors Gesicht.

Für Steel gab es nur eine Möglichkeit. Er eilte zu Brouwer, riss den Betrunkenen an der Schulter zurück und schickte ihn mit einem Faustschlag ins Gesicht an die nächste Häuserwand. Der Mann sackte nach dem Aufprall zu Boden und blieb reglos liegen. Brouwer war im Begriff, sich bei Steel zu bedanken, hielt sich dann aber zurück und blieb in den Schatten.

Derweil rieb Steel sich die schmerzenden Handknöchel und schritt auf die beiden Wachposten an der Tür zu, vorsichtig zwar, aber dennoch möglichst unbefangen. Er konnte nicht recht einschätzen, wie viel die beiden Wachen von dem Streit mitbekommen hatten, als hinter den beiden ein größerer Mann auftauchte. Auch er trug keine Militärkluft. Auffällig waren jedoch seine rote Schärpe um die Taille und sein eleganter, mit Gold durchwirkter Hut, der ihm den Anschein eines Offiziers verlieh.

Er suchte sofort Steels Blick. »Sucht Ihr hier jemanden, Freund?«

Steel verbeugte sich und antwortete in passablem Französisch und eher schmeichelhaft: »*Monsieur le Colonel,* ich würde gern mit Eurem Captain sprechen – mit Commander Duguay-Trouin. Ich möchte ihm meine Dienste anbieten, im Namen Frankreichs und im Namen von König Louis und König James.«

Die Miene des Fremden war zuerst undurchdringlich, doch dann lachte er. »Ihr wollt Trouin sprechen? Seid Ihr sicher, Monsieur?«

Steel hielt seinen Mantel auf, damit sein Gegenüber den Uniformrock darunter sehen konnte, den Steel als Zeichen des Verräters und Überläufers auf links trug, sodass das weiße Innenfutter zu sehen war. Fast hätte man ihn in dem weißen Stoff für einen französischen Infanteristen halten können.

Kritisch beäugte ihn der Fremde und musterte ihn von Kopf bis Fuß. Steel war bewusst, dass er in seinem Aufzug – im Mantel eines Zivilisten, mit einem ungewöhnlich großen Degen an der Seite und zurückgebundenem Haar ohne Perücke –einen sonderbaren Anblick bot. Er spürte, wie sein Herz hämmerte. Kein Zweifel, der Mann war argwöhnisch.

Steel indes ging aufs Ganze. »Ihr müsst mich zu Captain Trouin vorlassen. Ich bin unter großer Gefahr hierhergekommen, um an seiner Seite zu kämpfen. Ich schwöre es. Tod den verdammten Briten und ihrer Queen. Lang lebe Frankreich und jeder wahre Jakobiter. Lang lebe der Papst, Gott schütze ihn, und der Teufel schicke Marlborough mitsamt seiner Armee aus Hurensöhnen in die Hölle.«

Eine wortgewaltige Vorstellung. Um seine Tirade zu unterstreichen, spie Steel aus und wartete auf die Reaktion seines Gegenübers. Nach einem schier endlosen Schweigen brach der Pirat in schallendes Lachen aus. Die beiden Posten fielen mit ein.

»Tut mir leid, Sir«, sagte der Man mit dem eleganten Hut. »Aber wir können nicht wachsam genug sein. Hier treiben sich immer wieder englische Spione herum. Ihr werdet Commander Trouin in der Schänke finden, es sei denn, er hat sich bereits für die Nacht zurückgezogen. Möchte Euer Freund auch eintreten?«

Verflucht, dachte Steel, sie hatten Brouwer doch bemerkt. Gewiss hatte man sie beobachtet, als sie sich des Trunkenbolds erwehrten. Er fluchte in sich hinein und spürte, dass der Fremde ihn nach wie vor genau musterte. Steel blieb nichts anderes übrig, er musste den Flamen mit einbeziehen. Daher drehte er sich um und fing Brouwers Blick ein. Er redete ihn mit dem erstbesten schottischen Namen an, der ihm in den Sinn kam.

»Kommt, Lieutenant Macleod. Wir haben Glück. Wir können uns hier als Soldaten verdingen.« Er zwinkerte Brouwer zu und winkte ihn zu sich. Der Flame war vollkommen verdutzt, sah sich indes gezwungen, Steel zu begleiten.

Der Offizier nickte. »Also dann, in diesem Fall wünsche ich Euch eine gute Nacht, Gentlemen. Und viel Glück mit Commander Trouin.«

Steel deutete eine Verbeugung an, und als der Fremde wieder die Schänke betrat, flüsterte er dicht an Brouwers Ohr: »Verdammt, ich dachte schon, wir wären aufgeflogen. Ich fürchte, Ihr müsst mit hinein. Aber dann verabschiedet Ihr Euch so schnell es geht wieder – haltet Euch nicht unnötig lange hier auf. Und versucht, ein bisschen militärischer zu wirken. Wir sehen uns später. Ich habe noch eine Verabredung mit einer Dame.«

Mit diesen Worten war er fort. Brouwer nickte. Doch während Steel in der vollen Schankstube verschwand, fragte der Flame sich, was der Brite mit »militärisch« gemeint haben mochte. Denn Brouwer wäre es nie in den Sinn gekommen, Soldat zu werden. Seit eh und je predigte er Frieden und hatte geschworen, nie zur Waffe zu greifen. Bis vor Kurzem. Doch auch nur als letztes Mittel, um sein Land und seine Familie zu verteidigen. Brouwer schaute sich unsicher um und wünschte, er wäre diesem großen schottischen Offizier nie begegnet. Doch sein Pflichtgefühl sagte ihm, dass er diese Rolle nun spielen musste, für seine Stadt und seine Familie. Daher öffnete er den Mantel, hakte die Daumen in den Gürtel und setzte eine Miene auf, die ihm ein soldatisches Aussehen verleihen sollte. Mutig hielt er auf einen kleinen, freien Tisch zu. Mit pochendem Herzen überlegte er, wie sich ein Offizier der britischen Armee bei einer Schankmagd in einer Taverne voller Piraten einen Krug Bier bestellen würde.

11.

Steel hatte rasch denjenigen ausgemacht, den er suchte. Ein Mann wie René Duguay-Trouin war nicht zu übersehen. Im hinteren Bereich der Schankstube saß er am Kopf eines Tisches, um den sich etliche Männer scharten. Es war nicht allein die Kleidung, die Trouin als Anführer kennzeichnete, sondern die ganze Art seines Gebarens. Er gehörte zweifellos zu den Männern, die durch ihre pure Anwesenheit bestachen. Trouin seinerseits hatte nach wenigen Sekunden erkannt, dass es sich bei dem Neuankömmling nicht um irgendeinen dahergelaufenen Dorftrottel handelte.

Steel bahnte sich seinen Weg durch die Menge aus Betrunkenen und Huren und hielt auf den Tisch des Piraten zu. Trouin verscheuchte das Mädchen, das bislang auf seinem Schoß gesessen hatte, und sah Steel an. Einer seiner Männer flüsterte ihm unterdessen etwas ins Ohr.

Als Trouin das Wort ergriff, verstummten sämtliche Gespräche am Tisch. »So, Ihr seid also gekommen, um mir Eure Dienste anzubieten, Mr. ...?«

»Thomson, Jack Thomson.«

»Ich fühle mich geschmeichelt, Mr. Thomson. Ihr erweist mir eine große Ehre.«

Thomson. Wenig überzeugend. Steel hatte sich am Vorabend für den Mädchennamen seiner Mutter entschieden. Er hatte auch versucht, in einem anderen Tonfall zu sprechen, aber trotz des leichten schottischen Akzents der Lowlands würde selbst ein Franzose merken, dass Steel kein gewöhnlicher Deserteur aus der breiten Masse der Fußsoldaten war. Daher war Steel bewusst, dass er sich bald als Offizier zu erkennen geben müsste. Das würde neue Fragen aufwerfen. Und die Zeit für Fragen schien bereits gekommen zu sein. Er schenkte Trouin ein möglichst unbekümmertes Lächeln und war bemüht, sich den Anschein von Kaltblütigkeit zu geben. Doch nie zuvor – auf keinem Schlachtfeld – hatte er sich so verwundbar gefühlt. Er spürte, wie sich der Blick des Piraten in ihn bohrte, wie der Captain versuchte, seine Gedanken zu lesen.

Trouin runzelte die Stirn. »Mr. ... Thomson. Vergebt mir, aber Ihr scheint nicht der gewöhnliche Deserteur zu sein, den wir hier ab und an sehen.« Er unterbrach sich, und Steel wusste, was als Nächstes kommen würde. »Ihr seid doch Offizier, nicht wahr?«

Steel schluckte. Ihm blieb nichts anderes übrig, als auf Zeit zu spielen, weil er nicht sicher war, inwieweit Trouin ihn bereits durchschaut hatte. »Ja, das muss ich zugeben, Sir. Zumindest war ich Offizier. Bis vor Kurzem, in der Armee von Queen Anne. Aber für die Fahne kann ich nicht länger in den Krieg ziehen. Um die Wahrheit zu sagen, Captain, ich konnte diese Lüge nicht mehr durchstehen.«

»Ihr erregt allmählich mein Interesse. Erklärt mir, wie es zu diesem Sinneswandel kam.«

»Ich kämpfe inzwischen für unseren wahren Herrscher, Sir, für König James. Mein Gewissen plagte mich schon seit Langem, aber erst jetzt habe ich die Kraft gefunden, mich zu meinem Herrn zu bekennen. Ich musste in einem Gefecht mit ansehen, wie unsere Truppen ... Verzeihung, Sir, Marlboroughs Truppen, kaltblütig Männer hinschlachteten, die für die Sache der Jakobiten kämpften. Das hat mich bewogen, fahnenflüchtig zu werden, Sir. Ich zähle mich nun zu diesen

Leuten. Ich habe nur den einen Wunsch, nämlich gegen die Queen zu kämpfen. Für König James III., den wahren Regenten Englands.«

Trouin nickte verständnisvoll, vielleicht auch anerkennend. »Aha, Ihr seid also Jakobiter. Gut. Wir haben bereits Männer mit Eurer Überzeugung in unseren Reihen. Vielleicht kennt Ihr gar welche. Aber sagt mir noch eins. Wieso schließt Ihr Euch uns an? Warum tretet Ihr nicht in eins der Jakobiterregimenter in der französischen Armee ein?«

Auf eine solche Antwort hatte Steel sich vorbereitet. »Weil ich dann gewiss in der Schlacht auf meine alten Kameraden treffen würde, Captain, und in einer solchen Situation wäre ich hin und her gerissen. Bin ich bei Euch, so kann ich den Franzosen dienen, werde aber aller Wahrscheinlichkeit nach auf keinen Kameraden aus meinem alten Regiment stoßen.«

Trouin schwieg und schien über Steels Argumentation nachzudenken. Steel spürte einen dünnen Schweißfilm auf der Stirn, aus Angst, doch noch entlarvt zu werden.

Schließlich ergriff Trouin erneut das Wort. »Das ist richtig, Mr. Thomson. Es gehört sich nicht, alte Freunde zu töten, ganz gleich, auf welcher Seite man steht. Welchen Rang bekleidet Ihr?«

»Ich war Captain, Sir.«

»Nun dann, Captain Thomson. Ihr dürft Euren Rang behalten und Euch uns anschließen.« Ein Gefühl der Erleichterung überkam Steel. Aber Trouin sprach weiter. »Da wäre nur ein Problem. Während in Eurer Welt ein Offizier als Gentleman betrachtet wird, ja, sogar vor dem Eintritt in die Armee ein Gentleman ist und sich durch sein Gebaren fortan von dem einfachen Mann abhebt, ziehe ich in meiner Welt die Gesellschaft des einfachen Mannes vor. Offiziere sind, wie sich immer wieder bestätigt hat, meist nicht so vertrauenswürdig, wie sie uns immer glauben machen wollen. Könnt Ihr das nachvollziehen?«

Natürlich gärte es bei diesen Worten in Steel, aber er wusste, dass es Selbstmord gleichkäme, wenn er jetzt widerspräche. »Absolut, Sir.«

»Dann sagt mir doch bitte, Captain Steel, warum ich Euch vertrauen sollte?«

»Weil ich die Wahrheit sage, Sir. Nicht nur, weil ich mich selbst für einen Gentleman halte. Sondern weil ich kämpfe wie zehn Mann und weil ich Euch als britischer Offizier von Nutzen sein kann. Außerdem bin ich nicht irgendein unerfahrener Gentleman, der sich in der Pose des Soldaten gefällt, sondern ein Veteran. Ich kämpfte für die Schweden bei Narva und für Marlborough bei Blenheim. Mein Offizierspatent habe ich mir nicht erkauft, sondern mir in all den Jahren im Dienst der Fahne verdient. Genügen Euch diese Gründe, Sir?«

Trouin nickte und lächelte. »Wenn es stimmt, was Ihr sagt – und ich bin immer mehr der Auffassung, Euch Glauben zu schenken, Captain – dann ja. Das genügt mir, zumindest fast. In Eurem letzten Punkt habt Ihr recht. Wir können einen Mann wie Euch gebrauchen. Ihr könntet Euch im Lager des Feindes bewegen und uns das Überraschungsmoment sichern. Ja, das wäre gut. Ich bin auch bereit, Euren Beweggründen Glauben zu schenken. Aber was Eure Fähigkeiten im Kampf anbelangt, so denke ich, dass wir uns selbst ein Bild davon machen sollten.« Er rief quer durch den Raum: »Wer von euch hat den Mumm, es mit diesem schottischen Gentleman aufzunehmen? Er will sich uns anschließen, und ich denke, wir müssen prüfen, wie geschickt er mit der Waffe umzugehen vermag.«

Steel sah, wie sich an einem der Tische drei von Trouins

Männern erhoben. Als hätten sie sich bereits im Stillen geeinigt, trat jedoch nur einer von ihnen vor: Ein großer, kräftiger Mann, dessen Augenbrauen über der Nasenwurzel zusammengewachsen waren. Er trug ein speckiges Lederwams und kam nun auf Trouin zu.

»So, Alexis. Dir ist nach körperlicher Betätigung zumute. Denkst du, dass du ihn besiegen kannst? Er ist ein gestandener Soldat, musst du wissen.«

Der Mann lachte. Er sprach langsam und voller Verachtung. »Ihr kennt mich, Captain. Glaubt *Ihr,* dass ich ihn besiegen kann?«

»Davon bin ich überzeugt. Und wenn du es schaffst, bekommst du zehn Goldstücke. Aber Alex, mein Freund … sollte er gewinnen … « Alexis grinste. »Nun, du weißt schon. Ist das fair?«

Der Mann grinste weiter. »Fair, Captain.«

Trouin wandte sich Steel zu. »Ihr habt die Wahl der Waffen, Monsieur. Degen, Pistole, Beil, Pike? Was bevorzugt Ihr?«

Steel öffnete seinen Mantel, um den Degen zu präsentieren, den er an der Seite trug. Langsam zog er die lange Klinge aus der Scheide. Das Licht der Laternen fing sich auf dem blanken Stahl.

»Degen, Sir.«

Trouin betrachtete die Waffe eingehend, und so etwas wie Habgier blitzte in seinen Augen auf, je länger er auf die Damaszierung und die feinen Ziselierungen blickte. »Das ist eine edle Waffe, Thomson.«

»Ein Familienerbstück, Captain. Es stammt aus Italien, gefertigt von Ferrara.«

»Das dachte ich mir. Selten sah ich etwas Vergleichbares. Man muss schon ein wahrer Fechtmeister sein, wenn man diese Klinge führen will.«

»Ich komme damit zurecht, Sir.«

»Aha. Na, dann wollen wir einmal schauen, wie Ihr mit Alexis zurechtkommt.«

Steels Gegner hatte derweil ebenfalls seine Waffe gezogen, einen türkischen Krummsäbel mit breiter, flacher Klinge. Der Säbel war kürzer als Steels Waffe, doch Steel wusste, dass man einem Mann damit ohne Weiteres den Arm abtrennen konnte, wenn man die Klinge geschickt führte. Schlagartig dachte er an die Schwerter der ukrainischen Kosaken, denen er in der Armee von Zar Peter während des Nordischen Krieges begegnet war. Und als er seinen Gegner näher betrachtete – das kantige Gesicht und den langen Schnurrbart –, hielt er es für wahrscheinlich, dass der Mann aus den Weiten Russlands stammte. Vor allem fragte er sich, wie geschickt der Bursche im Umgang mit der Klinge sein mochte.

Trouin drängte die Männer und Schankmägde zurück, die sich unterdessen um die zwei Kontrahenten geschart hatten. »Macht Platz! Zurück mit euch!« Er schaute Steel an. »Gentlemen ... Ihr dürft beginnen ... bis zum Tod.«

Steel suchte den Blick des Piraten. »Darauf hatten wir uns nicht geeinigt, Sir.«

»Aber so ist es immer in meiner Welt, Captain Thomson. Es gibt keinen anderen Weg. Und jetzt beginnt.«

Er klatschte in die Hände, worauf Steels Gegner eine besondere Art der *en garde*-Position einnahm. Steel, der sich inzwischen seines Mantels und Uniformrocks entledigt hatte, tat es dem Mann gleich und streckte den Fechtarm aus. Der Pirat umkreiste ihn in leicht geduckter Haltung, wobei er den Krummsäbel spielerisch von einer Hand in die andere warf.

Steel zog die eigene Klinge zurück und hielt sie sich senkrecht vors Gesicht in der *en garde*-Stellung. Der Pirat sah verwirrt aus. Für einen Augenblick ließ er den Krummsäbel in der rechten Hand. Sofort schlug Steel zu. Mit blitzschneller Bewegung stach er nach der linken Körperhälfte des Gegners und erwischte ihn. Die Spitze des Degens drang ins Fleisch und riss eine blutende Wunde. Doch der Pirat zuckte kaum merklich zusammen. Er war jetzt zornig und wild entschlossen. Steel machte erneut einen Satz nach vorn. Diesmal war es eine Finte, die auf die rechte Seite abzielte, und der Gegner fiel darauf herein. Er fluchte in einer fremden Sprache und versuchte, Steels Stoß zu parieren, aber Steels Klinge war schneller und traf den Russen an der rechten Seite. Diesmal spürte der Pirat den Schmerz.

Steel sah, wie dem Mann das Blut ins Gesicht schoss, als er vor Zorn die Kontrolle über sich verlor. Jetzt wird es einen ganz anderen Kampf geben, dachte Steel. Denn sein Gegner kochte vor Wut und hatte nicht mehr den Überblick, um seinen Angriff überlegt zu planen. Jetzt – das war Steel bewusst – würde es ein Kampf auf Leben und Tod. Er hatte es mit einem Irrsinnigen zu tun. Schnell versuchte er einzuschätzen, was sein Gegner als Nächstes tun würde. Aber das war schwierig bei jemandem, der nicht mehr kühl abwägte, sondern sich wie ein Rasender gebärdete.

Der Russe sprang plötzlich wild nach vorn und überraschte Steel. Zwar konnte er noch den Arm hochreißen, doch da hatte der Russe bereits zugeschlagen und sich gleichzeitig auf Steel gestürzt.

Die beiden gingen zu Boden, und der Russe begrub Steel mit seinem ganzen Körpergewicht unter sich. Steel rang nach Luft und stellte mit Schrecken fest, dass ihm der Degen aus der Hand gefallen war. Keuchend schaute er nach rechts und entdeckte die Klinge. Rasch streckte er die Hand danach aus.

Im selben Moment setzte der Russe seinen Kopf als Rammbock ein und ließ ihn hart auf Steels Schädeldach krachen. Der Schmerz brannte wie Feuer. Steel glaubte schon, jeden Augenblick das Bewusstsein zu verlieren. Er schüttelte den Kopf und sah grelle, rote Flecken vor den Augen tanzen. Der große Russe hatte sich inzwischen aufgerappelt und lachte nur. Steel ließ sich nicht anmerken, wie es wirklich um ihn stand, und tat so, als wäre er mit den Kräften am Ende. Stöhnend tastete er nach seinem Degen. Der Russe fiel auf den Trick herein und hob den Fuß, um Steels Hand zu zerquetschen – und das war sein Fehler. Steel riss den linken Fuß hoch und traf den Gegner direkt zwischen den Beinen. Der Mann stürzte vornüber und lag vor Schmerzen stöhnend am Boden.

Langsam richtete Steel sich auf und stützte sich mit einer Hand ab. Endlich gelang es ihm, an seinen Degen zu kommen. Dann stand er auf und ging, den Degen in der Rechten, zu dem Russen. Aber der war noch nicht besiegt, denn er wirbelte herum und griff mit einer Gewandtheit, die Steel ihm nie zugetraut hätte, nach der eigenen Waffe. Sekunden später standen sie sich wieder gegenüber. Aber Steel war abgeklärter als zuvor. Er führte einen Schlag nach dem Haupt des Gegners, ganz im Stile eines Kavalleristen, worauf der Russe instinktiv den Kopf einzog. Doch genau das hatte Steel beabsichtigt. Der Kavalleriestreich war eine Finte und wurde nicht zu Ende geführt. Stattdessen drehte Steel den Degenarm und schlug direkt nach dem Kinn des Russen.

Die Klinge verfehlte zwar ihr Ziel, riss dem Gegner aber ein Stück vom linken Ohr ab. Der Pirat schrie auf und packte sich an die blutende Wunde. Doch Steel ließ nicht locker. Mit einer flinken, fließenden Bewegung zog er die Klinge elegant zurück und traf den Gegner am Bauch. Keine tödliche Wunde, aber tief genug, dass Blut aus dem Schnitt quoll. Der Mann sank auf die Knie. Steel machte einen Schritt nach vorn und versetzte dem Russen einen Tritt vor die Brust, sodass er rücklings zu Boden ging.

Er spürte, dass der Mann nicht mehr konnte, und stand nun drohend über ihm. Mit flehendem Blick schaute Trouins Kämpfer zu ihm auf. Steel hielt ihm die breite Klinge an den Hals.

»Ausgezeichnet«, ließ Trouin sich vernehmen. »Eine sehr elegante Degenschule. Dazu noch eine nette Einlage im Straßenkampf. Ihr überrascht mich, Captain. Ich hätte nicht gedacht, dass die Engländer zu solch dreckigen Tricks greifen. Schon gar nicht englische Offiziere. Oh, tut mir leid – schottische Offiziere. Und nun gehört er Euch, Sir. Ihr müsst entscheiden. Tötet Ihr ihn, oder schenkt Ihr ihm sein Leben? Die Wahl liegt bei Euch, Captain Thomson.«

Steel blickte auf den Russen und fragte sich erneut, ob dieser Bursche ihm nicht doch schon einmal im Nordischen Krieg über den Weg gelaufen war. Der Rüpel tat ihm leid. Aber er rief sich in Erinnerung, dass dieser Mann ihn noch wenige Augenblicke zuvor hatte umbringen wollen. Er wusste, was er tun musste. Doch das widersprach jedem Ehrgefühl eines Gentleman oder Offiziers. Wenn er jedoch seinen Auftrag erfolgreich zu Ende bringen wollte, wenn er Hunderten von Unschuldigen das Leben retten wollte – ganz zu schweigen von Lady Henrietta –, blieb ihm keine andere Möglichkeit. Ein letztes Mal sah er dem Russen in die Augen, stützte sich dann schwer auf den Degen und stieß dem Piraten die Klinge durch den Hals.

Trouin klatschte Beifall. »Bravo. Gut gemacht, Sir. Er hat es nicht anders verdient, als mit dem Leben zu bezahlen. Er wusste, was ich von ihm verlangt habe. So ist es eben bei uns. Und jetzt besteht kein Grund mehr, an Eurer Loyalität zu zweifeln. Kommt, Ihr müsst etwas trinken.« Er nickte zweien seiner Männer zu, die sich anschickten, den Toten wegzuschaffen. Dann klopfte er Steel auf die Schulter und reichte ihm einen Kelch mit Wein. »Trinken wir darauf, dass Ihr zu meiner Crew stoßt. Willkommen. Ihr seid der geborene Kämpfer, Sir.«

Steel nahm einen langen Schluck Wein und genoss den bitteren Geschmack. »Ich muss kämpfen, Captain. Das ist alles, was ich kenne. Da draußen habe ich für Queen Anne gekämpft. Hier ...«

»Kämpft Ihr für mich.«

Steel quittierte die Worte mit einem Lachen und schüttelte den Kopf. »Nein, Sir. Ich kämpfe für Geld und leichte Mädchen. Aber im Grunde kämpfe ich nur für mich. Ich schwöre dem einzig wahren König die Treue – König James III. Aber wenn Ihr mich braucht, werde ich für Euch arbeiten.«

»Ich brauche Euch, Captain. Was ich mit zehn Männern Eures Kalibers erreichen könnte! Sobald wir hier fertig sind und uns das genommen haben, was wir brauchen – Gold, Proviant und weiße Sklaven –, halten wir Kurs auf die Karibik. Seid Ihr je in diesen Gewässern gewesen, Captain? Nein? Dann habt Ihr noch etwas Wunderbares vor Euch. Sonnenschein jeden Tag; Schiffe beladen mit Schätzen, die nur darauf warten, gekapert zu werden. Und Frauen, wohin Ihr schaut. Frauen aller Art.« Er nahm einen Schluck aus dem Kelch und tupfte sich den Mund mit einem seidenen Taschentuch ab, das er aus seiner Weste gezogen hatte. Es duftete schwach nach Orangen. Er stieß auf und fuhr fort: »Mir reicht es in dieser Stadt, Captain. Was die Briten hier begonnen haben, werden wir zu Ende bringen. Wir lassen die Soldaten da draußen noch ein paar Tage schmoren, denn sie wissen ja, dass wir das Mädchen haben. Aber dann, wenn sie am wenigsten damit rechnen, brennen wir diese gottverdammte Stadt nieder, töten diejenigen, die wir nicht mehr brauchen und verlassen den Hafen als freie Männer. Ob die britische Navy uns verfolgen wird? Was denkt Ihr? Wir besitzen etwas, das sie haben wollen. Etwas, das unseren englischen Freunden gehört. Und diesem kostbaren Gut darf kein Leid geschehen. Sie wissen, dass wir sie haben. Was für ein Plan, wie, Thomson? Was für ein Plan.«

Steel musste zugeben, dass der Plan nicht schlecht war, aber er entsprach nicht seinen eigenen Vorstellungen. Ihm war bewusst, dass er rasch handeln musste, um Lady Henrietta zur Flucht zu verhelfen. Die Gedanken wirbelten ihm durch den Kopf. »Habe ich das gerade richtig verstanden, Captain? Ihr erwähnt eine Frau? Bei Gott, es geht nichts über einen Kampf, der in mir die Lust auf eine Frau weckt.«

Trouin ließ ein anzügliches Lächeln aufblitzen. »*Monsieur*, Ihr steckt voller Überraschungen. Ich schwöre, ich werde nie die Engländer unterschätzen ... vielmehr die Schotten. So, Ihr sprecht von Frauen. Was habt Ihr für einen Geschmack? Hier könnt Ihr frei wählen. Aber zuerst haben wir noch zu tun.«

Steel erbleichte und fragte sich, ob Trouin ihn womöglich die ganze Zeit durchschaut hatte. Unverfänglich blickte er sich in der Schankstube um und suchte Brouwer. Er entdeckte ihn in einer dunklen Ecke, wo er sich einem Bierkrug widmete. Brouwer fing kurz Steels Blick ein und schaute dann schnell weg.

Trouin lachte. »Kommt, es ist nichts Ernstes. Ich denke, dass Euch unsere Unterhaltung gefallen dürfte. Und das lässt Euch wieder zu Atem kommen, damit Ihr Euch später in aller Ruhe den Damen widmen könnt. Ein Preiskampf – mögt Ihr solche Kämpfe?«

»Es kann sehr unterhaltsam sein, Captain. Wenn die Gegner gleichwertig sind, meine ich, und unter den richtigen Bedingungen.«

Ein trockenes Lächeln umspielte Trouins Mundwinkel. »Oh, wir haben gleichwertige Kämpfer, keine Sorge. Und was die Regeln betrifft, nun, die haben wir auch.«

Er führte Steel durch eine Tür in eine schwach erleuchtete Scheune, in der man Strohballen entlang der Wände als Sitzplätze gestellt hatte. Die improvisierte Arena war bereits voller französischer Seeleute; hinzu kamen ein paar reguläre Soldaten aus der Garnison und Männer aus Trouins Crew. Alle waren begierig, den Kampf zu sehen. Die meisten waren betrunken. Einige wetteten; Münzen gingen von einer Hand zur anderen.

Trouin brachte Steel zu einem Strohballen auf der gegenüberliegenden Seite, der mit einem roten samtenen Rock drapiert war. »Bitte setzt Euch zu mir auf meinen Platz.«

»Ich fühle mich geehrt, Captain.«

Steel hielt möglichst viel Abstand zu Trouin und merkte, dass der hünenhafte Schwarze sich hinter den Strohballen stellte. Auf der linken Seite der Scheune hatte man eine Kordel gespannt und mit Stoffen behängt, sodass die Kontrahenten sich in dem so entstandenen Areal umziehen konnten. Kaum hatte Steel Platz genommen, als auch schon ein Mann in einem grünen Mantel in die Mitte der Arena trat – Steel hatte ihn in der Schankstube gesehen und wusste, dass es sich um einen der Offiziere Trouins handelte. Der Mann klatschte in die Hände, um die Menge zum Schweigen zu bringen.

»Meine Herren, bitte, meine Herren. Ein Kampf über vier Runden ... oder wie lange es dauert bis zum bitteren Ende, zwischen ›Dem Stolz des Amazonas‹ in der linken Ecke und dem ›Dem Wilden Zorn‹ in der rechten Ecke.«

Als die Kontrahenten in den Ring geführt wurden, verschlug es Steel den Atem. Denn statt der großen Faustkämpfer, mit denen er gerechnet hatte, erblickte er zwei junge Frauen, die nicht viel älter als zwanzig sein konnten. Ihre glasigen Blicke ließen vermuten, dass sie unter dem Einfluss irgendeines Rauschmittels standen – vielleicht waren sie aber auch einfach nur angetrunken. Beide trugen nichts weiter als einen kurzen Rock aus Chiffon und kurze Hemden. Auffälliger als alles andere war jedoch, dass beide Frauen ausnehmend hübsch waren.

Trouin war Steels Verwunderung nicht entgangen. »Jetzt seht Ihr ja, Mr. Thomson, wie wir uns hier vergnügen. Wir spielen eben gern ein wenig mit unserer Beute, versteht Ihr? Diese Frauen wurden dabei erwischt, als sie sich an der Kasse unserer Gemeinschaft bedienen wollten. Dies ist nun die Strafe. Sie werden gegeneinander kämpfen, bis Blut fließt, und dann entscheiden wir – oder besser, *ich* entscheide –, ob der Zweikampf fortgesetzt wird. Die Siegerin hat das Privileg, mich weiter im Bett zu unterhalten. Aber heute Nacht nehme ich sie vielleicht beide.« Er wandte sich an den Zeremonienmeister und gab ein Zeichen. »Möge der Kampf beginnen.«

Die beiden Frauen standen sich zunächst abwartend gegenüber, bis die etwas ungelenkiger wirkende Blonde einen Satz nach vorn machte. Doch die andere Frau war leichtfüßig und wich aus, sodass die Angreiferin der Länge nach hinfiel. Anfeuerungsrufe und Gejohle brandeten in der Scheune auf, als das Mädchen sich wieder aufrappelte, aber sofort einen Aufwärtshaken ihrer Gegnerin einstecken musste. Sie taumelte und hielt sich das Kinn, doch jetzt loderte Feuer in ihren Augen; mit wildem Zorn stürzte sie sich auf ihre Widersacherin, schlug ihr mit der Faust gegen die Brust und drehte ihr dann den Arm auf den Rücken. Steel mochte kaum noch hinsehen, obwohl die Menge um ihn herum in Ekstase war. Der bedrängten Frau – der Amazone – gelang es, sich aus dem Griff zu winden, und sie bekam den Rock ihrer Gegnerin zu fassen. Mit einem Ruck riss sie ihn ihr vom Leib, worauf die andere Frau losließ. Halbnackt setzte »Der Wilde Zorn« ihrer Kontrahentin nach, die den Rock triumphierend in die Luft warf.

Die Zuschauer pfiffen inzwischen und übertrafen sich in anzüglichen Bemerkungen. Der Amazone war es gelungen, ihre Gegnerin erneut zu Boden zu schicken; sie fiel mit dem Gesicht nach unten ins Heu, worauf die Amazone nach ihr trat. Das Mädchen schrie, und Steel verspannte sich bei dem Anblick. Trouin würde doch jetzt gewiss einschreiten?

Währenddessen war die Amazone über der Gegnerin und drückte ihr das Knie in die Wirbelsäule. Dann packte sie den linken Arm und drehte ihn ihr auf den Rücken. Das blonde Mädchen weinte jetzt und bettelte um Gnade. Doch ihre Widersacherin ließ nicht locker und verdrehte ihr weiterhin den Arm. Plötzlich gellte ein Schmerzensschrei durch die Scheune.

Endlich schritt Trouin ein. »Genug. Das dürfte reichen.«

Augenblicklich ließ die Amazone von ihrer Gegnerin ab und stand auf, wobei sie sich keine Mühe gab, ihre Blöße zu bedecken. Die andere Frau lag immer noch wimmernd am Boden.

Trouin ignorierte die beiden und wandte sich Steel zu. »So steht es also fest. Schade, mir wäre die Blonde lieber gewesen. Aber man kann eben nicht alles im Leben haben, was, Captain?«

Steel bemühte sich, die tragische Szene vor sich zu ignorieren, als das blonde Mädchen, dessen Arm ausgekugelt war, fortgeschafft wurde. Er zwang sich zu einem Lächeln. »Ich weiß es nicht. Ist das so?«

Trouin lachte. »Nun aber, Captain. Die Frauen – sucht Euch eine aus. Wir haben jede Menge hier. Wie ist Euer Geschmack? Mulattinnen? Oder doch eher der Typ der nordischen Walküre mit blondem Haar? Gefällt Euch die? Margareta!« Er winkte ein blondes Mädchen zu sich und stieß es in Steels Richtung, sodass Steel es unweigerlich auffing und seinen warmen Leib spürte. Die Kleine lächelte Steel an, der ihren Blick erwiderte.

»Nein, Captain, mein Geschmack ist eher …«

»Aha, exotischer, wie? Ihr bevorzugt eine Schwarze? Nun, auch in diesem Punkt werden wir Eure Erwartungen nicht enttäuschen.« Er schaute sich im Raum um und bedeutete einer Frau, vorzutreten.

Doch Steel hielt ihn auf. »Nein, nein, Captain. Im Gegenteil, mir wäre eine Engländerin viel lieber. Oder eine Schottin. Eine Irin vielleicht? Das wäre nach meinem Geschmack. Aber es muss immer ein Mädchen mit Feuer sein.«

Trouin überlegte. »Ah, da muss ich Euch von jemandem erzählen. Eine sehr bedeutsame und ausgesprochen schöne Dame – eine englische Lady.«

Steel täuschte zunächst Gleichgültigkeit vor und schaute Trouin dann fragend an. Trouin war bemüht, die Neugier seines neu gewonnenen Gefährten weiter anzustacheln. »Wirklich, Captain Thomson. Ich habe hier eine englische Lady. Und ich habe die Absicht, sie auszunutzen, auf jede nur erdenkliche Weise.«

Steel erschauerte, deutete jedoch ein kühles Lächeln an. »Wer ist sie denn? Was macht sie hier? Könnte ich sie einmal sehen?« Er hielt inne. »Nein, ich glaube Euch nicht«, fuhr er schließlich fort. »Ihr beliebt zu scherzen. Es gibt gar keine Lady.«

Der Pirat, der links von Trouin stand, griff zu seinem Entermesser, doch der Captain hielt ihn zurück. »Nein, nein. Captain Thomson zweifelt an meinen Worten. Wenn er mir dienen soll, muss er mir voll und ganz vertrauen.« Er dachte wieder einen Augenblick nach. »Kommt, gehen wir in mein Haus.«

Er schnipste mit den Fingern, worauf Ajax ihnen zur Tür folgte. Steel warf einen Blick auf Brouwer, der das Geschehen rund um den Zweikampf mit verfolgt hatte. Auf seiner Miene spiegelte sich blankes Entsetzen. So unauffällig wie irgend möglich bedeutete Steel dem Flamen, den Ort zu verlassen. Doch Brouwer rührte sich nicht vom Fleck. Im nächsten Augenblick waren Steel und die anderen bereits zur Tür hinaus.

* * *

Sie waren nur wenige Schritte gegangen, als sie scharf links abbogen. Voraus ragte ein Haus auf, das sich mit seinen dorischen Säulen am Eingang von den anderen Gebäuden in dem Straßenzug abhob. Trouin vollführte eine extravagante Geste.

»*Voilà, Monsieur.* Mein bescheidenes Heim. Nicht viel, aber immer noch das edelste Gebäude hier im Viertel. Gehörte dem Hafenmeister, ehe er unauffindbar verschwand. Aber tretet doch ein.«

Trouin öffnete die Tür und ließ Steel den Vortritt. Sie betraten eine ansehnliche Eingangshalle mit schachbrettartig angelegten weißen und schwarzen Marmorfliesen und einer bemalten Decke, die von sechs Säulen getragen wurde. Von der Mitte der Decke hing ein Kristallleuchter venezianischer Herkunft, in dem gut fünf Dutzend Kerzen brannten. Kein Zweifel, dachte Steel, der Hafenmeister hatte ein schönes

Leben geführt. Wahrscheinlich hatte er bei allen Im- und Exportgeschäften schön die Hand aufgehalten. Wie dem auch sei, der Mann stand inzwischen gewiss vor seinem Schöpfer.

Steel war beeindruckt von der Pracht. Trouin beobachtete ihn.

»Ja, auch ich war beim ersten Mal erstaunt. Natürlich habe ich ein paar Dinge herschaffen lassen. Ich liebe Kunstwerke, müsst Ihr wissen. Ich bin so etwas wie ein Kunstliebhaber, ein Sammler.«

Steel schaute sich ausgiebig in der Eingangshalle um. Entlang der Wände standen in gleichmäßigen Abständen die Marmorbüsten römischer Feldherren auf Sockeln; vermutlich, so dachte Steel, Trouins Beutestücke von den weiten Kaperfahrten. Zwischen den Büsten hingen Gemälde, die man für gewöhnlich in großen Landhäusern zu Gesicht bekam. Die Möbelstücke wirkten massig und stammten wahrscheinlich aus Frankreich. Trouin sah, dass Steel einen Sekretär mit teilweise vergoldeter Bronze und einem Aufsatz aus Kristall länger betrachtete.

»Ein Geschenk des Königs, Captain. Seiner Hoheit König Ludwig, meine ich. Ich gehöre zu seinen Günstlingen, müsst Ihr wissen. Er weiß meine Loyalität zu würdigen. Aber kommt doch weiter. Hier schließt sich mein Lieblingszimmer an, der Salon.«

Er öffnete eine weitere Tür und bat seinen Gast in einen Raum, der noch exquisiter ausgestattet war als die Eingangshalle. Wieder hing ein Kronleuchter von der Decke, diesmal – so schätzte Steel – mit über hundert Kerzen. Ölgemälde zierten die Wände. Ein Gemälde fiel besonders ins Auge: Es stellte einen geschlachteten Ochsen dar und faszinierte durch seine detailgetreue Machart. Trouin bat Steel, näher an das Bild zu treten.

»Bitte, Captain. Schaut es Euch genauer an. Mein wertvollster Besitz. Ein Meisterwerk, meint Ihr nicht auch? Gemalt hat es der große Rembrandt van Rijn. Ein Niederländer, leider. Aber was für ein Maler. Seid Ihr vertraut mit seinem Werk? Ich glaube, der verstorbene König von England war ein Sammler seiner Gemälde. Dies ist eins meiner Lieblingsbilder. Seht Ihr, wie das Blut gleichsam auf dem Fleisch schimmert? So wirklichkeitsgetreu, so fein gezeichnet. Als hätte ich das Tier mit eigenen Händen geschlachtet und ausgeweidet. Fast meint man, den Ochsen berühren zu können, nicht wahr? Köstlich, wunderbar.«

Trouins Finger schwebten wenige Zoll vor der Leinwand. Es schien, als stehe er unter einem Zwang, die Pinselstriche berühren zu müssen.

Steel beobachtete den Piraten und fragte sich, wie es kam, dass dieser Mann sich so für ein wundervolles Kunstwerk begeistern konnte. Ein Mann, der den Tod eines Gefährten gutgeheißen und später in Kauf genommen hatte, dass eine junge Frau verkrüppelt aus einem barbarischen Zweikampf hervorging. Er nahm Trouins Gestalt in sich auf, betrachtete die mit Pomade versehene Perücke, den golddurchwirkten, grellen Hut und versuchte, den Mann einzuschätzen. Doch Trouin verlor sich derweil in der Betrachtung des Ochsen. Schließlich, da er sich nicht länger beherrschen konnte, berührte der Pirat die Leinwand, ließ die Finger über die Furchen des Impasto gleiten und schien sich in einem Zustand äußerster Ekstase zu befinden. Einige Augenblicke später trat er einen Schritt zurück, nahm den Blick jedoch nicht von dem Gemälde.

»Ah, Captain, wie es wohl ist, wenn man sich als Maler bezeichnen darf. Was für ein Talent. Wir Sterblichen müssen uns mit unseren niedrigeren Fähigkeiten zufrieden geben. Nun, man kann nicht alles haben, nicht wahr?«

Steel zuckte mit den Schultern. »Ich schätze, Mijnheer van Rijn wäre dafür kein guter Soldat gewesen.«

Trouin musste lachen. »Da dürftet Ihr recht haben. Aber er wusste jedenfalls, wie man totes Fleisch und Blut detailgetreu wiedergibt.«

Steel spürte, wie ihm ein Schauer über den Rücken lief. Womöglich war dieser Mann trotz seiner Kultiviertheit nicht mehr als ein kleiner, grausamer Tyrann.

Trouin schlenderte weiter durch den Raum, als hätte er alle Zeit der Welt, und blieb vor einem lebensgroßen Porträt eines Aristokraten stehen. Der Mann posierte vor einer Festung, die von einer Armee – vielleicht sogar Briten vor etwa fünfzig Jahren – bestürmt wurde. Die Angreifer schienen den Sieg davonzutragen.

Trouin seufzte. »So würde ich der Nachwelt gern in Erinnerung bleiben. In stattlicher Pose, an einem Ort meiner zahllosen Siege. Glaubt Ihr, ich finde einen Maler, der dazu imstande wäre?«

»Gewiss, Sir, in Brügge oder Brüssel. Wie ich hörte, hat Flandern eine große Tradition der Malerei.«

»Aber seht Ihr, Thomson, das ist ja das Problem. Ich kann mich in diesen Städten nicht frei bewegen. Ich bin jetzt ein Gesetzloser. Mehr noch, denn ich stehe in Diensten der Franzosen, und jetzt hat Euer Marlborough sie aus Flandern vertrieben. Wir müssen bald aufbrechen. Ich denke, dass wir wieder in Port Royal vor Anker gehen sollten. Die Menschen hier sind nicht mehr als Bauernflegel, sie haben keine Manieren, keine Kultiviertheit. Meint Ihr nicht auch?«

Steel nickte.

»Nun, das nur nebenbei. Aber sagt mir eins, Thomson. Glaubt Ihr, ich werde als wohlhabender, freundlicher Mensch in Erinnerung bleiben oder als Ungeheuer? Als Philanthrop?

Als Freund der Menschen? Nein, fühlt Euch nicht verpflichtet, zu antworten. Ich weiß, was Ihr denkt. Ich werde wohl eher als Ungeheuer in die Geschichte eingehen.«

Steel nagte am Winkel der Unterlippe. »Wirklich, Captain, mit so viel Geschmack, wie Ihr zweifellos besitzt?«

Trouin lachte wieder. »Ihr hättet einen trefflichen Höfling abgegeben, Captain. Irgendwie seid Ihr mir immer noch ein Rätsel. Ihr habt gute Manieren, und doch kämpft Ihr so unerbittlich wie jemand, der in der Gosse aufgewachsen ist. Ich gebe zu, ich bin verblüfft. In den kommenden Tagen werde ich gewiss noch mehr über Euch lernen. Eine Menge mehr.«

Steel nahm ein wertvolles Stück Porzellan in die Hand, das auf einer goldverzierten Vitrine stand, knapp unterhalb eines geschwungenen Spiegels. Aber mit den Gedanken war er nicht bei dem Kunsthandwerk. Vielmehr machte er sich bewusst, dass er von nun an sehr umsichtig vorgehen musste. Trouin gehörte zu den Menschen, denen nichts entging, und wenn Steel auch nur einen Fehler machte, würde seine Deckung auffliegen. Denn inzwischen hatte der Pirat bereits erraten, dass Steel eine gewisse Zeit bei Hofe verkehrt hatte. Eine Bemerkung konnte er sich indes nicht verkneifen. »Ihr führt das Leben eines Königs, Captain Trouin.«

»Ich bin ein König, Mr. Thomson. Hier, in meiner Welt. Die Franzosen glauben, dass sie diese Stadt kontrollieren, mit ihrem fetten Gouverneur und diesem ungehobelten Major. Tatsache aber ist, dass dies meine Welt ist, Captain. Für den Augenblick jedenfalls.« Er unterbrach sich und dachte noch einmal über Steels Bemerkung nach. »Ihr wisst demnach, wie ein König lebt? Was wisst Ihr von Herrschaftshäusern?«

Steel schwieg und bereute seine Worte.

»Ich bin gespannt, welche Seiten ich noch an Euch entdecken werde, Captain Thomson«, sinnierte Trouin. »Aber kommt.«

Hinter dem Salon schloss sich ein vertäfelter Korridor an. Trouin bog erst rechts, dann links ab. Nach wenigen Schritten blieb er vor einer Tür stehen, die von zwei Männern bewacht wurde. Unauffällig registrierte Steel die Waffen: Entermesser und Pistolen in den Gürteln. Steel war gespannt, was ihn hinter dieser Tür erwarten mochte. Noch mehr Gemälde? Ein Hort aus goldenen Münzen? Das Lösegeld eines Königs? Trouin streckte die Hand nach dem Schlüssel aus, der im Schloss steckte.

»Da wären wir.«

Derweil betrachtete Steel ein kleines, in die Vertäfelung eingelassenes Gemälde über dem Türrahmen, auf dem Leda von Zeus in Gestalt eines Schwans verführt wurde. Trouin nickte den Wachposten zu, drehte den Messingknauf und öffnete die Tür.

Er trat ein und forderte Steel auf, ihm zu folgen. »So kommt doch herein, Captain. Kommt und schaut Euch meinen wertvollsten Schatz an.«

Gefolgt von den beiden Wächtern, betraten sie ein Boudoir, in dem gefärbte Baumwolltücher an den Wänden hingen. In der Mitte stand ein großes Himmelbett mit Vorhängen mit Blumenmustern, und an dem eher schlichten Toilettentischchen vor dem Fenster saß eine junge Frau. Sie saß mit dem Rücken zur Tür, aber selbst aus diesem Blickwinkel erkannte Steel sie. Er zuckte zusammen, als Trouin ihn an der Schulter berührte.

»Nun, wie gefällt sie Euch?«, flüsterte Trouin. Steel war angewidert von der unverhohlenen Lust im Tonfall des Piraten. »Eine seltene Schönheit, wie?«

Steel musste ihm zustimmen. Henrietta Vaughan war wahrlich keine gewöhnliche Frau. In London war er ihr bei verschiedenen Anlässen begegnet, in Begleitung ihrer Cousine, Arabella Moore – seiner damaligen Geliebten. Zumeist hatte er die Dame auf Empfängen oder Soireen gesehen, doch einmal war Lady Henrietta in das Schlafgemach ihrer Cousine geplatzt, als Steel und Arabella sich gerade der Liebeslust hingaben. Diesen Anblick hatte die Dame nicht so schnell vergessen, und als sie sich jetzt zur Tür umdrehte, sah Steel in ihren Augen, dass sie ihn sofort wiedererkannte. Sie war noch schöner, als er sie in Erinnerung behalten hatte. Doch selbst in diesem einen Blick entdeckte er den Anflug von Hochnäsigkeit, der ihm bereits bei der ersten Begegnung aufgefallen war.

Trouin waren die Blicke nicht entgangen, die Steel und die Dame tauschten. »Aha«, meinte er, »hatte ich also recht. Sie ist ganz nach Eurem Geschmack.«

Steel lächelte. »Gewiss, Captain. Welcher Mann wäre nicht hingerissen von so viel Schönheit? Sie übertrifft meine Erwartungen.«

Da die Unterhaltung immer noch im Flüsterton stattfand, überraschte es Steel, dass Lady Henrietta offenbar doch jedes Wort verstanden hatte. »Wie ausgesprochen charmant von Euch, Sir. Ich kann mich nicht entsinnen, in den Genuss gekommen zu sein, diesem Herrn vorgestellt zu werden. Captain Trouin, wenn Ihr so nett wäret?«

»Aber selbstverständlich. Lady Henrietta Vaughan. Captain James Thomson, bis vor Kurzem Offizier in der britischen Armee. Captain Thomson hat sich entschlossen, sich mir anzuschließen. Eine überaus kluge Entscheidung, meint Ihr nicht auch, Madame?«

»Ich verachte Deserteure. Insbesondere Deserteure aus den Reihen meiner Landsleute. Ihr seid kein Gentleman mehr, Sir. Ihr seid nicht mehr als ein Verräter.«

Steel lächelte. Wie sehr sie doch vom Temperament her ihrer Cousine ähnelte. »Mylady, bitte um Verzeihung, wenn ich Euch beleidigt habe. Aber ich folge meinem Gewissen.«

»Ein sonderbares Gewissen, Captain, das Euch dazu veranlasst, sich einer Bande von Halsabschneidern anzuschließen.«

»Ich kämpfe lieber Seite an Seite mit solchen Männern als für eine Regierung, die unschuldige Menschen ihrer religiösen Überzeugung wegen ermordet und die einer Usurpatorin auf den Thron von England und Schottland verhilft.«

»Ihr seid also Jakobiter?«

»Und bin stolz darauf. Ich kenne keinen König außer James III.«

Lady Henrietta lächelte. Steel war davon überzeugt gewesen, dass sie ihn wiedererkannt hatte. Wenn ja, spielte sie dieses Spielchen geschickt mit und hatte begriffen, aus welchem Grund er wirklich hier war.

»Es ist töricht von Euch, Sir, einem König zu folgen, der keinen Thron besitzt. Königin Anne ist unsere rechtmäßige Monarchin, und ihre Dynastie muss gedeihen. Ihr solltet besser Eurem Irrglauben abschwören.«

Inzwischen genoss Steel das Spielchen, gefiel sich immer mehr in seiner Rolle und verspürte den Kitzel des Spions. »Ich bin ein Ehrenmann, Mylady, und würde nie meine wahre Loyalität verraten.«

»Da habe ich aber etwas anderes gehört, Sir.«

Steel erstarrte vor Schreck und spürte augenblicklich ein unangenehmes Krampfen in der Magengegend. Denn die Worte sprach jemand, der unbemerkt das Boudoir betreten haben musste. Steel kannte diese Stimme. Er hätte sich nicht einmal umdrehen müssen, tat es aber dennoch. Ungläubig starrte er den Mann an, der ihm auf unheimliche Weise vertraut war. Nicht zuletzt die eng zusammenstehenden Augen verliehen seinen Gesichtszügen etwas Wieselhaftes und Verschlagenes: Vor ihm stand Sergeant Stringer. Steel wusste, dass ihn jetzt nur noch ein Wunder retten konnte. Er steckte wahrlich in der Klemme.

»Mr. Steel, Sir?«, fragte der Sergeant und verzog den Mund zu einem schiefen Grinsen. »Seid Ihr das wirklich? Ich dachte, Ihr wärt schon längst unter der Erde. Ihr seid sehr nachlässig, wisst Ihr? Ihr solltet etwas vorsichtiger sein. Habe Euch nämlich in der Schänke gesehen. Konnte erst nicht glauben, dass Ihr es seid, Sir, also musste ich mich mit eigenen Augen davon überzeugen. Habe auch schnell noch Euren flämischen Freund hier mitgebracht. Hab doch gesehen, wie Ihr ihm in der Schankstube Zeichen gegeben habt. Der Tölpel hätte wegrennen sollen, solange er's noch konnte. Aber die Angst macht manchen Leuten eben 'nen Strich durch die Rechnung, wie?«

Steel registrierte mit Unbehagen, dass hinter Stringer zwei Piraten Marius Brouwer festhielten. Der arme Kerl war weiß wie die Wand. Blut auf seinen Lippen ließ vermuten, dass man ihm bereits arg zugesetzt hatte.

Stringers anzügliches Grinsen blitzte auf. Erst jetzt sprach Trouin, betont langsam. »Ihr kennt diesen Mann?«

»Ob ich ihn kenne? Den würde ich überall erkennen. Ist ein britischer Offizier.«

»Das weiß ich doch längst, Sergeant. Schließlich hat er mir das selbst erzählt und mir seine Gründe dargelegt, warum er sich meiner Crew anschließen will.«

Er suchte Steels Blick und lächelte, da er sich offenbar wunderte, woher dieser Sergeant überhaupt das Recht nahm, an Steels Worten zu zweifeln. Womöglich ärgerte es den Piraten zudem, dass indirekt sein Urteilsvermögen infrage gestellt wurde. »Gott vergebe mir, aber ich vertraue ihm. Er ist ein trefflicher Kämpfer, Sergeant. Besser geht es kaum. Er hat Alexis getötet.«

Der Mann schüttelte den Kopf. »Oh, mein Gott, Captain. Was für ein Verlust. Und zu welchem Preis! Man hat Euch genarrt, Sir. Ich will Euch nicht beleidigen, Captain, aber er hat Euch genarrt. Und einen Eurer besten Männer getötet. Ich sag Euch, dieser Mann ist kein Deserteur, sondern ein Lügner.«

Steel setzte alles auf eine Karte und gab sich entrüstet. Er spürte Trouins bohrenden Blick. »Ist das wahr, Captain Thomson? Habt Ihr mich belogen?«

»Ich gebe Euch mein Wort, Captain Trouin, ich bin kein Lügner. Ich diene nur Euch und dem wahren König.«

Stringer stieß ein raues Lachen aus und meinte: »Was sagtet Ihr, Sir, wie war noch gleich sein Name? Thomson? Hat er Euch diesen Namen genannt? Oh, nein. Nein, nein, der Mann heißt Steel. Mr. Jack Steel. Captain in Queen Annes Armee. Es heißt, er ist sogar ein Freund des Herzogs.«

Trouin blickte von Steel zu Stringer. »Ihr vertut Euch, Stringer. Oder vielleicht seid Ihr bloß betrunken. Ich vertraue diesem Mann.«

»Mehr als mir, Sir? Wer hat Euch denn das Leben gerettet, damals in Dünkirchen? Ihr werdet doch hoffentlich eher mir vertrauen als einem Fremden? Und überzeugt Euch doch, Sir, rieche ich nach Wein?«

Trouin schien abzuwägen und wandte sich erneut an Steel. »Es stimmt, er hat mir das Leben gerettet und sein eigenes aufs Spiel gesetzt.«

Steel verlegte sich aufs Bluffen. »Ich habe diesen Mann noch nie gesehen, Captain. Ich ...«

Die Worte gingen unter, als Stringer Steel ein Stück Kautabak ins Gesicht spuckte und ihm so unvermutet mit der Faust vor die Brust schlug, dass Steel sich krümmte. Keuchend hielt er sich den Bauch, täuschte vor, kaum noch Luft zu bekommen, richtete sich dann aber blitzschnell auf und verpasste Stringer einen Aufwärtshaken ans Kinn. Der Sergeant taumelte zurück und krachte in einen vergoldeten Sekretär. Im nächsten Moment war Steel bei ihm und bearbeitete ihn mit beiden Fäusten. Doch Stringer zog das Knie hoch und traf Steel zwischen den Beinen, sodass er rücklings zu Boden ging.

Der Sergeant war derweil wieder auf den Beinen und spuckte ein blutiges Stück Zahn aus. »Er ist ein verdammter Spion!«, schrie er in Trouins Richtung. »Hört nicht auf ihn!«

Steel verbiss sich den Schmerz, stürzte sich erneut auf Stringer und rammte ihm den Kopf gegen die Stirn. Der Sergeant sank stöhnend auf die Knie. Aber auch Steel schmeckte Blut im Mund. Rasch fing er sich und umfasste den Griff seines Degens. Stringer schaute mit flehendem Blick zu Trouin auf, und im selben Moment wusste Steel, dass er verloren hatte. Auf ein Zeichen des Piraten hin packten die beiden Wächter ihn und drückten ihn gegen die Wand.

»Genug. Ich weiß, wann Sergeant Stringer die Wahrheit sagt. Er hat mich oft genug belogen und ebenso oft dafür bezahlt. Also weiß er, was ihm blüht. Außerdem, warum sollte er mich bei einem Spion belügen? Und wieso habt Ihr mir gegenüber diesen Mann nie erwähnt, Captain?« Er zeigte auf den vor Angst zitternden Brouwer.

Stringer stand mühsam auf. Er war wacklig auf den Beinen, wischte sich das Blut vom Mund, kam mit taumelnden Schritten auf Steel zu und stellte sich so nahe vor ihn, dass Steel den stinkenden Atem des Sergeants riechen konnte.

»Das hier, Sir, ist Captain Jack Steel aus der Armee Ihrer Majestät.« Er sprach die Worte langsam durch den pochenden Schmerz im Kopf. »Er ist Offizier aus Farquharsons Regiment of Foot. Mein altes Regiment übrigens, ehe ich mich eines Besseren besann. Er kommandiert die Grenadiere. Zumindest war es noch letztes Jahr so, als ich ihn in Spanien traf. Ist ein harter Brocken, Captain Trouin. Hat meinen alten Major ins Jenseits befördert. Wisst Ihr nicht mehr, dass ich Euch von ihm erzählt hab? Armer Kerl – die Sache in Bayern. Hat versucht, mich zu täuschen und alles. Wollte mich an den Galgen bringen, und dann sah er mich wieder in Spanien. Da wollten sie mir auch an den Kragen. Aber natürlich konnte er mich nicht kriegen. Den alten Nathaniel Stringer kriegt keiner so schnell. Bin eben schwer zu fassen, wie? Ist's nicht so, Captain Steel? Und Ihr dachtet bestimmt, Ihr würdet mich nie wiedersehen.« Stringer sah Steel in die Augen und grinste. Das nachfolgende Schweigen wurde für Steel fast unerträglich.

Trouins Blick huschte von einem zum anderen. »Ihr mögt diesen Mann nicht, Sergeant, so viel steht fest.«

Stringer spie aus und zielte diesmal auf Steels Stiefelspitze, von wo die Spucke langsam auf den Boden sickerte. »Um ehrlich zu sein, Sir, ich werde erst zufrieden sein, wenn er in der Hölle schmort. Vorher habe ich keine Ruhe. Auch die Seele meines alten Majors wird nicht eher Ruhe finden. Dieser Mann ist ein Verräter der schlimmsten Sorte.«

Steel merkte, dass einer der beiden Wächter, die ihn festhielten, lüstern in Lady Henriettas Richtung schaute und den Griff etwas gelockert hatte. Er musste schnell handeln. Mit der Linken stieß er den Mann mit aller Kraft von sich, zog eine der beiden Pistolen aus dem Gürtel und zielte. Er hatte auf Stringer schießen wollen, doch der Pirat war ihm in die

Schusslinie gekommen. Steels Pistole donnerte mit ohrenbetäubendem Knall, und der Pirat sackte in sich zusammen, ein kreisrundes Loch in der Stirn. Steel zog die andere Waffe und wollte den Hahn spannen. Er klemmte. Hastig übte er mehr Druck aus und merkte dann, dass der Hahn nach hinten rastete. Doch da war es schon zu spät. Steel spürte die Spitze eines Degens am Hals. Er versteifte sich und sah Trouin in die Augen.

»Das dürfte genügen, Captain Thomson. Oder sollte ich sagen, Captain Steel? Fesselt ihn!«

Während der zweite Wächter Steel die Arme schmerzhaft auf den Rücken drehte, band Stringer seinen Gürtel fest um Steels Handgelenke. Als der Sergeant fertig war, ließ Trouin die Waffe sinken und schob sie zurück in die Scheide. Kopfschüttelnd suchte er Steels Blick.

»Mein lieber Captain. Ich kann Euch gar nicht sagen, wie sehr Ihr mich enttäuscht habt. Wie Sergeant Stringer schon sagte, ich habe mich zum Narren machen lassen. Und ich mag es gar nicht, wenn ich wie ein Narr dastehe.« Die letzten Worte spie er Steel ins Gesicht, voller Gift und Groll.

Steel bemühte sich, die Fassung zu wahren. »Sergeant Stringer, was für ein unerwartetes Vergnügen. Doch ich muss sagen, dass das Vergnügen auf Eurer Seite ist.«

Trouin ging nicht weiter auf die kühnen Worte ein. »Und jetzt zu Euch, Captain. Ihr stellt mich vor ein Problem. Was sollen wir mit Euch und Eurem Freund dort machen?«

Er durchquerte den Raum und nahm eine kleine Schachtel von einem Schreibpult. Er öffnete den Deckel, worauf eine Melodie im Raum erklang. Eine einfache Melodie, ein unschuldiger Kinderreim, der Steel in seiner Klemme wie ein höhnisches Lachen vorkam.

»Ah, jetzt weiß ich es. Ja, ich denke, wir unternehmen einen kleinen Spaziergang. Unterhalb der Schänke habe ich einen netten kleinen Raum, nur ein paar Treppenstufen. Kommt, Captain Steel. Ich bringe Euch dorthin – und Euren unglückseligen Freund. Ich denke, dass der Aufenthalt für Euch höchst unterhaltsam wird. Die Dame nehmen wir auch gleich mit. Wir wollen doch nicht, dass sie die abendliche Unterhaltung verpasst.«

Die Tragweite der Worte, die so leichthin gesprochen wurden, brannte sich in Steels Bewusstsein. Er versuchte, sein Entsetzen zu verbergen. Denn er wollte sich lieber nicht ausmalen, was für eine Art der Unterhaltung Trouin ersonnen hatte. Aber er wusste, dass der Pirat innerlich vor Wut kochte, weil er sich von Steels Maskerade hatte täuschen lassen. Und eins war ihm auch klar: Wenn ein Mann wie Trouin in seinem Stolz verletzt war, dann gab es nur einen Weg, die Ehre wiederherzustellen … für Steel bedeutete das, dass er durch ein Tal des Schmerzes musste und den sicheren Tod vor Augen hatte.

12.

Das Mauerwerk des kalten Kellerraums wies keine Fenster auf. Licht spendeten nur die prasselnden Pechfackeln, die in eisernen Halterungen entlang der Wände standen. Es roch nach Blut und menschlichen Exkrementen. Steel war nicht entgangen, dass in gleichen Abständen eiserne Handfesseln aus den Mauern ragten. Der düstere Raum sah wirklich wie eine mittelalterliche Folterkammer aus, von der er als Junge im Geschichtsunterricht gehört hatte. Ihm schauderte. In einer Ecke stand ein Kohlenbecken, in der gegenüberliegenden Ecke ein Tisch, dessen Oberfläche mit Blutflecken besudelt zu sein schien.

Etwas abseits davon lungerten vier offensichtlich betrunkene Piraten auf einem schmutzigen Diwan und vergnügten sich abwechselnd mit zwei halbnackten Schankmädchen. Die Männer machten einfach weiter, als Trouin eintrat; der Piratenkapitän unternahm seinerseits nichts, seine Leute davon abzuhalten. Auf Stühlen und Hockern saßen noch weitere Piraten, die allesamt schon lange nicht mehr nüchtern waren. Nur wenige standen auf und grüßten ihren Anführer. Mit einer gebieterischen Geste begrüßte Trouin seine Männer und wurde mit Jubelrufen in Empfang genommen. Dann wandte er sich Steel zu.

»Wisst Ihr, wann immer sich die Gelegenheit ergibt, denke ich daran, meinen Männern etwas zu bieten. Ich weiß eben, wie man sie behandelt. Nicht wahr, Jungs?«

Wieder jubelten einige, etwas leiser als zuvor.

»Also, Jungs. Hier gibt's was zu sehen für euch. Wir haben ein paar Spione gefangen genommen.« Er gab Stringer ein Zeichen, der daraufhin Steel tiefer in den Raum stieß. Ein anderer Pirat brachte Marius Brouwer herein. Der Flame sah zu Tode verängstigt aus. Zuletzt wurde Lady Henrietta hereingebracht.

Trouin sprach einen seiner Männer an. »Zieh diesem englischen Gentleman Weste und Hemd aus und fessele ihn dort an die Handschellen. Den anderen Burschen da auch. Die Frau kannst du mir überlassen.«

»Ihr Bastarde!«, spie Steel. »Lasst sie in Ruhe. Und lasst diesen Gentleman hier gehen, er hat Euch nichts getan. Ich bin es, den Ihr wollt.«

Trouin drehte sich mit einem Lächeln auf den Lippen zu ihm um. »Oh, da irrt Ihr Euch, Mr. Steel. Ich habe ein Wörtchen mit diesem Gentleman zu reden, weil Ihr ohne seine Hilfe gar nicht in die Stadt gelangt wärt. Ihr hättet nie meine Crew infiltrieren können. Daher muss er mir Rede und Antwort stehen, mehr noch als Ihr. Er ist ein Verräter, und ich schwöre Euch, dass er dafür bezahlen wird. Was die Dame hier betrifft, so hat sie mir nichts getan. Aber den Regeln entsprechend gehört sie mir. Und ich kann mit ihr machen, was ich will. Daher rate ich Euch, Eure Zunge im Zaum zu halten, Steel. Ihr werdet feststellen, dass wir dann viel besser miteinander auskommen. Und je weiter der Abend voranschreitet, desto sehnlicher werdet Ihr Euch wünschen, dass der Schmerz nachlässt. Das versichere ich Euch.«

Trouin packte Lady Henrietta auf Taillenhöhe und schleifte sie grob quer durch den Raum.

Sie versuchte sich zu widersetzen. »Lasst mich los! Fort von mir!«

»Auch für Euch gilt, Mylady, dass Ihr Euch mir besser

nicht widersetzen solltet«, warnte er in scharfem Ton. »Ihr erspart Euch eine Menge Ärger. Wer weiß? Womöglich gefällt es Euch ja, was uns heute Abend hier geboten wird.«

»Ich befehle Euch, mich loszulassen. Sofort!«

Unvermutet schlug Trouin ihr mit der flachen Hand ins Gesicht. Lady Henrietta schwieg. Im selben Moment stieß der Pirat sie zur Wand und legte ihr die eisernen Handschellen an. Dann trat er einen Schritt zurück und schien den Anblick zu genießen. »Ja. Sehr hübsch, Madame. Vielleicht könnte man noch ...«

Er streckte die Hand nach ihr aus und riss an dem Stoff ihres Dekolletees. Das Mieder riss und gab den Blick frei auf ihre vollen weißen Brüste. Lady Henrietta war nicht in der Lage, sich züchtig zu bedecken, rang nach Luft und starrte ihren Peiniger böse an.

Trouin jedoch lachte. »Ja. So ist's viel besser. Meint Ihr nicht auch?«

Stringer stand nun neben ihm. »Oh ja, Captain. Ich muss schon sagen, sehr schön, Sir. Sie hat ihre Reize, wie? Recht ansehnlich, möchte ich meinen.«

Trouin trat zu Steel, dem man derweil die Weste und das Hemd vom Leib gerissen hatte. Der Pirat betrachtete den kraftvollen Oberkörper seines Gefangenen und entdeckte zwei lange Narben; eine verlief von der Schulter seitlich bis zum Bauch, die andere zog sich über seinen Arm. Langsam zeichnete der Pirat die aufliegenden Narben mit einem Finger nach.

»Zweifelsohne habt Ihr an so mancher Schlacht teilgenommen, Captain. Ist das so?«

»Öfter als mir lieb sein kann, aber stets in besserer Gesellschaft, Trouin. Und stets im Dienst meines Landes.«

Trouin gab ein schnalzendes Geräusch von sich und schüttelte den Kopf. »Nein, *Monsieur*, da tut Ihr mir Unrecht. Wisst Ihr, auch ich kämpfe im Dienst meines Landes. Natürlich ist auch ein wenig Eigeninteresse mit im Spiel. Aber das dürfte bei Euch ebenso der Fall sein. Ich handele im Auftrag König Ludwigs. Habe ich nicht schon angemerkt, dass ich zu seinen Günstlingen gehöre?«

Steel konnte sich ein spöttisches Lächeln nicht verkneifen. »Das kann ich kaum glauben, *Monsieur*. Ich hatte gehört, dass Ihr ein Offizier von Frankreich seid. Aber jetzt sehe ich, dass Ihr nichts anderes seid als ein gemeiner Dieb.«

Trouins Zorn wallte auf. »Diese Bemerkung werdet Ihr noch bereuen, Mr. Steel. Und Ihr irrt Euch erneut. Womöglich bin ich ein Dieb, wie Ihr es sagt, aber von einem gemeinen Mann trennen mich Welten. Ich habe einen ausgezeichneten Geschmack, wovon Ihr Euch ja bereits selbst überzeugen konntet.«

Er durchquerte den Raum und trat wieder zu Stringer, der nach wie vor mit lüsternem Blick auf die halbnackte Gestalt von Lady Henrietta gaffte. Trouin betrachtete seine Gefangene eingehend, als handele es sich um ein exquisites Kunstwerk. »Ja, ich strebe stets nach den schönsten Artefakten.«

Grob stieß er den Sergeant beiseite, streckte die Hand nach der Dame aus und ließ seine Finger langsam über ihre bloße Brust gleiten. Er zeichnete die Rundungen nach und ließ sich dabei so viel Zeit wie zuvor bei den dick aufliegenden Pinselstrichen des Rembrandts. »Ja, ich begehre stets nur die allerschönsten Dinge, Mr. Steel. Versteht Ihr?«

Lady Henrietta verzog das Gesicht vor Abscheu und versuchte, sich Trouins unverschämter Hand zu entziehen, aber es gelang ihr nicht.

Steel riss an seinen Fesseln und spürte, wie ihm die Eisenränder in die Handgelenke schnitten. »Sie Bastard! Nehmt Eure Hände von ihr.«

»Oh, mein lieber Captain, das war wieder ein Fehler. Ihr müsst lernen, dass Ihr mir nie etwas befehlen dürft. Aber Ihr habt recht. Es wäre eine Schande, eine solch perfekte Schönheit zu verderben, nicht wahr? Insbesondere da ich mir noch nicht überlegt habe, was ich mit dieser Prise machen werde. Was denkt Ihr, wer wird das meiste Geld für sie bieten? Eure Landsleute oder irgendein fetter Sultan? Oder ich behalte sie doch lieber für mich. Oder soll ich sie meinen Männern überlassen, damit sie ihren Spaß haben? Ich bin ein freigiebiger Mann, müsst Ihr wissen.«

Abermals kam er Lady Henrietta sehr nah und umschloss eine ihrer Brüste mit einer Hand. Diesmal drückte er jedoch fester zu und entlockte der Dame einen unterdrückten Schrei. Voller Abscheu und Unbehagen drehte sie den Kopf zur Seite. »So unwiderstehlich. Ja, vielleicht später.«

Trouin ließ von ihr ab und ging wieder zu Steel, der ihm unverwandt in die Augen sah. »Ihr bezeichnet Euch selbst als Menschen, Trouin? Ihr seid nicht mehr als ein Tier.«

Trouin erstarrte sichtlich. Dann schüttelte er langsam den Kopf. »Wollt Ihr es denn nie begreifen? Ich denke, Mr. Steel braucht eine Lektion in guten Manieren. Bringen wir ihm bei, wie man ein guter Gentleman ist, nicht wahr? Sergeant Stringer, vielleicht bereitet es Euch Vergnügen?«

Stringer riss sich von dem Anblick der Dame los und wandte sich mit einem Grinsen an Steel. Dann schnipste er mit den Fingern zwei Piraten zu und ging zu einem Haken an der Wand, an dem eine neunschwänzige Katze hing. Langsam nahm er die Peitsche ab und trat zu Steel, dessen Arme zu schmerzen begannen, da die Eisenschellen selbst für einen Mann seiner Körpergröße ein wenig zu hoch in der Wand angebracht waren. Stringer hielt Steel die Peitsche vors Gesicht, ehe er sie einmal durch die Luft sausen ließ. Die Knoten am Ende der Lederriemen erzeugten ein lautes, knallendes Geräusch.

Die beiden Piraten drehten Steel nun mit dem Gesicht zur Wand, sodass seine Arme verdreht wurden und noch mehr an den Schultergelenken schmerzten. Steel blickte auf die Mauer; sein Rücken zeigte zum Raum. Dann hielten die Piraten je ein Bein von ihm fest. Steel ahnte, was ihn erwartete.

Stringers erster Hieb traf ihn wie ein Hammerschlag und knallte wie ein stumpfer Gegenstand gegen sein Schulterblatt. Der zweite Schlag fuhr mit gnadenloser Präzision auf die gleiche Stelle. Steel erinnerte sich, dass es Stringer gewesen war, der den Trommlerburschen des Regiments beigebracht hatte, wie man einen Delinquenten auspeitschte. Steel biss die Zähne zusammen und gab acht, sich nicht aus Versehen auf die Zunge zu beißen. Denn anders als bei einer Bestrafung beim Militär hatte Trouin ihm kein Lederstück in den Mund geschoben, auf das man beißen konnte. Viele Male hatte er schon verfolgt, wie die Bestrafung in der britischen Armee vollzogen wurde – bei den gewöhnlichen Soldaten –, und des Öfteren hatte er sich gefragt, wie sich das anfühlen mochte.

Der dritte Hieb rief einen anderen Schmerz hervor, als habe man ihm eine heiße Nadel in den Rücken getrieben. Und so ging es in einem fort. Binnen kurzer Zeit versank Steel in einer Flut aus Schmerz. Niemand zählte die Schläge mit, wie es bei der Armee üblich war, aber tief in seinem Bewusstsein glaubte Steel, bis zwanzig gezählt zu haben. Zu seinem Erstaunen hörte die Marter plötzlich auf.

Wie aus weiter Ferne vernahm er Stringers aufgebrachte Stimme. »Aber Captain, ich finde doch gerade erst den richtigen Rhythmus.«

Trouin ließ offenbar Gnade walten. Die beiden Handlanger drehten Steel wieder herum, sodass er den Piratenkapitän sah. Stringer stand wie ein lauerndes Tier neben Trouin und hielt die Peitsche in der Hand, an deren Lederriemen Steel Fetzen seiner eigenen Haut sehen konnte. Mühsam unterdrückte er das Verlangen, sich vor aller Augen zu übergeben.

»So, Mr. Steel«, sprach Trouin, »wie fühlt es sich an, wenn man diese äußerst barbarische Art der Bestrafung am eigenen Leibe zu spüren bekommt? Gewiss habt Ihr Eure Männer schon oft in den Genuss der Peitsche kommen lassen, nicht wahr? Wahrscheinlich bei dem kleinsten Vergehen. Vielleicht habt Ihr jetzt bessere Manieren. Obwohl Euch das nicht mehr viel nützen wird, fürchte ich.«

Steel schwieg. Er spürte, wie ihm das Blut über den Rücken lief und sich mit dem beißenden Schweiß vermischte. Ein pulsierender Schmerz erfasste ihn. Um seine Füße hatten sich inzwischen kleine Blutlachen gebildet. Trouin sah zu Brouwer hinüber, der ebenfalls in Ketten an der Wand hing. Auch ihm hatte man das Hemd vom Leib gerissen. Sein dürrer, bleicher Leib stach erschreckend vom dunklen Mauerwerk ab. Trouin trat zu dem Flamen.

»Nun zu Euch. Ihr seid gewiss kein Mann, der das Gefecht kennt. Was, um alles in der Welt, habt Ihr Euch dabei gedacht, Euch in diese Angelegenheit zu verstricken? Ihr seid ein Narr. Schullehrer sollten sich mit so etwas nicht abgeben – überhaupt nicht. Denn sie könnten zu Schaden kommen.«

Beim letzten Wort presste Trouin den Flamen gegen die Mauer und rammte ihm das Knie zwischen die Beine. Brouwer schrie vor Schmerz auf und stöhnte.

»Dummer kleiner Mann.« Zu Steel gewandt sagte er: »Aber Captain, seid Ihr nicht auch der Ansicht, dass er lernen muss, dass Verräter nicht so einfach davonkommen? Spione und Verräter müssen bestraft werden. Ist das nicht so, Captain? Jungs, was meint ihr?« Die anderen Piraten im Raum gaben grölend ihre Zustimmung. »Aber wir sind ja keine Wilden. Wir werden ein zünftiges Gericht abhalten. Jeder Mann soll die Gelegenheit erhalten, sich zu den Vorwürfen zu äußern. Also, wer will diesen Tölpel hier verteidigen?«

Stringer trat vor. »Wenn Ihr erlaubt, Captain, dürfte ich in den Genuss dieses Privilegs kommen?«

Trouin nickte. »Also gut, fangen wir an. Die Anklage lautet folgendermaßen: Dieser Mann hat einem Feind Zutritt zur Stadt verschafft, mit der ausdrücklichen Absicht, Ostende zu verwüsten und alle Einwohner zu töten, darunter die Männer von Captain René Duguay-Trouin. Zudem mit dem Ziel, diese Lady dort zu entführen. Was habt Ihr zu Eurer Verteidigung zu sagen?« Er sah streng in Brouwers Richtung, der kreidebleich geworden war und vor Angst zitterte.

Stringer ergriff das Wort. »Er bekennt sich schuldig, Mylord. Es gibt keinen Einspruch, Euer Ehren, und die Verteidigung schweigt sich aus.«

»In diesem Fall befinde ich den Angeklagten für schuldig des Verrats.« Die Piraten johlten. Trouin stand an der Spitze der gespielten Gerichtsszene und hielt eine Hand hoch. »Der Gerechtigkeit muss Genüge getan werden. Dieser Mann hat Verrat an Frankreich begangen. Er muss seine Strafe erhalten. Und es gibt nur eine Strafe für ein solches Vergehen – den Tod.«

Brouwer schlotterte am ganzen Körper. Doch Trouin fuhr fort: »Aber zuerst müssen wir ihm beibringen, dass man uns nicht verrät und nie wieder über uns spricht. Ajax – du weißt, was zu tun ist.«

Steel verfolgte, wie der hünenhafte Schwarze auf Brouwer zuging. Der Flame schrie. Ajax lächelte, hielt Brouwer mit einer prankenähnlichen Hand den Mund auf, brach ihm das Kiefergelenk und packte mit der anderen Hand die Zunge. Und dann riss er. Marius stieß einen Schrei wie unter Höllenqualen aus. Dann war es vorbei. Lady Henrietta war beim Anblick dieser Barbarei in Ohnmacht gefallen.

Ajax warf die blutige Zunge auf den Boden. Trouin schnippte mit den Fingern, worauf einer der Piraten die Hunde losmachte, die über das Organ herfielen und sich um den größten Bissen zankten. Marius schrie immer noch. Aber die Laute waren so sonderbar und unwirklich, dass sie nicht aus seinem Mund zu kommen schienen, sondern viel tiefer aus seinem Innern. In seinem eigenen Schmerz hatte Steel das Gefühl, als würde der ganze Raum schreien.

»Also«, meldete Trouin sich wieder zu Wort. »Ihr alle kennt die Strafe für Spione. Jetzt überlasse ich den Kerl euch, Jungs, oder das, was von ihm übrig ist. Ihr könnt unsere eigene Gerechtigkeit walten lassen, auf unsere Weise. Braucht Ihr nicht wieder etwas Übung im Zielen?«

Steel hatte schon Geschichten von Foltermaßnahmen bei Piraten gehört, doch glücklicherweise war er nie Zeuge gewesen – bis jetzt. Beklommen sah er, dass sich gut zwanzig Piraten, die sich trotz des Rums noch auf den Beinen halten konnten, um Brouwer scharten. Einer von ihnen, ein grinsender Mohr, trat ein paar Schritte zurück und zog einen kleinen Dolch aus dem Gürtel. Er zielte, doch er taumelte, als er den Arm hochriss und die Waffe auf Brouwer schleuderte. Der Dolch traf den Flamen am Arm und bohrte sich tief ins Fleisch. Triumphierend reckte der Pirat die Faust in die Höhe und jubelte.

Unmittelbar danach stellte sich ein dunkelhaariger Spanier wenige Schritte vor Brouwer und warf ein kurzstieliges Beil auf sein Opfer. Die scharfe Klinge trennte zwei Finger an

Brouwers linker Hand ab. Der Flame schrie und versteifte sich unter dem Schmerz. Steel sah, wie Stringer vortrat, eine Pistole zog und den Hahn spannte. Er zielte auf Brouwers Knie. Steel konnte nicht hinsehen. Der Schuss hallte von den Wänden wider, gefolgt von heiseren Schreien. Die Kugel hatte Brouwers rechte Kniescheibe zertrümmert. Stringer grinste, sah Steel direkt in die Augen und zwinkerte ihm zu.

»Ihr kommt auch noch dran, Mr. Steel. Keine Sorge.«

Steel rang sich ein müdes Lächeln ab und fragte sich, wie lange er dazu noch in der Lage sein würde. Aber er brauchte sich vorerst keine Sorgen zu machen, denn auch eine halbe Stunde später waren die Piraten mit ihrem Opfer noch nicht fertig.

Steel konnte es kaum noch ertragen. Die Piraten ließen sich Zeit. Jeder Schnitt, jeder Schuss und jeder Hieb war so bemessen, dass die Schmerzen nie abebbten und die Tortur sich endlos hinzog. Bald war Brouwers Körper übersät von Schnittwunden, die weiße Haut war blutverschmiert. Auch die Beine bluteten heftig. Wie es schien, gab es kaum noch Körperstellen, die nicht verunstaltet worden waren. Doch sie ließen immer noch nicht von ihm ab. Steel flehte zu Gott, dass dieses Abschlachten bald ein Ende nehmen würde.

Aber er wusste, dass es nutzlos war, weiter zu protestieren. Dadurch würde er sein eigenes Leid nur vergrößern. Ihm war auch klar, dass dieses Schauspiel größtenteils für ihn veranstaltet wurde. Trouin hatte sich derweil in eine dunkle Ecke zurückgezogen, verfolgte die Szene und schwelgte in Steels zunehmendem Entsetzen. Steel wusste, dass Brouwer verloren war, und betete, der Tod möge gnädig sein und ihn von seinen Qualen erlösen. Lady Henrietta war zum Glück noch nicht wieder aus ihrer Ohnmacht erwacht, und Trouin hatte sie bislang nicht wachgerüttelt. Doch Steel machte sich nichts vor: Wenn er selbst an der Reihe war, würde der Piratenkapitän schon dafür sorgen, dass die Dame alle Foltermaßnahmen mit eigenen Augen verfolgen würde. Ja, sie würde Zeuge von Steels langsamer und qualvoller Exekution werden.

Brouwer weinte inzwischen mehr als dass er schrie. Zumindest versuchte er zu weinen. Er hatte ein Auge eingebüßt und schaute sich mit dem böse klaffenden Loch benommen im Raum um. Da er nicht mehr sprechen konnte, kam jeder Laut, den er von sich gab, jedes Stöhnen und Schluchzen aus einer aufgerissenen, blutig verstümmelten Mundhöhle. Den stammelnden Lauten entnahm Steel, dass der Flame um den Tod bettelte. Unweigerlich dachte Steel an Brouwers Familie, an die Kinder, die bald keinen Vater mehr hatten. An die arme Berthe. Die Familie würde von all dem hier nichts erfahren. Sie sollten nicht wissen, dass Brouwer wie ein Tier abgeschlachtet worden war. Wenn Steel zu ihnen zurückkehrte und die Nachricht überbrachte – denn nach wie vor versicherte er sich, aus dieser Lage wieder herauszukommen –, würde er den Kindern sagen, dass ihr Vater als Held gestorben sei und bis zum Ende gekämpft habe. *Wenn ich hier je wieder rauskomme.* Er schaute sich um und zweifelte mit einem Mal an dieser Aussicht. Die Piraten ließen in ihrem perversen Folterhunger ein wenig nach, und Steel hatte das Gefühl, dass Brouwer nicht mehr lange lebte.

In diesem Augenblick löste Trouin sich aus seiner dunklen Ecke. »Gentlemen, ich denke, dass diese elende Missgeburt für ihr Vergehen bezahlt hat.«

Er nickte Ajax zu. Die Piraten machten Platz, als der Hüne zu Brouwer trat. Der Flame schien um sich herum nichts mehr wahrzunehmen, war in seine Qualen versunken. Er gab nicht einmal mehr wimmernde Laute von sich, die bis dahin noch angezeigt hatten, dass er am Leben war. Der Schwarze packte Brouwers Kopf und zog gleichzeitig sein großes Schwert aus der Scheide. Dann holte er aus und schlug dem Flamen mit einem präzisen Hieb den Kopf ab, der in hohem Bogen durch den Raum flog und zu Boden fiel.

Trouin applaudierte. »Oh, sehr gut gemacht, Ajax. Bravo. Das wäre dann das Ende jeglicher irrsinniger Gedanken von Freiheit für diese Bauernlumpen. Besser, man hält sich an den einzig wahren Kodex des Lebens, an den Kodex der Korsaren. Wie, Jungs? Stimmen wir ein Lied an.«

Der verstümmelte und kopflose Leichnam hing noch in den Fesseln, da griff einer der Piraten auch schon zu einer Fiedel und begann darauf zu spielen. Ein paar andere, die in ihrem Rausch noch stehen konnten, vollführten einen taumelnden, makabren Tanz. Bei den schrägen Tönen des Instruments kam Lady Henrietta langsam wieder zu sich und schaute benommen um sich. Als sie Brouwers Leiche erblickte, schrie sie vor Entsetzen auf. Derweil spielte der Pirat weiter auf der Fiedel, und Trouin trat zu der Dame.

»Oh, keine Sorge, Madame. Wir haben seinen Kopf noch.« Ajax hatte den blutigen, abgetrennten Kopf inzwischen auf eine Pike gesteckt und hielt ihn Lady Henrietta vors Gesicht. Die Dame fiel sogleich wieder in Ohnmacht. Trouin strich ihr mit zwei Fingern über eine Brust. »Was für eine empfindliche Schönheit. So weich. So … bereit.« Er unterbrach sich und drehte sich wieder zu Steel um. »Aber jetzt zu Euch, Captain.«

Steel bekam einen furchtbar trockenen Hals, als er Trouin auf sich zu kommen sah, wie immer gefolgt von dem Hünen.

»Was, frage ich mich, wird wohl Euer Schicksal sein? Was sollen wir mit jemandem machen, der so schamlos den Ehrenkodex missachtet, nach dem wir leben? Jemand, der mein Haus mit seiner bloßen Anwesenheit befleckt. Was machen wir mit ihm, frage ich?« Er wirbelte auf dem Absatz herum und rief: »Das entscheidet ihr, Männer.«

Der Fiedler hielt inne, und alle, die noch standen, schauten mit benebelten Blicken zu Steel herüber.

»Wir werden abstimmen. So machen es die Piraten. Wir entscheiden immer demokratisch, nicht wahr? Wie Brüder es tun.« Jubelrufe hallten im Raum wider. »Also, was für ein exquisites Ende bereiten wir diesem verräterischen Abschaum dort?«

Lady Henrietta gab ein Stöhnen von sich und hob schwer den Kopf.

»Ah«, rief Trouin, »ich glaube, unser Gast wacht auf. Gerade rechtzeitig für unseren kleinen Zeitvertreib.«

Lady Henrietta starrte ihn mit schreckgeweiteten Augen an. Langsam drehte sie den Kopf von einer Seite zur anderen und nahm den Raum in sich auf, sah den malträtierten Körper von Brouwer, der schlaff in den Ketten hing. Doch diesmal schrie sie nicht, sondern brachte vor Schauder keinen Laut hervor. Als sie zu Steel herübersah, entdeckte er in ihren Augen blankes Entsetzen.

Trouin war die Reaktion nicht entgangen. »Habt keine Angst, Madame. Euer Schicksal wird ganz anders ausfallen als das Eures Freundes hier. Wir wollten gerade abstimmen, was wir mit ihm machen sollen. Habt Ihr vielleicht eine Idee?« Sie schwieg. »Nein? Nun, dann gebe ich die Frage weiter an die Crew. Was machen wir mit ihm? Sollen wir ihm die Zunge herausreißen wie bei diesem Narren? Oder sollen wir ihn erst blenden?« Jubel drang aus heiseren Kehlen. »Ja, gut. Aber vielleicht sollten wir ihn einfach entmannen und dadurch verhindern, dass er Nachkommen in die Welt setzt, die wiederum die Erde mit ihrer Ehrlosigkeit beflecken.«

Wieder brandete Jubel auf, lauter diesmal. Stringer schien am lautesten zu jubeln. Steel schnitt eine Grimasse.

»Ja. Vielleicht wäre das die Lösung. Was sagt Ihr dazu, Mr. Steel? Möchtet Ihr lieber ohne Augenlicht oder ohne Eure Männlichkeit sein? So sprecht doch.« Trouin lächelte und hielt sich mit spöttischer Geste eine Hand hinter die Ohrmuschel. »Ich kann Euch nicht hören?« Er beugte sich näher zu Steel. »Kommt schon, Captain. Was darf es denn sein?«

Steel fand keine Worte, aber in einer letzten trotzigen Geste gelang es ihm, genug Speichel im Mund zu sammeln, um dem Piraten ins Gesicht zu spucken. Das war zu viel. Trouin holte aus und verpasste Steel einen harten Schlag ins Gesicht. Der Kopf flog ihm zur Seite. Er hatte das Gefühl, dass sein Kiefer gebrochen war. Dann rammte Trouin ihm die Faust in die Magengrube, dass ihm die Luft wegblieb. Steel kniff die Augen zusammen. Wieder traf ihn ein Schlag, dann noch einer und noch einer. Steel glaubte, dass der Pirat ihm alle Knochen brechen würde, so unerwartet harte Schläge teilte er aus. Doch mit einem Mal hörte der unkontrollierte Wutausbruch auf. Steel blinzelte durch den Schweiß und das Blut und sah, wie Trouin sich die Spucke mit einem blutigen Handschuh wegwischte.

»Ihr widerliches Stück Dreck!«, spie er Steel ins Gesicht. »Wenn wir mit Euch fertig sind, wird selbst Eure Mutter Euch nicht wiedererkennen, und keine andere Frau wird sich je für Euch interessieren. Oh ja. Wir werden Euch am Leben lassen. Ihr werdet Eure letzten Tage auf Erden jämmerlich in der Gosse verbringen, als geblendeter, kastrierter Bettler.« Er wandte sich an seinen Schatten. »Ajax, du darfst anfangen. Und dann genießen wir alle die Freuden, die uns diese bezaubernde Dame verschaffen kann. Ich denke, ich werde sie doch nicht verkaufen. Ich behalte sie lieber für mein eigenes Vergnügen. Und diejenigen meiner Crew, die ich für würdig befinde, dürfen auch von ihren Reizen kosten.«

Mit diesen Worten trat er erneut zu Lady Henrietta und riss ihr den Rest des gelben Kleides vom Leib, sodass sie nur noch in ihrem Unterrock dastand. »Ajax, du brauchst nicht so zu stieren, sie ist nicht für dich. Du würdest sie umbringen. Worauf wartest du noch? Leg los.«

Steels Entsetzen nahm zu, als der Schwarze sich vor ihm aufbaute; ein kurzes Messer blitzte in seiner Rechten auf. Noch einmal begehrte er gegen die Ketten auf, spürte aber nur, wie die schartigen Ränder der Schellen sich tief in seine Handgelenke bohrten. Doch er ahnte, dass dieser Schmerz nichts im Vergleich zu den Martern sein würde, die ihm jetzt bevorstanden. Im selben Moment packte Ajax Steels linken Arm und ließ die Klinge über die Haut zucken. Steel spürte zunächst nichts an der Stelle, wo die Spitze seine Haut geritzt hatte, und sah, wie das Blut aus dem feinen Riss sickerte. Erst dann setzte der Schmerz ein.

Trouin lachte. »Was ist? Er spielt doch nur mit Euch, Steel. Er wollte bloß prüfen, ob die Klinge auch scharf genug ist, ehe er richtig loslegt. Fahr fort, Ajax.«

Erneut blitzte die Klinge im Schein der Pechfackeln auf und hinterließ eine dünne Linie auf Steels Arm. Und so ging es weiter und weiter. Schließlich trat der schwarze Riese einen Schritt zurück und betrachtete Steel, der in seinem Schrecken und seinem Schmerz längst vergessen hatte, welches Schicksal ihm noch blühte. Blenden oder Entmannen. Nichts schien mehr von Bedeutung zu sein. Der Schmerz nahm überhand. Als Ajax wieder vortrat, machte Steel die Augen zu und wartete auf den nächsten Schnitt der rasiermesserscharfen Klinge.

Doch dazu kam es nicht, denn urplötzlich drang ein Donnerhall durch das Gewölbe, als mehrere Musketen abgefeuert wurden und das Schloss der schweren Holztür zertrümmerten. Steel riss die Augen auf, ungläubig und doch voller Hoffnung. Er sah, wie Ajax innehielt und verwirrt zur Tür blickte, wo uniformierte Männer durch den Pulverdampf in den Raum strömten. Einen Moment lang wähnte Steel sich in einem Traum; er glaubte, in seinem Schmerz das Bewusstsein verloren zu haben oder Trugbildern zu erliegen. Er vermochte nicht mehr zu sagen, ob er überhaupt je in die Wirklichkeit zurück wollte, da er wusste, dass sie ihm nur Schmerzen bieten konnte.

Doch dann wirkte alles um ihn herum allmählich real. Er hörte Stimmen – wie durch einen Schleier gewahrte er, dass Soldaten sich zwei Glieder tief formierten und die Musketen auf die Piraten anlegten. Eine Bewegung rechts von ihm erregte seine Aufmerksamkeit: Einer von Trouins Männern warf ein Messer auf die Soldaten, verfehlte sein Ziel indes und bezahlte mit seinem Leben, als ein Schuss fiel.

In Steels Kopf begann sich alles zu drehen. Hatte denn der britische Angriff schon begonnen? Und woher wussten seine Kameraden, wo er festgehalten wurde?

Angestrengt spähte er durch die Pulverschwaden und suchte nach vertrauten Gesichtern … nach Williams, nach Hansam. Stattdessen sah er nichts als fremde Soldaten. Und ihre Uniformen waren – weiß! Das waren Franzosen, reguläre Truppen des Sonnenkönigs. Steel kniff die Augen wieder zu, da er seiner Wahrnehmung nicht mehr traute. Als er die Augen wieder öffnete, fiel sein Blick auf Lady Henrietta, die nach wie vor angekettet war. Dann drang eine Stimme an sein Ohr. Jemand sprach ihn auf Englisch an. Langsam drehte Steel den blutigen Kopf in Richtung des Sprechers.

»Jacob?«, flüsterte er ungläubig.

Jacob Slaughter brachte seine Nase nah an Steels verunstaltete Gesichtszüge. »Keine Sorge, Sir. Ihr seid in Sicherheit. Großer Gott, was haben die mit Euch gemacht! Dieser Keller ist ein Schlachthaus. Sieht so aus, als wären wir gerade noch rechtzeitig gekommen.«

Steel bewegte die Lippen, doch er brachte kein Wort hervor. Er wollte Antworten.

»Nicht sprechen, Sir. Ihr seid in Sicherheit. Und die Lady auch.«

Der Sergeant sah zu der halb nackten Dame hinüber, ehe sein Blick auf Brouwers geschundenem Leib haften blieb. »Armer Teufel«, wisperte er.

Eine Stimme erklang aus Richtung der Tür. Steel reckte den Hals ein wenig, um besser sehen zu können. Im Türrahmen stand ein großer, junger französischer Offizier.

»Captain Trouin«, rief der Mann, »Ihr steht unter Hausarrest. Euer Fehlverhalten ist durch nichts zu entschuldigen. So benimmt sich kein französischer Offizier.«

Trouin hatte dafür nur ein Grinsen übrig. »Aber ich bin kein französischer Offizier, nur ein Offizier in französischem Sold, *Monsieur.* Anders als Ihr habe ich dem König nicht den Arsch geleckt, um ein Offizierspatent zu bekommen. Ich habe mir alles durch Blut erkämpft.«

Der Offizier hatte Mühe, seinen Zorn zu zügeln. »Ihr werdet Euch solcher Wortwahl enthalten, Sir, und mir Euren Degen aushändigen.«

Trouin schien seine Optionen abzuwägen. Im Augenblick gab es kein Entrinnen. Widerwillig öffnete er die Schnalle seines weißen Gürtels und ließ den Degen samt Scheide zu Boden sinken.

»Kommt und holt ihn Euch. Wenn Ihr den Mut aufbringt.«

Der Offizier bedeutete seinem Sergeant, die Waffe zu holen. Der Mann beeilte sich, hob den Degen auf und brachte ihn seinem Lieutenant, der wieder das Wort ergriff. »Und jetzt werdet Ihr mir Eure Gefangenen überlassen.« Sein Blick fiel auf den geköpften Leichnam Brouwers. »Oder was von ihnen übrig ist. Die Schlüssel, wenn ich bitten darf, Captain.«

Trouin griff in seine Westentasche und holte einen Ring hervor, an dem mehrere große Schlüssel hingen. Er warf sie auf den steinernen Boden. Der Offizier gab zwei seiner Männer Zeichen, worauf ein Soldat die Schlüssel aufhob und zusammen mit seinem Kameraden zu Lady Henrietta ging. Während der eine Soldat die Blöße der Dame mit einem Mantel bedeckte, schloss der andere die Handschellen auf und befreite die Gefangene.

»Das werdet Ihr noch bereuen, Lieutenant«, sprach Trouin durch zusammengebissene Zähne. »Wie heißt Ihr?«

»Lejeune, Sir. Und ich rate Euch, Eure Worte mit Bedacht zu wählen, Captain. Denn was ich hier gesehen habe, ist Beweis genug. Wegen dieser Barbarei werdet Ihr Euch vor einem Kriegsgericht verantworten müssen.«

Trouin lachte aus vollem Halse. »Junger Mann, glaubt Ihr wirklich, dass Ihr mir mit Euren Worten Angst einjagen könnt? Glaubt Ihr, Ihr könnt mich mit Eurem Gerechtigkeitssinn einschüchtern? Ich unterliege keinem Eurer Militärgesetze und auch sonst keinen Vorschriften. Wisst Ihr überhaupt, wer ich bin? Und was ich getan habe?«

»Das ist offensichtlich, Sir.«

Erst jetzt machte Steel sich bewusst, dass er diese Stimme kannte. Er blinzelte in dem von Qualm durchzogenen Keller, in dem sich der Pulvergeruch mit dem Gestank aus Blut und Schweiß mischte. Kannte er seinen Retter gar? Einen französischen Offizier? Er versuchte, den Mann einzuordnen, aber in seinem Kopf waberten nur Bilder von Blut und Grausamkeiten. Und ganz allmählich registrierte er, dass ein Wunder geschehen sein musste. Denn er war gerettet und von einem Schicksal verschont geblieben, dessen Qualen sich jeder Vorstellung entzogen.

* * *

Die zwei Soldaten, die Lady Henrietta in die Obhut ihrer Kameraden übergeben hatten, traten nun zu Steel. Vorsichtig lösten sie die eisernen Schellen und stützten Steel, als sein Gewicht nicht mehr von den Ketten gehalten wurde. Einer der Soldaten legte ihm vorsichtig einen Mantel um den schmerzenden Leib. Irgendwie brachte Steel ein gemurmeltes Wort des Dankes hervor, ehe Slaughter an seiner Seite war und ihn langsam zur Tür geleitete. Dort angekommen, schaute er dem Offizier in die Augen.

»Monsieur«, sagte Lejeune mit aufrichtigem Bedauern, »ich kann Euch nicht sagen, wie leid mir das tut. Das ist ungeheuerlich. Danken wir Gott, dass wir noch rechtzeitig hier waren.«

Steel starrte dem Mann in die Augen und sagte nichts. Dann wusste er es wieder. Er erinnerte sich an das Gesicht. Es schien Jahre her zu sein. Er sah ein Dorf vor seinem geistigen Auge, einen aufgebrachten Mob. Dies war jener junge Offizier, den er einst vor dem Lynchen bewahrt hatte. D'Alembords Lieutenant. Und jetzt schien der Mann die Gelegenheit zu nutzen, sich bei Steel zu revanchieren.

Steel dankte Gott im Stillen. Mühsam verzog er die Lippen zu einem Lächeln und setzte erneut zu sprechen an.

»Ihr braucht mir nicht zu danken, Captain«, sagte Lejeune.

»Ich weiß, dass Ihr mich wiedererkennt. Und, ja, das war eine Ehrenschuld. Aber ich hätte es für jeden getan. Das ist kein Krieg mehr, sondern kaltblütiger Mord. Schlimmer gar. Das ist nicht der Krieg, den ich zu führen bereit bin, Captain. Ich hoffe, Ihr glaubt mir, dass wir in Frankreich einen Ehrenkodex hochhalten.«

Damit wandte er sich an seine Männer und gab einen Befehl auf Französisch, worauf die hintere Reihe Soldaten vortrat und Trouins Männer gefangen nahm. In Zweiergruppen band man sie zusammen.

Doch der Piratenanführer lachte wieder nur. »Glaubt Ihr, diese paar betrunkenen Lümmel sind alles, was ich habe, Lieutenant? Wisst Ihr denn nicht, dass noch viel mehr Leute meiner Crew oben in der Taverne sind, und ebenso auf den beiden Schiffen unten im Hafen? Meint Ihr nicht, dass sie mich retten werden?«

Lejeune tat die Worte mit einem Schulterzucken ab. »Eure Männer in der Schänke sind bereits auf dem Weg in die Zellen, Monsieur. Was die anderen im Hafen betrifft, so werden wir sehen. Doch bald stehen wir vor weitaus schwierigeren Problemen. Wir erhalten Berichte, dass die Briten uns bald angreifen. Höchstwahrscheinlich im Morgengrauen. Im Augenblick bereitet mein Major sich darauf vor, die Stadt zu verteidigen.«

»Sprecht Ihr von Malbec?«, fragte Trouin. »Was weiß er? Weiß er von alldem hier? Ich kann mir kaum vorstellen, dass er Euch befohlen hat, mich festzunehmen.«

»In der Tat, den Befehl hat er nicht erteilt. Ich kam aus eigenem Antrieb hierher. Und ich danke Gott dafür.«

* * *

Während einige Soldaten zurückblieben, um den blutverschmierten Leichnam Brouwers fortzuschaffen, verließen die anderen den Folterkeller. Lejeune stützte Lady Henrietta, dahinter folgten Steel und Slaughter. Danach kam Trouin, und hinter ihm trieben die Soldaten mit ihren Bajonettspitzen die gefesselten Piraten vor sich her. Für Steel war jede Treppenstufe, die ihn dem Tageslicht näherbrachte, ein Martyrium. Doch er gab keinen Laut von sich, auch wenn bei jedem Schritt die Schmerzen zunahmen und sich wie eine glühende Klinge in seinen Leib bohrten. Sie erreichten die Schankstube, in der kein Pirat mehr anzutreffen war, und betraten schließlich die Straße. Es war noch früh am Morgen, und die Glocken der großen Kirche läuteten zur Frühmesse. Steel drehte den Kopf zu Slaughter und lächelte. Endlich hatte er die Sprache wiedergefunden. »Verdammt, Jacob, Ihr habt Euch viel Zeit gelassen.« Und noch während er sprach, spürte er, dass ihm die Knie weich wurden. Die Welt um ihn herum wurde verschwommen, und Steel ließ sich dankbar in die samtene Dunkelheit fallen.

13.

Steel fuhr erschrocken aus unruhigem Schlaf. Der Albtraum war furchtbar real gewesen, der Schmerz förmlich zu spüren. Erschöpft und schweißgebadet lag er flach auf dem Rücken. Als er die Augen öffnete, nahm er das Licht wahr, das durch ein kleines Zwillingsfenster fiel. Wie gebannt blickte er auf die Schatten, die der Mittelpfosten des Fensters an die Decke warf. Steel hatte nicht die leiseste Ahnung, wo er sich befand, und vermochte nicht zu sagen, wie er überhaupt hierher gekommen war.

Draußen hörte er die Schreie der Möwen und wähnte sich in einem Hafen, auf jeden Fall unweit der Küste. Allmählich fügte sich in seinem verwirrten Geist ein Bild zusammen, in dem düstere Ahnungen schlussendlich einer Flut ungeordneter Erinnerungen wichen. Ostende. Ein Auftrag von Hawkins. Eine junge Frau. Blut. Zu viel Blut. Einer Eingebung folgend, wollte er sich aufrichten. Zögerlich streckte er den rechten Arm aus und spürte, wie ihm ein glühender Schmerz bis in die Fingerspitzen schoss. Dann verlagerte er sein Gewicht auf den linken Ellbogen und versuchte, sich mühsam aufzusetzen. Und während er sich plagte, brachte ihm der Schmerz im Rücken, den Armen und der Magengegend eine herbe Gewissheit ins Bewusstsein.

Steel kniff die Augen zusammen und ließ sich zurück ins Bett sinken. Erst jetzt fügten die Erinnerungen sich weiter zusammen, und in diesem schrecklichen Moment wurde Steel bewusst, dass es doch kein Traum gewesen war.

Er durchlebte das ganze Entsetzen seines Martyriums erneut. Und in diese hässlichen Bildfetzen mischte sich ein Gefühl von Panik. Doch dann entsann er sich seiner Errettung und ahnte, dass er im Augenblick im Haus eines Freundes untergebracht war. Ein wenig entspannte er sich und strich sich über den Oberkörper – er war unbekleidet. Er fasste sich an die Beine und merkte zu seiner Erleichterung, dass er keins verloren hatte. Und während seine Finger langsam wieder nach oben wanderten, spürte er jede Wunde, an die er sich noch nicht erinnert hatte.

Er schlug die Augen auf und nahm das Bett richtig wahr; ein schlichtes Holzbett mit sauberen Laken und einer Decke. Er drehte den Kopf nach links und verspürte wieder nur Schmerzen. Auf einem Tischchen neben dem Bett standen ein Glas und eine Karaffe mit Wasser. Über einer weißen Keramikschale lag ein sauberes Handtuch. Steels Blick fiel auf einen Stuhl, über dessen Lehne man den Uniformrock, die Breeches und die Weste gelegt hatte. Der Degen samt Gehenk und Gürtel lag auf der Sitzfläche. Die Kleidung wirkte sauber; jemand schien Rock und Hose zumindest gebürstet zu haben. An einem Haken an der Tür hing ein sauberes Hemd. Neben der Tür entdeckte Steel seine Lederstiefel, die wie poliert aussahen.

Erst da merkte er, dass er nicht allein in der Kammer war. Für einen kurzen Moment schoss wieder Panik in ihm hoch; dann hob er kurz den Kopf und erblickte Jacob Slaughter. Der Sergeant saß auf einem Korbstuhl unweit der Tür und lächelte Steel an. »Guten Morgen, Sir. Eine Tasse Kaffee?«

Steel rang sich ein gequältes Lächeln ab und spürte, wie sich die Narben in seinem Gesicht spannten. »Danke Euch, Jacob«, sagte er mit rauer Stimme. »Das wäre nett. Könnt Ihr mir sagen, wo wir sind?«

Slaughter erhob sich und ging zu dem Tisch, auf dem eine Kanne Kaffee stand. Steel sah, wie der große Sergeant die dickflüssige, fast schwarze Flüssigkeit in eine kleine, weißblaue Tasse füllte.

»In einem Privathaus, Sir. Gehört einer Frau namens Huber. Eine Freundin des armen Mr. Brouwer, falls Ihr Euch erinnert, Sir.«

Steel kramte in seinem Gedächtnis. Die Bilder stellten sich ein, und die grimmige Miene des Sergeants verriet ihm, dass sein Erinnerungsvermögen ihn nicht trog.

»Furchtbare Sache, Sir«, murmelte Slaughter.

Steel durchfuhr es heiß, als er an Marius Brouwer dachte. Vor seinem geistigen Auge sah er den blutigen, verstümmelten und immer noch schreienden Kopf des Flamen. Rasch schloss er die Finger um die heiße Tasse und nahm einen Schluck Kaffee. Als er dann sprach, ließ er sich Zeit und versuchte, sich die in seinem Innern schlummernde Angst nicht anmerken zu lassen.

»Wo ist Trouin jetzt?«

»Noch unter Arrest, Sir. Aber es ist nur eine Frage der Zeit, dass der französische Kommandant ihn findet und freilässt. Dann geht es diesem Lieutenant gewiss an den Kragen. Wir müssen fort von hier, Sir, am besten im Schutz der Dunkelheit. Müssen zu den eigenen Linien zurück.«

Steel nippte an der Tasse. »Wie spät mag es sein?«

»Gegen fünf am Nachmittag. Ihr habt den ganzen Tag geschlafen, Sir, wie ein Kind.«

»Was ist mit Lady Henrietta?«

»Sie ist gleich nebenan, Sir. Schläft tief und fest, schätze ich, nach all den Schrecken.«

»Wie geht es ihr?«

»Sie war in ziemlich schlimmem Zustand. Weinte viel und

zitterte am ganzen Körper. Der Schock, Sir. Wie die jungen Burschen bei uns, wenn ihnen die ersten Kugeln um die Köpfe fliegen. Ihr kennt das ja aus der Schlacht. Dann zittern die jungen Rekruten und plappern sich die Seele aus dem Leib. Manch einer macht sich in die Hose. Nicht, dass der Dame das passiert wäre, Sir, bitte um Verzeihung.« Slaughter errötete leicht und fuhr fort: »Es ist das viele Blut in der Schlacht, das die Jungs nicht vertragen. So wird's auch bei ihr gewesen sein, bei all dem Blut. Und dann hat sie den armen Brouwer gesehen. Und Euch, Sir. Ihr wart kein schöner Anblick, wenn ich so sagen darf, Sir.«

Gemessen an dem Schmerz, den er verspürte, hatte Steel keine Zweifel an den Worten seines Sergeants. Erst da wurde ihm bewusst, dass jemand seine Wunden gereinigt haben musste. Jemand hatte ihm einen Verband angelegt. Mit tastenden Fingern strich er über den Stoff. Wer immer das getan hatte, war kein unerfahrener Neuling.

»Habt Ihr das gemacht, Jacob? Mich verbunden? Habt Ihr sehr gut hingekriegt.«

Slaughter musste lachen und schüttelte den Kopf. »Das war nicht ich, Sir. Miss Huber hat das gemacht. Offenbar war sie eine Zeit lang Krankenschwester für die Franzmänner.«

»Dann stehe ich in ihrer Schuld, wie auch in Eurer. Aber Ihr habt mir noch gar nicht erzählt, wie Ihr mich gefunden habt.«

»Wir wussten, dass Ihr aufgeflogen wart. Eine Schankmagd in der Taverne hatte das von einem von Trouins Männern erfahren, als er damit prahlte, sie würden Euch langsam zu Tode foltern. Einer von Brouwers Gefährten erzählte davon Miss Huber, die daraufhin zu Brouwers Haus lief und Mr. Fabritius und mich fand. Also sagte ich mir: Jacob, du kannst nicht zulassen, dass sie Mr. Steel das antun. Ich machte mich auf den Weg zu Euch und traf zufällig den Lieutenant. Oder eher, er entdeckte mich. Er muss mich wohl wiedererkannt haben aus dem Dorf und hielt mich für einen Spion. Also erzählte ich ihm, um was es ging. Den Rest der Geschichte kennt Ihr ja.«

Steel lächelte und schüttelte langsam den Kopf. »Ich hatte Euch einen Befehl gegeben, Jacob. Es hieß, wenn mir etwas zustößt, müsst Ihr auf schnellstem Weg zurück zu unseren Linien. Ihr habt wissentlich einen Befehl missachtet, Sergeant.«

Slaughter senkte den Blick. »Ja, Sir.«

»Verdammt gut gemacht, Mann! Ihr habt meine Erlaubnis, wieder genauso zu handeln, wenn die Umstände es erfordern. Ich danke Euch, Jacob. Ich stehe für immer in Eurer Schuld. Ihr habt mir das Leben gerettet, und das der Dame.«

»Ach, nicht der Rede wert, Sir. Hätte es ohne die Hilfe des Lieutenants nicht geschafft. Gott schütze ihn.«

»Ich nehme an, dass er mehr brauchen wird als Gottes Hilfe, wenn Trouin ihn in die Finger kriegt. Ich hoffe nur, dass er lange genug am Leben bleibt, bis wir zurückkommen. Dann kann ich ihm vielleicht einen Gefallen tun und ihn gefangen nehmen. Aber jetzt wollen wir einmal schauen, wie sehr dieser Bastard mich zum Krüppel geschlagen hat.«

Unter Aufbietung aller Kraft gelang es Steel, sich im Bett aufzurichten. Verdammt, wie das schmerzte! Slaughter sah, dass sein Vorgesetzter ganz blass im Gesicht wurde.

»Alles in Ordnung, Sir? Ihr solltet es etwas langsamer angehen lassen.«

Steel schenkte ihm ein Lächeln. »Danke, Jacob. Sie hat das sehr gut gemacht, unsere Miss Huber. Bin so gut wie frisch.«

Slaughter nickte und zog eine Augenbraue hoch. »Und ich muss sagen, so seht Ihr auch aus, Sir. Fit wie ein Floh seid

Ihr … nein, seid Ihr nicht. Ihr seht furchtbar aus, Mr. Steel, wenn Ihr meine Meinung hören wollt.«

Steel hörte nicht weiter hin, sondern setzte sich auf die Bettkante. Dann stand er langsam auf und ging zur Tür. Er nahm das Hemd vom Haken und verzog vor Schmerzen das Gesicht, als er das weit geschnittene Hemd überstreifte und zuknöpfte. Dann band er sich das Ledertuch um den Hals.

»Ihr dürft Eure eigene Meinung haben, Sergeant. Sie geht mich nichts an. Aber es ist *Captain* Steel, nicht vergessen, Jacob. Zeit zu gehen, denke ich. Lady Henrietta ist … wo?«

»Gleich nebenan, Sir.«

Steel hatte sich derweil die Breeches angezogen und knöpfte seine Weste zu. Mühsam stieg er in seine Stiefel und unterdrückte ein Stöhnen.

»Danke, Jacob. Sorgt dafür, dass wir alles zusammenhaben. Ich wecke jetzt die Dame.«

Während der Sergeant mit polternden Schritten die schmale Stiege nach unten eilte und Steels Degen mitnahm, ging Steel zur Tür des Nebenzimmers. Vorsichtig klopfte er an. Er erhielt keine Antwort. Schließlich wartete er nicht länger, drehte den Türknauf und trat ein. Lady Henrietta Vaughan lag schlafend in einem Bett, das sich kaum von dem unterschied, in dem er gelegen hatte. Auch der Raum war ähnlich schlicht eingerichtet, aber sauber. Ebenso die Bettdecke, unter der die Dame schlief. Steel fragte sich, ob auch sie unbekleidet war. Einen Moment lang sah er sie an, ehe er sich zum Gehen wandte. Doch da öffnete sie langsam die Augen.

»Wer da? Captain Steel, seid Ihr das?«

Steel drehte sich wieder zum Bett. »Mylady?«

»Bitte geht nicht, Captain. Bitte, bleibt eine Weile bei mir. Ich möchte Euch danken.«

»Mir danken, Ma'am? Bedankt Euch nicht bei mir, sondern bei meinem Sergeant und dem französischen Offizier. Sie haben uns gerettet.«

»Nein, nein. Ihr missversteht, Captain. Ihr wart derjenige, der in diese verfluchte Stadt kam, um mich zu retten, und dafür danke ich Euch. Es tut mir unendlich leid, dass Ihr meinetwegen so viel Schmerzen erleiden musstet. Wie sehen Eure Wunden aus?«

»Ich werde es ertragen, Ma'am. Verletzungen heilen bei mir schnell. Aber wie geht es Euch, Mylady? Habt Ihr ein wenig geschlafen? Ihr braucht sicher noch Ruhe. Ich werde Euch nun verlassen.«

Als sie ihm ein Lächeln schenkte, entdeckte Steel etwas in ihren Zügen, das ihn an seine erste Liebe erinnerte, an ihre Cousine Arabella Moore. Wahrscheinlich war es der Ausdruck in ihren Augen. Die Ähnlichkeit berührte ihn und entführte ihn in jene Zeit, als er Arabella zum ersten Mal in London begegnet war. Hier, dachte er, liegt die junge Arabella, die Arabella, die ihn unter ihre Fittiche genommen und in ihr Herz geschlossen hatte. Und ihm alles über die Liebe beibrachte. Jene furchtlose und schamlose junge Frau, die ihm erst ein Patent für die Guards gekauft, dann aber alles darangesetzt hatte, ihn möglichst lange von den Horse Guards fernzuhalten. Tagelang hielt sie ihn in ihrem Boudoir fest, sodass er mehr als einmal aus dem Fenster hatte klettern müssen, um rechtzeitig bei der morgendlichen Parade zu erscheinen.

Lady Henrietta errötete unter seinen Blicken. Erst da machte er sich bewusst, dass er sie eine Weile angestarrt hatte. »Bitte um Vergebung, Ma'am. Es war nur so, dass ich …«

Sie nickte und lächelte. »Dass Ihr in mir etwas von meiner Cousine gesehen habt, Mr. Steel, nicht wahr?« Ihr Lächeln wirkte beinahe triumphierend, aber in ihren Augen lag keine Spur von Neid. »Darf ich Euch Jack nennen?«

»Wenn Ihr es wünscht, Ma'am. Und Eure Vermutung ist richtig. Ich entschuldige mich. Das war unhöflich von mir.«

»Im Gegenteil, ich fühle mich geschmeichelt, Captain. Meine Cousine ist eine bemerkenswerte Schönheit, und auch wenn sie zehn Jahre älter ist als ich, so hat sie nichts von dieser Schönheit eingebüßt, glaubt mir.« Sie schaute zur Seite. »Ist es schon sehr lange her, dass Ihr sie zuletzt gesehen habt?«

Steel hatte zwar die Worte vernommen, blieb der Dame aber eine Antwort schuldig. Wieder merkte er mit Verzögerung, dass er Lady Henrietta ungebührlich anstarrte. Die Ähnlichkeit war frappierend; diese Augen, die Nase und diese göttlichen Lippen, die an den Mundwinkeln leicht nach oben geschwungen waren. Auch die hohen Wangenknochen erinnerten ihn an seine Geliebte, vor allem aber das feine blonde Haar, das wie gesponnene Seide wirkte. Lady Henriettas Haar war noch vom Schlaf zerzaust und lag wie ein strahlender Fächer auf dem Kissen.

Sie bedachte Steel mit einem warmen Lächeln. »Sir, ich glaube, Ihr tut es schon wieder.«

Steel schloss die Augen und schaute weg. Kopfschüttelnd erwiderte er: »Es tut mir furchtbar leid, Mylady. Ich werde jetzt gehen. Ihr braucht Ruhe. Sobald Ihr fertig seid, müssen wir versuchen, aus der Stadt herauszukommen. Dieser Teufel Trouin mag im Augenblick noch hinter Schloss und Riegel sein, aber seine Männer werden gewiss schon nach uns suchen. Und wenn der Garnisonskommandant erfährt, was geschehen ist, wird auch er nach uns suchen lassen. Wir müssen spätestens in einer Stunde aufbrechen, Mylady.«

Sie gab einen leisen Laut des Unwillens von sich und schob die Bettdecke ein wenig nach unten, sodass die Konturen ihres Schlüsselbeins sichtbar wurden. »Bitte sagt Henrietta zu mir, wenn ich Euch Jack nennen darf. Und ich bin keineswegs müde. Setzt Euch noch zu mir. Wie wollen wir von hier fliehen?«

Er trat an das Bett und setzte sich zu der jungen Dame. Ihre weiblichen Formen zeichneten sich unter der Bettdecke ab, und Steel schalt sich im Stillen, weil er sich unfreiwillig an die halb nackte Dame in jenem Keller erinnerte. Aus der Nähe betrachtet, ähnelte sie noch mehr Arabella. Steel verspürte ein eigenartiges Verlangen. Nicht nach der Arabella, die er kannte und deren Verhalten bei Hofe ihm nur allzu vertraut war: die eifersüchtige, gerissene und intrigante Arabella. Nein, er dachte an die Arabella, wie sie einst gewesen war. Seine Arabella von damals, die nun jedoch unerreichbar war und der Vergangenheit angehörte. Doch mit einem Mal war sie wieder da und lag vor ihm im Bett ... in Fleisch und Blut und greifbar nah.

»Mein lieber Captain Steel, ich schwöre, auch wenn ich es als schmeichelhaft empfinde, aber wenn Ihr mich noch einmal in dieser Weise in Augenschein nehmt, werde ich laut protestieren.«

Sie kicherte, und als sie ihn anlächelte, entdeckte er in ihren Augen mehr als nur vorübergehendes Interesse. Steel versuchte, sich selbst zur Vorsicht zu mahnen, um sich zu versichern, dass er nicht in diese Frau verliebt war. Denn es war ja nur der jugendliche Geist ihrer Cousine, der ihn derart berauscht hatte. Doch sosehr er sich auch bemühte – die Rundungen ihres Körpers und der Glanz in ihrem Augenaufschlag setzten alles Vernunftdenken außer Kraft. Ein schmerzhaftes Stechen in seinem geschundenen Rücken riss Steel jäh zurück in die gefahrvolle Gegenwart. »Wir müssen bald aufbrechen. So rasch wie möglich.«

»Aber wie sollen wir entkommen?«, fragte sie hilflos.

»Wir warten, bis es dunkel ist. Es gibt eine kleine Tür in den westlichen Befestigungsanlagen. Brouwer hat sie mir beschrieben. Es ist eine Art Ausfalltor, das die Verteidiger benutzen, um die Angreifer zu überraschen. Wie es scheint, wissen die Franzmänner davon nichts. Aber Marius kannte diesen Ausgang. Er hat mir erzählt, dass er und seine Freunde als Kinder dort gespielt haben und sich als Schmuggler oder Piraten verkleideten. Sorgen wir dafür, dass Marius als Letzter lacht. Denn Brouwers Leute halten uns diesen Ausgang auf. Für Euch, mich und Sergeant Slaughter. Durch diese Tür werden wir auch den Angriff lenken. Wahrscheinlich morgen.«

»Und Ihr wollt bei diesem Angriff dabei sein?«

»Dabei sein? Ich habe die Absicht, ihn anzuführen.«

»Ist das nicht sehr gefährlich?«

»Ja.«

»Werdet Ihr sterben?«

»Vielleicht.«

»Ich möchte nicht, dass Ihr ums Leben kommt, Jack. Ich glaube, ich könnte es nicht ertragen.«

Er sah ihr in die Augen. »Ich bin Soldat. Es ist mein Beruf. Ich kenne nichts anderes.«

»Ihr kennt jetzt mich.«

Er ging darauf nicht ein und nahm den Blick von ihr.

»Und ich weiß, dass Ihr ein guter Mensch seid«, fuhr sie fort. »Und dass Ihr nicht getötet werden dürft. Ist der Einsatz es wirklich wert?«

Wieder suchte er ihren Blick. »Er muss es wert sein. Denn ich glaube an das, wofür wir kämpfen. Wir bekämpfen die Franzosen, kämpfen gegen König Ludwig, damit er sich nicht ganz Europa einverleibt. Dafür lohnt es sich, in die Schlacht zu ziehen. Wenn nicht, ist mein Leben nicht mehr wert als eine Lüge.«

Sie schwieg eine Zeit lang. »Und wenn Ihr diese Stadt erobert habt? Was dann?«

»Dann ziehen wir weiter zur nächsten. Und zur nächsten und übernächsten, wie Marlborough es vorgibt. Dünkirchen. Lille. Wer weiß, vielleicht geht es bis nach Paris. Und auf dem Weg dorthin, so Gott will, treffen wir wieder auf eine französische Armee, die wir besiegen müssen.«

»Und Ihr werdet zwischendurch nie nach England zurückkehren?«

»Ich bin Soldat, Henrietta, ein Offizier in Marlboroughs Armee. Ich habe meine Position, ich trage Verantwortung, führe Männer, die sich auf mich verlassen. Wie kann ich da nach Hause fahren und sie zurücklassen?«

»Vielleicht würdet Ihr den Antrag auf Heimreise in St. James's einreichen, wenn Ihr wüsstet, dass jemand in London auf Euch wartet. Vielleicht würde das Eure Ansichten ändern. Wenn jemand wirklich an Euch denkt.«

Der Gedanke entzog sich all seinen Hoffnungen. Meinte sie es wirklich so, wie sie es andeutete?

»Ihr kennt mich doch kaum«, sagte er leise und traute sich kaum, die Worte auszusprechen. Woher wollt Ihr mich auch kennen?, fügte er in Gedanken hinzu.

Sie nahm seine Hand in ihre. »Wenn zwei Menschen etwas so Schlimmes durchstehen müssen, wie wir es hinter uns haben, dann kennen sie einander durch und durch. Ihr müsst mir vertrauen, Jack. Vertraut Ihr mir nicht?«

Er sah sie wieder an, nahm ihre Schönheit in sich auf, ehe er sich unter Schmerzen auf einem Ellbogen abstützte, sich zu ihr hinabbeugte und sie küsste. Er genoss den Geschmack ihrer Lippen auf seinen und spürte, wie ihr weiblicher Duft seine Sinne umspielte.

Es klopfte an der Tür.

Steel löste sich von ihren Lippen und stand auf. Dann zog er rasch seine Weste straff und strich sich die Breeches glatt. Wieder ein Klopfen. Er sah Henrietta an, lächelte und wurde mit einem liebevollen Blick aus ihren klaren Augen belohnt. Doch in ihrem Lächeln entdeckte er einen Hauch von Ernsthaftigkeit. Er wandte sich der Tür zu.

»Wer ist da?«

»Sergeant Slaughter, Sir.«

»Kommt herein, Sergeant.«

Die Tür ging auf, und Slaughter trat ein. Sein erster Blick fiel auf Steel, der zweite auf Lady Henrietta. »Tut mir furchtbar leid, Sir, aber Ihr habt Besuch unten. Es ist der französische Lieutenant, Sir.«

Lady Henrietta, die sich die Decke bis unters Kinn gezogen hatte, machte Anstalten aufzustehen. »Sollte ich nicht besser …?«

Steel bedeutete ihr, liegen zu bleiben. »Nein, bitte nicht. Bleibt liegen und schont Euch noch ein wenig. Wir sind gleich zurück.«

Er folgte Slaughter aus dem Zimmer und zog die Tür hinter sich zu.

Unten traf er den Lieutenant, der ihn gerettet hatte. Er wartete mit zwei weiß uniformierten Infanteristen auf Steel. Instinktiv griff Steel sich an die Seite, wo sonst immer sein Degen hing, und entdeckte dann, dass Slaughter die Waffe hatte. Lejeune war Steels Reaktion nicht entgangen, doch er lächelte nur.

»Keine Sorge, Captain Steel. Ich bin nicht hier, um Euch gefangen zu nehmen. Ich wollte nur wissen, wie es Euch geht. Lieutenant Dominique Lejeune, zu Diensten.«

Lejeune verbeugte sich, worauf Steel die Begrüßung in gleicher Weise erwiderte. »Lieutenant, wie kann ich Euch je angemessen danken?«

»Oh, keine Ursache. Ich betrachte mein Einschreiten als Schuld, die nun beglichen ist. Was wären wir für Männer, wenn wir kämpfen würden, ohne zumindest die rudimentärsten Regeln des Krieges zu beachten? Denn der Krieg braucht Regeln, nicht wahr? Gewisse Vereinbarungen für das Gefecht. Obwohl wir auf verschiedenen Seiten stehen, sind wir doch alle Menschen. Ich habe nicht nur Euch gerettet, Captain Steel, sondern auch die Ehre meines Landes. Ich kann Euch gar nicht sagen, wie sehr es mich freut, Euch auf den Beinen zu sehen. Wusstet Ihr überhaupt, dass Ihr den ganzen Tag Fieber hattet? Ihr könnt Euch glücklich schätzen, so einen Sergeant an Eurer Seite zu haben. Gebt gut acht auf ihn, Captain. Er wäre ein Gewinn für jede Armee auf der Welt.« Slaughter lächelte verlegen und zuckte die Schultern. »Und keine Sorge, Captain«, fuhr Lejeune fort, »ich habe dafür gesorgt, dass uns niemand gefolgt ist. Meine Männer stehen loyal zu mir. Ihr versteht ...«

»Aber ...«, setzte Steel an.

Lejeune unterbrach ihn. »Nein, Captain. Wie ich schon sagte, ich hege nicht die Absicht, Euch unter Arrest zu stellen oder Euch auf Bewährung laufen zu lassen. Warum sollte ich? Es gibt keinen Grund. Wem sollte das nützen? Ihr würdet uns hier nur zur Last fallen. Und wenn Ihr nicht zu Euren Linien zurückkehrt, wird Lord Marlborough gewiss wieder die Macht seiner Geschütze ausspielen. Erneut würden unschuldige Menschen durch die Sprengbomben ihr Leben lassen. Aber wenn Ihr zurückkehrt, könnt Ihr Euren Leuten erzählen, dass es zumindest einen französischen Offizier gibt, der die Absicht hat, diese Schlacht ehrenvoll zu führen.«

Nach einer Pause fügte er hinzu. »Mir ist sehr wohl bewusst, dass Ihr zu Euren Leuten zurück wollt. Ich würde an Eurer Stelle genauso handeln. Das ist nun einmal unsere

Pflicht als Offiziere, oder? Also dürft Ihr zu Euren Linien zurück. Falls Ihr einen Weg findet. Vielleicht helfen Euch Eure neuen flämischen Freunde. Vielleicht haben sie das auch längst getan … Ich bin Realist, Captain. Ich weiß, dass wir letzten Endes vor Eurem General Marlborough kapitulieren müssen, dass Ostende verloren ist. Ich versuche, die Stadt mit möglichst wenig Blutvergießen zu übergeben. Und verlasst Euch darauf, ich lenke meinen Major so lange ab, bis Ihr fort seid. Und nehmt die Lady mit. Sie hat gewiss genug gelitten. Überlasst sie unter keinen Umständen Trouin und dessen Wilden.«

»Und was ist mit Euch, Lieutenant? Wird man Euch nicht festnehmen, weil Ihr uns geholfen habt?«

Lejeune lächelte ihn an. »Ja, schon möglich. Ich glaube, dass Major Malbec bereits nach mir suchen lässt. Und sein verfluchter Sergeant, dieser Bastard aus dem Elsass. Bislang konnte ich mich ihnen entziehen, aber ich muss mich meinem Schicksal stellen. Leider wird Trouin inzwischen bei Malbec sein, fürchte ich. Ich hoffe nur, dass Ihr die Belagerung beenden könnt, bevor Trouin die Gelegenheit bekommt, Vergeltung an mir zu üben.«

Steel dachte einen Augenblick nach. »Ihr könntet mit uns kommen. Ich bürge für Euch. Ihr könnt den Krieg unbehelligt in England oder Schottland verbringen. Nicht im Gefängnis, versteht sich. Ich denke, wir könnten Euch eine passable Unterkunft in einem englischen Landhaus besorgen. Ich könnte das arrangieren. Ihr könntet Euch dort frei bewegen.«

Lejeune lachte. »Danke, Captain, aber ich muss ablehnen. Ich würde meinen Posten vernachlässigen und meine Männer allein lassen. Und Ihr wisst, dass ich das nie tun könnte. Ich glaube, Ihr und ich, wir haben viel gemein, Captain Steel. Wir kämpfen zwar in verschiedenen Armeen und für unterschiedliche Ziele, aber in unserem Herzen sind wir Soldaten. Wir versuchen, das Beste in einem Beruf zu geben, der schlimmstenfalls nichts anderes als Mord ist. Es ist an Leuten wie Euch und mir, Steel, diesen Umstand zu ändern. Wir müssen unsere Taten in Ruhm hüllen. Um Ehre in den niedersten Begebenheiten zu finden. Aber Ihr müsst jetzt gehen. Eure Freunde werden den Weg kennen, und ich sorge dafür, dass Euch nichts geschieht, sofern ich dazu in der Lage bin. Lebt wohl, Captain Steel. Es war mir ein Vergnügen, Euch kennenzulernen. Ich wünschte nur, wir wären einander unter anderen Umständen begegnet.«

Steel verneigte sich tiefer als zuvor, um zu zeigen, wie sehr er in Lejeunes Schuld stand. »War mir ein Vergnügen, Lieutenant. Lebt wohl. Und auf ein Wiedersehen. Dann, so hoffe ich, in einer günstigeren Situation. Und habt Dank, ich danke Euch von ganzem Herzen.«

Als die Tür hinter Lejeune ins Schloss fiel, wandte Steel sich an Slaughter und schüttelte den Kopf. »Gott, Jacob. Ich wäre stolz, diesem Mann auf irgendeinem Schlachtfeld zu begegnen. Er gibt einem das Gefühl, dass noch nicht alles verloren ist und dass es im Krieg um mehr geht als nur um Blut und Tod.«

Der Sergeant nickte. »Erinnert mich irgendwie an Lieutenant Hansam, Sir. Ist auch so ein guter und aufrechter Gentleman. Und wenn ich das schon von einem Franzmann sage ...«

Steel nahm den Degen, den Slaughter ihm reichte, und schnallte sich den Gürtel um. »Ja. Ich weiß, was Ihr meint. Ich musste auch an den Lieutenant denken. Ich frage mich, wie Henry ohne uns vorankommt. Es wird Zeit, dass wir zur Kompanie zurückkehren. Weiß der Himmel, was die Jungs so treiben ohne jemanden, der nach dem Rechten sieht.«

* * *

Die Dunkelheit brach herein. In vielen Häusern der Stadt, auch in der Christianstraat unweit Louise Hubers Haus, wurden Kerzen hinter Spitzenvorhängen angezündet, als Gebete vor der Abendmahlzeit gesprochen wurden. Louise betrat die kleine Wohnstube und entzündete ein Talglicht. Steel und Henrietta, die seit fast einer halben Stunde die Zweisamkeit im sanften Halbdunkel genossen hatten, erschraken ein wenig. Slaughter trat hinter Louise ein und sah unruhig aus. »Bitte um Entschuldigung, Captain Steel. Aber wir sollten jetzt gehen, Sir. Denkt Ihr nicht auch?«

Steel nickte. »Ihr habt recht, Sergeant. Es wird Zeit.«

Während Slaughter und die Hausherrin die Stube verließen, wandte Steel sich wieder zu Henrietta und sagte leise: »Die Gelegenheit, Eure Schönheit betrachten zu können, Ma'am, soll die Belohnung dafür sein, dass ich uns sicher zurück zu unseren Linien bringe.«

Kurz darauf öffnete Louise die Haustür und schaute auf die Straße. Zwei kleine Kinder spielten ein Hüpfspiel auf dem aufgebrochenen Straßenpflaster, während ein Mann Schutt von einem halb eingestürzten Haus auf einen Karren lud. Ansonsten war niemand auf der Straße zu sehen. Louise drehte sich um und gab Fabritius ein Zeichen, der vor den Gästen stand. Rasch bedeutete er ihnen, leise zur Tür zu gehen. Da nicht gesprochen werden durfte, verabschiedete Steel sich von Louise Huber mit einer Verbeugung; Slaughter tat es seinem Captain gleich. Lady Henrietta nickte ihr kurz zum Abschied zu und schenkte ihr ein dankbares Lächeln. Im nächsten Augenblick waren sie auf der Straße, und die Tür fiel hinter ihnen ins Schloss.

Im Zwielicht eilten sie so schnell sie konnten über das unebene Pflaster, stets darauf bedacht, möglichst keine Aufmerksamkeit zu erregen. Fabritius ging voraus und bewegte sich gezielt und schnell durch die vertrauten Viertel, während die anderen ihm folgten. Steel war froh, einen Führer zu haben, da er und sein Sergeant sich in dem Gewirr aus Straßen und verwinkelten Gassen nicht zurechtgefunden hätten. So hielten sie schweigend auf die westlichen Befestigungsanlagen zu, die Aussicht auf Freiheit vor Augen.

* * *

Als sie an eine größere Kreuzung kamen, wollte Fabritius linker Hand abbiegen, blieb dann aber stehen. Zwei weiß uniformierte Soldaten standen ausgerechnet in der Mitte der Kreuzung; einer paffte eine Pfeife. Sie unterhielten sich und machten keinerlei Anstalten weiterzugehen. Fabritius schaute sich unschlüssig zu Steel um. Im Gesicht des Flamen zeichnete sich Furcht ab. Steel hatte diese Reaktion Dutzende Male auf dem Schlachtfeld erlebt, wenn den Männern beim ersten feindlichen Kanonendonner und dem Anblick der Verstümmelten die nackte Angst in die Glieder fuhr. In Momenten wie diesen wurde den Soldaten, die sich bis dahin für unbesiegbar gehalten hatten, drastisch vor Augen geführt, wie schnell ein Leben zu Ende sein konnte. Steel ahnte, warum Fabritius so entsetzt dreinblickte, denn der Flame dachte gewiss an Brouwers schreckliches Ende. Einen Augenblick lang glaubte Steel, ihr Führer würde die Beine in die Hand nehmen und davonrennen.

Ehe der Flame sich dazu entschließen konnte, packte Steel ihn am Arm und sah ihm in die Augen. »Bleibt bei uns, Mann. Denkt an Marius. Was hätte er getan? Denkt an Eure Leute.«

Fabritius starrte ihn mit leerem Blick an. Dann schwand der Ausdruck von Furcht und Unentschlossenheit aus seinen Augen. »Tut mir leid, Captain, ich …«

Steel lächelte und ließ den Mann los. »Ihr braucht Euch nicht zu rechtfertigen. Bringt uns nur aus der Stadt.«

Daraufhin glitt Fabritius in die Schatten eines der wenigen Fachwerkhäuser, die die Bombardierung überstanden hatten, und eilte wieder voraus. Die anderen folgten. Und so ging es weiter, von Gasse zu Gasse, von einer Hausecke zur nächsten. Des Öfteren bedeutete ihr Führer ihnen, ein Stück des Weges zurückzugehen, wann immer sich Gefahren abzeichneten. Steel hatte das Gefühl, dass sie drei Schritte nach vorn und zwei Schritte zurück machten, so schwierig war es, sich unbemerkt durch die Stadt zu stehlen. In Wirklichkeit mochten sie eine Stunde unterwegs sein, doch Steel kam es mehr als doppelt so lange vor. Schließlich, als das Rauschen der See immer deutlicher zu hören war, ahnte Steel voller Hoffnung, dass sie nicht mehr weit von den westlichen Mauern entfernt sein konnten. Wenn Fabritius und dessen unsichtbare Kameraden aus der Gemeinschaft *schild ende vriend* alles richtig gemacht hatten, dann musste irgendwo dort vorn die verborgene Tür sein, durch die sie in die Dünen und in Sicherheit gelangen würden. Ein Schlupfloch in Vaubans ansonsten uneinnehmbarer Festung.

Steel wurde plötzlich von einem Schauer erfasst, als er in Gedanken wieder in Trouins Folterkeller war. Er dachte an Brouwer, an die Loyalität dieses Mannes und daran, wie sehr er hatte leiden müssen. Und er fragte sich, was wohl geschehen wäre, wenn er, Steel, den Flamen nicht überredet hätte, die Pamphlete zu ignorieren und Marlborough zu vertrauen. Wer, so ging es Steel durch den Kopf, hatte nun wen verraten? Er sehnte sich danach, diesen Ort der Finsternis zu verlassen. Wenn auch nur für wenige Stunden. Denn dann würde er zurückkehren, an der Spitze seiner Grenadiere, und den Tod des armen Mannes rächen. Wenn sie doch nur ein wenig schneller vorankämen und endlich am Ausfalltor wären! Steel überlegte gerade, ob man nicht die letzten Meter rennen könnte, als ihn eine Stimme erstarren ließ.

Über ihnen auf den Mauern rief jemand in ihre Richtung: *»Halte. Qui passe? Annoncez vous!«*

Man hatte sie entdeckt. Slaughter warf Steel einen besorgten Blick zu, als alle vier wie angewurzelt stehen blieben. Steel lauschte in die Stille. Doch der Franzose rief erneut: *»Annoncez vous!«*

Steel erkannte, dass ihnen keine andere Wahl blieb, und war im Begriff, seine Position preiszugeben. Notfalls würde er sich den Weg freikämpfen. Doch zu seinem Erstaunen antwortete eine zweite Stimme der ersten.

»Claude, c'est moi. Marcel. Ne tirez pas.«

Steel schloss erleichtert die Augen. Oben auf dem Wehrgang, der unmittelbar über ihren Köpfen verlief, unterhielten die beiden Wachtposten sich nun und lachten. Steel verstand nicht alles, hörte aber, dass die beiden sich über irgendein Mädchen in Dünkirchen unterhielten. Wieder schallte Lachen nach unten. Jetzt oder nie. Steel tippte Fabritius auf die Schulter. Der Flame nickte und schlich weiter, worauf die anderen ihm entlang der Wehrmauer folgten. Aber sie kamen wieder nur langsam voran. Jeder Schritt barg ein Risiko, kein Schuhabsatz durfte auf dem Kopfsteinpflaster klacken. Zweimal rutschte Slaughter auf den glatten Steinen aus und ließ einen unterdrückten Fluch hören. Alle blieben stehen. Aber die Wachen schienen nichts mitbekommen zu haben; das Lachen und Scherzen begleitete die Flüchtenden auf ihrem mühsamen Weg. Steel achtete so sehr auf seine Schritte, dass die Öffnung in der Mauer völlig überraschend für ihn kam. Doch es war noch nicht das Ausfalltor, sondern ein Durchgang in der inneren Mauer. Nirgends war eine Wache zu sehen. Fabritius hatte seine Sache sehr gut gemacht. Steel fragte nicht, was aus dem Wachtposten geworden war. Vielleicht schreckten die Anhänger der flämischen Volksbewegung nach dem Tod Brouwers nicht mehr davor zurück, selbst Gewalt anzuwenden.

Rasch waren sie in dem Durchgang verschwunden und befanden sich nun direkt unterhalb der Wachen, die auf dem Wehrgang standen. Sie erreichten einen Graben zwischen innerer und äußerer Mauer. Dies war der gefährlichste Augenblick, wie Steel unschwer erkannte. Instinktiv drückten sie sich eng an das Mauerwerk und schoben sich Schritt für Schritt an der Wand entlang, in Richtung Norden. Nach etwa dreißig Yards löste Fabritius sich aus den Schatten, bog nach links ab und rannte los. Steel sah, wie der Flame sich umschaute, als vergewisserte er sich, dass die anderen ihm folgten. Steel nahm Henrietta bei der Hand und eilte los; Slaughter folgte als Letzter.

Ihre Schritte waren kaum zu hören. Der Graben war grasbewachsen und von den Mauern gut einsehbar, damit Eindringlinge von den Wehrgängen ins Kreuzfeuer genommen werden konnten. Doch in dieser Nacht, dachte Steel, hatte sich Vaubans Baukunst einmal zugunsten der Feinde Frankreichs gewendet. Schnell hatten sie den Graben überwunden und erreichten die Außenmauer. Doch dies war der Augenblick, wo jeder Wächter, der im Mondlicht zufällig zum Lager der Alliierten hinüberschaute, sie entdecken würde. Steel malte sich schon aus, wie Rufe von der Mauer schallten, Musketen angelegt wurden und Schüsse krachten. Doch nichts dergleichen geschah. Stattdessen hörte er Fabritius leise flüstern: »Sir, hier geht's weiter, Captain.«

Steel spähte in Richtung des Flamen und sah, dass Fabritius ihnen winkte. Sie sollten ihm in einen Tunnel folgen, der in den Fels gehauen war. Die Wände des Tunnels waren mit Backsteinen ausgekleidet, und durch Spalten in der Decke fiel Licht von oben herein. Gemeinsam schlüpften sie ins Halbdunkel des Tunnels. Doch als Vaubans präzise ausgeführte Konstruktion endete, sah Steel zu seiner Verwunderung nichts als die glatte Wand einer Sackgasse. Er wandte sich Fabritius zu und war im Begriff, etwas zu sagen, als der Flame vortrat und einige Binsen und Büsche am Boden zur Seite drückte. Steels Blick fiel auf eine Schlupftür in der Außenmauer, die mit Backsteinen umrandet worden war. Fabritius streckte die Hand nach dem schwarzen Griff aus und drehte ihn. Langsam ging die Tür auf, und gemeinsam spähten sie in die dahinterliegende Dunkelheit. Im nächsten Moment waren sie in dem Gang hinter der Schlupftür, worauf Slaughter sie leise hinter sich zuzog.

Dann umgab sie nichts als Dunkelheit. Steel konnte nichts sehen. Auch nach ein paar Sekunden des Wartens nicht. Es war nicht so wie in einem dunklen Haus, wenn das Auge sich nach und nach an die Lichtverhältnisse gewöhnte. Nein, dies war eine unvorstellbare Finsternis. Und es war verdammt heiß in dem Gang.

Anders als in den Kasematten hatte Vauban hier keine Belüftungssysteme einbauen lassen. Denn der Tunnel hatte nur die Funktion, einen Ausfall zu planen, um den Feind draußen vor den Mauern zu überraschen. Steel hörte, wie Henrietta die Luft einsog.

»Jack? Captain Steel? Seid Ihr da? Ich kann die Hand nicht vor Augen sehen.«

»Ich bin hier, Ma'am. Wir sind alle bei Euch. Nicht wahr, Sergeant? Mr. Fabritius?«

»Sir.«

»Gut, Captain«, war Fabritius' Stimme zu hören. »Ich

denke, wir sollten weiter. Hier ist nicht allzu viel Luft zum Atmen.«

»Ja, Ihr habt recht. Gehen wir. Vorsicht, Mylady. Hier, nehmt meine Hand.« Steel bot der Dame aufs Geratewohl seinen Arm und berührte Henrietta an der Taille. Schnell legte er den Arm um sie und zog sie leicht an sich. »Jetzt kann Euch nichts mehr geschehen, Mylady. Bleibt immer dicht bei mir.«

Jeder tastete sich mit einer Hand an der Wand entlang, als sie ihren Weg in der Dunkelheit fortsetzten, in der Hoffnung, bald auf den Ausgang in die Freiheit zu stoßen. Ab und zu versuchte Steel, Lady Henrietta mit dem festen Druck seiner Hand Mut zu machen. Weiter vorn hörte er Fabritius' Schritte auf dem festgestampften Boden des Tunnels. Der Weg schien ein wenig abschüssig zu werden. Steel glaubte, dass die leichte Böschung sie geradewegs zu den Dünen führte.

Sie hatten etwa zweihundert Yards hinter sich gebracht, als Steel das Gefühl hatte, keine Schritte mehr hinter sich zu hören. Der Sergeant war nicht mehr da. Erschrocken fuhr Steel in der Dunkelheit herum und spähte in den Tunnel, doch er konnte nichts sehen, keine Schemen, keine Konturen.

»Jacob?«, rief er leise. »Seid Ihr noch da?«

Nichts. Dann aber – zwanzig, dreißig Schritte aus der Richtung, aus der sie gekommen waren – vernahm er eine matte Stimme.

Steel ließ Henrietta in der Finsternis stehen und tastete sich in dem Tunnel zurück. Jetzt konnte er Slaughter besser hören.

»Nein. Nein, sage ich«, stieß Slaughter mit keuchender Stimme hervor. »Ich gehe keinen Schritt weiter. Niemals. Und wenn Ihr mich zwingt. Ich gehe nicht weiter.«

»Jacob? Was ist los?«

Der Sergeant war verstummt. Steel tastete sich derweil weiter, bis er gegen Slaughters Beine stieß. Der Sergeant hatte sich offenbar hingesetzt und die Arme um die angewinkelten Beine geschlungen. Steel spürte die Angst des Mannes. Er ging neben seinem Sergeant in die Hocke und berührte ihn am Arm.

»Jacob, keine Sorge. Wir sind gleich hier raus. Wir haben fast den Ausgang erreicht. Und dann ist so viel Luft zum Atmen da, wie Ihr nur wollt. Wir sind gleich in den Dünen, treffen unsere Kameraden wieder. Kommt, Mann. Das passt nicht zu Euch.«

Doch Steel ahnte, dass Slaughter einen inneren Kampf mit sich ausfocht. Denn so tapfer der Hüne auch auf dem Schlachtfeld war, der Sergeant hatte einen wunden Punkt. Er hielt es nicht lange in engen, geschlossenen Räumen aus. Als Junge hatte man ihn gezwungen, in einer der neu eröffneten Kohleminen in seiner Heimat County Durham zu arbeiten. Bald war er fortgelaufen und hatte sich nur deshalb zur Armee gemeldet, weil er es nicht länger in der Enge des Bergwerks ausgehalten hatte. Hier in diesem finsteren Tunnel hocken zu müssen, war die Hölle für ihn.

»Tut mir leid, Sir«, murmelte Slaughter. »Ist die Dunkelheit ... und die Mauern. Und diese Hitze hier drin, Sir. Ich kann nicht weiter.«

»Ihr müsst Euch aufraffen, Jacob. Eure Männer verlassen sich auf Euch. Was würden die Burschen wohl sagen, wenn sie Euch so sähen? Und jetzt kommt, Mann. Ich stütze Euch. Kommt mit.«

Vorsichtig zog Steel seinen Sergeant auf die Füße und führte ihn langsam in Richtung der anderen.

»Ist alles in Ordnung, Captain?«, hörten sie Fabritius' Stimme.

»Alles bestens. Der Sergeant hat sich bloß den Kopf an der Decke gestoßen. Der Bursche ist einfach zu groß. Ideal für einen Grenadier, aber in Tunneln nicht zu gebrauchen. Gehen wir weiter.«

Sie setzten ihren Weg fort. Steel tastete nach Henriettas Hand. Während er die Dame links von sich wusste und den Sergeant mit der freien Hand stützte, kamen sie sogar noch schneller voran als zuvor. Kurz darauf stieg Steel der Geruch von menschlichen Exkrementen in die Nase. Der Gestank kam von einem parallel verlaufenden Abwasserkanal, der stellenweise rissig geworden war, sodass der Unrat in den Boden sickerte.

Slaughter verspannte sich. »Jetzt reicht's, Mr. Steel. Ich hab genug. Keinen Schritt geh ich weiter in dieser stinkenden heißen Hölle. Ich will zurück.«

Doch Steel ließ seinen Sergeant nicht los und erhöhte den Druck sogar noch. »Ihr bleibt hier, Jacob. Alles wird gut. Ich bin sicher, dass es jetzt nicht mehr weit ist. Kommt schon, Mann, vielleicht nur noch zehn Yards.«

Fabritius war ein wenig vorausgeeilt, gefolgt von Henrietta, die den Gestank nicht mehr ausgehalten hatte. Steel zog Slaughter mit sich, schloss zu den anderen auf und hoffte, dass er sich mit der Entfernung nicht verschätzt hatte. Endlich sah er es – einen Schimmer, nicht mehr als ein Lichtpunkt. Alle sahen sie nun den matten Schein, und der Duft der See war überwältigend. Es gab keine Tür ins Freie, und wo einst nur ein Loch geklafft hatte, hatte sich im Laufe der Zeit eine natürliche Barriere aus Buschwerk und Wurzelgeflecht gebildet. Steel setzte sich an die Spitze der kleinen Gruppe und zog langsam den Degen.

»Zurückbleiben, alle!«, zischte er.

Mit einem Hieb zerschlug er die dickste Wurzel und war

überrascht, wie leicht die Klinge durch das knorrige Holz glitt. Nach zwei, drei weiteren Schlägen konnten sie den Himmel sehen. Kurz darauf hatte er so viele Wurzeln entfernt, dass man den Arm durch das Loch stecken konnte. Slaughter trat vor und zog ebenfalls seinen Degen.

»Wenn Ihr erlaubt, Sir, ich gehe Euch zur Hand.«

Es dauerte nicht lange, und beide hatten eine Öffnung geschaffen, die breit genug für einen Mann war. Dann waren sie frei. Einer nach dem anderen kletterten sie hinaus, rannten die Düne hinunter und rutschten die letzten Meter mehr schlecht als recht bis ganz nach unten. Am Fuße der Düne, die sich entlang der äußeren Befestigungsanlage zog, blickte Steel sich noch einmal keuchend um. Er sah die Mauern, die sich nun gut vierzig Fuß über ihren Köpfen befanden. Matt hoben sie sich im Mondschein vom Firmament ab.

Steel ging in die Hocke und rang nach Luft. Henrietta lag am Fuß der Düne; ihre Brust hob und senkte sich im Rhythmus ihrer schnellen Atemzüge. Ganz in ihrer Nähe entdeckte er Fabritius und Slaughters große Gestalt; beide sogen gierig die frische Seeluft ein.

Niemals war frische Luft so herrlich gewesen wie in diesem Augenblick.

* * *

Jenseits der Dünen, entlang des Küstenverlaufs, kündigte sich die Sonne am östlichen Horizont an. Im Lager der Alliierten machten sich die Frauen daran, die Kühe zu melken und Teig zu kneten, während ein Stück weiter entfernt die Hunde der Offiziere den Morgen mit ihrem Gebell ankündigten. Steel erhob sich und streifte sich sein Hemd über. Seine Muskeln waren immer noch verspannt, seine geschundenen Knochen schmerzten, und die Narben auf seinem Rücken verheilten nur allmählich. Er meinte, dass er sich bei der Tortur eine Rippe gebrochen hatte, und beschloss, den Verband nicht abzunehmen, den Louise Huber ihm angelegt hatte. Ein wenig zu beherzt schlüpfte er in die mit Brokat verzierte blaue Weste und spürte, dass die noch offenen Wunden schmerzten. Ein scharfes Stechen durchzuckte ihn, als er die Weste zuknöpfe.

Sein Blick fiel auf Henrietta, die noch schlief und sich eine Decke bis über die Ohren gezogen hatte. Steel stieg erst in die Hose und dann in die Stiefel, ehe er nach dem schweren roten Uniformrock griff, der an einem Haken hing.

Henrietta regte sich. »Jack, bist du das?«

Er beugte sich zu ihr hinunter, um ihr einen Kuss auf die Stirn zu geben. »Pssst, Liebling. Schlaf noch. Ich bin gleich zurück, versprochen. Ich wurde zum Herzog bestellt. Wir sehen uns später am Morgen.«

Sie lächelte, hatte die Lider noch geschlossen und kuschelte sich wieder in die Decke. Steel richtete sich auf, nahm den Gürtel mit dem Degen, wobei er achtgab, nicht zu viel Lärm zu machen, und ging zum Zeltausgang. Dort drehte er sich noch einmal um, genoss den Anblick der schlafenden Schönheit in seinem Nachtlager und nahm den Hut von dem kleinen Tisch. Entschlossen trat er hinaus in die blasse Dämmerung und schwor sich, die Welt von einem Schurken wie René Duguay-Trouin zu erlösen.

14.

Mit dem kleinen, scharfen Messer, das er eigens für diesen Zweck aufbewahrte, zerschnitt Marlborough das Fleisch eines reifen Granatapfels und schob sich ein Stück davon in den Mund, ehe er sich die Lippen mit einem weißen Tuch abtupfte. Nachdenklich kaute er und meinte, während er sich ein zweites Stück abschnitt: »Ihr sagtet, Ihr hättet einen Weg gefunden, in die Stadt zu gelangen, Captain Steel? Seid Ihr sicher, dass er brauchbar ist?«

»Ganz sicher, Euer Hoheit. Es handelt sich um ein kleines Schlupftor auf der nordwestlichen Seite der Befestigungen. Es ist so klein, dass es kaum auffällt. Durch diesen Ausgang konnten wir fliehen, Sir.«

Marlborough schluckte die zerkaute Frucht herunter und schenkte Steel ein Lächeln. »Ja. Das habt Ihr sehr gut gemacht, die Befreiung von Lady Henrietta. Ihre Majestät wird Euch dankbar sein. Sehr gut, Steel. Aber zurück zum Ausfalltor. Ihr seid also sicher, dass es sonst nicht benutzt wird?«

»Ja, Mylord. Wir mussten uns den Weg erst freischlagen. Aber der Tunnel ist noch genauso brauchbar wie zu Vaubans Zeiten.«

Der Herzog lachte. »Ich muss bekennen, Ihr gebt mir immer wieder Anlass zur Freude, Captain Steel. Ihr findet nicht nur einen geheimen Zugang zur Zitadelle, Ihr nutzt auch noch einen von Vaubans Einfällen in der Verteidigungsstruktur.« Er gab ein Glucksen von sich und wandte sich an Hawkins, der ebenfalls im üppig ausgestatteten Zelt des Herzogs saß und einen Pfirsich verspeiste. »Ist das nicht die Ironie des Krieges, Hawkins? Der große Festungsbaumeister – *das Genie* – trägt zum Untergang seiner eigenen Landsleute bei, wie?«

Der Colonel konnte nicht antworten, da er gerade das Obst aß und sich den Saft von den Mundwinkeln tupfen musste. Daher nickte er bloß und verengte die Augen wie bei einem Lächeln.

Doch Marlborough wurde schlagartig ernst und blickte Steel fest an. »Im Ernst, Captain, Ihr habt Euch tapfer geschlagen. Ich hörte von Colonel Hawkins, dass Lady Henrietta in Sicherheit ist und dass es ihr trotz der schrecklichen Erlebnisse den Umständen entsprechend geht.«

»Ja, Sir. Sie ist in Sicherheit. Ich habe mir erlaubt, sie persönlich zu beschützen.«

Marlborough zog eine Braue hoch und wischte sich die klebrigen Hände an einer Serviette ab. »Ist das so, Steel? Wie edelmütig von Euch.« Der Tonfall und die nachfolgende Pause beunruhigten Steel ein wenig. Doch das Lachen des Herzogs löste die Spannung. »Wie dem auch sei. Ich vertraue darauf, dass Ihr wisst, was Ihr tut, Captain Steel. Ihr solltet Euch jedoch in Erinnerung rufen, wer Euch bei Hofe für diese Pflicht empfohlen hat. Wie, Hawkins? Habt Ihr gehört? Captain Steel kümmert sich persönlich um das Wohlergehen von Lady Henrietta. Müsste er da nicht achtgeben? Meint Ihr nicht?«

Hawkins hatte den Pfirsich inzwischen verspeist, nahm sich etwas von dem Schinken auf dem Frühstückstablett und grinste. »Oh, mag sein, dass er achtgeben sollte, Euer Hoheit. In der Tat. Andererseits bin ich sicher, dass Captain Steel in solchen Angelegenheiten stets achtsam ist. Nicht wahr, Jack?«

Steel schüttelte den Kopf. »Ich wollte nur sagen, dass ich dafür sorge, dass der Dame kein Leid widerfährt, Euer Hoheit.«

»Sehr gut, Steel. Wie Ihr meint. Aber seid vorsichtig, man weiß nie, wen man sich zum Feind macht. Insbesondere bei Hofe. Unser Souverän ist eine Frau – vergesst das nicht. Denn die Frauen haben mehr Einfluss in der Führung dieses Krieges, als Ihr Euch vielleicht vorstellen könnt, Mr. Steel.« Er hielt inne. »Es gab da Berichte von Folterungen, habe ich recht? Der Dame ist jedoch nichts geschehen, so hoffe ich doch? Seid Ihr da sicher?«

»Ihr ist nichts geschehen, abgesehen von unerhörten Beleidigungen und Demütigungen, Euer Hoheit.«

»Das vermutete ich. Und Ihr selbst? Wir haben uns wahrlich Sorgen gemacht. Der arme Colonel Hawkins hier war sehr bedrückt.«

»Ich musste ein wenig leiden.«

»Aber Ihr wirkt wieder ganz passabel, wie ich sehe. Seid Ihr bereit, den Angriff anzuführen?«

»Jederzeit, Euer Hoheit. Gehe ich recht in der Annahme, dass mir die Ehre zuteil wird, die Spitze des ersten Stoßtrupps zu führen, Sir? Um den Weg für die anderen zu ebnen? Es gibt da noch eine persönliche Rechnung, die ich begleichen muss. Außerdem stehe ich noch tief in jemandes Schuld und möchte mich dafür revanchieren.«

Marlborough sah ihn an. »Ihr seid ein außergewöhnlicher Mann, Steel. Die meisten meiner Offiziere, so tapfer sie auch sein mögen, wären heilfroh, mit dem Leben davongekommen zu sein. Doch Ihr beharrt darauf, in jene Stadt zurückzukehren, die Euch einiges abverlangt hat. Mehr noch, Ihr wünscht, den Angriff zu leiten. Ihr sagtet, es sei noch eine Rechnung zu begleichen? Darf ich fragen, um was es geht?«

»Euer Hoheit, ich beabsichtige, persönlich mit dem Piraten Trouin abzurechnen. Er hat einen Freund von mir ermordet und einen anderen beleidigt.«

»Wisst Ihr, Steel, Ihr dürft nie zulassen, dass Gedanken an Vergeltung Euch Eures klaren Verstandes berauben. Rache ist ein berauschender Dämon. Seid Ihr sicher, dass Ihr dennoch so zu verfahren gedenkt, wie Ihr es eben sagtet?«

»Nie war ich entschlossener bei einer Sache, Euer Hoheit.«

»Wie dem auch sei, gebt acht, euch nicht unnötig in Gefahr zu begeben, Steel. Ich möchte Euch nicht verlieren. Schon gar nicht in einer Angelegenheit wie Rache. Gleichwohl wäre ich natürlich hocherfreut, wenn es Euch gelänge, uns diesen Trouin vom Hals zu schaffen. Colonel Hawkins bestätigte mich unlängst in meiner Überzeugung, dass wir ihn nicht entkommen lassen dürfen.«

Er blickte auf die Karte, die ausgebreitet auf dem Tisch lag. Mit dem Zeigefinger zeichnete er einen Weg durch die Dünen nach bis zu der Stelle, wo sich Steels Bericht zufolge der geheime Ausgang befand. Dann deutete der Herzog nacheinander auf die kleinen Rechtecke, die jeweils die Position eines Bataillons westlich des Marschlandes kennzeichneten und murmelte die Namen leise vor sich hin, als müsse er sich in Erinnerung rufen, wie stark seine Armee war. Die Armee, die Steel in die Stadt hinein folgen würde.

Er schaute zu Steel auf. »Also gut, Captain. Ihr werdet den Angriff führen, noch vor Morgengrauen. Nehmt fünfzig Mann mit – nicht mehr. Grenadiere, Eure Kameraden. Sucht sie sorgsam aus. Folgt dem Verlauf des Strands und begebt Euch an jener Düne in den Tunnel, den Ihr mir beschrieben habt. Sobald Ihr in der Stadt seid, müsst Ihr eine Möglichkeit finden, eines der Haupttore zu öffnen. Danach ist alles, was

Ihr tut, allein Eure Entscheidung. Zur Sicherheit stelle ich Euch ein Bataillon Niederländer zur Verfügung, die sich hinter Euch bereithalten, für alle Fälle. Abgesehen davon seid Ihr auf Euch gestellt. Habe ich mich klar genug ausgedrückt?«

»Ja, Euer Hoheit. Habt Dank.«

»Bedankt Euch nicht bei mir, Steel. Ich schicke Euch zurück in die Hölle.«

* * *

Major Claude Malbec stand im Arbeitszimmer des besorgten Gouverneurs von Ostende und schaute durch ein vergittertes Fenster hinab auf das Treiben in den Straßen. Auf dem Platz des *Grote Markt*, in den Schatten der halb zerstörten Fassade des Rathauses, hatten die Händler ihre Stände aufgebaut. Trotz der schrecklichen Ereignisse der vergangenen Tage strömten auch heute die Menschen herbei, um Waren zu erstehen. Doch Malbecs Empfinden nach stimmte an diesem Morgen irgendetwas nicht. Die Menschen wirkten verängstigt, als wären sie von einer Vorahnung erfasst. Sie bewegten sich nicht so selbstbewusst wie sonst, nein, sie gingen eher geduckt und mit eingezogenen Schultern. Von Zeit zu Zeit ratterten Karren unter dem Fenster des Gouverneurs vorbei, und die Konturen unter den Decken deuteten darauf hin, dass man wieder Tote im Schutt der Häuser gefunden hatte.

Seit über einer Viertelstunde hatte Gouverneur de la Motte nun schon die bittere Strafpredigt des Majors über sich ergehen lassen. Malbec hatte nicht nur ihn und die Ratsherren beschimpft, sondern richtete seinen Zorn gegen einen Lieutenant, der offenbar wertvollen Geiseln zur Flucht verholfen hatte. De la Motte fragte sich, wann der Major fertig wäre und ihn endlich in Ruhe weiter frühstücken ließe; der teure gesalzene Schinken und das Schwarzbrot lagen noch unangetastet auf einem Sideboard. Doch als sich Malbec vom Fenster abwandte, sah de la Motte schon an der Miene des Majors, dass die Frühmahlzeit noch würde warten müssen.

»Was hat der Bursche sich bloß dabei gedacht? Verflucht sei dieser unbotmäßige Frischling! Ich lasse ihn hängen, den Verräter!«

»Wäre das nicht ein wenig übertrieben, Major? Immerhin ist er ein Offizier. Und seine Mutter steht, wie ich hörte, in der Gunst des Königs. Wir können nur raten, wer sein Vater sein mag. Ich glaube nicht, dass Ihr damit durchkommt, den jungen Mann hängen zu lassen. Betrachtet es doch von dieser Seite, Major. Wie ich es verstanden habe, hat der Lieutenant verhindert, dass Captain Trouin weitere Gräueltaten verübte.«

»Das mag ja sein, Gouverneur, aber der Mann ist bloß ein rangniedriger Offizier. Eine solche Entscheidung stand ihm nicht zu, ganz zu schweigen von dem gewaltsamen Eindringen in Trouins Schänke. Gut, er hat womöglich verhindert, dass Trouin sich zu weiteren Schandtaten hinreißen ließ. Aber was ist das schon im Vergleich zu der unerhörten Tat, britische Spione entkommen zu lassen? Und unsere wertvolle Geisel gleich dazu! Das ist doch Irrsinn. Schlimmer noch, es läuft allen Prinzipien des Krieges zuwider.«

»Tut es das?«

»Gouverneur, ich bin Soldat. War es immer schon. Ich bin kein Diplomat und auch kein Politiker. Ich bin einfach nur Soldat. Und ich bitte Euch, mir ein Minimum an Erfahrung in diesem Bereich zuzugestehen. Das Verhalten des Lieutenants ist unmilitärisch. Es widerspricht allen Regeln des Krieges. Was auch immer Trouin im Schilde führte, es ist keine Entschuldigung, Spione zurück zum Feind entkommen zu lassen. Man hätte sie erschießen müssen. Und nun wird diese Ehre wohl Lieutenant Lejeune zufallen.«

»Major, gebt acht. Ihr könnt ihn nicht hinrichten lassen. Das würde keinem nützen. Haben wir nicht schon genug Sorgen?« Er unterbrach sich und blickte auf den Schinken. »Hattet Ihr schon Frühstück, Major?«

Malbec hatte ihm offenbar nicht zugehört. »Wenn ich ihn zu packen bekomme, dann hätte ich große Lust, ihn eigenhändig aufzuknüpfen, bei Gott. Kein Kriegsgericht – nur die Schlinge.«

De la Motte seufzte. »Major, ich bitte Euch. Ich bin sicher, dass Lieutenant Lejeune seine Gründe hatte. Es war sicherlich sehr mutig von ihm, sich Trouin in den Weg zu stellen, das müsst selbst Ihr zugeben. Ihr wisst so gut wie ich, dass Captain Trouin seit seiner Ankunft vor ein paar Wochen seine Befugnisse überschritten hat. Es mag ja sein, dass der König ihn persönlich zum Offizier ernannt hat, aber diesmal ist er zweifelsohne einen Schritt zu weit gegangen.«

In einer Geste der Hilflosigkeit hob Malbec die Hände. »Und jetzt sitzt er also in des Königs Gefängnis. Was gedenkt Ihr nun zu tun, Gouverneur? Soll er dort so lange sitzen, bis aus Paris ein Wagen eintrifft und Trouin zum königlichen Gerichtshof bringt, damit er dort für seine Vergehen vom König persönlich verurteilt wird? Das ist doch absurd. Einen Augenblick … wartet. Ich hätte fast vergessen, dass Trouin ein Vertrauter des Königs ist, dessen Günstling sogar. Denkt Ihr, Ludwig wird Euch Glauben schenken? Ihr könntet in dieser Angelegenheit selbst zum Richtblock geführt werden, mein Lieber, aber ich habe vor, mich von diesen Vorgängen hier zu distanzieren.«

Nach einer kurzen Pause fuhr er fort: »Ich gebe zu, dass es

töricht wäre, Lejeune hinrichten zu lassen. Er hat zu viele Freunde bei Hofe. Aber habt Ihr auch einmal an uns gedacht? Wie stehe ich denn nun da? Und Ihr? Ich bin Lejeunes Vorgesetzter, und Ihr regiert diese Stadt. Deshalb wird man uns der Flucht der Briten wegen zur Verantwortung ziehen. Und was wird dann aus uns? Wenn wir die Belagerung überleben, könnte Trouin sich beim König beschweren. Und wie sieht dann unser Schicksal aus? Und wie sollen wir überhaupt den Kampf um die Stadt überstehen? Unsere Geisel ist fort, und jetzt gibt es nichts mehr, was diesen Malbrook davon abhalten könnte, seinen Männern den Befehl zum Feuern zu geben. Ich sage Euch, diese Engländer kennen keine Skrupel, ich weiß das. Es ist ihnen einerlei, wenn auch Frauen und Kinder den Tod finden, solange sie die Stadt erobern können. Ich sage Euch, wir werden alle in Stücke gerissen von den Geschützen. Und alles nur wegen Lejeune.«

Plötzlich spürte der Gouverneur, dass ihm der Appetit vergangen war. Er runzelte die Stirn. »Die Dame könnte genauso gut noch irgendwo in der Stadt sein.«

»Redet Euch die Sache nicht schön, de la Motte. Sie ist inzwischen wieder im Lager der Briten. Unsere letzte Hoffnung – sie ist dahin! Ich hoffe, der Lieutenant ist jetzt zufrieden. Ich bin sogar froh, Gouverneur, dass ich ihn nicht hängen kann. Denn er wird bald die Schreie der Frauen und Kinder hören, wenn die britischen Geschütze das Feuer erneut eröffnen. Und spätestens dann wird ihm bewusst werden, dass er der Auslöser für all das Leid ist.«

De la Motte war ganz bleich geworden. »Glaubt Ihr denn wirklich, dass die Briten abermals das Feuer eröffnen werden?«

»Ohne Zweifel. Warum sollten sie es unterlassen? Sie haben doch nichts zu verlieren. Und sie haben kein Gewissen. Das ganze englische Volk ist durch und durch moralisch verdorben, glaubt mir.«

»Aber dann müssen wir kapitulieren, Major! Müssen die Tore öffnen. Selbst Trouin kann uns davon nicht abhalten.«

Malbec starrte ihn mit großen Augen an. »Kapitulieren? Vor den Engländern? Seid Ihr von Sinnen? Ich habe mich noch nie ergeben und werde es auch jetzt nicht tun, nur weil ein rangniedriger Offizier uns in diese missliche Lage gebracht hat. Nein, Gouverneur, wir werden nicht kapitulieren. Wir sitzen das aus. Wir schauen zu, wie die Menschen sterben. Und wenn die Engländer kommen, was nach dem Ende des Geschützfeuers zweifellos bald geschehen wird, so werden wir uns mit unseren letzten Männern um unsere Kanonen scharen und kämpfen. Denn die Briten müssen erst noch unsere Verteidigungsanlagen einnehmen. Dann haben wir sie. Wir reißen so viele wie möglich mit in die Hölle, de la Motte, das schwöre ich Euch.«

Er trat erneut ans Fenster und ließ den Blick über den Marktplatz schweifen, ehe er zu den Festungsmauern schaute. »Marshal Vauban wusste genau, was er tat. Jede Bastion gibt der anderen Feuerschutz. Es gibt keine Stelle an den Wehrmauern, die nicht gleichzeitig von mindestens vier Geschützen bestrichen werden kann. Wir haben genug Proviant, wie Ihr sehr wohl wisst, und frisches Wasser. Früher oder später gehen ihnen die Kanonenkugeln aus. Vielleicht sollten wir Trouin losschicken, damit er ihre Flotte in Angst und Schrecken versetzt. Ja, das wäre vielleicht eine Möglichkeit ...«

Malbecs Bemerkung, »so viele wie möglich mit in die Hölle zu reißen«, löste in de la Motte Unwohlsein aus. An das Frühstück verschwendete er keinen Gedanken mehr. Unwirsch schob er den blanken Teller beiseite. »Und Ihr verlangt wirklich, dass ich ihn freilasse? Captain Trouin? Ihr wisst, dass er dann über Lejeune herfallen wird?«

»Nun, damit hätten wir dann ein Problem weniger. Ein Mann des Königs schafft uns einen anderen Günstling vom Hals. Wie vorteilhaft für uns! Obwohl ich es schade fände, wenn der Lieutenant nicht mehr die Schreie der Frauen und Kinder hört. Dennoch, die Gerechtigkeit wäre wiederhergestellt. Ja, wir müssen Trouin freilassen. Keine Frage. Außerdem sind wir auf seine Bande von Halsabschneidern angewiesen. Ihr wisst ja, de la Motte, wir brauchen bald jeden Mann. Dort draußen steht eine ganze Armee, an die sechzigtausend Mann, und wir können nur verhindern, dass sie die Stadt einnehmen, indem wir sie vom Erdboden hinwegfegen.« Er lächelte triumphierend. »Und das ist genau, was ich beabsichtige, mit Captain Trouins Hilfe.«

* * *

Steel hatte seinen Spaß, als er zusah, wie Henry Hansam auf einem Bein balancierend dastand und seinen rechten Stiefel leerte. Ein übler Fluch entfuhr dem Lieutenant. »Dieser elende Sand«, schimpfte er. »Kommt überall rein. Ich wäre heilfroh, wenn wir diesen Ort bald verlassen könnten, Jack. Seebrise hin oder her.«

Steel richtete derweil seinen Degengürtel und schlang sich die Muskete über die Schulter, die er kurz zuvor geladen hatte. »Dein Wunsch dürfte bald in Erfüllung gehen, Henry. Wie spät ist es bei dir?«

Hansam zog sich den letzten Stiefel an und griff dann in seine Westentasche, um die kleine Sprungdeckeluhr herauszuangeln. »Gleich vier, Jack. Wir müssen bald los, in einer Stunde wird es hell.«

»Zeit genug für eine kleine Ansprache, meinst du nicht?«

Hansam nickte. Steel wandte sich an Slaughter. »Sergeant, die Männer sollen sich um mich scharen. Und sie sollen sich rühren.«

Die Kompanie hatte vorerst in einer Senke einer Düne Stellung bezogen, etwa eine halbe Meile von den Befestigungen entfernt. Hier waren sie vor dem Wind geschützt und konnten von keiner feindlichen Wache entdeckt werden. Steel stellte sich auf einen großen Stein, der einst das Fundament eines schon lange eingestürzten Hauses gebildet hatte, und schaute hinab auf die Männer, die sich im Schein einiger Laternen versammelten. Fünfzig Mann, wie Marlborough ihm aufgetragen hatte. Slaughter hatte dafür gesorgt, dass alle Veteranen anwesend waren. Männer wie Dan Cussiter, inzwischen Corporal, oder Matt Taylor, der selbst ernannte Apotheker der Kompanie. Hart gesottene Kämpfer wie Mackay, Tarling und Milligan. Des Weiteren Henderson, der Junge vom Grenzland, Jock Miller aus Dumfries und der schlaksige Athlet Jeremiah Thorogood, der beste Cricketspieler des Regiments. Und all die anderen zuverlässigen Jungs.

Nur zögerlich hatte Steel zugestimmt, dass auch Hansam und Tom Williams mitkamen. Die restlichen Soldaten seiner Kompanie hatte er Robert Melville zugeteilt, dem befehlshabenden Offizier der 4. Kompanie. Für den Fall, dass die Grenadiere furchtbar dezimiert zurückkämen, sollten sie sich in Melvilles Kompanie eingliedern. Denn die bevorstehende Mission war gefährlicher als alles, was Steel und seine Männer bislang in Angriff genommen hatten. Er wusste, dass die Chance, bis in die Stadt zu gelangen, bei fünfzig Prozent lag. Ihm war aber auch klar, dass es in Marlboroughs gesamter Armee keine Abteilung gab, die besser für diese Aufgabe geeignet gewesen wäre.

Steel nahm seinen Dreispitz ab, klemmte ihn sich unter den Arm und begann: »Männer. Heute wird uns die große Ehre zuteil, den Angriff einzuleiten und der Belagerung ein Ende zu bereiten.«

Leise Hurrarufe kamen von weiter links. Steel lächelte und nickte in Richtung der Männer. »Danke, McLaurence. Ihr alle wisst so gut wie ich, was das bedeutet. Einige von Euch kämpften mit mir beim Schellenberg und in Blenheim. Andere griffen mit uns bei Ramillies an. Ihr alle wisst, was es heißt, eine befestigte Stadt zu stürmen. Was es bedeutet, der ›Stoßtrupp‹ zu sein. Aber dieser Angriff wird anders sein als alle früheren Attacken, die wir eingeleitet haben. Wir müssen heimlich vorrücken, wir müssen leise sein und vor allem schnell. Jeder ist für sich selbst verantwortlich. Ich war bereits in der Stadt und bin dort auf den Feind gestoßen. Und daher kann ich Euch versichern, dass dieser Tag nicht leicht werden wird. Aber wir wurden vom Herzog persönlich mit dieser Aufgabe betraut, und diese Ehre nehmen wir dankend an. Das Schicksal des Krieges liegt nun in unserer Hand, Jungs. Vergesst das nicht und gebt euer Bestes. Und denkt vor allem immer daran, dass wir Grenadiere sind.«

Slaughter hatte den Männern zwar eingeschärft, still zu sein, doch hier und da waren gedämpfte Jubelrufe zu hören. Steel lächelte und setzte sich den Hut wieder auf. »Die Offiziere auf ihre Positionen, Sergeant zu mir.«

Auf einen geflüsterten Befehl hin stellten die Soldaten sich in zwei Reihen auf und marschierten linker Hand durch eine Senke, die zwischen den Dünen verlief.

Um nicht von den Wachtposten auf den Wehrgängen entdeckt zu werden, gab es nur einen Weg, um die Schlupftür zu erreichen, und der führte entlang des Küstenverlaufs. Glücklicherweise war Ebbe; doch der Sand war weich unter den

Stiefeln, hier und da schimmerten noch Wasserlachen. Die Grenadiere sanken bis zu den Knöcheln ein, und bald schon waren ihre weißen Strümpfe durchnässt. Zwei Männer fluchten. Slaughter zischte streng in die Dunkelheit: »Ruhe da hinten!«

In seiner Anspannung fragte Steel sich, ob die Wachtposten womöglich die Stimmen so deutlich gehört hatten wie er. Der Wind hatte sich nämlich gelegt, und man hatte das Gefühl, dass der kleinste Laut weithin über den Strand schallte. Noch nie hatten er und seine Männer sich in dieser Weise dem Feind genähert, und so hoffte er, möglichst schnell das offene Gelände hinter sich lassen zu können. Die Stadt befand sich noch etwa fünfhundert Yards voraus. Inzwischen schlichen die Männer hintereinander im Schatten des Dünengürtels weiter und nutzten jede kleine Bodenerhebung und jeden Büschel des harten, hohen Grases als Schutz; so hatte er es seinen Männern eingeschärft, und so hatte er schon in jungen Jahren als Sohn eines Wilderers gelernt, die natürlichen Gegebenheiten auszunutzen.

Die Grenadiere hatten ihre hohen Mützen abgenommen und in ihre Westen gestopft. Die Musketen waren geladen, auch Steels Waffe, obwohl er sie vorerst noch über der Schulter trug. Den Degen hielt er bereits in der Hand, da er befürchtete, dass die Klinge in der metallenen Scheide klapperte. Auch Williams hatte er geraten, den Degen in der Hand zu halten. Der junge Fähnrich war unmittelbar hinter ihm. Es gab keine Lücke in der Marschsäule, damit ein wachsames Auge auf den Wehrgängen keine einzelnen Silhouetten ausmachen konnte.

Inzwischen befanden sie sich unmittelbar unterhalb der Mauern. Steel schaute hinauf zu den schier endlos verlaufenden, glatt behauenen Steinen und versuchte sich zu erinnern, wo sich der schmale Tunnel befand, der zum Ausfalltor führte – das, so hoffte er, immer noch unverschlossen war. Er blickte rechter Hand die Mauer entlang. Wenn seine Erinnerung ihn nicht trog, musste dort der geheime Zugang sein. Großer Gott, er konnte nirgends eine Öffnung entdecken.

Williams flüsterte aus der Dunkelheit: »Wisst Ihr nicht mehr genau, wo der Eingang ist, Sir?«

»Wären wir dann noch hier, wenn ich es wüsste, Tom?«, gab er ein wenig gereizt zurück.

Er schaute nach links und sah erneut nichts, was auch nur im Entferntesten so ausgesehen hätte wie ein Eingang zu einem Tunnel. Einen Moment lang fragte Steel sich mit Schrecken, ob er die Männer zu einem falschen Abschnitt der Mauer geführt hatte. Befand die Schlupftür sich womöglich hinter dem nächsten Eckpfeiler der Bastion? Wenn ja, würde sich das Vorwärtskommen schwieriger gestalten, da die Wachen dort in überdachten Gängen patrouillierten. Gewiss würden sie die Grenadiere am Fuße der Mauern hören. Sein Blick schweifte wieder nach rechts. Er war sich so sicher gewesen, an der richtigen Stelle zu sein. Die Männer wurden allmählich unruhig und wunderten sich, warum es nicht voranging. Wenn ihm nicht bald etwas einfiele, würde sich Unbehagen in der Truppe breitmachen.

Er nahm Slaughters Atemgeruch wahr. »Bitte um Verzeihung, Sir, aber Ihr habt Euch doch nicht verlaufen, oder?« Steel strafte den Sergeant mit einem düsteren Blick und schwieg. »War nur so eine Frage, Sir, weil ich mich wundere, dass Ihr uns nicht zu dem Loch da unten führt.«

Er zeigte mit ausgestrecktem Arm nach links. Und tatsächlich: An einer Stelle, die dichter von Moos überzogen war als anderswo, entdeckte Steel die Andeutung einer Einbuchtung im Mauerwerk. »Jacob, Ihr seid ein verdammtes Wunderkind.«

Slaughter zuckte mit den Schultern. »Weiß auch nicht, warum ich Euch auch noch drauf aufmerksam mache, Sir. Denn in das elende Loch will ich lieber nicht zurück, wenn Ihr versteht, was ich meine. War schlimmer als auf jedem Schlachtfeld. Die Dunkelheit … und dann diese Luft.«

»Keine Sorge, Jacob. Gemeinsam sind wir stark, wie?«

Kopfschüttelnd entfernte der Sergeant sich und fluchte leise. Steel wandte sich derweil nach links und bedeutete den Männern, ihm zu folgen. Die Kompanie setzte sich wieder in Bewegung. Fünfzig Mann in einer langen Reihe, wobei Hansam das Schlusslicht bildete. Kurz darauf blieb Steel stehen. Slaughter hatte recht. Man konnte es kaum sehen, aber dort unten schien die Mauer sich nach innen zu wölben, und dort war es – ein schwarz gähnendes Loch, kaum breit genug für einen Mann.

Zu Williams gewandt, flüsterte er: »Da hinein.«

Steel ging voraus und war überrascht, wie schnell sich diesmal seine Augen an die Lichtverhältnisse gewöhnten. Doch je weiter sie sich vorwärts tasteten, desto unbarmherziger verschluckte sie die Dunkelheit. Nach etwa dreihundert Yards in dem pechschwarzen und stickigen Tunnel konnten die Grenadiere Lichtsplitter erkennen. Keiner sagte ein Wort. In die abgestandene Luft mischte sich wieder der Gestank des Abwasserkanals, sodass die meisten Männer sich inzwischen ihre Halstücher vors Gesicht gebunden hatten. In dem schwachen Schimmer voraus entdeckte Steel die Pforte. Sie war offenbar geschlossen, doch ein Lichtspalt deutete den Rahmen an. Steel betete, dass sie nicht abgeschlossen war. Im nächsten Augenblick hatte er sie erreicht. Die Männer waren gezwungen, vorerst im Tunnel zu verharren. Steel hörte Flüche und murrende Laute. Sie schwitzten alle wie die Tiere.

Steel drückte gegen die Tür, doch nichts bewegte sich. Er

drückte erneut. Nichts. Verdammt, dachte er, die Franzosen hatten die Tür entdeckt und verriegelt, und jetzt saßen er und seine Männer in der Falle. Ein schrecklicher Gedanke durchzuckte ihn. Inzwischen war es gewiss schon halb fünf. Wenn jetzt die Flut käme … sie hätten keine Zeit mehr, noch rechtzeitig aus dem Tunnel zu kommen. Er fragte sich, wie hoch das Wasser steigen mochte. Der fest gestampfte Boden war zwar trocken, aber wie lange müssten sie hier ausharren? Und was, wenn die Franzosen die Tür zu dem stinkenden Loch aufmachten und sie alle wie die Ratten in der Röhre abknallten? Oder sie würden alle ersticken.

Denn wenn die Kanonen der Alliierten im Morgengrauen den Hauptangriff einleiteten, säßen Steel und seine Leute in der Falle und würden womöglich von den eigenen Kugeln zerfetzt. Er fragte sich, wie viel Zeit ihnen noch blieb. Wieder und wieder stemmte er sich gegen die Tür. Sie hatten schon wertvolle Zeit vergeudet; wie viele Minuten mochten verronnen sein? Zehn? Der Schweiß lief ihm über die Stirn. Er drehte sich zurück in die Dunkelheit. »Zwei Mann zu mir.«

Zwei Grenadiere krochen nach vorn und zwängten sich neben Steel, obwohl der Tunnel an dieser Stelle gerade für einen Mann breit genug war. Gemeinsam drückten sie gegen das massive Holz. Langsam gab die Tür nach und schwang Sekunden später auf. Licht filterte in den Eingang. Sie standen nun in dem breiteren Tunnel, durch dessen Spalten in der Decke der Schein von Pechfackeln hereinfiel. Erst jetzt sah Steel, was ihnen Schwierigkeiten bereitet hatte. Irgendjemand, vermutlich Fabritius und dessen Freunde, hatten drei bis zum Rand gefüllte Fässer vor die Schlupftür gerollt. Niemand, der zufällig die Nase in den Haupttunnel steckte, sollte Verdacht schöpfen. Die Täuschung hatte funktioniert, aber Steel fragte sich, ob den Flamen überhaupt bewusst war, wie schwer die Fässer waren. Den Schreck hätte er seinen Jungs gern erspart, aber wie dem auch sei, sie waren in der Festung.

Steel winkte Slaughter nach vorn und wandte sich an Williams. »Tom, folgt mir.«

Steels Plan sah vor, dass Hansam den Stoßtrupp in der Stadt leitete, während Steel sich mit einer Handvoll Männer – darunter Williams und Slaughter – auf die Suche nach Trouin und Lieutenant Lejeune machte. In Zweiergruppen verließen die Grenadiere das Schlupftor und strömten in den breiteren Gang, der direkt ins Herz der Zitadelle führte. Jetzt sollte der Spaß erst richtig beginnen, dachte Steel. Sie waren zwar in der Stadt, aber wie hielt man eine Kompanie Rotröcke in einer befestigten Stadt verborgen, in der es von Feinden nur so wimmelte?

Im selben Moment kam es zwanzig Yards voraus, oben auf einem der inneren Wehrgänge, zu einer gewaltigen Explosion. Steel sah, wie Erde, Backsteine und Steinbrocken mehrere Fuß in die Luft geschleudert wurden.

»Verdammt, Jacob!«, rief Steel. »Sind das schon unsere Geschütze? Die haben zu früh mit dem Beschuss begonnen. Jetzt sind wir geliefert.«

Der Sergeant war heilfroh, dem Tunnel entronnen zu sein, und setzte ein angriffslustiges Grinsen auf. »Zumindest brauchen wir uns jetzt nicht mehr zu verstecken, Sir.«

Oben auf den Wehrgängen war nun vielschrittiges Laufen zu hören; Soldaten besetzten die Schießscharten, Offiziere brüllten Befehle auf Französisch. Steel kehrte mit seinen Gedanken zu dem Auftrag zurück und wandte sich an Slaughter. »Sergeant, Ihr habt recht. Schlage vor, wir hören mit dieser Heimlichtuerei auf, was? Die Männer sollen ihre Granaten bereithalten. Und die Mützen wieder aufsetzen. Wenn wir schon sterben müssen, dann bitte mit Würde.«

Slaughter lächelte und brüllte den Befehl: »Mützen aufsetzen!«

Über ihnen hatte offenbar ein französischer Offizier die Worte vernommen und begriff, was geschehen war – Rotröcke mit hohen Grenadiersmützen ... die Engländer waren innerhalb der Mauern! Steel hörte den Befehl.

»*Tirez!*«

Der Ruf war kaum verhallt, da pfiffen Steel bereits ein gutes Dutzend Musketenkugeln um die Ohren. Ein Mann ging zu Boden, hielt sich den Arm und stöhnte.

»In Deckung!«, rief Steel. »Tom, Sergeant Slaughter, zu mir. Ihr da, folgt mir, schnell!«

Wenige Schritte entfernt, in dem Graben zwischen Außen- und Innenmauer, führte eine Steintreppe zu den Wehrgängen. Steel wusste, dass seine Männer diese Stufen hinauf mussten, wenn sie nicht ins Kreuzfeuer der Franzosen geraten wollten. Die Treppe war ihre einzige Hoffnung jenseits des Gangs und zwischen den Böschungen. Ohne länger abzuwarten, rannte Steel durch den Graben und hielt auf die Treppe zu. Zu seiner Erleichterung folgten die Kameraden ihm. Wieder traf eine französische Kugel: Einer der Grenadiere sank tödlich am Hals getroffen zu Boden. Steel wusste auf die Schnelle nicht, um wen es sich handelte; inzwischen hatte er die untersten Stufen erreicht und eilte die Treppe hinauf.

Halb zu Hansam gewandt, rief er über die Schulter: »Henry, du hast die Kompanie!«

Der Lieutenant nickte und gab die entsprechenden Befehle. Steel schaute zurück zu dem breiteren Gang, aus dem seine Männer und er gekommen waren. Den ersten Teil der Mission hatten sie geschafft. Die Schlupftür war offen, und schon bald würden die Männer des niederländischen Bataillons durch den Tunnel in die Stadt eindringen. Aber jetzt galt es, Trouin zu finden. Die Mission führte er nicht länger für Marlborough oder für Colonel Hawkins aus. Denn Steel erkannte, dass seine Schuldgefühle angesichts Brouwers Tod nur nachlassen würden, wenn er Vergeltung übte. Erst dann könnte er wieder ruhigen Gewissens schlafen.

Ein Geräusch schreckte ihn auf. Über sich auf den Stufen sah er einen Offizier der französischen Infanterie, der ihm den Degen entgegenstreckte. Hinter dem Mann kamen vier weitere Soldaten die Treppe hinunter. Steel wusste, dass er nur dann eine Chance hatte, wenn er etwas tat, womit der Gegner nicht rechnete. Anstatt stehen zu bleiben und den Angriff des Offiziers abzuwarten, machte Steel einen Satz nach vorn und passte den Schwung seines Gegner ab: Der Offizier lief ihm geradewegs in die Klinge und riss vor Entsetzen die Augen auf, als er den blanken Stahl spürte. Er blickte auf die Waffe, versuchte noch, sie zu umfassen, doch da hatte Steel den Degen schon zurückgezogen und stieß den sterbenden Mann die Stufen hinunter.

Die anderen Infanteristen waren verwirrt. Steel erkannte, dass es keine regulären französischen Soldaten waren, die er vom Schlachtfeld her kannte, sondern wallonische Truppen, französisch sprechende Bewohner der Spanischen Niederlande. Einen Augenblick lang starrten sie Steel unschlüssig an. Dann feuerte einer der Grenadiere – Cussiter, wie Steel glaubte – seine Muskete auf die Soldaten ab und traf einen der Wallonen an der Wange. Der Mann wirbelte herum und stürzte tödlich getroffen die Stufen nach unten. Die anderen drei Infanteristen schienen genug zu haben. Sie machten auf dem Absatz kehrt und eilten wieder auf den Wehrgang.

Steel riss den Degen in die Höhe: »Grenadiere, mir nach!«

Mit einem Schlachtruf auf den Lippen strömten die Rotröcke hinter ihm die Stufen hinauf. Als Steel den oberen Treppenabsatz erreichte, sah er, dass die restlichen Wallonen über den Wehrgang geflohen waren. Keuchend spähte er durch die Schießscharte in Richtung der Alliierten und sah im grauen Licht des Morgens die gewaltige Streitmacht, die aufgezogen war, um die Attacke zu unterstützen. In diesem Moment wusste er, dass die Franzosen unterliegen würden, ganz gleich, welches Schicksal ihm noch bevorstand. Die Stadt würde fallen.

Zehn Bataillone bewegten sich durch den Dünengürtel unaufhaltsam auf das westliche Stadttor zu. Er wusste, dass auch zwölf Kompanien seines eigenen Regiments darunter waren, angeführt von Colonel Farquharson. Hinzu kamen die alten Brigaden aus Ramillies: Merediths, Temples, Macartneys, Faringtons und die Guards. Steel wusste auch, dass Argylls Männer irgendwo dort unten waren, und fragte sich, welchem Zeitvertreib sich der Herzog heute hingeben würde. Wie viele Papisten mochte er heute im Namen der Menschlichkeit hinschlachten?

Hansam fiel nun die Aufgabe zu, die Bresche für die Niederländer zu halten. Gemeinsam würden sie dann das Westtor öffnen. Wenn der Widerstand am Tor genauso rasch erlahmte wie hier oben auf den Wehrgängen, würde der Angriff schnell beendet sein.

Doch Steel war bewusst, dass der Auftrag für ihn gerade erst begonnen hatte. Er hörte, dass das Feuergefecht am Ausgang des Tunnels heftiger wurde, und führte seine kleine Truppe fort von Hansam und dem Kern des Zuges. Sie folgten dem Verlauf der Mauer, und Steel versuchte sich zu erinnern, welchen Weg Fabritius eingeschlagen hatte. Endlich erreichten sie eine Öffnung in der Mauer, worauf Steel seinen Leuten ein Zeichen gab, ihm zu folgen. Er eilte in den Durchlass und atmete erleichtert auf, als er keine Soldaten sah. Am

Ende des kurzen Durchgangs in der zweiten Befestigungsmauer erreichte man bereits die Straße. Hoch über sich vernahm Steel Schritte und ahnte, dass dort Hansam und die anderen Grenadiere in Richtung Tor eilten.

Er nutzte die kurze Pause und schaute sich nach seinen Männern um. Insgesamt waren sie zu zehnt, Williams mit eingerechnet. Steel hatte das Gefühl, dass Trouin sich nicht in seinem Hauptquartier aufhielt. Dort wäre er zu leicht aufzuspüren, verwundbar wie der Fuchs im Bau. Nein, Steel ahnte, dass ein Pirat wie Trouin immer gern mitten im Geschehen war. Wenn der Kaperfahrer also nicht den Überblick verlieren wollte, musste er sich zu einem Kommandoposten zurückgezogen haben. Die Piraten mochten irgendwo in den Straßen kämpfen, aber der Anführer hatte sich gewiss im Büro des Gouverneurs eingenistet.

Aufs Geratewohl eilte Steel in südöstlicher Richtung davon und stieß auf die breite Sankt Sebastian Straat. Er wandte sich Williams zu. »Tom, diese Straße verläuft in gerader Linie zum Rathaus. Dort werden wir Trouin finden. Es ist aber zu gefährlich, auf dieser Straße zu bleiben. Nehmen wir lieber die Seitengassen. Aber falls wir getrennt werden, bleibt Ihr grob in dieser Richtung, verstanden?«

»Sir.«

Steel führte seine Männer erst rechts und dann links durch mehrere schmale Gassen. Sie begegneten niemandem, und wann immer die schweren Geschütze für kurze Zeit schwiegen, hallten die Schritte der Grenadiere in den gepflasterten Straßen von den Häuserwänden wider. Von Ferne her drang der Lärm der Garnison zu ihnen herüber. Die Verteidiger bereiteten sich auf das Gefecht vor: Offiziere gaben Befehle, die Batterien zu besetzen, Kompanien mussten antreten. Von den Stadtbewohnern jedoch keine Spur. Weder auf den Hauptstraßen noch in den Gassen waren Bürger von Ostende zu sehen. Steel vermutete, dass sich alle in Schutzräume zurückgezogen hatten, um dem blutigen Gemetzel zu entgehen, das gewiss bald den Morgen bestimmen würde.

Sie bogen rechter Hand ab, und Steel hatte das Gefühl, die Kreuzung zu kennen. Er wusste, dass er schon einmal hier gewesen war. Die Christian Straat war zwar teilweise in dem Beschuss beschädigt worden – davon zeugten noch etliche eingestürzte Häuser –, aber dies war die Straße, durch die der arme Brouwer sie beim ersten Treffen geführt hatte. Brouwers Haus befand sich nur wenige Schritte entfernt.

Plötzlich packte Slaughter Steel am Arm und wisperte: »Seht Ihr das, Sir? Bei der Tür dort drüben.«

Es war Steel nicht entgangen. Dort, im Eingangsbereich von Marius Brouwers kleinem Haus, stand eine Gestalt. Reglos und kaum zu erkennen in der leeren Stadt im schwachen Licht des frühen Morgens. Steel hielt die Person von den Konturen her für einen Mann und meinte, einen Degen erkennen zu können. Er war im Begriff, weiterzugehen, als plötzlich Stimmen und Rufe aus einer Straße kamen. Steel drückte sich flach gegen die Hauswand; die anderen taten es ihm gleich. Weiter die Straße hinunter näherte sich ihnen eine größere Gruppe. Vielleicht zwanzig oder dreißig Mann, ausgerüstet mit Musketen und verschiedenen Hieb- und Stichwaffen. Sie rannten, und je zwei Mann vorn und hinten hielten Pechfackeln hoch.

Einige der Männer trugen die weißen Uniformen der regulären französischen Infanterie, andere waren wie Zivilisten gekleidet oder gehörten anderen Armeen an. Und in dem Licht der Fackeln erkannte Steel einige von Trouins Männern ... selbst auf die Entfernung. Die Truppe kam schnell die Straße herauf, geradewegs in Richtung der Grenadiere. Steel befürchtete, dass er und seine Männer jeden Augenblick entdeckt würden. Gedanklich stellte er sich auf den Kampf ein, sah Slaughter an und nickte.

Doch dann bogen die Männer plötzlich rechter Hand in eine Gasse ab, die nach Steels Berechnungen grob in Richtung Westtor führte. Und während die Feinde um die Hausecke eilten, zuckte der Schein der Fackeln über die Häuserwände und beleuchtete kurz die Gestalt im Eingang von Brouwers Wohnhaus. Im nächsten Moment war die Straße wieder in Dämmerlicht gehüllt. Stille senkte sich herab. Aber Steel hatte keinen Zweifel mehr, wer dort am Hauseingang wartete. Das Profil hätte er immer und überall erkannt.

15.

Während Steel den Griff seines Degens fester umschloss, spannte Slaughter den Hahn seiner Muskete. »Kein Wort«, flüsterte Steel.

Die Gestalt löste sich aus den Schatten des Eingangs. »Captain Steel? Seid Ihr das? Oh, Gott sei es gedankt! Gott sei Dank, dass ich Euch gefunden habe.«

Steel war erleichtert, Fabritius zu sehen, sah aber, dass sich in der Miene des Flamen dieselbe Furcht abzeichnete wie während der Flucht aus der Stadt.

»Mr. Fabritius, geht es Euch gut? Das hier ist kein Ort für Euch. Ihr solltet Euch in Sicherheit bringen. Wo ist Eure Familie?«

»Das ist es ja gerade, Captain. Ich muss Euch dringend sprechen. Ich brauche Eure Hilfe. Ihr müsst mit mir kommen.«

»Beruhigt Euch, Mann. Was ist los?«

»Wir brauchen Eure Hilfe, Captain. Meine Familie. Die Franzosen wissen, wer wir sind. Und was ich getan habe. Sie wissen jetzt, dass ich Euch geholfen habe. Bitte, Ihr müsst uns retten.«

Steel wägte ab. Wenn er jetzt Fabritius half, hatte er womöglich keine Gelegenheit mehr, Trouin zu überraschen. Doch wenn er den Flamen nicht unterstützte, würde die Last seines schlechten Gewissens schier unerträglich werden. Schlimm genug, dass Brouwer nicht mehr lebte.

Steel brauchte nicht lange zu überlegen.

»Natürlich kommen wir mit. Wo ist Eure Familie jetzt? Soll ich mehr von meinen Männern holen?«

Fabritius' Blick fiel auf die Handvoll Rotröcke. Der Flame wirkte bedrückt und beunruhigt. »Nein, nein, Captain. Ich bin sicher, das wird genügen. Aber kommt rasch mit mir.«

* * *

Sie brauchten etwa zwanzig Minuten, um die Stadt zu durchqueren. Trotz Marlboroughs Zusage, die Verteidigungsanlagen nicht flächendeckend mit Geschützfeuer zu bestreichen, waren von überallher Schüsse zu hören, Musketen zumeist. Französische Infanteristen eilten hier und da durch die Straßen, aber jedes Mal gelang es Fabritius, die Rotröcke rechtzeitig in eine Nebengasse zu lotsen. Er führte Steel und die Grenadiere in südöstliche Richtung. Schließlich überquerten sie die Straße, die zum Kapuzinerkloster führte, und kamen an einer Windmühle vorbei, die während des Beschusses mehrere Treffer abbekommen hatte. Jetzt hoben die Überreste sich gegen den bleigrauen Himmel wie ein groteskes, riesiges Skelett ab. Die beiden übrig gebliebenen Flügel standen wie starre Arme ab, die Fenster und die Tür wirkten wie leere Augenhöhlen und ein zerschlagener Mund.

Schließlich blieb Fabritius stehen, drehte sich zu Steel um und sprach im Flüsterton: »Dort drüben, Sir. Wir sind da.«

Steel sah in die Richtung, in die der Flame zeigte, und war verblüfft. Es war kein Wohnhaus zu sehen. Stattdessen ragten etliche Schritte vor ihnen die Umrisse einer der Vauban'schen Kasematten auf, unterhalb der Lanthorn-Bastion. Es war die letzte Bastion vor dem Hafen und die am stärksten befestigte.

Sie schlichen zu den massiven Eichentüren des Schutzraumes, die fest verschlossen und, wie Steel vermutete, verriegelt waren. Doch zu seinem Erstaunen drückte der Flame gegen die Tür und machte sie auf. Auf Slaughters Befehl strömten die Grenadiere ins Innere – und gelangten in einen Innenhof, in dem niemand zu sehen war. In einer Ecke des Hofs waren vier Pferde angebunden.

Steel erstarrte. Irgendetwas stimmte hier nicht.

»Wo sind sie?«, wandte er sich an den Flamen. »Eure Frau und die Kinder?« Fabritius antwortete nicht und starrte Steel an. »Los, Mann!«, versuchte Steel es erneut. »Wo sind sie?«

Fabritius schwieg und zeigte nur auf die stabile Tür im hinteren Bereich des Innenhofes.

Mit vorgehaltenen, geladenen Musketen schlichen die Grenadiere, geführt von Steel, rasch über den Hof und kamen an die geschlossene Tür. Steel hielt den Degen in der Hand und lauschte. Dann drückte er vorsichtig gegen die Tür und merkte, dass sie sich öffnen ließ.

Im Innern stank es nach menschlichen Exkrementen und schalem Wein. Zerbrochene Weinflaschen und Vorratsbehälter lagen verstreut auf dem Boden, und in einer Ecke nagten zwei Hunde an den Überresten eines Felltiers, vermutlich eine Ratte. In dem Raum brannten ein paar Kerzen, und in dem trüben Licht sah Steel eine Frau am Boden kauern, die zwei kleine Kinder an sich drückte. Neben ihnen, gefesselt an einen Stuhl, hockte Lieutenant Lejeune, dem man Weste und Hemd vom Leib gerissen hatte. Doch Steels Blick haftete nicht auf Fabritius' Familie oder dem Lieutenant, sondern auf dem Mann, der sich am anderen Ende des Raums befand.

Duguay-Trouin saß unmittelbar vor der rückwärtigen Mauer hinter einem schweren Eichentisch. Neben ihm saß Stringer. Einen Moment lang glaubte Steel, dass er zu spät gekommen war, doch dann drehte Lejeune matt den Kopf zur

Tür. Zu seiner Erleichterung sah Steel, dass der Offizier noch nicht verstümmelt worden war, sondern bislang die Peitsche zu spüren bekommen hatte.

Der Franzose rang sich ein schwaches Lächeln ab, als er Steel gewahrte. Am anderen Ende des Schutzraums drängten sich Trouins Männer. Es mochten über zwanzig Piraten sein. Sie waren bewaffnet, und etliche hatten ihre Musketen auf den Eingang gerichtet, unmittelbar auf die Grenadiere. Als Trouin sprach, hallte seine Stimme von dem Mauerwerk wider.

»Captain Steel.« Der Freibeuter lächelte selbstzufrieden, ehe er in aller Seelenruhe ein kleines Messer vom Tisch nahm und sich die Fingernägel säuberte. »Wie Ihr seht, hatten wir gerade erst begonnen, ein wenig Spaß mit dem Lieutenant und Madame Fabritius zu haben. Ihr habt dem guten Ajax hier den Spaß verdorben.«

Steel sah dem Kaperfahrer ungerührt in die Augen. »Es ist aus, Trouin. In den Straßen draußen wimmelt es bald nur so von Rotröcken. Wir sind in der Stadt. Ostende gehört so gut wie uns.«

»Seid Ihr Euch da so sicher, Captain? Meine Spitzel melden mir, dass der Großteil Eurer Armee erst noch herein muss. In diesen Minuten kämpfen die Verteidiger oben auf den Wehrgängen ums Überleben. Und wie viele von Euren Leuten habt Ihr da freundlicherweise mitgebracht? Sechs, soviel ich sehen kann? Habt Ihr wirklich gedacht, Ihr könntet mich mit sechs Soldaten festnehmen, Steel? Ich bitte Euch, Captain, seid nicht albern.«

»Nein, Trouin, von festnehmen ist nicht die Rede. Ich werde Euch töten.«

Trouin lachte auf, und in das Lachen mischte sich ein Kichern, das von Stringer kam. »Wie ich sehe, habt Ihr Euren

Sergeant mitgebracht. Euren heldenhaften Retter.« Er hielt inne. »Und jetzt lasst Ihr bitte die Waffen sinken.«

Steel schielte zu Slaughter und nickte, doch Trouin konnte nicht sehen, dass er dem Sergeant kurz zugezwinkert hatte. Widerwillig legten Slaughter und drei andere Grenadiere ihre Waffen auf den Boden.

»Seht Ihr, Captain Steel«, fuhr Trouin fort. »Ich habe wieder mal die Oberhand. Wie immer. Dieses Spiel könnt Ihr nicht gewinnen. War das nicht ein cleverer Plan, den guten Mr. Fabritius als Lockvogel einzusetzen? Er sollte an Euer Gemüt appellieren. Stringer hier meinte, Ihr wärt zu weich, Captain. Und wisst Ihr was, Steel? Ich glaubte ihm nicht. Aber jetzt sehe ich, dass er recht hatte. Und gleich werdet *Ihr* sterben.«

Steel merkte, dass der Pirat sich in seiner eigenen Rhetorik verlor. Stringer schaute derweil voller Unruhe auf die Grenadiere, insbesondere auf die, die ihre Waffen noch nicht abgelegt hatten.

Doch Trouin sprach unbeirrt weiter. »Ihr glaubt also, dass Eure große Armee und Euer General Malbrook den Kampf gewinnen werden. Aber Ihr irrt Euch. Warum wurde ich wohl freigelassen, was glaubt Ihr? Ich kam auf Geheiß Major Malbecs frei, weil ich zwei Schiffe im Hafen liegen habe, Captain Steel. Zwei edle Schiffe mit Kanonen. Die Crews sind an Bord, wir können jederzeit in See stechen. Und diese beiden Schiffe sind schneller und stärker als jeder Kahn, den Eure so wertvolle Navy aufbringen kann. Ich hege die Absicht, diese Schiffe aus dem Hafen zu navigieren, um Eure Bombarden zu entern, ehe die Seeleute überhaupt merken, dass ich da bin. Dann positioniere ich die Bombarden so, dass sie auf die Flotte zielen und die Schiffe hinwegfegen. Und sobald das vollbracht ist, richte ich die Mörser landeinwärts auf Eure

Armee, Steel. Ganz gleich, ob die Soldaten außerhalb der Stadt stehen oder in den Straßen sind. Nicht, dass es Euch noch etwas angehen würde, da Ihr dann längst tot seid. Ihr und ich und Ajax haben noch eine Verabredung. Wir werden dort weitermachen, wo wir aufgehört haben, als dieser Abschaum von Flame verendete. Wer weiß, vielleicht lassen wir Euch am Leben. Es wäre amüsant mitzuerleben, wie lange Ihr als blinder, impotenter Bettler in den Straßen von Port Royal überlebt.« Sein Blick fiel auf die beiden Grenadiere, die ihre Waffen noch nicht abgelegt hatten. »Ihr da! Ich sagte, Waffen fallen lassen. Ich gebe euch noch eine Chance. Ich zähle bis fünf. Eins ...«

Steel zweifelte nicht an Trouins Entschlusskraft. Er hatte die beiden Schiffe im Hafen gesehen, als Slaughter und er im Schutz der Dunkelheit zur Schleuse gerudert worden waren. Eins der Schiffe schien eine Sloop zu sein. Was die neue Drohung anbelangte, so hatte Steel am eigenen Leibe erfahren, wozu Trouin fähig war. Er spürte, wie sehr er in dem schweren roten Uniformrock schwitzte. Doch er durfte sich nichts anmerken lassen, schon gar keine Angst. Daher antwortete er betont ruhig. »Ihr seid ein Narr, Trouin, wenn Ihr glaubt, damit durchzukommen.«

Aber Trouin erwiderte darauf nichts, sondern zählte gelassen weiter. »Zwei ...«

Die Piraten legten an. Erneut suchte Steel Slaughters Blick. Denn bereits während Trouins letztem Monolog hatte Steel mit der rechten Hand nach der kleinen Tasche getastet, die unmittelbar unterhalb der beiden Rockschöße verborgen lag. Inzwischen hatte er die Tasche gefunden und schob geduldig seinen Zeigefinger hinein, bis er einen kalten Gegenstand spürte – das kleine Springmesser, das er stets bei sich trug. Langsam zog er die Waffe zwischen Daumen und Zeigefinger heraus und verbarg sie zunächst in der hohlen Hand. Mit einem Fingernagel löste er die Arretierung, sodass die Klinge aufsprang.

Im nächsten Moment hatte das Messer Steels Hand verlassen, flog durch die Luft und traf den Piraten, der genau auf Steel zielte. Die Klinge bohrte sich in die Stirn des Mannes; der Pirat sank auf die Knie und sackte tot zu Boden. Für einen Augenblick schien die Zeit in dem Schutzraum stillzustehen. Ungläubig starrte Trouin auf den toten Mann und das Messer, das aus der Stirn ragte.

Dann brach die Hölle los. Trouin brüllte einen Befehl, worauf sechs der Piraten ihre Musketen abfeuerten, doch die Kugeln sirrten fast alle zu hoch über die Köpfe der Grenadiere hinweg. Eine Kugel streifte Lejeune an der Schulter, eine traf einen der Rotröcke. Die beiden Grenadiere, die noch ihre Musketen im Anschlag hielten, feuerten, worauf zwei von Trouins Männern fielen. Tom Williams war derweil nach vorn geeilt, schlug mit dem Degen nach einem Gegner und fügte ihm eine stark blutende Wunde im Gesicht zu.

Steel schrie: »Runter!«, und seine Männer duckten sich und griffen nach den am Boden liegenden Waffen. Fabritius stieß unterdessen seine Frau und die beiden schreienden Kinder zu Boden. Während zwei Piraten sich hinknieten, um ihre Musketen abzufeuern, stürmte Steel zu Trouins Tisch, blindlings durch den Pulverdampf. Doch seine Klinge traf ins Leere ... Verblüfft schaute er sich um, konnte den Piratenkapitän jedoch nirgends entdecken.

Im selben Moment ging der Kampflärm in einem weitaus gewaltigeren Knall unter, der die Wände des Schutzraum beben ließ. Eine Explosion ganz in der Nähe, dachte Steel. Eine Kugel flog dicht an seiner Wange vorbei. Steel überlegte nicht lange, zog den Kopf ein und rannte in geduckter Haltung in

Richtung des Schützen. Zu seiner Erleichterung stieß er auf den Gegner, rammte ihm den Kopf in die Magengegend und stieß den Mann zu Boden.

Rasch richtete Steel sich wieder auf und packte sich eine Muskete, die quer über einem toten Piraten lag. In der Hoffnung, dass die Waffe geladen war, spannte er den Hahn und richtete den Lauf auf den sich am Boden krümmenden Mann. Der Zündfunke setzte das Pulver in der Pfanne in Brand. Die Kugel zerfetzte den Schädel des Mannes; Blut und Gehirn spritzten durch den Raum. Steel schleuderte die Waffe zu Boden und schaute sich um. Zu seiner Linken trieb Slaughter einem Gegner das Bajonett in den Unterleib, während die übrigen Grenadiere ebenfalls über die Piraten herfielen. Am Boden lagen bereits sechs tote Gegner und ein Grenadier.

Einige Männer von Trouin waren zurückgeblieben und leisteten Widerstand; von dem Freibeuter selbst und den übrigen Piraten war indes nichts mehr zu sehen. Fabritius' Familie kauerte eng beieinander in einer Ecke des Raumes. Der Flame selbst lag am Boden, die Arme von sich gestreckt, die Augen weit aufgerissen. Steel eilte zu ihm und stützte sich auf einem Knie ab. Der Mann hatte eine Kugel in den Kopf bekommen. Einen Moment lang hielt Steel Fabritius' Kopf in einer Hand und spürte den anklagenden Blick der Frau. Im Schutzraum herrschte mit einem Mal Stille. Die letzten Piraten hatten den Kampf aufgegeben. Steel trat wortlos an den Tisch und holte sich das Springmesser zurück. Die Klinge säuberte er am Hemd des Toten.

»Sergeant Slaughter, wir müssen uns beeilen, wenn wir Trouin noch schnappen wollen. Hört sich ganz danach an, dass die Piraten sich da draußen den Weg freikämpfen müssen, aber das wird Trouin nicht davon abhalten, die Bombarden zu kapern. Was war das vorhin für eine Explosion?«

»Weiß nicht, Sir. Wahrscheinlich ein Pulverdepot.«

Steel fand Williams. »Tom, nehmt Mackay mit und bringt Mr. Fabritius' Familie zur Westmauer. Sucht Lieutenant Hansam, wenn Ihr könnt. Wenn nicht, dann sprecht irgendeinen britischen Offizier an. Sagt ihm, Boten müssen unverzüglich zu Marlborough, damit die Flotte noch rechtzeitig gewarnt ist. Trouin will die Bombarden kapern und die Mörser auf unsere Männer richten. Sagt Marlborough, dass ich versuchen werde, Trouin davon abzuhalten. Oh, und, Tom, vielleicht kann der Herzog ein paar Männer erübrigen, die dann zum Hafen kommen.«

Steel ging zu Lejeune, der inzwischen sein Hemd gefunden hatte und trotz der Misshandlungen recht tapfer dreinblickte. »Lieutenant, glaubt Ihr, dass Ihr schon wieder imstande seid, eine Klinge zu führen?«

Der Franzose lächelte. »Captain Steel, ich hätte zum Degen gegriffen, selbst wenn Ihr es mir verboten hättet. Für den Augenblick jedenfalls sieht es so aus, dass wir denselben Feind jagen.«

Cussiter trat zu ihnen und reichte Lejeune den schmalen Infanteriedegen, der bei den Waffen der Piraten gelegen hatte. Steel zog seinen schweren Degen und wandte sich am Eingang des Schutzraums an die übrig gebliebenen Rotröcke. »Musketen laden und Bajonette aufpflanzen. Mir nach, Männer. Ich beabsichtige, diesen herzlosen Bastard zu stellen. Und Ihr begleitet mich.«

* * *

Der Morgen graute. Auf der Straße, die auf direktem Weg in die Stadt führte, saß Marlborough im Sattel, umgeben von seinem Generalstab. Durch sein Fernrohr verfolgte er, was vor und in der Stadt geschah. Er hatte gesehen, wie die Sturmtruppen eingedrungen waren, hatte beobachtet, wie Hansams Grenadiere sich auf den westlichen Wehrgängen einen erbitterten Kampf mit den wallonischen Verteidigern geliefert hatten, ehe die Niederländer als Verstärkung kamen. Der gnadenlose, zielgenaue Beschuss hatte eine Batterie nach der anderen lahmgelegt, und wenige Augenblicke zuvor war es einem Geschützführer gelungen, ein Pulvermagazin in der Stadt zu treffen. Steine, Schutt und Holzbalken wirbelten durch die Luft. Inzwischen stand das Westtor sperrangelweit auf. Die Grenadiere und die Niederländer hatten ihren Auftrag erfüllt, und nun war es Aufgabe der vorderen Bataillone unter Argylls Führung, die Stadt zu sichern.

Der Herzog sprach zu Hawkins gewandt: »Ein meisterlicher Plan, James. Beeindruckend. Noch vor einer halben Stunde hätte ich mich nicht getraut, an dieser Stelle zu stehen, aus Angst, von einer der Kanonen getroffen zu werden. Gewiss wird der Widerstand noch nicht ganz gebrochen sein. Seht Ihr dort? Dort, weiter südlich? Blau und weiß uniformierte Soldaten kämpfen auf den Mauern. Aber bitte korrigiert mich, wenn ich behaupte, dass die Stadt so gut wie in unserer Hand ist.«

Hawkins schüttelte weise den Kopf. »Gebt acht, Euer Hoheit. Argylls Männer mögen entschlossen sein, aber sie werden auf Gegner stoßen, die man nicht alle Tage auf dem Schlachtfeld trifft. Denkt daran, die Stadt ist voller Piraten.«

»Freibeuter, James. Das ist noch etwas anderes. Aber habt Ihr kein Vertrauen zu Captain Steel? Er ist schließlich Euer Mann, und heute hat er uns wahrlich große Dienste geleistet. Ich bin sicher, dass er inzwischen die Freibeuter gestellt hat.«

»Steel ist mit nur einer Kompanie unterwegs, Euer Hoheit. Und wir wissen nicht, wie viele Männer Trouin befehligt.«

»Steel hat nur eine Kompanie, James, ganz recht. Aber es sind Grenadiere, und ich hätte lieber den Anführer der Grenadiere an meiner Seite als alle Offiziere aus König Ludwigs Armee.«

16.

In den engen Straßen drängten sich die Soldaten. Einige trugen die roten Röcke der englischen oder schottischen Regimenter, andere das Weiß der französischen Infanterie oder das Blau der niederländischen Truppen. Viele Soldaten waren verwundet, einige lagen im Sterben. Die meisten jedoch bemühten sich nach Leibeskräften, am Leben zu bleiben. In seiner ganzen Dienstzeit hatte Steel kaum etwas gesehen, das diesem Chaos gleichgekommen wäre. Wie wild schlugen und hackten die Soldaten im berüchtigten Straßenkampf aufeinander ein. Nicht einmal während des Durcheinanders in Blenheim hatte so viel nackte Gewalt geherrscht. Die Männer schlugen mit allem zu, was ihnen in die Finger kam, wenn sie ihre Musketen verloren hatten. Einige kämpften mit bloßen Fäusten, um wenige Meter in dem Getümmel voranzukommen.

An einer Straßenecke entdeckte Steel Argylls Männer, die einen Trupp Franzosen zurücktrieben. Doch als er eine weitere Gasse erreichte, geriet er in den Strudel einer halben Kompanie Engländer, die Hals über Kopf den Rückzug einleiteten. Er hatte damit gerechnet, dass der erbittertste Kampf am Westtor geführt würde, wo der Angriff begonnen hatte. Inzwischen tobte der Kampf aber fast überall in der Stadt, und je weiter Steel in südlicher Richtung vorankam, desto unübersichtlicher schien das Gefecht zu werden. Er war davon ausgegangen, dass die Schlacht längst gewonnen war. Bei vielen anderen Belagerungen hatte eine Explosion eines Pulverdepots die Verteidiger dazu veranlasst, die Waffen zu strecken. Hier jedoch, in dem Nest der Diebe und Freibeuter, schienen die Feinde gestärkt aus der Situation hervorzugehen.

Steel wandte sich an Slaughter, der ihm den Rücken freihielt. »Was meint Ihr zu diesem Durcheinander, Sergeant? Wer gewinnt hier?«

»Schwer zu sagen, Sir. Dachte, wir hätten sie, als wir in der Stadt waren. Aber irgendwas hat die noch mal richtig angestachelt, Mr. Steel. Jedenfalls sehe ich nicht, dass die sich ergeben wollen.«

Steel duckte sich, als sie eine Kreuzung überquerten, auf der sich zwei verfeindete Kompanien einen Stellungskampf lieferten. »Ja, ich vermute, dass unsere Aufklärer sich womöglich verschätzt haben. Mir scheint, dass es hier nicht bloß Wallonen gibt, sondern jede Menge reguläre französische Infanterie. Vielleicht zehn, fünfzehn unterschiedliche Regimenter. Sind wohl nach Ramillies hierhergekommen. Dann wären da noch Trouins Leute.«

Steel bahnte sich seinen Weg durch die Gefechte, die praktisch an jeder Kreuzung und in den Gassen tobten. Er versuchte, den Überblick zu behalten und entdeckte bald die Kirche Sankt Peter und Paul. Augenblicke später fand er sich auf den Stufen vor dem Portal wieder und rang im Schatten des Gotteshauses nach Luft. Sie hatten es fast geschafft; zwei, vielleicht drei Straßen trennten ihn und seine kleine Schar noch von dem Tor, das zum Hafen und somit zu Trouins Schiffen führte.

Halb zu seinen Männern gewandt, sagte er: »Zu mir.«

Aber als er sich umdrehte, musste er feststellen, dass er allein war. In seiner Eile hatte er die Kameraden abgehängt; gewiss hatten sie ihn in der Enge der von Pulverdampf durchzogenen Gassen aus den Augen verloren. Verdrossen spähte

Steel in die Straßen, konnte jedoch niemanden erkennen, sondern hörte nur den Kampflärm, der von allen Seiten herüberwogte. Doch dann vernahm er ein charakteristisches Geräusch hinter sich, das jeder Soldat kannte. Das Blut gefror ihm in den Adern. Jemand hatte langsam den Hahn einer Muskete gespannt; Steel brauchte sich nicht umzudrehen, um zu wissen, dass der Lauf eines Gewehrs auf ihn gerichtet war. Er ging davon aus, dass es ein Franzose war, oder aber einer von Trouins Leuten. Stand gar Trouin persönlich hinter ihm?

Ohne sich umzudrehen, sagte er: »Ich weiß, dass Ihr hinter mir steht, wer immer Ihr seid. Ich bin britischer Offizier und befugt, Euch Schonung zu gewähren. Wenn Ihr die Waffe sinken lasst. Wir haben die Stadt erobert, und ich garantiere Euch, dass wir Euch fair behandeln werden. Ihr habt mein Wort.«

Ein höhnisches Lachen drang an Steels Ohren. »Euer Wort, ach ja? Ich weiß nicht, ob das reicht, Mr. Steel. Denn ich hab meine Befehle, müsst Ihr wissen.«

Steel erkannte die raue Stimme von Sergeant McKellar, Argylls Schlächter. »Es heißt immer noch Captain Steel für Euch, McKellar. Und ich habe keine Zeit, Euch zu Argyll zu begleiten, falls es das ist, was Ihr wollt. Dringende Angelegenheiten warten auf mich.«

»Dann wären wir ja schon zu zweit, nicht wahr?«

»Wie bitte?«

»Ihr habt mich schon verstanden, Steel. Denn ich werde Euch gleich eine Kugel in den Kopf jagen.«

Steel erschrak. »Ihr habt den Befehl, mich zu erschießen? Von Argyll?«

»Von mir aus glaubt es, wenn's Euch Spaß macht. Ich darf nicht darüber sprechen.«

Steel spielte auf Zeit. »Würdet Ihr mir dann freundlicherweise sagen, warum man Euch beauftragt hat, mich zu töten?«

»Verrat, Sir. Fraternisierung mit dem Feind, insbesondere mit den Jakobiten. Denn es heißt, Ihr steht dieser Gesinnung nahe.«

»Wer behauptet das?«

»Kann ich nicht sagen.«

»Seid nicht töricht, Sergeant. Ihr und ich, wir haben keinen Streit. Und Ihr wisst, dass ich kein Jakobit bin. Ich bin ein Vertrauter von Marlborough.«

McKellar lachte wieder. »Lord Argyll sagt, der Herzog ist selbst ein Jakobit. Saß er deswegen nicht im Tower?«

Das stimmte sogar. Vor nunmehr vierzehn Jahren hatte man Marlborough des Jakobitismus verdächtigt und in den Tower gesperrt, doch bewiesen wurde nichts.

Steel versuchte einen weiteren Trick. »Wie habt Ihr mich gefunden?«

»Das war bloß Glück. Seine Lordschaft meinte zu mir: McKellar, ich will diesen Verräter Steel, tot oder lebendig. Geht dorthin, wo das Getümmel am heftigsten tobt. Da werdet Ihr Steel schon finden. Also mache ich mich auf den Weg, bis mir so ein junger Offizier in die Quere kommt. Hab ihn gleich wiedererkannt, ist 'n Fähnrich von Euch.«

»Williams«, ergänzte Steel mehr für sich.

»Ja, ganz recht. Mr. Williams. Er bat Lord Argyll, Verstärkung zu Euch zu schicken, Sir. Daher wusste ich, dass Ihr irgendwo in Richtung Hafen unterwegs seid. Der Fähnrich bat Seine Lordschaft, Boten zu Marlborough zu schicken. Irgendeine Sache mit Piraten, die eine Bombarde kapern wollen und die Mörser auf die Stadt richten und so weiter. Wir sollen die Flotte warnen.«

Steel machte sich bewusst, was alles auf dem Spiel stand,

und vergaß für einen Moment seine eigene missliche Lage. »Und? Hat Argyll die Flotte gewarnt?«

»Den Teufel tut er! Kaum war Williams weg, da meinte Seine Lordschaft, er wäre verdammt, wenn er den Trotteln von der Navy helfen würde. Findet diesen Verräter Steel, rief er mir nach. Und hier treffe ich Euch, genau wie Williams sagte.«

Steel hörte, dass der Hahn der Muskete ganz zurück rastete. Da er immer noch nicht wusste, wie er sich aus dieser Situation retten sollte, setzte er auf eine letzte Verzögerungstaktik. »Ihr wollt das bestimmt wie einen Unfall aussehen lassen.«

»Kann auch eine feindliche Kugel gewesen sein, Sir, Ihr kennt das ja. Kann schnell mal passieren in einer Schlacht, wie?«

Steel wusste nur zu gut, dass es in den Nebel- oder Pulverschwaden eines Schlachtfeldes immer wieder zu sogenannten »Unfällen« kam. Manch ein unbeliebter Offizier bekam zufällig eine Kugel in den Rücken oder Hinterkopf, und die Familien daheim beließ man in dem Glauben, die Offiziere wären ehrenvoll in der Schlacht gefallen. Offiziell hieß es in den Reihen der Armee, die Kugel habe sich aus Versehen gelöst. Ein Unfall. Doch Steel wusste es besser. Alle wussten es. Auf diese Weise entledigte sich die Armeeführung unbeliebter und schlechter Offiziere. Daher drückten die Kommandeure oft ein Auge zu, wenn irgendein Sergeant wieder einmal die Drecksarbeit gemacht hatte.

Aber Steel war nicht bereit, das Schicksal mit diesen unglückseligen Offizierskameraden zu teilen. In diesem Moment jedoch wurde ihm klar, dass es keinen Ausweg mehr gab. Er zuckte zusammen, als er hörte, wie McKellar die Waffe anlegte und zielte. Schon meinte er, den Finger am Abzug zu hören.

»Tut mir leid, Sir, aber Befehl ist Befehl.«

Steel schloss die Augen und wappnete sich.

Der Schuss donnerte in seinen Ohren. Doch dann – nichts. Er riss die Augen auf und wirbelte herum, in dem festen Glauben, im nächsten Moment eine Kugel in den Kopf zu bekommen. Stattdessen fiel sein Blick auf Sergeant McKellar, der mit dem Gesicht nach unten in einer Lache seines eigenen Blutes lag. Hinter dem Toten ragte die Gestalt von Dan Cussiter auf. Qualm entwich dem Lauf der Muskete, während der Grenadier eine weitere Papierpatrone mit den Zähnen aufriss.

Cussiter spie den Papierfetzen aus. »Ich kam zufällig vorbei, Sir, was für ein Glück. Sah sofort, was der Bursche vorhatte.«

»Ich danke Euch, Dan. Ich stehe in Eurer Schuld.«

»Wieso wollte er Euch töten, Sir? Ist doch einer von uns.«

»Eine lange Geschichte, Dan. Jemand in den oberen Befehlsrängen, jemand, der sehr einflussreich ist, möchte mich offenbar gern tot sehen. Wie es aussieht, halten mich manche für einen Staatsfeind.«

Cussiter lachte auf, während er die Kugel in den Lauf rammte. »Ihr seid der beste Offizier, den wir haben.«

Steel stieß die Leiche McKellars mit der Stiefelspitze an. »Nicht, wenn es nach seinem Vorgesetzten geht.«

Aus einer Seitengasse hallten Schritte. Im nächsten Augenblick bogen Slaughter, Lejeune und die übrigen Grenadiere um die Ecke.

»Sir!«, rief der Sergeant außer Atem. »Wir hatten Euch aus den Augen verloren.«

»Und fast ganz verloren, Jacob, wenn Cussiter nicht so ein scharfes Auge hätte. Irgendeine Spur von Trouin?«

»Nein, nichts. Wir haben kaum noch Männer von ihm gesehen. Die Wallonen ergeben sich inzwischen nach und nach. Auch ein paar Franzmänner.«

»Das Tor zum Hafen ist hier ganz in der Nähe. Ich wette, dass Trouin dort einige Wachen zurückgelassen hat. Wenn wir das Tor rasch einnehmen, haben wir vielleicht noch eine Chance, über die Brücke in den Hafen zu gelangen. Bleibt dicht hinter mir. Auch Ihr, Lejeune. Gott allein weiß, was uns gleich erwartet.« Der französische Lieutenant nickte. »Ich weiß, dass Ihr alt seid, Jacob, aber fallt nicht wieder zurück. Verliert mich nicht noch einmal aus den Augen. Verstanden?« Der Sergeant druckste herum und schaute zu Boden.

Steel eilte erneut voraus und führte den Trupp hinter der Kirche auf eine breite Straße, die innerhalb der Stadtmauern verlief. Weiter voraus sahen sie eine Bastion, auf deren Mauern sich rot und weiß uniformierte Soldaten einen Kampf auf Leben und Tod lieferten. Steel kannte dieses Viertel, denn hier waren Slaughter und er schon einmal gewesen, nachdem das Ruderboot angelegt hatte. Und Steel hatte recht: Weiter links, entlang der Mauer, tauchte das Tor zum Hafen auf. Tatsächlich hielten dort mindestens zwei von Trouins Männern die Stellung.

Steel schaute sich um und sah, dass seine Leute alle hinter ihm waren. Rasch winkte er sie weiter und rannte aus den Schatten der Häuserwände über die Straße in die Dunkelheit unterhalb der Bastion. Kurz darauf hatten die Kameraden zu ihm aufgeschlossen. Langsam schob Steel sich bis zu einem Pfeiler der Festungsmauer vor und spähte hinüber zum Tor, das von einer einsamen Pechfackel beleuchtet wurde. Trouins Wachen unterhielten sich. Beide hatten Musketen, die gewiss geladen waren. Steel wich zurück, griff nach seiner Muskete, schlich wieder nach vorn und ging auf ein Knie. Er spannte den Hahn bis ganz nach hinten und wisperte über die

Schulter: »Dan, der Rechte ist Euer Mann. Knöpft ihn Euch vor.«

Cussiter, einer der besten Schützen der Kompanie, rückte zu Steel vor, spannte den Hahn seiner Waffe und zielte. Die beiden Schüsse krachten fast zeitgleich, und als der Dampf sich verflüchtigte, sah Steel, dass sie Erfolg gehabt hatten. Die Wachen lagen am Boden. Er klopfte Cussiter auf die Schulter, während der Grenadier nachlud. Dann schlang er sich die noch qualmende Muskete über die Schulter, eilte im Schutz der Mauer weiter und rannte durch das Tor. Auf der schmalen Brücke über den Graben hatte er mit weiteren Gegnern gerechnet, doch er sah niemanden. Lejeune hatte ihn eingeholt, Slaughter und die anderen waren ebenfalls zur Stelle.

»Nun, Lieutenant, sieht ganz so aus, als hätten wir Glück.«

Rasch ließen sie die Brücke hinter sich und erreichten die Kaianlagen, wo Slaughter und Steel zuerst an Land gegangen waren. Es kam Steel schon wie eine halbe Ewigkeit vor. Auf den ersten Blick hatte sich unten am Hafen nur wenig verändert: Nach wie vor hingen leere Fischernetze an der Mole; löchrige Weidenkörbe lagen herum, keine Menschenseele war zu sehen. Erst da sah Steel, was anders war. Ihm sank das Herz. Die beiden Schiffe, die weiter unten festgemacht hatten, waren verschwunden – Trouins Schiffe. Sie waren zu spät gekommen. Steel ließ sich auf eine Kiste sinken und spie aus.

»Verflucht sei der Mann!« Er schaute hinaus aufs offene Meer, stand dann auf und ging zur Kaimauer. Unten im Wasser, am Fuße einer Steintreppe, dümpelte ein Dingi in den Wellen. Steel drehte sich um und rief Lejeune und Slaughter zu: »Wie steht es mit Eurer Erfahrung auf See, Männer?«

»Ich fürchte, dass ich bislang nur einmal gerudert bin«, erwiderte Lejeune. »Auf einem See bei Versailles.«

»Und Ihr, Sergeant?«

»Bin kein Seemann, Sir. Aber ich werde es versuchen.«

Steel wandte sich an die Grenadiere. »Kommt, Männer. Ihr habt Euch soeben freiwillig zur Marine gemeldet!«

* * *

Claude Malbec war, wie er de la Motte gesagt hatte, ein einfacher Soldat, und zwar seit nunmehr zwanzig Jahren. Er hatte den Blick eines Soldaten, dachte wie ein Soldat und wusste instinktiv, wie sich eine Schlacht entwickeln würde. Und als er in diesem Moment hoch oben auf einem Wehrgang der westlichen Befestigungen stand, ahnte er, dass es nicht gut bestellt war um die Franzosen. Natürlich hatte er die ganze Zeit gewusst, dass Ostende früher oder später fallen würde – sofern nicht ein Wunder geschähe. Dieses Wunder, so hatte Malbec zwischenzeitlich geglaubt, hätten Duguay-Trouins Schiffe vollbringen können. Doch bislang hatte der Major keinen der Segler zu Gesicht bekommen und fragte sich, ob der Pirat nicht vielleicht die Flucht ergriffen hatte. Denn was bedeutete eine Stadt wie Ostende einem Kaperfahrer?

Reumütig erkannte Malbec, dass er besser beraten gewesen wäre, diesem Mann nicht zu vertrauen. Aber die Aussicht, einen Teil der englischen Navy vor der Kanalküste zu versenken, war verlockend gewesen. Natürlich hatte Malbec dem Piratenkapitän auch verraten, wo Lejeune steckte. Er vermutete, dass der Lieutenant inzwischen das Zeitliche gesegnet hatte. Der junge Narr hatte es nicht besser verdient, obwohl Malbec hoffte, dass Trouin nicht zu grausam vorgegangen war. Lejeune war einfach nicht für die Armee gemacht, hatte das Kriegswesen nie richtig begriffen. Für Malbec gab es nur eine Maxime: Wenn man das System durchschaut hatte, konnte man mit dem Strom schwimmen und sich Vorteile verschaffen. Wenn man aber ein zu gutes Herz hatte, endete man wie Lejeune. Totes Fleisch.

Malbec ließ den Blick über die Festungsmauern gleiten und sah dann hinaus aufs Meer, das im frühen Licht des Morgens glitzerte. Die englischen Schiffe lagen vor Anker. Als er sich zur Stadt umdrehte, bot sich ihm indes ein weniger friedvoller Anblick. Tief unter ihm, sowohl in dem grasbewachsenen Graben zwischen den Mauern als auch in dem Gewirr aus Straßen und Gassen, lagen die Toten und Verwundeten. Direkt unterhalb der Westbastion lieferte sich eine niederländische Infanteriekompanie ein Feuergefecht aus kurzer Distanz mit einer Truppe Franzosen und Wallonen. Malbec beobachtete, wie die Niederländer feuerten und ein halbes Dutzend Mann aus den französischen Reihen niedermähten. Während auf niederländischer Seite nachgeladen wurde, feuerten die Verteidiger und erzielten eine ähnliche Wirkung. Und so, sinnierte Malbec, würde es noch eine Weile weitergehen, bis eine Seite genug hatte und die Flucht ergriff. So lief es immer. So kannte er es seit zwanzig Jahren.

Er überraschte sich bei dem Gedanken, ob es den Menschen je gelingen mochte, ihre Streitigkeiten auf andere Weise zu regeln. In diesem konkreten Fall sah es ganz danach aus, als würden die Niederländer den Sieg davontragen. Vielleicht wäre er selbst erfolgreicher. Er wandte sich seinen eigenen Männern zu, Veteranen der französischen Infanterie, die entlang der Mauern positioniert waren und zusätzlich hinter mit Erde gefüllten Gabionen Schutz gefunden hatten. Eins wusste Malbec genau: Wenn der Feind diesen Bereich der Stadt einnehmen wollte, müssten sie erst diese Stellung sichern. Und er hatte die Absicht, sich bis zum letzten Mann zu widersetzen.

Zwar bezweifelte er, dass er überleben würde, aber im Verlauf der letzten Tage war ihm bewusst geworden, dass das Leben für ihn ohnehin nicht mehr lebenswert war. Genauso gut könnte er sterben, hier in einer Stadt wie Ostende. Er richtete seine Schärpe, wischte Ascheflocken von seiner Uniform, die durch die Luft segelten, und fragte sich erneut, ob Trouin wohl die Flotte angreifen würde. Wahrscheinlich war es jetzt zu spät für ihn und seine Männer. Lärm von einer der Treppenaufgänge verriet ihm, dass er bald wieder in ein tödliches Gefecht verwickelt würde. Er erblickte seinen Sergeant, den großen Kerl aus dem Elsass, Müller, den kahlköpfigen Fassbinder.

»Müller!«, rief er ihn an. »Die Männer sollen erst schießen, wenn der Feind bis auf zwanzig Schritte herangekommen ist. Zwanzig. Keinen Schritt mehr, verstanden? Ich will, dass jede Kugel ihr Ziel findet!«

Schon stürmte der erste rot uniformierte Angreifer um die Ecke auf dem Wehrgang. Über den Lärm des Getümmels in den Straßen rief Malbec den Befehl: »Fertig machen! Anlegen! Feuer!«

Vierzig Musketen spien Feuerzungen und Blei, und wie Malbec es vorausgesehen hatte, gingen die ersten Feinde zu Boden.

* * *

Das kleine Boot glitt erstaunlich leicht über die dunklen Wasser der Hafeneinfahrt. Steel wägte das Für und Wider seines gewagten Unterfangens ab. Von den ehemals zehn Grenadieren waren nur noch fünf an seiner Seite. Er blickte in die müden, von Pulverspuren gezeichneten Gesichter: Slaughter, Cussiter, Miller, Taylor, Thorogood. Jedem von ihnen hätte er sein Leben anvertraut. In dem Durcheinander in den Straßen hatten sie Milligan verloren. Williams hatte er umsonst zu Argyll geschickt, dazu noch Mackay. Fünf Mann, er und Lejeune. Sieben gegen … wie viele Männer von Trouin? Von den ursprünglich etwa vierhundert Piraten hatte Trouin möglicherweise die Hälfte verloren. Blieben demnach noch an die zweihundert Seeleute, die sich auf zwei Schiffe verteilten. Sechs gegen zweihundert? Einen Moment lang hielt er das Vorhaben für Irrsinn. Sie liefen geradewegs in den Tod. Dann aber dachte er an die Bombarden, an Marlborough, Hawkins und natürlich an Henrietta. Und da wusste er, dass ihm keine andere Wahl blieb. Er spähte nach vorn und versuchte, die Gegner besser in Augenschein nehmen zu können.

Trouins Schiffe unterschieden sich erheblich voneinander. Das Größere der beiden, offensichtlich das Flaggschiff, war ein umgebautes Kriegsschiff, ein Rahsegler mit drei Masten mit einer Länge von etwa dreißig Metern. Selbst auf die Entfernung erkannte Steel, dass das Schiff über viele Geschütze verfügte. Er zählte fünfundzwanzig Stückpforten auf einer Seite. Und sie standen offen. Offensichtlich hatte Trouin alles klarmachen lassen zum Gefecht; daher vermutete Steel, dass der Piratenkapitän sich bewusst auf diesem Schiff aufhielt. Zweifelsohne mit dem Großteil seiner Crew.

Mit dem anderen, kleineren und wendigeren Schiff sollten seine Leute gewiss die Bombarden entern. Die Brigantine war nur halb so lang wie das Flaggschiff, hatte nur zwei Masten und verfügte über wesentlich weniger Geschütze. Steel war kein Seesoldat, aber selbst er erkannte, dass dieses Schiff nicht auf Feuerkraft setzte, sondern auf Schnelligkeit. Also würde er auf das Kriegsschiff zuhalten müssen. Denn Steel hatte die Hoffnung, dass die Piraten auf dem Kaperschiff den Angriff abbrechen würden, wenn es Steel gelang, den Kapitän festzunehmen oder gar zu töten.

Sie hatten ihre Halstücher um die Riemen gewickelt, damit
die Ruderblätter beim Eintauchen ins Wasser kaum Geräu-
sche machten. Weiter links lag Ostende als rauchende Ruine.
Flammen schossen himmelwärts aus dem Pulvermagazin. In-
zwischen hatten Argylls Leute drei weitere Depots angezün-
det, sodass über der ganzen Stadt ein unheilvoller orangeroter
Schimmer lag. Steel hoffte, dass er und seine Männer nicht im
Feuerschein zu sehen waren, denn noch ruderten sie im blei-
grauen Schutz der frühen Morgenstunden. Dennoch mussten
sie sich vor den Männern im Ausguck in Acht nehmen.

Das Flaggschiff verließ gerade die Hafeneinfahrt, aber das
Dingi kam allmählich näher heran. Steel wusste, dass er auf
dem letzten Stück des Weges vorsichtig sein musste: Sie hiel-
ten auf die Heckgalerie zu und durften sich nicht durch Ru-
derschläge oder ihr Kielwasser verraten. Aber Steel war kein
Seemann und wusste nicht, wie man ein solches Manöver ge-
schickt einleitete. Instinktiv bedeutete er seinen Rudergas-
ten – drei Grenadieren und Lejeune –, die Riemen einen
Moment über dem Wasser schweben zu lassen. Dann, sowie
das Boot ruhig im Wasser lag, gab er ihnen mit Zeichen zu
verstehen, so schnell wie möglich zu rudern. Doch er erzielte
nicht die gewünschte Wirkung, da die Riemen lauter als zu-
vor ins Wasser tauchten. Ein paar Sekunden lang befanden sie
sich im Schein der Hecklaterne, sichtbar für alle. Steel sah den
Namen des Schiffes, der sich in goldenen Lettern über die
Galerie zog: *Bellona* – die Kriegsgöttin. Er hielt den Namen
für ein gutes Omen.

Schließlich glitten sie unter die vorstehende Galerie. Steel
zeigte jedoch nach vorn, um anzudeuten, dass sie zum Bug
mussten. Leise zogen sie sich mit bloßen Händen und verein-
ten Kräften an der Bordwand entlang und schafften es bis
unter den eingeholten Anker.

Steel winkte Slaughter zu sich und wisperte: »Sergeant, Ihr kommt mit mir an Deck. Zwei Mann bleiben im Dingi, um es zu sichern. Nehmt Cussiter und Miller mit. Ich vermute, dass der Lieutenant sich uns ebenfalls anschließen will.« Lejeune nickte. Steel grinste. »Lasst mir zwei Minuten Vorsprung.«

Steel nahm die Muskete von der Schulter, zog sich den roten Uniformrock aus, hing sich das Gewehr quer über den Rücken und bekam das Ankertau mit beiden Händen zu fassen. Mit aller Kraft zog er sich daran hoch und schwang die Beine über die Ankerspitzen, ehe er ganz auf dem Anker saß. Zwei kleinere Taue verliefen weiter oben zur Takelage. Eins davon packte er und kletterte daran so weit nach oben, bis er knapp über die Reling spähen konnte. Unmittelbar neben ihm war eine Drehbasse kleineren Kalibers. Nachdem er sich vergewissert hatte, in unmittelbarer Nähe niemanden an Deck zu sehen, zog er sich vollends an Bord. Möglichst leise setzte er die Füße auf die rutschigen Planken, ging gleich in die Hocke und versteckte sich hinter dem Gangspill.

Steel war überrascht, wie wenig Seeleute er von seinem Versteck aus entdeckte. Bislang konnte er nur sechs Mann an Deck ausmachen. Deutlich erkannte er die Gestalt des hünenhaften Ajax, außerdem Stringer und vier Piraten. Alle schienen entweder mit den Segeln beschäftigt zu sein oder standen am Steuerrad. Mit einem Mal sah er sich mit seinen Leuten nicht mehr zahlenmäßig unterlegen. Aber wieso eine Rumpfmannschaft? Doch ehe Steel Zeit hatte, über das weitere Vorgehen nachzudenken, hörte er eine Stimme dicht hinter sich.

»Wo ist Trouin?«, vernahm er Lejeune. »Könnt Ihr ihn sehen?«

Steel schüttelte den Kopf, hielt sechs Finger hoch und zuckte mit den Schultern. Lejeune wirkte verblüfft. Plötzlich drang von weiter links ein Geräusch an Steels Ohren. Ein Klappern, gefolgt von einem Platschen.

»Verdammter Mist.«

Es war Slaughters Stimme. Er hatte zwar leise geflucht, doch Steel sah, dass zwei Männer der Crew die Köpfe in Richtung Bug drehten. Da wusste er, dass das Versteckspiel ein Ende hatte. Rasch zog er seinen Degen. Derweil war Lejeune aufgestanden und hatte eine der beiden Pistolen gezogen, die er den toten Piraten abgenommen hatte. Inzwischen waren alle Gegner an Bord auf Steel und den Lieutenant aufmerksam geworden. Einer der Piraten war bereits losgestürmt und näherte sich Steel mit hoch erhobenem Säbel – ein erbeuteter Kavalleriesäbel. Ein krachender Schuss unmittelbar neben Steel verriet ihm, dass Lejeune die Pistole abgefeuert hatte; aus den Augenwinkeln sah Steel, wie einer der Gegner auf die Planken sackte. Sofort zog der Franzose den Degen und nahm es mit einem weiteren Mann auf.

Steel parierte die Säbelklinge mit Leichtigkeit und stieß sie nach links, ehe er zum Gegenschlag ausholte und auf die ungedeckte Flanke zielte. Der Pirat sprang zwar noch instinktiv einen halben Schritt zurück, doch da hatte Steels scharfe Waffe bereits eine klaffende Wunde zwischen den Rippen gerissen. Der Mann taumelte, fasste sich an die Wunde und spähte wieder zu Steel. Dann, mit dem Mut der Verzweiflung, griff er erneut an. Doch Steel wich geschickt aus, ließ den Gegner ins Leere rennen und bohrte ihm die Klinge durch die Brust. Noch während der Mann zu Boden ging, zog Steel die Klinge aus seinem Körper.

Ein Schuss erregte seine Aufmerksamkeit. Er sah, wie Miller zurücktaumelte, in die Brust getroffen von einem Piraten, der mit einem Beil und einer Pistole bewaffnet war. Unterdessen hatte auch Slaughter das Deck erreicht und ging mit dem

Degen auf Millers Gegner los; den Hieb des Beils fing der Sergeant mit der Klinge ab. Steel hatte keine Zeit mehr für Slaughter, da er sich mit einem Mal einem kleineren Mann mit buschigem Schnurrbart gegenübersah, der zum Gangspill geeilt war. Er trug einen verschlissenen roten Uniformrock mit Offiziersabzeichen und schwang ein Entermesser. Steel wehrte auch diesen Hieb ab, spürte dann jedoch, dass der Gegner sich mit unvermuteter Kraft gegen den Degen stemmte.

Mit einer blitzschnellen Drehung gelang es dem Piraten, Steel den Degen aus der Hand zu winden. Steel wich zurück und sah, wie der Mann den Mund zu einem bösen Lächeln verzog. Langsam kam er auf Steel zu, in der Gewissheit, wieder einen englischen Rotrock zu töten, wie er es schon so oft getan hatte. Er schien den Augenblick auszukosten. Es war so einfach, gegen britische Offiziere zu kämpfen. Sie fochten stets so ehrenhaft und mit Bedacht, machten sich aber zu selten bewusst, dass es im Zweikampf nur auf Kraft und Tücke ankam. Lernten sie denn nie hinzu?

Der Mann mit dem Schnurrbart grinste Steel an und hielt ihm die Klinge vor die Brust. Doch Steel blieb ungewöhnlich ruhig und lächelte sogar, was den Piraten ein wenig zu verunsichern schien. Im selben Moment trat er dem Gegner mit dem schweren Stiefel zwischen die Beine. Der Pirat ließ das Entermesser fallen und ging mit einem Schmerzensschrei auf die Knie. Steel bückte sich und hob seinen Degen auf.

»Damit hattet Ihr wohl nicht gerechnet, wie? So verhält sich kein britischer Offizier, dachtet Ihr. Wir sind Gentlemen, wir kämpfen nicht gemein und abgebrüht wie der Pöbel in den Gassen. Nun, ich bin ein Gentleman, aber ich weiß auch, wie Zweikämpfe geführt werden.«

Mit diesen Worten holte er zum Schlag aus und spaltete dem Piraten den Schädel. Als er sich umschaute, sah er, dass auch Lejeune einen der Piraten erledigt hatte und sich den nächsten vornahm. Auf der Steuerbordseite schleuderte Slaughter einen Mann über die Bordwand, merkte jedoch nicht, dass Stringer sich ihm von hinten näherte, in jeder Hand einen Degen.

»Jacob!«, rief Steel übers Deck. »Rechts von Euch!«

Slaughter wirbelte herum und sah sich Stringer gegenüber, der zum Schlag ausgeholt hatte. Der Sergeant wehrte den Hieb ab und wollte zum Gegenangriff übergehen, doch er war zu langsam, sodass Stringer ihn mit der zweiten Klinge am Oberschenkel traf. Slaughter stöhnte, doch es gelang ihm noch, den Degen zurückzudrängen. Die Waffe glitt aus Stringers schweißiger Hand.

Slaughter nutzte den Moment, machte einen Satz nach vorn und stieß Stringer die Klinge in die linke Seite. Doch der Deserteur hatte sich noch im letzten Augenblick mit einem halben Seitenschritt vor dem sicheren Tod gerettet. Dennoch war der Schnitt so tief, dass Stringer innehielt. Keuchend ließ er den zweiten Degen fallen und hielt sich die Wunde; das Blut sickerte durch seine Finger. Stringer taumelte noch zwei Schritte zurück, brach dann bei der Treppe zum Quarterdeck zusammen und schlug mit dem Kopf auf eine Stufe.

Slaughter setzte nach, doch ehe er dem verhassten Sergeant den tödlichen Hieb beibringen konnte, eilte noch einer von Trouins Männern mit polternden Schritten die Stufen herunter. Mit einem Kriegsschrei, wie Slaughter ihn nie zuvor gehört hatte, stürzte der Mann sich auf den Grenadier. Einen Moment lang starrte der Sergeant verdutzt auf den Angreifer und sah, dass der Mann einen dunklen Teint und pechschwarze Haare hatte. Aber das Auffälligste an ihm waren die weißen, schwarzen und blauen Striche im Gesicht.

Der Gegner hielt eine kleine Axt in der Hand, die Slaughter

noch nie gesehen hatte. Damit zielte er nach Slaughters Kopf, aber der Sergeant konnte den Hieb mit dem Degen parieren. Der Indianer setzte sofort nach und holte blitzschnell von der anderen Seite zum Schlag aus. Slaughter duckte sich, spürte aber, wie die Schneide durch den Kragenstoff des Uniformrocks schnitt. Verzweifelt wich er zurück und riss instinktiv den Degen hoch, um einen dritten Hieb abzuwehren ... doch dazu kam es nicht. Der Indianer erstarrte in seinen Bewegungen, als Lieutenant Lejeune ihm den Degen direkt ins Herz rammte. Der Franzose zog die Klinge aus der Brust des Toten und lächelte Slaughter zu, der wie benommen dastand.

»Verfluchter Mist, Sir. Was für ein Teufel war das denn?«

»Ein Irokese. Ein nordamerikanischer Teufel, ein Eingeborener aus den tiefen Wäldern Quebecs. Sie setzen den Siedlern dort arg zu. Einige von ihnen stehen im Sold meines Königs.«

»Ich würde diese Wilden nicht bezahlen, wenn ich Euer König wäre.« Er nickte Lejeune zu. »Danke Euch, Sir. Betrachtet Euch als ehrenvollen Engländer. Auch wenn Ihr ein französischer Gentleman seid.«

Lejeune lachte und wandte sich von Slaughter ab, blieb aber im selben Moment wie angewurzelt stehen: Denn er sah in ein Augenpaar, in dem das Böse zu wohnen schien.

Ajax hatte sich bislang aus dem Gefecht herausgehalten, aber jetzt wusste er, dass seine Zeit gekommen war. So hatte es Trouin ihm beigebracht. Bei einem Angriff sollte man so lange warten, bis die anderen sich müde gekämpft hatten, dann konnte man sich einen nach dem anderen vorknöpfen. Der Mohr sah Lejeune tief in die Augen, und ehe der Lieutenant wusste, wie ihm geschah, hatte Ajax mit der rechten Hand zugestochen ... so schnell, dass man die Bewegung kaum wahrnehmen konnte.

Der französische Lieutenant spürte, wie ihm die kalte, gebogene Klinge des Krummsäbels in die Brust schnitt. Mit Entsetzen sah Steel, wie der Schwarze den Säbel bewusst langsam immer tiefer in Lejeunes Körper bohrte. Für einen kurzen Moment suchte der junge Franzose hilflos Steels Blick. Dann ließ er den Degen fallen und sank tot zu Boden.

Voller Zorn stürzte Steel sich auf Ajax, holte aus und schlug zu. Die Klinge traf den Hünen am Arm und schnitt durch Muskeln bis auf den Knochen. Doch trotz der klaffenden Wunde drehte Ajax sich vollends zu Steel um und umfasste dessen Degenklinge mit seiner prankenähnlichen Hand. Als sei er immun gegen den Schmerz, entriss er Steel den Degen und schleuderte ihn quer über das Deck. Im nächsten Augenblick hatte der hünenhafte Schwarze zum Schlag ausgeholt und zielte auf Steels Kopf. Steel sah das Perlmutt am Griff des Krummsäbels aufblitzen, erblickte dann jedoch Lejeunes schmalen Degen auf den Planken. Blitzschnell griff er nach der Waffe des Franzosen und sah, wie die Klinge des Schwarzen durch die Luft sauste.

Im letzten Moment rollte Steel sich zur Seite, spürte einen stechenden Schmerz in der Wade, stieß jedoch gleichzeitig mit aller Macht zu. Tief glitt Lejeunes Klinge ins Herz des Mohren. Der Riese stürzte schwer auf Steel, und für einen Moment waren die Gesichter der beiden Männer dicht beieinander. Steel glaubte, ein kaum wahrnehmbares Lächeln auf den Lippen des Hünen zu entdecken; dann wich jegliches Leben aus den grausamen Augen von Trouins Schatten. Steel blickte in die stumpfen Pupillen eines Toten.

Nur mühsam konnte er den schlaffen Körper des Hünen zur Seite rollen. Unter Schmerzen zog er sich über das Deck und lehnte sich schwer atmend an die Steuerbordreling. Sein Blick fiel auf die blutende Wunde am Bein. Doch er hatte noch Glück gehabt. Der Krummsäbel hatte zwar ins Fleisch geschnitten, war aber nicht bis auf den Knochen gegangen. Steel hatte schon manche Wunde gesehen und wusste, dass der Schnitt eine ernsthafte Verletzung war. Aber bei der richtigen Wundversorgung würde er nicht als Krüppel enden. Er schaute sich um. Slaughter eilte über das Deck und half ihm auf die Beine.

»Das war's, Sir. Keiner mehr zu sehen. Wir waren auch unter Deck, aber auch da ist keine Menschenseele.«

Eine Rumpfmannschaft, dachte Steel. Trouin hatte seine Verfolger genarrt und das kleinere Schiff genommen.

»Sind alle tot, Jacob?«

»Alle außer einem, Sir.«

Stringer war bewusstlos, atmete aber noch. Steel hielt sich das blutende Bein und bückte sich. Derweil schlug Slaughter dem kleinen Sergeant mehrmals mit der flachen Hand durchs Gesicht, um ihn aufzuwecken. Stringer stöhnte und öffnete langsam die Augen.

»Wo ist Trouin?«, fragte Steel eindringlich. »Sag es mir, und du bleibst am Leben. Wenn du schweigst, töte ich dich auf der Stelle.«

Stringer versuchte zu sprechen und brachte schließlich stammelnd hervor: »Ihr seid zu spät, Steel. Er ist nicht hier. Ich sollte sein Flaggschiff bewachen. Er vertraut mir. Er ist auf dem anderen Schiff. Will die Bombarden entern und die Flotte in die Luft jagen. Habt Ihr die Flagge bemerkt? Ist so wie Eure. Ihr könnt ihn nicht mehr aufhalten.«

Er grinste Steel an, der sich aufrichtete und zum Großmast hinaufsah. Hoch oben flatterte das St. Georgskreuz in der Brise. Trouin segelte unter falscher Flagge. Steel winkte Cussiter zu sich und nickte in Richtung Stringer.

»Dan, schafft den Bastard hinunter ins Boot. Seht zu, dass

er am Leben bleibt, bis wir zurück sind. Ich will ihn hängen sehen.«

Stringer hatte recht. Steel war zu spät gekommen. Er stand an der Reling des Quarterdecks und sah, wie Trouins schnelle Brigantine rasch Fahrt aufnahm. Sie mochte zweihundert Yards entfernt sein, durchschnitt elegant die ruhigen Wasser und hielt direkt auf eine der Bombarden zu. An Bord der schwerfälligen englischen Schiffe war kein Licht zu erkennen; Steel vermutete die Crew in einem der Dingis, die am Heck angebunden waren. Womöglich befanden sich nur wenige Wachen an Bord. Trouins Plan war einfach und genial. Leise würden seine Männer sich an Bord schleichen, die Crewmitglieder töten und es vielleicht noch mit einem der Kriegsschiffe aufnehmen. Möglicherweise gleich mit mehreren. Dann wäre Trouin in der Lage, mit den Mörsern und allen ihm zur Verfügung stehenden Geschützen zunächst die Flotte zu beschießen, um später das Feuer auf die Armee zu eröffnen. Und Steel sah keine Möglichkeit, den Piratenkapitän davon abzuhalten. Die Flotte war so gut wie verloren. Und damit auch Ostende.

* * *

Malbec hätte nicht gedacht, dass es so enden würde. Aber wie viele Veteranen hatte auch er immer geglaubt, den Zeitpunkt des nahenden Todes genau zu spüren. Doch dies war noch nicht der Moment.

Er würde nicht hier auf den Mauern Ostendes sterben, sondern gefangen genommen werden. Fast empfand er so etwas wie Bewunderung für den hochgewachsenen Offizier der Rotröcke, der so entschlossen gekämpft und so viele von Malbecs Männern getötet hatte. Jetzt wusste der Major, dass die Stunde gekommen war. Er vermutete, dass man ihn nach England bringen würde, und mit etwas Glück würde man ihn bereits in wenigen Monaten gegen einen britischen Offizier austauschen. Dann würde er wieder in sein altes Regiment zurückkehren und weiter seinen Kriegsdienst versehen. So lief es in der Welt der Offiziere.

Bei den gewöhnlichen Soldaten war es jedoch anders. Gerieten sie in Gefangenschaft, war ihr Schicksal ungewiss. Viele verrotteten bei lebendigem Leibe über Jahre in einer der Hulks bei Dartmouth oder wurden von Presskommandos zum Dienst auf den Schiffen des Feindes gezwungen. Für die Offiziere galten andere Regeln. Für diejenigen, die Glück hatten und am Leben blieben, um erneut in eine Schlacht zu ziehen. Vielleicht, so sinnierte der Major, war England gar keine so schlechte Wahl. Er spürte, wie Neugier in ihm aufkam. Ja, er war gewillt, den wahren Charakter der Menschen näher kennenzulernen, für die er seit vielen Jahren nichts als Hass empfand. Die Menschen, die seine Frau und seine Kinder auf dem Gewissen hatten ... die sein Leben zerstört hatten.

Und daher hielt Malbec dem englischen Offizier den Degen hin. »Sir, es wäre mir eine Ehre, wenn Ihr meine Kapitulation akzeptiertet. Ich könnte den Kampf fortsetzen. Aber ich bedaure, heute habe ich nicht das Verlangen, weiter zu töten.«

Argyll lächelte. Ursprünglich war es seine Absicht gewesen, diesen Mann zu töten, mitsamt dessen Infanteristen. »Keine Schonung« hatte der Befehl gelautet, den er vor dem Angriff seinem Bataillon erteilt hatte. Aber dieser französische Offizier hatte irgendetwas an sich. Der Herzog konnte es nicht recht erklären, doch er spürte, dass es nicht richtig wäre, den Major auf diese Weise ins Jenseits zu befördern.

Vielleicht lag es an dem Verhalten des Mannes. Oder an dem kühnen Ausdruck in seinen Augen, vielleicht auch an dem vernarbten, von Entbehrungen zerfurchten Gesicht. Womöglich hatte er, Argyll, mit dem Franzosen mehr gemein, als es auf den ersten Blick den Anschein hatte: Jahre der Erfahrung in unzähligen Schlachten. Eine Art unsichtbares Band zwischen gegnerischen Offizieren. Daher akzeptierte er Malbecs Degen und sah, wie seine Männer die Musketen der Feinde auf einen Haufen warfen und die Toten fortschleiften. Dann setzte der Herzog sich auf einen Mauervorsprung und wartete auf die Rückkehr von Sergeant McKellar.

* * *

Doch, es gibt noch eine Möglichkeit, schoss es Steel durch den Kopf. Eine letzte Chance, Trouin aufzuhalten. Und diese Gelegenheit wollte Steel nutzen. Er wendete den Blick von dem toten französischen Lieutenant und sagte zu Slaughter: »Es muss ein Pulvermagazin an Bord geben. Trouin hat die Geschütze unter Deck gelassen. Also wahrscheinlich auch das Pulver. Jacob, habt Ihr noch eine Zunderbüchse und ein Stück Lunte?«

»Sir. Aber wie wollt …?«

»Kommt mit.« Zu Cussiter rief er: »Ihr auch, Dan. Helft mir.«

Cussiter ließ den gefesselten Stringer in der Obhut der beiden Grenadiere im Boot und eilte zu Steel. Gemeinsam streiften sie unter Deck durch das Schiff und fanden, wonach sie suchten. Doch Trouin hatte offenbar mehr Pulver von Bord schaffen lassen, als Steel lieb sein konnte. Einige Fässer waren feucht. Aber Steel gab nicht auf; er war davon überzeugt, dass der Rest des Pulvers für seine Zwecke reichte. Inzwischen hatten sie die Hafeneinfahrt passiert und hielten unter Groß- und Focksegel auf die Flotte zu. Allerdings waren sie noch gut eine halbe Meile von dem ersten englischen Schiff entfernt. Während sie die verbliebenen Pulverfässer eng zusammenstellten, erklärte Steel den Kameraden seinen Plan.

»Wir müssen die Flotte warnen. Das ist die einzige Möglichkeit. Wir müssen dieses Schiff in die Luft jagen.« Steel wendete ein Seil mehrfach im Schießpulver, steckte es in eins der Fässer und legte die Lunte bis ans Deck. Slaughter hatte ihm eine Grenadierslunte gereicht, und so wartete Steel, dass sie herunterbrannte.

Derweil war Cussiter wieder im Dingi. Da sich Trouins Brigantine in der Morgenröte immer weiter einer der Bombarden näherte, wusste Steel, dass er keinen Augenblick zögern durfte.

»Bringt Euch in Sicherheit, Jacob. Ich springe über Bord, wenn ich die Zündschnur in Brand gesetzt habe.«

Der Sergeant schüttelte den Kopf. »Ich gehe nicht ohne Euch, Mr. Steel.«

»Doch, verdammt. Runter vom Schiff, Sergeant. Das ist ein Befehl! Springt, Mann!«

Slaughter setzte erneut zum Protest an, doch Steel fackelte nicht lange und stieß den großen Mann einfach über Bord. Er ruderte mit den Armen in der Luft und fiel geradewegs in das Boot, wurde jedoch halb von Cussiter aufgefangen. Steel schaute über die Reling und sah, dass keiner der beiden sich ernsthaft verletzt hatte, ehe er zum Niedergang an Deck eilte. Es gab keine andere Möglichkeit. Die Explosion würde die Flotte warnen, und nur dann hätten die Seeleute vielleicht noch eine Chance, ehe Trouin eine der Bombarden erreichte.

Trotz der höllisch schmerzenden Wade kniete Steel auf den Planken, entzündete die Lunte und hoffte, dass ihm noch genügend Zeit zur Flucht bliebe. Angespannt beobachtete er, wie die Funken sprühten und sich langsam entlang des Seils die Stufen nach unten fraßen. Mit einem letzten Blick unter Deck vergewisserte er sich, dass die Zündschnur auch bis in das Pulvermagazin brannte. Erst dann hinkte er über das Deck zur Bordwand.

Er hatte die Reling noch nicht ganz erreicht, als die Funken das erste Pulverfass zündeten. Die Druckwelle der Explosion lief durch den Rumpf des alten Kriegsschiffes. Steel, der eben zum Sprung angesetzt hatte, wurde von der Wucht über Bord gedrückt und ruderte wild mit Armen und Beinen. Um ihn her schien die Luft zu knistern, und während er auf dem Weg in die Tiefe versuchte, bei Bewusstsein zu bleiben, spürte er, wie die Druckwelle ihn erfasste. Dann wurde ihm schwarz vor Augen, und er glaubte, unendlich langsam in eine gähnende Leere zu stürzen.

* * *

In den frühen Morgenstunden hatte Captain Forbes an Deck eines kleinen Beibootes gestanden und das Geschehen an Land verfolgt. Die Bombarden hatten sie auf offener See gelassen und waren mit dem Großteil der Flotte näher in Richtung Hafen gesegelt, um einen besseren Überblick zu haben. Nun jedoch hatte Forbes den Eindruck, dass der Angriff vorüber war. Jubelrufe schallten vom Strand herüber, und die Explosionen hatten aufgehört.

Forbes wandte sich von der Reling ab und wollte sich in seine Kabine begeben, als wie aus dem Nichts eine gewaltige Explosion die Morgenluft zerriss. An Backbord, ungefähr in Richtung der Hafeneinfahrt, erstrahlten die tief hängenden grauen Wolken in einem fast überirdischen orangeroten Schimmer.

Für Sekunden zeichnete sich die Silhouette eines Dreimasters ab. Ein Kriegsschiff, das Ostende verließ. Forbes blieb der Atem weg.

Aber nicht das berstende Schiff machte ihm Sorgen, sondern ein anderer Segler, eine Brigantine, die ebenfalls von dem Feuerschein der Explosion beleuchtet wurde. Forbes erkannte die englische Flagge und sah, dass das Schiff auf eine der Bombarden zuhielt. Doch er wusste, dass dieses Schiff nicht zur Flotte gehörte. Es sah eher aus wie ein Korsarenschiff. Forbes packte einen der Matrosen, der mit offenen Mundes zu dem brennenden Schiff sah, an der Schulter.

»Signalflaggen an den Admiral! Feindliches Schiff unter falscher Flagge. Sofort angreifen. Bombarde in Gefahr. – Gebt das weiter, Mann, und zwar schnell!«

Doch Forbes brauchte sich keine Sorgen zu machen. Denn Admiral Fairborne sah, was sich auf dem Wasser abspielte, und während Forbes noch durch sein Teleskop spähte, setzte sich die *Triton* – das einzige Schiff in der Nähe der Bombarden – langsam in Bewegung und kam längsseits mit der Brigantine. Voller Stolz beobachtete der Captain, wie das große Kriegsschiff die volle Schlagkraft der Kanonendecks demonstrierte. So führen die Briten Krieg, dachte Forbes. Das ist das Maß des Ruhms.

* * *

Während Forbes die Machtdemonstration des britischen Kriegsschiffes verfolgte, beobachtete auch Steel das Geschehen auf dem Wasser. Er klammerte sich an das umgedrehte Dingi und machte sich bewusst, dass das Glück ihm hold war. Die Wucht der Explosion hatte ihn geradewegs von Bord des Kriegsschiffes ins Wasser befördert. Er hatte ein paar Schnittwunden von herumfliegenden Splittern abbekommen, und ein brennender Schmerz an der Seite deutete auf einen Rippenbruch hin. Auch Slaughter und Cussiter hielten sich an dem kleinen Boot fest, während Matt Taylor eins der Ruder zu fassen bekommen hatte, das im Wasser trieb. Wenige Yards entfernt hockte Thorogood, der Cricketspieler, auf einem Stück der alten Heckgalerie, die bei der Explosion zerfetzt worden war. Von Sergeant Stringer fehlte jede Spur. Steel nahm an, dass er ertrunken war.

Die *Bellona* sank inzwischen schnell, und Steel fragte sich, wie tief das Wasser hier in Küstennähe sein mochte. Mit etwas Glück versperrte das Wrack nicht die Einfahrt zum Hafen. Denn die Alliierten waren für den Nachschub auf Frachtschiffe angewiesen. Mit Verzögerung merkte Steel, dass er nichts mehr hörte und nur noch ein Sirren im Ohr verspürte. Blieb zu hoffen, dass die Taubheit nur vorübergehend war. Doch es gab drängendere Probleme. Er hatte kaum noch Kraft in den Armen, sein ganzer Körper schmerzte, und die verfluchte Wade pochte und brannte im Salzwasser wie Feuer. Wie sollten sie es zurück zur Küste schaffen? Aber Steel wurde in seinen Gedanken unterbrochen, als er sah, dass die *Triton* inzwischen längsseits gekommen war und die Kanonen ausrannte. Jeden Augenblick würden die Briten der Brigantine eine herbe Breitseite versetzen und Trouin zur Hölle schicken.

Doch dann geschah etwas Eigenartiges. Ehe die *Triton* ihre Breitseite abfeuern konnte, eröffnete die wendige Brigantine das Feuer aus allen verfügbaren Kanonen. Ein Zweimaster gegen ein schweres Kriegsschiff! Sekundenlang waren beide Schiffe in Pulverschwaden gehüllt; Holzsplitter wirbelten durch die Luft. Doch als die Schwaden langsam abzogen, wurde Trouins Plan erkennbar: Unmittelbar nach der Salve hatte die Brigantine den Kurs geändert und entfernte sich bereits unter vollen Segeln von der *Triton.* Erst da flammten die Geschütze des Kriegsschiffes auf, aber die Brigantine war bereits zu weit entfernt, um ernsthaft Schaden zu nehmen.

Ungläubig verfolgte Steel, wie Trouin sich mit seiner Crew immer weiter von der englischen Flotte entfernte. Sie ließen Ostende hinter sich. Trouin war ihm entkommen. Und diesmal erkannte Steel, dass er nichts anderes tun konnte als zuzuschauen.

Epilog

Der Geruch des Todes hing wochenlang über Ostende. Aber Steel kümmerte es nicht. Er würde heimkehren. Zwar nicht nach Schottland, aber zumindest über den Ärmelkanal nach London. Diesmal taten sich bei der Aussicht auf Heimaturlaub Möglichkeiten auf. In Gestalt von Lady Henrietta Vaughan. Ein Schulterklopfer überraschte Steel in seinen Tagträumen und löste erneut Schmerzen in seinem noch wunden Rücken aus. Er versuchte, nicht zusammenzuzucken.

Lord Orkney erhob sein Glas, nickte Steel zu und klopfte ihm noch einmal anerkennend auf die Schulter. »Ihr seid ein Gewinn für die Armee, Sir. Ein Gewinn. Ist es nicht so, Euer Hoheit? Ein Gewinn, sage ich.«

Steel lächelte, murmelte ein paar Dankesworte und blickte von Marlborough zur Tür. Dem Herzog war sehr wohl bewusst, dass sein Captain gehen wollte – um Lady Henrietta abzuholen, zum Hafen zu fahren und die Heimreise anzutreten. Aber Marlborough war nicht gewillt, auch nur ein Stückchen von dem Ruhm zu vergeuden, den Steels Mission dem Namen des Oberbefehlshabers eingebracht hatte. Daher bedeutete er seinem Captain der Grenadiere mit einer einladenden Geste, tiefer in den Raum zu treten, wo einige Offiziere in eine Unterhaltung vertieft waren.

»Argyll«, sprach Marlborough, »Ihr kennt Captain Steel?«

»In der Tat, Euer Hoheit. Wir sind gut miteinander bekannt.«

Steel blickte in die eisgrauen Augen des Herzogs von

Argyll und spürte, dass ihm ein Schauer über den Rücken lief. Dann aber musste er an Sergeant McKellar denken, der tot in seinem Blut vor der Kirche lag, und verzog den Mund zu einem wissenden Lächeln. Argyll unterbrach den Blickkontakt. Also weiß er, wie es um seinen Sergeant steht, dachte Steel mit Befriedigung.

Andere Offiziere begrüßten Steel mit einem Lächeln auf den Lippen und gratulierten dem Captain der Grenadiere zu seinem Erfolg. Colonel Hawkins tippte ihm auf die Schulter. »Ihr seht müde aus, Jack. Den Heimaturlaub habt Ihr Euch redlich verdient. Gut gemacht.«

»Aber wir haben Trouin verloren«, sagte Steel. »Und seine Crew.«

»Dafür haben wir die Garnison erobert, Jack. Die ganze Stadt gehört uns.«

»Wir haben den Hafen, Colonel«, sagte Cadogan, »und das allein zählt. Denn der Hafen war unser wichtigstes Ziel. Ein großartiger Erfolg, und obendrein mit relativ wenig Verlusten.«

Steel hätte dem Mann am liebsten eine schallende Ohrfeige verpasst. Im Ganzen mochten die Verluste der Armee gering gewesen sein. Aber wie viele Männer aus seiner Kompanie waren gefallen? Zu viele Grenadiere hatten bei dem Angriff ihr Leben gelassen, zuletzt in den Gefechten auf den Wehrgängen unter Hansams Kommando. Glücklicherweise hatten sowohl der Lieutenant als auch der junge Williams den Kampf weitgehend unbeschadet überstanden. Aber zu viele Grenadiere blieben für immer in Ostende. Steel musste auch an Leute wie Brouwer oder Lejeune denken, an eine Witwe mit zwei vaterlosen Kindern in einer zerstörten Stadt und an eine trauernde Mutter am Hofe König Ludwigs. Nicht zum ersten Mal machte er sich bewusst, dass der Krieg die Menschen auf allen Seiten in ihrer Trauer verband.

Aber eigentlich war dies ein Tag der Freude. Er würde heimkehren – wenn er endlich diesen verfluchten Raum verlassen könnte und sich nicht mehr das Gerede des Generalstabs anhören müsste.

Zum Glück hatte er bereits Stunden nach der Explosion wieder hören können. Taylor hatte die Wunden versorgt; die Schnittverletzungen wie auch die ernsthafteren Wunden, die ihm Trouins Männer zugefügt hatten. Auch Steels gebrochene Rippe hatte Taylor verbunden und die Schürfwunden und Prellungen mit einer Salbe versehen, die, wie Henrietta sagte, nach Safran und Gelbwurz roch.

Er fragte sich, was Arabella dazu sagen würde, dass er nun eine Beziehung mit ihrer Cousine hatte. Gewiss würde Arabella zu irgendeiner subtilen Form der Rache greifen, und bei dieser Aussicht verspürte er eine sonderbare Erregung. Doch dann machte er sich erneut bewusst, dass er seinen Gedanken freien Lauf ließ und vollkommen verpasst hatte, was Marlborough soeben gesagt hatte. »Es tut mir leid, Sir, ich …«

»Leid? Tut Euch nicht selbst leid, Steel. Es gibt nichts, für das Ihr Euch entschuldigen müsstet. Ihr habt Euch den Urlaub wahrlich verdient. Aber bleibt nicht zu lange fort, Steel. Wir brauchen Euch hier bei der Armee. Ist es nicht so, Hawkins?«

Der Colonel nickte. »In der Tat, Euer Hoheit. Ich wüsste sogar jetzt schon wieder, wie uns der Captain von Nutzen sein könnte.«

Marlborough lachte und ging zu einer anderen Gruppe Offiziere seines Generalstabs.

Steel starrte den Colonel an, der nichts sagte und einen Schluck von dem Wein nahm, den die Bediensteten des Herzogs herumreichten. »Ihr wusstet es. Ihr habt die ganze Sache eingefädelt, damit ich sie heraushole.«

»Jack, keine voreiligen Schlüsse, ich bitte Euch. Das mag ja sein, aber was nützt es Euch, Mutmaßungen anzustellen. Sie ist frei. Ihr seid in Sicherheit, und Ostende gehört uns.«

Steel dachte einen Moment nach. »Wusste der Herzog von Eurem Vorhaben?«

Hawkins ging nicht direkt auf die Frage ein, als er sagte: »Wir mussten an Trouin herankommen, damit er nicht die Kontrolle über die Kanalküste erlangt. Wir brauchten etwas, um ihn in die Stadt zu locken und zu überreden, so lange zu bleiben, bis wir den Hafen erobern konnten. Lady Henrietta schien uns die offensichtliche Antwort zu sein. Er hat eine Schwäche für schöne Frauen.«

»Aber er konnte fliehen. Ihr habt Henriettas Leben aufs Spiel gesetzt, und er ist entkommen.«

»Aber wir haben doch die Stadt erobert, Jack. Und Ihr habt gehört, was Lord Cadogan gesagt hat. Aus keinem anderen Grund sind wir hergekommen. Nicht wahr?«

Steel hatte dafür nur ein Kopfschütteln übrig. Intrigen dieser Art entzogen sich ihm. Er war nur Soldat.

* * *

Und so kam es, dass Steel mit Henrietta nach England segelte. Die Glocken von St. Margarets läuteten ihm zu Ehren, und schlussendlich unterzeichnete die Queen das offizielle Schreiben, das Steel zum Captain ernannte. Gegen Ende desselben Monats kehrte das Schiff, das Steel nach England gebracht hatte, nach Dover zurück und brachte französische Kriegsgefangene mit, Offiziere, die sich frei bewegen durften.

Und obwohl Claude Malbec sich einst geschworen hatte, nie einen Fuß auf englischen Boden zu setzen, hielt er sich fortan im Land des verhassten Feindes auf.

Zur gleichen Zeit, viele Seemeilen entfernt auf einem anderen Ozean, lag eine elegante Brigantine in einer von Palmen bewachsenen Bucht vor Anker. Der Captain dieses Schiffes durfte sich ebenfalls glücklich schätzen, aus Ostende entkommen zu sein. Mit einer Hand verscheuchte er die Fliegen und nahm noch einen Schluck von dem Madeira. Doch er verfluchte die Hitze und den Mangel an schönen Mädchen. Den übelsten Fluch indes bewahrte er sich für einen hochgewachsenen Captain der britischen Grenadiere auf.

Anmerkungen zum historischen Hintergrund

Anders als Blenheim war die Schlacht von Ramillies allein Marlboroughs Sieg. Wie sein Biograf Winston Churchill richtig anmerkt, selbst die Kritiker des Herzogs konnten den Sieg weder Prinz Eugen noch irgendeinem der Generäle zuschreiben. Ramillies war eine brillante Zurschaustellung strategischen Denkens und gewiss der Höhepunkt von Marlboroughs Feldzügen. Tatsächlich durfte er sich in den Wochen danach in seinem Erfolg sonnen; man pries seinen Namen in England. Klugerweise weigerte sich Marlborough indes – wie in diesem Roman angedeutet –, die Position als Gouverneur der Spanischen Niederlande anzunehmen, hatte er doch geahnt, was für Probleme daraus erwachsen würden.

Städte wie Ostende, Dünkirchen und St. Malo waren, wie Cadogan hervorhebt, Piratennester und somit der Stachel im Fleisch jeder britischen Streitmacht auf dem Kontinent. Ostende wurde daher hauptsächlich aus einem Grund erobert: Um die Nachschubwege für die Armee zu sichern. Während die Rettung von Lady Henrietta Vaughan reine Fiktion ist (die Dame übrigens auch), so stellten die Piraten tatsächlich eine Bedrohung dar. Doch wir wissen nicht genau, ob der historische René Duguay-Trouin (1673–1736) tatsächlich zu jener Zeit in Ostende war. Im Jahre 1706 taucht sein Name in Verbindung mit einem Gefecht vor der Küste Brasiliens auf. Trouin war wirklich ein Günstling Ludwigs XIV., der den Freibeuter für einen loyalen Franzosen hielt. Es ist auch überliefert, dass Trouin des Öfteren den Feind überlistete, indem er unter englischer Flagge segelte. Er war bestimmt rücksichtslos, doch seine Vorliebe für Foltermaßnahmen, die in diesem Roman vorkommen, ist nicht belegt. Ich beziehe mich da eher auf die Gewohnheiten und den Verhaltenskodex anderer Piraten jener Ära.

Ein Jahr nach der Eroberung Ostendes besiegte Trouin im Oktober 1707 eine englische Flotte in der *Battle at The Lizard* vor der Küste Cornwalls und eroberte 1711 Rio de Janeiro. 1709 wurde Trouin in den Adelsstand erhoben und führte das Motto *Dedit haec insignia virtus* (»Die Tapferkeit verlieh ihm diese Ehren«). Zu jenem Zeitpunkt hatte er sechzehn Kriegsschiffe und mehr als dreihundert Kauffahrteischiffe der englischen und niederländischen Flotten zerstört oder als Prise genommen. In späteren Jahren hatte er den Oberbefehl über die französische Flotte vor St. Malo. Er starb 1736. Zehn Schiffe der französischen Marine trugen ihm zu Ehren seinen Namen, und noch heute steht seine Statue in St. Malo.

Es mag sein, dass ich in meiner Darstellung von John Campbell, des 2. Herzogs von Argyll (1678–1743), ein wenig zu streng mit diesem Adligen war, und es ist nicht meine Absicht, die Mitglieder jener illustren Familie zu beleidigen. Dennoch ist überliefert, dass Argyll die Jakobiter verabscheute und als Soldat äußerst rücksichtslos vorging … ohne Zweifel auch sehr tapfer. Er war zudem bekannt für sein aufbrausendes Temperament und seinen Hang zur Rachsucht. In der Schlacht war er stets in den vorderen Reihen anzutreffen, und obwohl er nicht selten Gnade walten ließ, hat seine leidenschaftliche Veranlagung gelegentlich über die Vernunft gesiegt.

Im Jahre 1710 duellierte er sich mit einem Colonel, der ihn beschuldigt hatte, die politische Gesinnung geändert zu haben.

Argyll gewann das Duell und verwundete den Colonel. Der Herzog war ein Whig-Fundamentalist und glaubte an eine moderne Welt, die auf Logik fußte und sich nicht in Gefühlen und Aberglauben verirrte: Die Welt, die Steel um sich herum entstehen sieht. Argyll war es auch, der erheblichen Anteil am Zustandekommen des *Act Of Union* von 1707 hatte, nur ein Jahr nach den Schlachten von Ramillies und Ostende. Er gehörte zu den Leuten, die letzten Endes verantwortlich für den Sturz Marlboroughs waren, und stieg zum Oberbefehlshaber der britischen Streitkräfte auf. Er wurde in der Westminster Abbey bestattet; seine Grabplatte gestaltete ein Franzose. Dieser Roman ist nicht Argylls erster Auftritt in einem fiktionalen Werk. Er tauchte bereits in Scotts *The Heart of Midlothian* auf, allerdings als alter Mann mit einem weichen, gnädigeren Herzen.

Die Belagerung von Ostende wurde tatsächlich von einem Stoßtrupp, bestehend aus fünfzig Grenadieren an der Spitze einer niederländischen Einheit, beendet. Sie eroberten den Hafen nach einem schweren Beschuss, der drei Tage andauerte – und nicht einen Tag wie im Roman – und von zwei Bombarden aus koordiniert wurde. Große Teile der Stadt lagen in Schutt und Asche. Während die Briten nur fünfhundert Mann verloren, hatte die Zivilbevölkerung Ostendes gewiss so viele Tote zu beklagen wie ein Jahrhundert später nach dem Beschuss von Kopenhagen – ein eher unrühmliches Kapitel in der Geschichte der Royal Navy.

Bei der Geschichte mit den Pamphleten, die Frampton und Stapleton heimlich in Auftrag gaben, habe ich mir einige Freiheiten herausgenommen. Aber nicht ohne Grund. Ich habe lediglich die Vorgänge des folgenden Jahres zusammengefasst, als Marlboroughs Popularität rapide abnahm. Denn die von den Alliierten eingesetzte niederländische Regierung in den Provinzen Brabants erregte nach und nach den Unmut der Menschen dort, die den Calvinismus der Vereinigten Niederlande sogar noch mehr hassten als den Despotismus der Franzosen, die zumindest katholisch waren. Es gab sogar eine flämische Untergrundbewegung, und ich habe Grund zu der Annahme, dass die Anhänger sich des mittelalterlichen Mottos *schild ende vriend* bedienten. Doch vielleicht war diese Volksbewegung nicht so nationalistisch eingestellt, wie ich es dargestellt habe.

Marlborough war trotz seiner allgemeinen Popularität und großen Beliebtheit bei den einfachen Soldaten ständig Anfeindungen in der Presse jener Zeit ausgesetzt. Offiziere in der Armee schmiedeten Ränke gegen ihn. Der Verfasser zahlreicher niederträchtiger Attacken gegen Marlborough, ein gewisser John Tutchin, wurde wegen Verleumdung festgenommen, ausgepeitscht und starb im September 1707 an seinen Verletzungen. Obwohl Marlborough beschuldigt wurde, für Tutchins Tod verantwortlich zu sein, wurde keine Anklage erhoben.

Ostende besitzt heute ein ganz anderes Gepräge. Die Stadt wurde nicht nur 1706 von den Briten zerstört, sondern litt auch erheblich während der zwei Weltkriege. Dennoch kann man auch heute noch den Verlauf von einigen der eindrucksvollen Befestigungsanlagen von Vauban nachvollziehen. Natürlich haben sich viele Straßennamen geändert, und ich entschuldige mich für grobe Ungenauigkeiten.

Wer mehr von Vaubans Baukunst sehen möchte, kann sich die hervorragenden Modelle im *Musée de l'Armée* in Paris anschauen. Beispiele finden sich noch im Pas de Calais in Nordfrankreich bei Gravelines, Fort d'Ambleteuse und in Calais selbst, genauer am Beispiel des Fort Nieulay. Auch die Zitadelle von Lille vermittelt noch sehr viel von der ur-

Gasthaus
Sterngrund

Sterngrund 1
98544 Zella-Mehlis
Tel.03682-469911

Rechnung-Nr.: 11188 Datum: 20.08.13
Tisch : 7 Zeit : 20:12:31

Kasse: Restaurant

Menge	Bezeichnung	Preis	Wert
1	Sülze,Bratkartoffeln	7.80	7.80
1	Schwarzb.Pils 0,5l	3.20	3.20

Gesamtsumme: 11.00

MwSt%	Netto	MwSt	Brutto
19.00	9.24	1.76	11.00

Bar EUR 11.00

Steuernr.: 171/16513609

GUTSCHEIN-bei Ihrem nä. Besuch
erhalten Sie 10% Rabatt auf
unsere Windbeutelspezialitäten

sprünglichen Atmosphäre der Festungen. Steht man dort auf einer Mauer, erklimmt eine Böschung oder geht durch ein Tor in den Verteidigungsgraben, kann man sich sehr gut vorstellen, wie Ostende zurzeit von Jack Steel ausgesehen haben mag.

Da Ostende gesichert war, hatte Marlborough fortan eine stabile Basis für die Nachschubwege und Truppenverstärkungen in Flandern. Mit dem Sieg erhöhte er den Druck auf die Regierung und Queen Anne, der Krieg müsse in den nördlichen Landen gewonnen werden und nicht auf spanischem Boden, wie es Charles Mordaunt, der 3. Earl of Peterborough, forderte. Verglichen mit den vier großen Siegen bei Blenheim, Ramillies, Oudenaarde und Malplaquet ist die Eroberung von Ostende heute fast vergessen.

Das ist charakteristisch für viele andere erbittert geführte Gefechte, die Marlborough im Verlauf der nächsten sechs Jahre bis zum Ende des Krieges befehligte, Gefechte, in denen sich die britischen Grenadiere in weiteren tapferen und wagemutigen Aktionen hervortaten. Wie Trevelyan schon schrieb: »Sie verloren mehr Männer in fast hundert vergessenen Angriffen und Erstürmungen ... als in den vier berühmten Schlachten des Krieges.« Und auch wenn die Grenadiere es noch nicht wissen, es sind diese vergessenen Siege, die Steel und seine Kompanie noch vor sich haben auf ihrem langen Marsch in Richtung des endgültigen Friedens.

Die neue Abenteuerserie für alle Leser von Bernard Cornwells »Sharpe«

Iain Gale
STEELS EHRE
Jack Steel und die Schlacht von Höchstädt 1704
Historischer Roman
Aus dem Englischen von Dr. Holger Hanowell, M.A
384 Seiten
ISBN 978-3-404-16693-0

Bayern 1704. Höchstädt an der Donau. Die entscheidende Schlacht des Spanischen Erbfolgekriegs steht bevor. Auf der einen Seite die Briten unter John Churchill, Herzog von Marlborough, und die Österreicher unter Prinz Eugen von Savoyen. Auf der anderen das Heer des französischen Königs. Mitten im Pulverdampf: Jack Steel, Grenadier Ihrer Majestät und ein Mann von Ehre. Aus einfachen Verhältnissen stammend, hat er sich zum Lieutenant hochgedient. Doch die adeligen Offiziere akzeptieren ihn nicht als Ihresgleichen und tun alles, um ihn Verräter zu brandmarken ...

Bastei Lübbe Taschenbuch

BASTEI LÜBBE
www.luebbe.de